中國文學常識

—典藏本—

鄭振鐸 著

常識

開明書店

目　錄

引　言

霍光傳不可不讀

　　人都是依據於常識而生活的，包括文化常識。

　　「觀乎人文，以化成天下。」文化常識是社會交往的共識，在人際交流中傳遞和流行。它看上去沒有那麼重要，多一點少一點似乎也不影響生活。但是看過張岱講過的這個故事，大家可能就不會這麼想了。

　　　　一個僧人和一個文士在夜航船中相遇。甫一登船，文士就開始高談闊論，包括僧人在內的乘客都肅然起敬，僧人更是蜷足側臥，不敢伸腳，害怕不小心擠到了這位學問了得的才子。不過，他聽文士侃侃而談了一陣子，插話問道：「澹台滅明是一個人還是兩個人？」

　　　　文士回答：「兩個人。」

　　　　僧人又問：「堯舜是一個人還是兩個人？」

　　　　文士回答：「當然是一個人了。」

　　　　僧人笑了，說：「那還是讓小僧伸伸腳吧。」

　　堯舜是上古兩位聖明君主唐堯和虞舜的並稱，「孟子道性善，言必稱堯舜」，可見堯舜是讀書人極熟悉的典型；澹台滅明是孔子

的一位著名弟子，複姓澹台，名滅明，字子羽。「以貌取人，失之子羽」，說的就是他。身為一名文士，居然不知道這些本應耳熟能詳的家門常識，難怪會被人嘲笑了。

文化常識不僅是夜航船上的談資，更是人們互動和交流的共識和準則，是社會文化習俗的一部分。有人比喻說：這類常識猶如眼鏡，沒有它，一片模糊；透過它，世界才變得清晰。平時我們不會去關注自己所戴的眼鏡，而只聚焦於眼鏡中所呈現的事實，殊不知，事實之所以成為事實，離不開作為眼鏡的常識所構成的判斷。就如瓦托夫斯基所說，它是「一種文化的共同財產，是有關每個人在日常生活的一般基本活動方面應當懂得的事情的一套可靠的指望」[1]。

在今天這個理論氾濫的時代，理論和範式層出不窮，信息傳播的便利（或者說多樣化），更加使那些沒有太大價值但卻能迎合大眾的新花樣，獲得空前的歡迎和普及。

然而正因如此，常識才更突顯出它的重要性。只有常識，才能讓我們辨別出哪些是迎合某種潮流而吹出的大泡泡，哪些是被現代名詞精心包裝出來的舊調調。沒有一種真正有價值的理論不是根植於常識之中，並以常識為發展或質疑的基本材料。正如陳嘉映先生所說：「理論所依的道理從哪裏來？從常識來。除了包含在常識裏的道理，還能從哪裏找到道理？理論家在成為理論家之前先得是個常人，先得有常識，就像他在學會理論語言之前先得學會自然語言。」

人缺乏常識，哪怕是特定領域中的理論常識，他所謂的思考都不過是重新整理自己的偏見，都有可能陷入自我誇張和自我膨脹的幻覺，動輒宣稱自己發現了終極真理，或者幻想自己是前無古人後無來者的先知或大師。他們不僅不知道自己缺乏常識，甚至還認為

---

1 〔美〕瓦托夫斯基：《科學思想的概念基礎——科學哲學導論》，范岱年等譯，北京：求實出版社，1982年，第85頁。

自己無所不知。這即使稱不上是哈耶克（Hayek）所說的「致命的自負」（The fatal conceit），但哪怕是「非致命自負」，對其本人的影響已經是一場災難。編者不幸認識這樣一位「女學者」，放下其理論的原創性和文筆暫且不提，一開口就說自己是某學說的當代領軍人物，不僅因妄自尊大而貽笑大方，更暴露出因缺乏常識而造成的病態幻覺之嚴重。

寇準當了宰相以後，曾經問大臣張詠：「您有沒有什麼要指點我一下的？」張詠沉默半天說：「霍光傳不可不讀也！」寇準聽了丈二和尚摸不着頭腦，回家找出《漢書》翻讀霍光傳，讀到「然光不學無術，闇於大理」，苦笑說：「這就是張先生要批評我的啊。」

可惜，張詠這樣耿直的朋友可遇不可求，那位「女學者」沒有寇準這樣的好運氣，恐怕要一直活在自娛自樂的幻覺中，直至伏惟尚饗了。

不知則為病矣

在上網極其便利和搜索引擎極其發達的今天，夜航船上的故事也許不會以那麼可笑的形式重演。要了解澹台滅明或者堯舜，那還不簡單？只要拿出手機輕輕點幾下或者說出這幾個字，儘管搜出來的詞條可能粗製濫造，但至少應該不會再鬧出把堯舜當一個人的笑話。內事不明問某度，外事不明問某歌，又有什麼常識是搜索不到的呢？

從純實用的角度來說，這話也不算錯。不過，網絡可以給你一個詞條或者答案，卻沒辦法讓你的內心世界豐富和成熟起來，也沒辦法讓你的情感和能力立體起來。在日常生活中，這些常識太過平凡，捫之而無形，扣之而無聲，以致我們既不會拍案驚奇，也不會感激有加，但是它卻如春風化雨，滲透、沉澱和內化到一個人最深

沉的精神情意之中，對他的生活特別是精神生活產生巨大的影響。

奧地利小說家茨威格曾經描寫過一個不識字的小夥子，用來形容其不幸的憐憫筆調，恰恰可以借用來表達缺乏常識者的可悲：

> 跟他提起歌德呀，但丁呀，雪萊呀，這些神聖的名字不會告訴他任何東西，只是些沒有生氣的音節，沒有意義的聲音，輕飄飄的。對一開卷頓時就會有撲面而來的無窮歡暢，像銀色的月光透出死氣沉沉的層雲，這個精神窮人是根本想像不出來的。

即便不能說所有，多數的文化常識不僅是人交流的共識基礎，不僅是迅速理解別人或者默契於心的鑰匙，更是使人的精神生活更為富足的硬通貨。先不說簞食瓢飲而不改的孔顏之樂，就是隨時隨地聽到李白、蘇東坡的名字，聯想起來「疑是銀河落九天」或「大江東去浪淘盡」，以及同時跳出來的種種故事，不是已經足以令你會心一笑了嗎？步入洛陽的關林，看到那把大刀的時候，你所想到的恐怕也就不僅是試試它的重量，還有關羽溫酒斬華雄以及大戰呂布的生動畫面，以及隨之切入進來的桃園三結義、大意失荊州吧？

離開了附麗其上的詩詞、畫面和故事，李白、蘇軾的名字或者關林這個地方，又能帶給你什麼樂趣呢？你跑到廬山看瀑布或者跑到赤壁看長江，也無非只會驚歎一句「好多的水！」

200億人生活過或生活着的中國，有那麼多的秦磚漢瓦、唐矢宋鏃，但更有價值的是秦漢唐宋而不是磚瓦矢鏃，秦漢唐宋並不屬於看到磚瓦矢鏃的人，而只會在掌握了文化常識的人眼前活躍起來、鮮明起來。站在某片園林裏的古建築前，或者裏裏外外地走上幾圈，有人看到磚瓦；有人看到花紋和架構，有人看到樹木蒼翠，有人看到松柏下的碑刻；有人聽到流水濺濺，有人卻如聞管弦，這都是不同的角度。文化常識可以幫一些人腦補出綠野風煙、平泉草木或東山歌酒，想像出千百年前某人如何把這兒變成了一個有故事

的地方。這些人在旅程中的收穫，似乎應該比只看到磚瓦山林者多上那麼一點點兒。

只有掌握了文化常識，人才能視野開闊、聯想豐富地去看、去聽、去體驗，才能保有「內心移民」的一片淨土，也才能與天地精神往來而不傲睨於萬物。沒有文化常識的生活，被茨威格無比犀利地形容為「穴居人不見天日的生活」。

很多人對文化常識態度漠然，覺得就像一支鉛筆、一張紙或者什麼隨手得到而又可以隨手丟下的東西一樣。但有見識的人從來不會這樣認為。

梁啟超一生著述 1400 萬字，融匯中西，出入經史，顯示了「百科全書」式的淵博。然而他對於常識的重視卻出人意料：「蓋今日所謂常識者，大率皆由中外古今無量數偉人哲士幾經研究、幾經閱歷、幾經失敗，乃始發明此至簡易、至確實之原理原則以貽我後人。」「如中國歷史、中國地理之稍涉詳密者，其在外國人，實為專治支那學者之專門學識；在吾國人，則實為常識，不知則為病矣！」[1]

這幾句話，他並非隨口一說，而是有切實的思考和實踐。近代以來，在推廣常識教育方面最不遺餘力的也正是他。從 1910 年 2 月創辦《國風報》開始，「常識」即成為梁啟超關注的一個中心議題。他在該報第二期刊載的《說常識》一文中，對自己的理念作了詳細闡發，並構想組建「國民常識學會」來實施自己的設想，其於 1916 年編撰出版的《常識文範》也影響深遠。中華書局創辦人陸費逵先生在 1915 年《大中華》創刊號上說：「梁任公先生學術文章，海內自有定評。竊謂吾國中上流人，稍有常識，固先生之功居多，而青

1　滄江：《說常識》，《國風報》1910 年第 2 期，1910 年 3 月。

年學子，作應用文字，其得力於先生者尤眾。」[1] 此言可謂為梁啟超一生致力於培養「國民常識」的功績蓋棺論定。

從文化大師對於傳統文化常識身體力行的重視，我們應可認識到其對我們每一個中國人的重要性。如梁啟超所言，「不知則為病矣」。

專精同涉獵，兩不可少

知識的學習有兩種，一種為「任憑弱水三千，吾只取一瓢飲」，通過學習某種專業知識，獲得相關文憑、職業資格證書；如果有進一步研究的興趣，則繼續深造以求「登堂入室，窺其堂奧」。這屬於專業學習。

但除此之外，我們還需要人格養成、獨立思考，還需要有參與社會的能力，更需要傳承歷史文化。這些都是專業學習力所不能及的，只有對蘊含和繼承了中國優秀思想文化的基本常識及文獻典籍的學習和閱讀，才能擔當此任務。

梁啟超指出：「有了專門訓練，還要講點普通常識；單有常識，沒有專長，不能深入顯出；單有專長，常識不足，不能觸類旁通。讀書一事先輩最講專精同涉獵，兩不可少。有一專長，又有充分常識，最佳。」[2]

與專業學習促進學術發展和科技進步的追求相比，常識的學習不致力於培養專業技術人才，更無意於打造螺絲釘式的現代「工具」，而是着眼於立人，培養有胸懷氣度及眼光識見的君子，也就是有獨立思考能力和道德判斷的人，營造普遍的人文氛圍和社會公

1　陸費逵：《宣言書》，《大中華》第一卷第一期，1915 年 1 月。

2　梁任公講授、周傳儒筆記：《歷史研究法》（後改題《中國歷史研究法補編》），《清華周刊》385 期，1926 年 10 月。

共生活，抵禦知識的異化、人的異化和社會的異化，促進人的全面發展。

從形式上，專業化學習往往不滿足於賜牆及肩，而致力於知識的精深；常識學習更着眼於知識的基本、根本與全面，不追求培養古代所謂的「通書千篇以上，萬卷以卜」的通儒碩學，而是允許曾經滄海式的學習，更追求對重要的基本常識的了解，尤其是涉及精神生活和公共生活的最基本相關常識的掌握。

現代社會的追求是日新月異地建設一個新世界，需要各種各樣的專業人才，看似深奧宏大的理論層出不窮，對包含諸多常識在內的傳統文化卻越來越涼薄。然而，正如雅斯貝爾斯在《時代的精神狀況》中所說：

> 個體自我的每一次偉大的提高，都源於同古典界的重新接觸。當這個世界被遺忘的時候，野蠻狀態總是重現。正像一艘船，一旦割去其繫泊的纜繩就會在風浪中無目標地飄盪一樣，我們一旦失去同古代的聯繫，情形也是如此。我們的原初基礎儘管是可能發生變化的，但總是這個古典界……

一個人、一個社會、一個國家，文化常識的有無以及人文素養的高低，直接影響着其生活面貌，決定着其是否會在風浪中無所底止地飄盪。今天，傳統文化所特有的豐富和細膩消散在碎銀幾兩的忙碌中，特有的色澤也在聲色搖曳的照射下闇淡，越是在這樣的時候，絕大多數人就越需要從傳統文化中汲取力量，解決形形色色的問題。然而典籍早已經被年輕人視若畏途，退而求其次的彌補，只能依靠文化常識的學習了。朱子在《近思錄》的序中也提到這個問題，並介紹了自己的嘗試。他說：

> 淳熙乙未（1175 年）之夏，東萊呂伯恭（呂祖謙）來自東陽，過予寒泉精舍。留止旬日，相與讀周子、程子、張子之

書，歎其廣大閎博，若無津涯，而懼夫初學者不知所入也，因共撮取其關於大體而切於日用者，以為此編。

直白地說就是：典籍廣大閎博，浩如煙海，我和伯恭先生擔心初學者不得其門而入，就一起縮編了這本既能反映典籍概要同時又能切近日用的通俗讀本。作為一位博學多識的大學問家，朱子對初學者循循善誘的一片苦心，於此可見一斑。他所強調和為之努力的，實際上也是一種文化常識的學習。我們也相信，在今天這個內外劇變的時代，常識教育能夠讓讀者更有力量。

站在巨人的肩膀上

常識類讀本是傳承文化的重要載體，可謂普通讀者認知傳統文化的一扇窗，它對於建構系統的知識體系，進而養成開放的胸懷以及多元的思考能力，加深對傳統文化的理解，是一個很好的阿基米德支點。

本叢書是一套名家編著的經典讀本，能夠充分體現傳統文化精華，吳晗、胡適、鄭振鐸、梁思成、林徽因等讀書破萬卷的「通儒」，在繼承和思考歷史文化精粹的基礎上，合零為整、苦心孤詣地歸納整理而成是編。這既屬於他們個人創造，更是一個時代對傳統文化的繼承。

歷史分冊的主編吳晗以明史研究的卓越成就而享譽學林。20世紀50年代以後，他以一個「橫通」和「直通」兼而有之的歷史學家身份，全身心投入到歷史常識普及工作中，形成了一套關於歷史通俗化和普及的理論和方法，成為普及歷史知識的積極倡導者。他對學習和普及歷史知識的重要性有深刻的認識：

（歷史學）在提高的指導下普及，在普及的基礎上提高，兩者不可偏廢的，必須兩條腿走路。單有提高，沒有普及，只

是少數人提高了，大多數人還是一清二白，這是不符合現實要求的……

《中國歷史小叢書》《語文小叢書》《中國歷史常識》等幾部大型通俗性叢書，發起者和主編就是吳晗。他凡事躬親，一絲不苟。在《中國歷史常識》編輯過程中，無論是編輯方案的制訂、初稿的審閱和討論還是編輯加工稿的審訂等，他都一一過問和參加。在吳晗的精心佈置和領導下，叢書取得了極大成功，發行量之高，讀者面之廣，罕有與之相媲美者。

哲學分冊的作者胡適，與蔡元培、陳獨秀都屬兔，有北大「老兔、中兔、小兔」之雅稱。他以一篇《文學改良芻議》高揭白話文的旗幟，成為新文化運動的主將之一，更以一部被蔡元培譽為「截斷眾流」的《中國哲學史大綱》奠定了在學術界的地位。本書從《胡適全集》中擷取了部分篇章，與其任教北大時出版的《中國哲學史大綱》合編為一冊，彌補了胡著只有半卷的學術缺憾。由上古而中古，而近世，為讀者提供一種研究中國哲學史的完整門徑。

在胡適以前，研究普及中國哲學的人不計其數，其中不乏錢穆和馮友蘭這樣的大家，但胡適的不同之處是，他開創性地運用西方的治學方法和話語，來研究和解讀中國哲學，這就不能不讓人耳目一新。正因如此，蔡元培曾讚揚胡適《中國哲學史大綱》的長處是證明的方法、扼要的手段、平等的眼光及系統的研究，是一部新的哲學史。而同樣出版過《中國哲學史》的馮友蘭則多次表示，在中國哲學史研究的近代化工作中，胡適創始之功，不可埋沒。此外，胡適為文通俗易懂，簡潔平實，一點也沒有晦澀難懂的感覺。比如當他提到莊子的「達觀」思想時，這樣解釋：

> 有兩個人爭論，一個人說我比你高半寸，另一個人反過來說自己比對方高半寸，這時莊子走過來說：你們兩位不用爭了，我剛才從埃菲爾鐵塔上看下來，覺得你們兩位的高低實在沒有分別。

譬喻之精準巧妙，語言之幽默詼諧，都讓人不由得會心一笑。

文學分冊的作者鄭振鐸，是中國現代傑出的文學家和翻譯家，新文化和新文學運動的倡導者。在他眼中，文學乃是「最偉大的人類精神的花」。雖然他日後亦涉獵史學、藝術等領域，而文學研究實為其一生之志，「畢生精力所在」。

20 世紀 20 年代起，他的研究重點逐漸地轉到中國文學上來，陸續出版了《文學大綱》《插圖本中國文學史》。他自覺地引入了西方的文學觀念和治學理念，把中國文學放到世界文學的參照系中進行研究，不僅把小說、戲曲這類在傳統上被視為不入流的文體納入了敘述範圍，還風趣地對比指出：「《詩經》在孔子、孟子時代的前後，對於一般政治家、文人等等，即已有如《舊約》《新約》及荷馬的兩大史詩之對於基督教徒與希臘作家一樣的莫大的威權。」

建築分冊的作者是梁思成和林徽因伉儷。梁思成是梁啟超先生的長子，中國古代建築學科的開拓者和奠基者；以作家和詩人名世的林徽因，也堪稱中國第一位女建築師。1932 年至 1937 年 7 月，中國營造學社在梁思成、林徽因等人的主持下，於兵荒馬亂中先後到瀋陽、北平以及河北、山西、浙江、江蘇、山東、河南、陝西七省的近 40 個縣考察，對中國古建築進行開創性的調查研究。很多古建築如趙州石橋、應縣木塔、五台山佛光寺東大殿等，通過他們的考察得到了全國以及國際的認識，從此加以保護。

1934 年，他們編著《清式營造則例》一書，第一次將繁雜的中國古建築構造和形制作了科學的整理和分析，用近代的建築投影圖繪製出清式建築構架、門窗、裝飾和彩畫的詳圖。直至今天，這部著作仍然是初學中國古建築的必讀教材。1937 年，他們批註《大唐西域記》中數百處唐代建築及地名，引起了世人對中國古建築的關注。所著《中國建築史》更使中國古建築這一塊寶拂去塵埃，重放異彩於世界文化之林。

他們在跋山涉水考察測繪古建築和奔走呼號不讓「古都坍塌」的同時，還用自己的健筆傳播建築文化，先後發表《論中國建築之幾個特徵》《平郊建築雜錄》《中國建築發展的歷史階段》《中國建築與中國建築師》《晋汾古建築預查紀略》等，熱情地介紹中國建築傳統。林徽因應《新觀察》雜誌之約，撰寫了《中山堂》《北海公園》《天壇》《頤和園》《雍和宮》《故宮》等一組介紹中國古建築的文章。梁思成在《人民日報》上開闢「拙匠隨筆」專欄，寫出了《建築 ∈ （社會科學∪技術科學∪美學）》《建築師是怎樣工作的？》《千篇一律與千變萬化》《從「燕園」── 不祥的一語成讖說起》《從拖泥帶水到乾淨利索》，對建築知識和建築文化進行公眾普及。所有這些，都是梁林伉儷留下的重要建築文化遺產。

本叢書注重完整的編排體系，前後知識相互聯繫、相互補充，進而不斷深化。從中國的哲學、文學、歷史、建築等四個方面，對傳統文化以及承載傳統文化內涵的象徵性符號、典型建築等進行系統梳理，由淺入深，循序漸進地展開內容。為了更好地啟發思考，我們通過相關內容延展串聯相關知識網絡，綱舉目張地啟發讀者從不同的角度、不同的方面了解同一主題。

同時，由於文字的抽象性高，而圖片可以更直觀和形象地呈現內容，提高讀者的閱讀體驗。本叢書緊密配合歷史場景、人物形象、建築結構、事物聯繫等內容，按照一定比例配備了相應圖片，或對文字內容進行解釋，或對文字內容進行補充，圖片和內容相輔相成、相得益彰。

只有站在巨人的肩膀上，才能看得更遠。而這個叢書，恰恰可以為大家更經濟且更有效率地學習提供助力。當然，如果大家在讀了這套常識叢書以後，能進一步打開並沉潛到各位作者的原典著作中，從容求索，深入體味，收穫一定會更大。如果僅只滿足於了解一些常識，得少為足，相信也是有違這套書的作者們的初衷的。

序：中國文學鳥瞰

古代文學

一

　　所謂古代文學，指的便是中國西晉以前的文學而言。這個時代的文學有兩個特點：第一，純然為未受有外來的影響的本土的文學。我們的中世紀和近代的文學，無論在形式上，內容上都受有若干外來文學的影響，特別是印度的；但在古代文學史上，則這個痕跡尚看不出——雖然在這個時代的最後，印度的思想和宗教已在很猛烈地灌輸進來。第二，純然為詩和散文的時代。像小說和戲曲的重要的文體，在這時代裏，尚未一見其萌芽。在希臘，在羅馬或在印度的文學史上，已是很絢爛地照耀着這兩種偉大文體的不可迫視的光彩的了。

　　這個時代，從最早有「記載」的文字留下的時候起，到西晉的末年止，至少是有了二千年左右的歷史（前 1700—316 年）。在這樣長久的時代裏，我們先民的文學活動，至少也可分為四個發展階段：

　　第一階段：從殷商到春秋時代。這是一個原始的時代，偉大的著作，只有一部《詩經》。

　　第二階段：戰國時代。這是散文最發展的時代，散文的應用，在這時最為擴大。作者們都勇敢地向未之前見的文學的荒土上墾殖着。韻文也有了很高的成就，產生出像屈原的《離騷》《九章》、宋玉的《九辯》以及《招魂》《大招》之類的傑作。

　　第三階段：從秦的統一到東漢的末葉。這是一個辭賦的時代，我們還看見五言詩在這時候開始發生萌芽；我們還看見古代的載籍[1]，在這時候開始被整理，被「章句」，被歸納排比在好幾部偉大的歷史的名著裏去。

　　第四階段：從漢建安到西晉之末。這是一個五言詩的偉大時代。抒情詩的創作復活了；同時還復活了哲學的討論的精神。詩人們，學者們，都不甘低首於類書似的辭賦和古代典籍之前了。雖然在最後，我們見到了一個悲慘的少數民族混亂的時代，卻並無礙於這個時代偉大的成就。印度的佛教也在這時輸入中國，開始在哲學上發生着影響，但文學上似還不曾感受到什麼。

二

　　在這四個階段的文學的進展裏，中國的歷史的和社會的、經濟的情況也逐漸在變動着，且在背後支配着文學的進展。

　　最早的一個時期裏我們看見漢民族的殷商一代，已定居於河南的黃河流域。漢族到底是西來的呢，還是定居於本土的原始人種，這有種種專門的辯論，我們姑且不去討論它。但我們知道當我們的文學史開幕的時候，漢民族已在黃河流域的中部活躍着。他們的文明程度已經是很高的了。他們已知使用銅器。他們已有很繁賾的文字。他們知道怎樣卜占吉凶以至行止；他們在獸骨、龜板和

1　載籍：書籍。《後漢書‧卷四‧班彪傳下》：「逐博貫載籍，九流百家之言，無不窮究。」

銅器上所刻的文辭，是很整飭的。後來周武王伐紂，推翻中樞的政府而自代之。周朝初期的文化未必有勝於殷商，但不久便急驟進步了。就甲骨文辭的記載看來，殷商已入一個農業時代，他們對於卜年卜雨是很注意的一件事。但也頗着重於田漁，這可見他們是未盡脫遊獵時代的生活的。周代則完全入到很成熟的農業社會之中。《詩經》裏，關於農事的歌詠是極多的；我們讀《雲漢》一詩，便知當時的人們對於大旱災是如何的着急。像《七月》，像《碩鼠》等便又活畫出當時農民們婉轉呻吟於地主貴族壓迫之下的呼號。「十畝之間兮，桑者閒閒兮」，連情詩也都是以農村的背景寫出的了。

三

第二個階段，來了一個極大的變動。在第一時期的後期，漢民族的勢力還未出黃河流域以外。見於《詩經》的十五國風；二南、王、檜（guì）、鄭、陳，皆在河南；邶、鄘（yōng）、衞、曹、齊、魏、唐，皆在河北；豳（bīn）、秦則在涇、渭之間。其疆域蓋不出於河南、山西、陝西、山東四省之外。但在其最後，我們卻見到長江流域左右的楚與吳、越皆已登上中國政治與戰爭的舞台，而為其重要的角色。在這個時代裏，政治的局面，更大為不同。中樞政府完全失去了權威，以至於消滅。所謂韓、魏、趙、齊、楚、燕、秦的七國，競欲爭霸於當代，合縱連橫，外交的變幻無窮，戰爭的威脅也無時或已。而對內則暴政酷稅，使得民不聊生。平和的農民們連逃亡都不可能。憂民之士，紛出而獻匡時之策；舌辯之雄，競起而效馳驅之任。於是便來了一個散文的黃金時代。在這時，商業是很發達的；儘管爭戰不已，但商賈的往來，則似頗富於「國際性」。大商人們在政治上似也頗有操縱的能力；陽翟大賈呂不韋的設謀釋放秦太子，便是一例。秦居關中，民風最為強悍，又最不受兵禍，

首先實行了土地改革，增加生產，且似能充分地得到西方的接濟，故於七國中為最強。齊、楚諸國終於逐漸地為秦所吞併。楚地的文學，在這時詩壇上最為活躍；但大詩人屈原等在其他國家裏並無重要的影響。

第三個時期的開始，便見秦已併吞了六國，始皇帝厲行新政，「書同文字，車同軌」，廢封建為郡縣，打破了貴族的地主制度（秦的廢封建，似頗受巴比倫諸大帝國的影響，又其自稱「始皇帝」，而後以「二世」、「三世」為次，似更是模擬着西方的諸帝的榜樣的）。這是極大的一個政治上的革命。自此，真正的封建組織便消滅了。但始皇帝雖為農民去了一層大壓力，而秦人的兵馬的鐵蹄，卻代之而更甚地蹂躪着新征服的諸國。因此，不久便招致了「封建餘孽」的反叛。大紛亂的結果，得天下者卻是從平民階級出身的劉邦。戰國諸世家是永遠淪落下去了。劉邦即皇帝位後，大封同姓諸侯。但文、景之後，封建制度又跟隨了七國之亂而第二次被淘汰。在這時候，北方的 一個大敵匈奴，逐漸地更強大了（他們為周、趙、秦的邊患者本來已久）。唯於大政治家劉徹的領導之下，漢族卻給匈奴以一個致命傷。同時，西方諸國也和漢帝國更為接近。西方的文化和特產開始輸入不少。王莽出現於西漢之末。他要實現比始皇帝更偉大的一次大革命，經濟的革命。可惜時期未成熟，他失敗了。東漢沒有什麼重要的變動。漢帝國的威力，漸漸地墮落了。西方諸小國已不復為漢所羈縻。

這三個世紀，並沒有產生什麼偉大的名著。但屈原的影響卻開始籠罩了一切。兩司馬（遷和相如）代表了文壇的兩個方面。遷建立了歷史的基礎；相如則以辭賦領導着許多作家。但兩漢的辭賦，不是「無病而呻」的「騷」便是浮辭滿紙，少有真情的「賦」和「七」。他們只知追蹤於屈、宋的「形式」之後，而遺棄其內在的真實的詩情。散文壇也沒有戰國時代的熱鬧，但較之詩壇的情況，卻

已遠勝。古籍整理的結果，往古的史實漸漸成為常識。便有像王充一類的學者，以直覺的理解，去判斷議論過去的一切。五言詩漸代了四言的定式而露出頭角來。

四

第四個時期可以說是五言詩的獨霸時代。尚有詩人們在寫四言，但遠沒有五言的重要。

在這時代，我們看見漢末的天下紛亂；我們看見魏的統一，晉的禪代；我們還看見少數民族的紛紛徙居於內地。魏、晉的這個羈縻政策的結果，造成了後來的五胡十六國之亂。在這時的初期，魏、蜀、吳的三國雖是鼎峙着，而人才則幾乎完全集中於魏都的概況。蜀、吳究竟是偏安一隅。因形勢的便利，又加之以曹氏父子兄弟的好延攬文人學士們，於是從建安到黃初，便成了一個最光榮的五言詩人的時代，一洗兩漢詩壇的枯陋。辭賦在這時代也轉變了一個新的機運。雋美沉鬱的詩思復在《洛神》《登樓》諸賦裏發見了。司馬氏繼魏而有天下。東南的陸機、陸雲也隨了孫吳的被滅而入洛。詩人們更為集中。

因了兩漢儒學的反動，又佛教的開始輸入，在士大夫間發生了影響，玄談之風於以大熾。竹林七賢的風趣是往古所未有的。阮、嵇的詩也較建安諸子為更深厚超逸，引導了後來無數的詩人向同一路線走去。

在西晉的末葉，我們看見了大變亂將臨的陰影。諸王互相殘殺，文人們也往往受到最殘酷的噩運，徒然成了政爭的無謂的犧牲。從永興元年（304 年）劉淵舉起了反抗的旗幟，自稱大單于的時候起，中原便陷於水深火熱的爭奪戰中。中世紀的文學就在那個大紛亂的時代，代替了古代文學。

中世文學

一

中世紀文學開始於晉的南渡，而終止於明正德的時代，其時間凡一千二百餘年（公元 317～1521 年）。在中國文學史上，這一段的文學的過程是最為偉大、最為繁賾的。古代文學是單純的本土文學，於辭賦、四五言詩、散文以外，便別無所有了。

這個時代，卻是印度文學和中國文學結婚的時代。在這一千二百餘年間，幾乎沒有一個時代曾和印度的一切完全絕緣過。因為受了印度文學的影響，我們乃於單純的詩歌和散文之外，產生出許多偉大的新文體，像變文，像諸宮調等等。在思想方面，在題材方面，我們也受到了不少從印度來的恩惠。我們可以說，如果沒有中印的結婚，如果佛教文學不輸入中國，我們的中世紀文學可能會是完全不相同的一種發展情況的。

我們真想不到，在古代期最後的時候所輸入的佛教，在我們中世紀的文學史乃會有了那麼弘巨的作用！經過了那個弘麗絕倫的結婚禮之後，更想不到他們所產生的許多寧馨兒竟個個都是那麼偉大的「巨人」！

凡在近代繼續生長着的文體，在這個時代差不多都已產生出來了。

民間文學所給予我們許多大作家的影響，在這個大時代裏也很明白的可以看出。

歐洲文學史上的中世紀，是一個黑暗的時代。但我們的中世紀，卻是那樣的輝煌絢爛的一個大時代，幾乎沒有一紀一年不是天朗氣清的「佳日」。她不曾有過兼旬的霖雨，也不曾有過長久的陰晦無月的夜景。是那樣偉大的一個中世紀！說起來便不禁得要令人神往！——雖然在政治上是常常的那樣的黑暗。

二

在這一千二百年間的中世紀的文學，其歷程可分為下列的三個時代：

第一時代，從晉的南渡到唐開元以前。這仍是一個詩和散文的時代。但在詩和散文上，其思想題材，乃至辭語，已深印上佛教的影響在上面了。小說的前影在這時已可見到，但只是短篇的故事。《遊仙窟》的出現，才真實的開始了中國小說的歷史。在這時代之末，七言詩已成為最流行的詩體。

第二時代，從唐開元、天寶到北宋之末葉。印度文學的影響，在這個時候，不僅僅自安於思想、題材或若干辭語的供給了；她們已是直捷的闖入我們文壇的中心了。印度所特有的以韻文和散文組合而成的文體，已在這時代成為「變文」，而佔領了一個重要的地位，產生出很多偉大的作品。同時，許多新體的詩歌所謂「詞」者，也嶄然露出頭角來。「詞」的音樂，有一部分是受了印度及中央亞細亞諸國的樂歌的感應的；有一部分則為各地民間的產物。在散文壇上，這時也發生了一種革命的運動，即所謂古文運動的，起來打倒了既不便於抒情，更不便於議論、敘事的僵化了的駢偶文。其最高的成就乃見之於許多雋妙「傳奇文」上。

第三個時代，從南宋初年到明正德之末。這時，詩壇上是，於詞之外，更有了一種新體的可唱的詩，所謂「散曲」者出現。許多儒士，已是無條件地採納了許多印度的哲理到中國哲學裏去。說書的風氣，在第二時代僅流行於寺廟裏，僅為和尚們所主講者，這時代卻大見流行，有了種種不同的分化。短篇的以白話寫成的小說，所謂「詞話」的，以至長篇的歷史小說，所謂「講史」的，因此遂產生出來。

「變文」的勢力更大，一方面在「寶卷」的別名之下延長其生命下去，一方面更產出了另一個重要的文體——所謂「諸宮調」者出

來。戲劇這一個重要的文體，也在此時出現了。她最初是在中國的東南部溫州流行着，後乃成為普遍性的。在北方，受了戲文及影戲等的影響，並由諸宮調蛻化出一種別體的戲曲，所謂「雜劇」的出來。中世紀的文學乃告終止於諸種新的偉大的文體在發展得成熟的時候。許多偉大的名著，如暮春三月的落花如雨的新瓣，如秋日的霖雨的綿綿不絕的雨絲似的繼續不斷的出現。

三

這一千二百年間的政治和社會，常常陷於黑暗無比的深井裏，恰似和光芒萬丈的文壇成一個黑白極顯明的反映。中華民族所遭受的痛苦和不幸，乃是古代期裏諸作家所不曾夢想得到的。至少總有八百年以上，中國中南部是在不斷的遭受着北部的諸少數民族的侵入的。其中至少有四百年以上，北方的全部陷入少數民族的掌握之中。其中更有一世紀，乃至連南方的全部也都被一個遊牧民族的鐵蹄所蹂躪、所征服。所謂契丹（遼），所謂女真（金），所謂蒙古（元），他們此興彼滅的不斷的在中國政治舞台上活動着。而開其端者則為五胡的亂華。

從五胡亂華的時候，漢族開始養成能夠在少數民族的極大的壓迫之下生存着的耐力和勇氣。公元 316 年，劉曜陷長安。第二年劉聰殺潛帝。司馬睿便在江南自立為皇帝，是謂東晉的開始。世家大族紛紛的由中原逃到江南來。時時有志士們懷着恢復中原的雄心，但都只是若曇花的一現。中原及北部是陷入那樣的不可救藥的大混亂之中。五胡十六國，如萬蛇在坑中似的翻騰不已。

到了公元 440 年，北魏太平真君統一了北地，人民方才略略有些安息的日子過。其後北魏又分裂為東西魏，再變而為北齊和北周。南朝也由宋而齊而梁而陳的數易其主。公元 581 年，楊堅代北周而有天下；過了九年，又平陳。南北二地始復見統一的局面。公

元 618 年，李淵復代隋而建立唐帝國。一個更強有力的中樞政府，遂以形成。

因了這四百年間是那樣的一個不太平的黑暗時代，於是佛教的勢力便乘機大為發展；上自皇帝，下到平民，殆無不受這個欲解脫人生痛苦的偉大宗教的洗禮。佛經的翻譯成了最重大的事業。無數的文士們專心致志的從事於此。梵音的使用，佛家故事的改譯，遂成了這時代很重要的，且是對於後來很有影響的工作。

四

第二個時代開始於唐帝國的全盛時代。繼於李世民的開創之後，李隆基的雄才大略，使得漢族和西方諸國有了更密切的關係。印度和西域的事物，急驟的輸入中國來。特別是音樂，碰到了好歌善舞的李隆基，立刻便有了很大的成就。我們開始見到新體詩的「詞」的萌芽。但唐帝國對於外來民族仍是抱着羈縻的政策，且進一步而組織着正式的藩軍。這政策的不幸的結果，乃爆發於公元 755 年安祿山的舉叛旗。自此，天下又有了好幾年的紛亂。但這個紛亂，卻打破了大帝國的酣舞清歌的迷夢。

在詩壇上產生了像杜甫、白居易般的大詩人。在散文壇上也開始發生了古文運動。唯中樞政府的統御力，自此便一蹶不振。軍閥專橫，民生困苦萬狀，乃至產生了許多空想的劍俠的故事。契丹開始表現其勢力於中國的北部及中原。公元 907 年，朱溫篡唐而自立。五代不過五十年，而已五易其姓。石敬瑭等且皆借契丹之力以入主中原。於是這個遼（契丹）民族的野心乃更大。趙匡胤雖統一了天下，而於遼卻是不敢「加遺一矢」的。

公元 1125 年，宋與金同盟舉兵滅遼。第三年，這個勃興的金民族便又滅北宋而佔有了北方的天下。宋高宗僅倚長江的天險而自保。又成了南北對峙的局面。

五

第三個時代開始於宋、金兩朝的南北對峙。金雖是勃興的少數民族，但入主北地以後，其文化也突然的達到很高的地位。當中原的藝術家們正紛紛的逃過江南來時，一部分沒有遷徙得動的詩人們、小說家們，便在中原為金人而歌唱着，講說着故事。其結果遂產生了像董解元的《西廂記》和無名氏的《劉知遠諸宮調》那麼偉大的名著出來。稍後，便又由着大詩人關漢卿的大力，而創作了雜劇的一個新體的戲曲出來。同時，在南宋，說話人們正在創作他們的「詞話」，永嘉的劇作家們也正在編寫他們的戲文。

正在這時，北方忽如流星的經天似的出現了一個更強盛的以遊牧為生的蒙古民族。他們在幾個大政治家、大軍事家指揮之下，鐵騎所到，無不殘破，遂建立了一個曠古未有的蒙古大帝國，竟包括了一部分的歐洲乃至印度在內。

公元 1234 年，蒙古滅金。過了四十五年，他們又一舉而滅了南宋。在這個強悍的民族的統治底下，漢族人民的痛苦之深是無待說的。但文壇卻並不見得怎樣闇淡。那時的農村經濟似是很充裕的。觀於杜善夫的《莊家不識勾欄》，一個農夫乃肯不經意的費了「二百文」去見識見識勾欄裏演劇的情形，其盛況是頗可由此明白的。大都和臨安是兩個文化的中心。雜劇和戲文在這個時期極為發達，長篇的歷史小說也產生得不少。但這個蒙古大帝國卻崩壞得很快。

公元 1368 年，朱元璋的兵逐走了元順帝，恢復了漢民族的天下。在朱明統治之下的中國卻也並不怎樣快樂。朱姓諸皇帝是那樣的專制和無理性！洪武、永樂，都是殘忍成性的人物。文壇似乎反而較元代無生氣。成化、弘治、正德諸代，比較的有復興的氣象。偉大的傑作也時時有產生出來。然一切文體經歷了這許多年之後，

都有些疲乏了，亟待需要一個新的轉變。近代期的文學便在那樣的一個時候開始。

近代文學

一

近代文學開始於明世宗嘉靖元年（公元 1522 年），而終止於五四運動之前（民國七年，公元 1918 年）。共歷時三百八十餘年。為什麼要把這將近四個世紀的時代，稱之為近代文學呢？近代文學的意義，便是指活的文學，到現在還並未死滅的文學而言。在她之後，便是緊接着五四運動以來的新文學。近代文學的時代雖因新文學運動的出現而成為過去，但其中有一部分的文體，還不曾消滅了去。她們有的還活潑潑地在現代社會裏發生着各種的影響，有的雖成了殘蟬的尾聲，卻仍然有人在苦心孤詣地維護着。

中世紀文學究竟離開我們是太遼遠一點了；真實地在現社會裏還活動着的便是這近代文學。她們的呼聲，我們現在還能聽見，她們的歌唱，我們現在還能欣賞得到；她們的描寫的社會生活，到現在還活潑潑地如在。所以這一個時代的文學，對於我們是格外地顯得親切，顯得休戚有關，聲氣相通的。

在這四個世紀的長久時間裏，我們看見一個本土的最偉大的作曲家魏良輔，創作了昆腔；我們看見許多偉大的小說家們在寫作着許多不朽的長篇名著；我們看見各種地方戲在迅速地發展着；我們看見許多彈詞、寶卷、鼓詞的產生。在這四個世紀裏，我們的文學，又都是本土的偉大的創作，而很少受有外來影響的了。雖然在初期的時候，基督教徒的藝術家們曾在中國美術上發生過一點影響；——但中國文學卻絲毫不曾被其影響所薰染到。

雖然在最後的半個世紀，歐洲的文化，也曾影響到我們的封

建社會裏，連文學上也確曾被其晚霞的殘紅渲染過一番；——然究還只是浮面的影響，並不曾產生過什麼重要的反應。她們激動了千年沉睡的古國的人們。這些人們似乎都已醒過來了；但還正是睡眼蒙矓，餘夢未醒，茫茫無措地站在那裏，雙手在擦着眼，還不曾決定要走哪一條路，要怎麼辦才好。認清楚了，已經完全清醒了的時代，當從五四運動開始。所以近代文學，我們可以說，還純然是本土的文學。這四百年的文學，實在是了不得的空前的絢爛。

二

但在政治上卻又是像中世紀似的那麼黑暗。我們的民族方才從蒙古族的鐵騎之下解放出來不到一百六十年，便又遇到一個厄運，那便是倭寇的侵略。雖不過是東南幾省的遭受蹂躪；文化的被破壞的程度，卻是很可觀的。再過一百二十餘年，一個更大的壓迫便來了：清民族以排山倒海之勢，侵入中國本部。先蠶食了整個遼東，然後以討伐李自成為名，利用着降將與漢奸，安然地登上了北京的金碧輝煌的宮庭裏的寶座（公元 1644 年）。不到一年，又陷了南京，擒了福王。第二年又打到汀洲，捉了唐王。到了公元 1658 年，攻雲南，整個的中國便都歸伏聽命於愛新覺羅氏的指揮了。幾個偉大的政治家，立下了嚴厲的統治的訓條。整個漢民族，馴良的在被統治之下者凡二百六十餘年。但清民族不久也漸漸地腐敗了。他們吸收了整個的漢文化。當西洋人屢次的東來叩關時，他們便也無法應付了。從公元 1842 年（道光二十二年）鴉片戰爭失敗，簽訂南京條約，割香港、辟福州等五口為通商口岸起，幾乎是無時不在外國兵艦的威脅之下。

公元 1850 年到 1864 年間的太平天國的起義，曾掀起了大規模的社會革命運動，但為期甚短，不能開花結果。甲午（1894 年）中日戰爭之後，中國幾成了四面楚歌的形勢。要港紛紛地被列強租借

去。北方幾省雖有義和團的反抗外力運動，其努力卻微薄之極，經不起「八國聯軍」的打擊。但因此屢敗的結果，革新運動卻在猛烈地進行着，從軍備的改革，新機械的採用，到教育制度、政治制度的革命，其間不過四十年。公元 1911 年的大革命，產生了中華民國，恢復了漢民族的自由，開始了中華各民族的團結。革新運動總算得到一個結果。自此以後，國運也並不怎樣向上發展。以個人主義為中心而活動的軍閥們，幾有使中國陷入更深的泥澤中之概。因了歐洲大戰和日本哀的美敦書[1]的刺激，便又產生了一次比戊戌更偉大的革新運動，那便是 1919 年的五四運動。近代文學便告終於五四運動的前夜。

五四運動以後的文學是一個嶄新的東西，和舊的一切很少銜接的。五四運動的絕叫，直是快刀斬亂麻似地切斷了舊的文學的生命。所以近代文學的終止，也便要算是幾千年來的舊式的文學的閉幕、收場。以後的現代的文學，便是另一種新的東西了。這麼猛烈的文學革命運動，這麼絕叫着的「在一夜之間易趙幟為漢幟」的影響，使那嶄新的若干頁的中國文學史，其內容便也和以前的整個兩樣。

三

就其自然的趨勢看來，這將近四個世紀的近代文學，可劃分為下列的四個時期：

第一個時期，從嘉靖元年到萬曆二十年（1522～1592）。這是一個偉大的小說和戲曲的時代。我們看見由平凡的講史進步到《西遊記》《封神傳》；更由《西遊》《封神》而進步到產生了偉大的充

1　哀的美敦書，源于拉丁語，意即最後通牒。

滿了近代性的小說《金瓶梅》。我們看見昆腔由魏良輔創作出來，影響漸漸地由太湖流域而遍及南北。我們看見許多跟從了昆腔的創作而產生的許多新聲的戲劇，像《浣紗記》《祝髮記》《修文記》之類，我們看見雄據着金、元劇壇的雜劇的沒落，漸成為案頭的讀物而不復見之於舞台之上。在詩和散文一方面，這時代比較顯得不大活躍，但也並不落寞。我們看見正統派的古文作家們和擬古的詩文家們在作爭奪戰；我們也看見新興的公安派勢力的抬頭。而李卓吾、徐渭諸人的出現，也更增了文壇的熱鬧。

第二個時期，從萬曆二十一年到清雍正之末（1593～1735）。這仍是一個小說和戲曲的大時代，但詩文壇也更為熱鬧。雖然中間經過了清兵的入關，漢民族的被征服，但文壇上的一切趨勢，卻並不因之而有什麼變更，只不過增加了若干部悲壯淒涼的遺民的著作而已。詩和散文都漸漸由粗豪、怪誕、纖巧，而轉入比較恢宏偉麗的局面中去。但因了清初的竭力網羅人才；因了若干志士學人的遁入「學問壇」裏去避禍，去消磨時力，明末浮淺躁率之氣卻為之一變。——雖然在明末的時候，風氣也已自己在轉變。

小說有了好幾部大著，像《三寶太監西洋記》《隋煬艷史》《醒世姻緣傳》之類；但究竟以改編重訂的講史為最多。因了馮夢龍的刊佈「三言」，短篇的平話的擬作，一時大盛，此風到康熙間而未已。戲曲是這時期最可驕人的文體；偉大的名著，一時數之不盡。沈璟、湯顯祖為兩個中心，而顯祖的影響尤大。「四夢」的本身固是不朽的名著，而受其影響者也往往都是名篇巨制。在這個時候，傳奇寫作的風尚，似乎始被許多的真正的天才們所把握到。他們的創作力有絕為雄健的，像李玉、朱佐朝等，所作都在二十種以上。洪昇、孔尚任所作也是這時代光榮的成就。

第三個時期，從乾隆元年到道光二十一年（1736～1841）。這時期戲曲的氣勢已由絕盛的時代漸漸向衰落之途走去，昆腔的過於

柔靡的音調，已有各種土產的地方戲，不時地在乘隙向她逆擊。終於古老的昆腔不能不退避數舍 —— 雖然不曾完全被驅走。張照諸人為皇家所編的空前宏偉的《勸善金科》《九九大慶》《忠義璇圖》《鼎峙春秋》諸傳奇，一若夕陽之反照於埃及古廟的殘存的巨像上，光景雖闊大，而實淒涼不堪。將士銓、楊潮觀們所作，雖短小精悍，不無可喜，而也已不能支持着將傾的大廈了。

小說卻若有意和戲曲成反比例似的更顯出新鮮活潑、充滿精力的氣象來。《紅樓夢》《綠野仙蹤》《儒林外史》《鏡花緣》等等，幾乎每一部都是可注意的新東西。詩壇的情形，也極為熱鬧。幾個不同的宗派，各在宣傳着，創作着，也各自有其成績。散文又為復活的古文運動的絕叫所壓伏。但同時潛伏了許久的六朝賦、駢儷文的活動，也在進行着。萬派爭競，都惟古作是式；卻沒有明代的擬古運動那麼樣的「生吞活剝」。宋學與漢學也不時的在作殊死戰。由幾位學士大夫們所提議的從《永樂大典》裏搜輯「逸書」的事業，廓大而成為四庫全書館的設立；《四庫全書》的編纂，雖然毀壞了不少名著，改易了不少古作的面目，但使學者們得以傳抄、刊佈、閱讀，卻是「古學」普遍化的一個重要的機緣。明人的淺易的風氣，至此殆已一掃而光。然而一個急驟的變動的時代快要到來了。這個古學的全盛，也許便是所謂「陳勝、吳廣」般的先驅者們罷？這時代在北京和山東所刊佈的《霓裳續譜》和《白雪遺音》卻是極重要的兩部民歌集，保存了不少的最好的民間詩歌，且也是搜輯近代民歌的最早的努力。葉堂的《納書楹曲譜》和錢德蒼《綴白裘合集》的流佈，恰似有意地要結束了昆腔的運動似的。

第四個時期，從道光二十二年到民國七年（1842～1918）。就是從鴉片戰爭到五四運動的前一年。這是中國最多變的一個時代。都城的北京，兩次被陷於英、法、美等帝國主義者們的聯軍之手（1860 年英、法聯軍陷北京；公元 1900 年八國聯軍入北京）。東南、

西南的大部分，全陷入太平天國起義以後所生的大混亂之中。外國的兵艦大炮，不時地來叩關，來轟炸。繼而有甲午的大敗，要港的被強佔。但那些事實，可惜都不曾留下重要的痕跡於文學中。太平天國的建立與其失敗，是一件可泣可歌的大事，卻只產生了一部不倫不類的《花月痕》。義和團的事變，也只見之於林紓的《京華碧血錄》及一二部短劇裏。文人的異樣的沉寂，實在是一個可怪的現象！西方文學名著的翻譯，最後，也繼了聲、光、化、電諸實學的介紹而被有名的古文家林紓所領導。雖還不曾發生過什麼很大的影響，至少是明白了在西方文學裏是有了和司馬子長同等的大作家存在着的。散文，因了時勢的需要，特別的有了長足的發展。

梁啟超的許多論文，有了意料以外的勢力。他把西方思想普遍化了。他打破了古文家的門堂。他開闢了「新聞文學」的大路。他和黃遵憲們所倡導的「新詩」運動，也經驗到在舊瓶中裝得下新酒的成績。但這一切，都還不能夠有着重要的偉大的影響。他們所掀起的風波，要等到五四運動以來，方才成為滔天的大浪呢。小說和戲曲在這時，俱有復由士大夫之手而落到以市民為中心之概。其一是崑腔的消沉與皮黃戲的代興；其二是武俠小說與黑幕小說的流行。文壇的重鎮，漸漸地由北京的學士大夫們而移轉到上海的報館記者們與和報館有密切關係的文人們，像王韜、吳沃堯輩之手。這正足以見到新興的經濟勢力，正在侵佔到文學的領域裏去。上海在這時期的後半，事實上已成了出版的中心。

這時期，正預備下種種的機緣，為後來偉大的文學革命運動的導火線，成為這個革命運動的前夜。

第一章

詩經與楚辭

我們開始敍述中國的文學，覺得有一件事很奇怪：中國在她的文學史的第一章，乃與希臘與印度不同，中國無《伊利亞特》與《奧德賽》，無《摩訶波羅多》與《羅摩衍那》，乃至並無一篇較《伊利亞特》諸大史詩簡短的、劣下的、足以表現中國古代的國民性與國民生活和偉大的人物的文學作品。中國古代的人物，足以供構成史詩資料的，當然不在少數，卻僅能成為簡樸如人名、地名字典的編年史與敍事極簡潔的《史記》的本紀或列傳中的人名，而終於不能有一篇大史詩出現。

我們不能相信，古代的時候，中國的各地乃絕對的沒有產生過敍述大英雄的、國民代表的偉大事跡的簡短的民歌；但其所以不能將那許多零片集合融冶而為一篇大史詩以遺留給我們者，其最大原因恐在於：那時沒有偉大天才的詩人如所謂荷馬、跋彌之流以集合之、融冶之；而其一小部分的原因，則在於中國的大學者如孔丘、墨翟之流，僅知汲汲於救治當時的政治上、社會上、道德上的弊端，而完全忽略了國民文學資料的保存的重要。因此，我們的在古代的許多民間傳說，乃終於漸漸地為時代所掃除、所泯滅而一無痕跡可尋了。這真是我們的一種極大的損失！

我們現在所能得到的中國古代的偉大的文學作品，只有兩部：一部是《詩經》，一部是《楚辭》。這兩部大作品，都是公元前三、四世紀後商之中葉）至公元前一世紀（漢中葉）的出產物。《詩經》是公元前三、四世紀至公元前一世紀的中國北部的民間詩歌的總集（《詩經》內容甚雜，但以民間詩歌為最多）；《楚辭》是公元前三世

紀至公元一世紀的中國南部的作品的總集，其中亦有一部分是「非南方人」所仿作的。除了這兩部作品以外，古代的中國文學中，沒有什麼更重要的、更偉大的作品了。雖然有幾篇作品，可以追溯到公元前二十五、前二十六世紀，如《吳越春秋》所載之《彈歌》，「斷竹續竹，飛土逐肉」，相傳以為是黃帝時作，又如《帝王世紀》所載之《擊壤歌》，《尚書大傳》所載之《卿雲歌》三章，相傳以為堯、舜時作之類，雖我們不能說其偽跡如明人所作之《皇娥歌》《白帝子歌》之明顯，然其真實之時代我們卻絕不能斷定能較《詩經》更早至一、二世紀以前。記載這些詩歌的書，本不甚可靠，也許其時代較《詩經》為更後。且此種作品，俱為不甚重要之零片，在文學史上俱無甚價值可言，自上古以至秦，除《詩經》與《楚辭》外，合真偽的詩歌而並計之（其實大部分是偽的），其總數不過百篇，只能集成極薄的一小本。

所以我們論中國的古代文學，捨《詩經》與《楚辭》以外，直尋不出什麼更重要的、更偉大的文學作品出來。且這兩部不朽之作，在中國文學史上都產生過極偉大、極久遠的影響。

《詩經》

《詩經》出現在孔子、孟子時代的前後，對於一般政治家、文人等等，即已具有如《舊約》《新約》及荷馬的兩大史詩之對於基督教徒與希臘作家一樣的莫大的威權。政治家往往引《詩經》中的一二詩句以為辯論諷諫的根據；論文家及傳道者亦常引用《詩經》中的一二詩句以為宣傳或討論的證助；有的時候，許多人也常常諷誦《詩經》的一二詩句以自抒敍其心意。

晉師從齊師，入自丘輿，擊馬陘。齊侯使賓媚人賂以紀甗，玉磬，與地；⋯⋯晉人不可，曰：「必以蕭同叔子為質，而使齊之封內盡東其畝。」對曰：「蕭同叔子非他，寡君之母也。若以匹敵，則亦晉君之母也。吾子佈大命於諸侯，而曰必質其母以為信，其若王命何！且是以不孝令也。詩曰：『孝子不匱，永錫爾類。』若以不孝令於諸侯，其無乃非德類也乎？先王疆理天下物土之宜而佈其利，故詩曰：『我疆我理，南東其畝。』今吾子疆理諸侯，而曰盡東其畝而已。唯吾子戎車是利，無顧土宜，其無乃非先王之命也乎！⋯⋯今吾子求合諸侯，以逞無疆之欲。詩曰：『敷政優優，百祿是遒。』子實不優，而棄百祿，諸侯何害焉！⋯⋯」晉人許之。（《左傳》）

孟子見梁惠王，王立於沼上，顧鴻雁麋鹿，曰：「賢者亦樂此乎？」孟子對曰：「賢者而後樂此，不賢者雖有此不樂也。詩云：『經始靈台，經之營之；庶民攻之，不日成之。經始勿亟，庶民子來。王在靈囿，麀鹿攸伏，麀鹿濯濯，白鳥鶴鶴。王在靈沼，於牣魚躍。』文王以民力為台為沼而民歡樂之，謂其台曰靈台，謂其沼曰靈沼，樂其有麋鹿魚鱉。古之人與民偕樂，故能樂也。」（《孟子》）

宋玉因其友以見於楚襄王，襄王待之無以異。宋玉讓其友。友曰：「⋯⋯婦人因媒而嫁，不因媒而親。子之事王，未耳。何怨於我？」宋玉曰：「不然。昔者齊有良兔曰東郭狻，蓋一旦而走五百里。於是齊有良狗曰韓盧，亦一旦而走五百里。使之遙見而指屬，則雖韓盧不及眾兔之塵；若騏跡而縱緤，則雖東郭狻亦不能離。今子之屬臣也，騏跡而縱緤與？遙見而指屬與？詩曰：『將安將樂，棄我如遺。』此之謂也。」其友人曰：「僕

人有過，僕人有過！」（《新序》）

  孔子曰：「昔者周公事文王，行無專制，事無由己 —— 可謂子矣。武王崩，成王幼，周公承文武之業，履天子之位 …… 可謂能武矣。成王壯，周公致政，北面而事之 …… 可謂臣矣。故一人之身，能三變者，所以應時也。詩曰：『左之左之，君子宜之；右之右之，君子有之。』」（《韓詩外傳》）

像這種例子，在《左傳》《國語》以至其他諸古書中到處皆是。由這個地方，我們可以看出《詩經》的勢力在那些時候是如何地盛大！到了漢以後，《詩經》成了「中國聖經」之一，其威權自然是永遠維持下去。

從文學史上看來，《詩經》的影響亦極大，漢至六朝的作家，除了《楚辭》以外，所受到的影響最深的就是《詩經》了。自韋孟的《諷諫詩》《在鄒詩》，東方朔的《誡子詩》，韋玄成的《自劾詩》《戒子孫詩》，唐山夫人的《安世房中歌》，傅毅的《迪志》，仲長統的《述志詩》，曹植的《元會》《應詔》《責躬》，乃至陶潛的《停雲》《時運》《榮木》，無不顯著地受有《詩經》裏的詩篇風格的感化。不過，自此以後，《詩經》成了「聖經」，其地位益高，文人學士都不敢以文學作品看待它，於是《詩經》的文學上的真價與光環，乃被傳統的崇敬的觀念所掩埋，而它在文學上的影響便也漸漸地微弱了。

《詩經》裏的詩歌，共有 305 篇；據相傳之說，尚有《南陔》《白華》等 6 篇笙歌，有其義而亡其辭（此說可信否，待後討論）。此300 餘篇的詩歌，分為風、雅、頌三種。風有十五，雅有小雅、大雅，頌有周、魯、商三頌。現在據《毛詩》的本子，將其前後的次序列表如下：

	類別	篇數	篇名例舉
凡十五國風共160篇	周南	11 篇	《關雎》《葛覃》《卷耳》等
	召南	14 篇	《鵲巢》《草蟲》《野有死麕》等
	邶	19 篇	《柏舟》《燕燕》《終風》等
	鄘	10 篇	《牆有茨》《桑中》《相鼠》等
	衛	10 篇	《淇奧》《碩人》《伯兮》等
	王	10 篇	《黍離》《君子于役》《葛藟》等
	鄭	21 篇	《將仲子》《子衿》《出其東門》等
	齊	11 篇	《雞鳴》《樂方未明》《南山》等
	魏	7 篇	《國有桃》《葛屨》《陟岵》《伐檀》等
	唐	12 篇	《蟋蟀》《山有樞》《揚之水》等
	秦	10 篇	《車鄰》《兼葭》《黃鳥》《無衣》等
	陳	10 篇	《東門之楊》《月出》《澤陂》等
	檜	4 篇	《羔裘》《素冠》等
	曹	4 篇	《蜉蝣》《鳲鳩》等
	豳	7 篇	《七月》《鴟鴞》《伐柯》等
凡大、小二雅共105篇 雅	凡小雅共74篇 小雅	鹿鳴之什	10 篇	《鹿鳴》《四牡》《棠棣》《採薇》等
		南有嘉魚之什	10 篇	《南有嘉魚》《湛露》《車攻》等
		鴻雁之什	10 篇	《鴻雁》《黃鳥》《無羊》等
		節南山之什	10 篇	《節南山》《正月》《十月》《小弁》等
		谷風之什	10 篇	《谷風》《蓼莪》《小明》《楚茨》等
		甫田之什	10 篇	《甫田》《大田》《青蠅》《賓之初筵》等
		魚藻之什	14 篇	《魚藻》《採菽》《都人士》《白華》等
	凡大雅共31篇 大雅	文王之什	10 篇	《文王》《大明》《綿》《靈台》等
		生民之什	10 篇	《生民》《既醉》《民勞》《板》等
		蕩之什	11 篇	《蕩》《抑》《烝民》《江漢》等

（續上表）

類別			篇數	篇名例舉
凡周魯商三頌，共40篇	凡周魯頌共31篇	清廟之什	10篇	《清廟》《維天》《天作》《思文》等
		臣工之什	10篇	《臣工》《振鷺》《豐年》《武》等
		閔予小子之什	11篇	《閔予小子》《小毖》《良耜》《絲衣》等
	魯頌‧駉之什		4篇	《駉》《有駜》《泮水》及《閟宮》
	商頌		5篇	《那》《烈祖》《玄鳥》《長髮》及《殷武》

這個次序究竟可靠不可靠呢？所謂風、雅、頌之意義如何呢？風、雅、頌之分究竟恰當與否呢？這都是我們現在所要研究的。

據傳統的解釋家的意見，以為：「風，諷也，歌也……上以風化下，下以風刺上。至於王道衰，禮義廢，政教失，國異政，家殊俗，而變風、變雅作矣。……雅者，正也，言王政之所由廢興也，政有小大，故有小雅焉，有大雅焉。頌者，美盛德之形容，以其成功告於神明者也。」（衛宏《詩序》）他們的這種意見是很可笑的；因為他們承認《關雎》《麟之趾》以及其他「二南」中諸詩篇，為受王者之教化，而其他的大部分國風之詩篇，則為刺上的、譏時的；於是「二南」中的情詩，便被他們派為「后妃之德」，其他國風中的同樣的情詩卻被他們說成「刺好色」了。其實「二南」中的詩與邶、衛、鄭、陳諸風中的詩其性質極近，並無所謂「教化」與「譏刺」的區別在裏面的。他們關於雅、頌的解釋，也極不清楚。

推翻他們的傳說的附會的解釋的，是鄭樵的「樂以詩為本，詩以聲為用，八音六律，為之羽翼耳。仲尼編詩，為燕享祀之時用以歌而非用以說義也」之說。（見《通志‧樂略》，鄭樵的《六經奧論》亦暢發是說。）

　　鄭樵以為古之詩，即今之辭曲，都是可歌的，「仲尼⋯⋯列十五國風以明風土之音不同，分大小二雅以明朝廷之音有間，陳周、魯、商三頌之音所以侑祭也。定《南陔》《白華》《華黍》《崇丘》《由庚》《由儀》六笙之音，所以葉歌也。得詩而得聲者三百篇⋯⋯得詩而不得聲者則置之，謂之逸詩⋯⋯有譜無辭，所以六詩在三百篇中，但存名耳」。

　　這種解釋，自然較漢儒已進了一步，且在古書中也有了不少的證據。但《詩經》中的所有的詩，果皆有譜乎？果皆可以入樂乎？這是一個很大的疑問。且詩之分風、雅、頌，果為樂聲不同之故乎？他說：「仲尼編詩，為燕享祀之時用以歌而非用以說義也。」實則孔子固常言：「不學詩，無以言。」「小子，何莫學夫詩！詩，可以興，可以觀，可以羣，可以怨，邇之事父，遠之事君；多識於鳥、獸、草、木之名。」「誦詩三百，授之以政，不達，使於四方，不能專對，雖多，亦奚以為！」可見孔子對於詩之觀念，恰與鄭樵所猜度者不同，他固不專以詩為燕享祀之用，而乃在明瞭詩之情緒，詩之意義以至於詩中的鳥、獸、草、木之名，以為應世之用。

　　據我的直覺的見解，《詩經》中的大部分詩歌，在當時固然是可以歌唱的，可以入樂的，但如幾個無名詩人的創作，如《無羊》《正月》《十月》《雨無正》（俱在《小雅》），都是抒寫當時政治的衰壞（如《正月》等），及描寫羊、牛與牧人的情境的（如《無羊》），都是一時間的情緒的產品，絕非依譜而歌的，也絕無人採取他們以入樂的（《詩經》中入樂的詩與非入樂的詩，似有顯然的區別，細看可以知道）。所以說全部《詩經》的詩篇當時都是有譜的樂歌，理由實極牽強。

　　至於風、雅、頌的區別，我個人覺得這也是很無聊、很勉強的舉動。就現在的《詩經》看來，此種分別早已混亂而不能分別，

「雅」為朝廷之歌，而其中卻雜有不少的民歌在內，如《小雅》的《杕杜》與《魏風》的《陟岵》，一言征伐之苦，一言行役之苦，如《小雅》的《菁菁者莪》《都人士》《裳裳者華》，及《隰桑》諸詩，與國風中的《草蟲》《採葛》《風雨》《晨風》諸詩置之一處，直是毫無差別！如《白華》《谷風》，也都是極好的民歌；「頌」中都是祭祀神明之歌，似無將所有的頌神詩都歸入「頌」內，而不料許多的頌神詩，如《小雅》中的《楚茨》《信南山》《甫田》《大田》，如《大雅》中之《鳧鷖（fú yī）》卻又不列於「頌」中而列於「雅」中。似此混雜無序的地方，全部《詩經》中不知有多少，現在不過略舉幾個例而已。

這種混雜無序的編集，不是因為編定《詩經》的無識，便是因為漢儒的竄亂。我以為「漢儒竄亂」的假定似更為可信，因編定《詩經》者，當他分別風、雅、頌時，必定有個標準在，絕不至於以應歸於「頌」的詩而歸之於「雅」，或把應歸於「雅」的詩而歸之於「風」。漢儒之竄亂古書，與他們之誤解古書，是最昭顯的事實。所以一部《詩經》如非經過他們的竄亂，其次序斷不至於紛亂無序到如此地步。不知古來許多說《詩經》的人，怎麼都只知辯解詩義或釋明「風」「雅」「頌」之意義，卻沒有一個人能夠注意到這一層。

現在，我們研究《詩經》卻非衝破這層迷障不可了！我們應該勇敢地從詩篇的本身，區分它們的性質。我們必要知道《詩經》的內容原是極複雜的，「風」「雅」「頌」的三個大別，本不足以區分全部《詩經》的詩篇。所以我們不僅以打破現在的《詩經》的次序而把它們整齊地歸之於「風」「雅」「頌」三大類之中，且更應進一步而把「風」「雅」「頌」三類大別打破，而另定出一種新的更好的次序來。我現在依我個人的臆見，姑把全部《詩經》中的詩，歸納到下列的幾個範圍之內：

《詩經》的分類

詩人的創作	《正月》《十月》《節南山》《嵩高》《蒸民》等
民間歌謠	（1）戀歌（《靜女》《中谷》《將仲子》等）
	（2）結婚歌（《關雎》《桃夭》《鵲巢》等）
	（3）悼歌及頌賀歌（《蓼莪》《麟之趾》《螽斯》等）
	（4）農歌（《七月》《甫田》《大田》《行葦》《既醉》等）
	（5）其他
貴族樂歌	（1）宗廟樂歌（《下武》《文王》等）
	（2）頌神樂歌或禱歌（《思文》《雲漢》《訪落》等）
	（3）宴會歌（《庭燎》《鹿鳴》《伐木》等）
	（4）田獵歌（《車攻》《吉日》等）
	（5）戰事歌（《常武》等）
	（6）其他

　　詩人的創作，在《詩經》中並不多，衛宏的《詩序》所敍的某詩為某人所作的話，幾乎完全靠不住。在我們所認為詩人所創作的許多詩篇中，大概都是無名的詩人所作的，只有一小部分，我們從他們的詩句中，知道了作者的姓名，如《小雅》的《節南山》言「家父作誦，以究王訩（xiōng）」，《大雅》的《嵩高》《烝民》俱言「吉甫作誦」之類。此外我們從《尚書》《左傳》以及漢人所著的書裏，也可以知道幾個詩人的姓名，但這種記載，卻都是不甚可靠的。不過在許多詩篇中，哪一篇是詩人的創作，我們約略可以知道而已。在這些創作中，有幾篇是極好的詩，如以下都是很美的，很能表白出作者的真懇情緒：

　　　　冬日烈烈，飄風發發。民莫不穀，我獨何害！……匪鶉匪鳶，翰飛戾天；匪鱣（lǐ）匪鮪（wěi），潛逃於淵。（《小雅·四月》）

彼何人斯？其為飄風！胡不自北？胡不自南？胡逝我梁，只攪我心！（《小雅・何人斯》）

予羽譙譙，予尾翛翛（xiāo）。予室翹翹（qiáo），風雨所漂搖。予維音嘵嘵（xiāo）。（《豳・鴟鴞（chī，xiāo）》）

民間歌謠都是流傳於大多數孺婦農工之口中，而無作者的名氏的。其中最佔多數的是戀歌；這些戀歌真是詞美而婉，情真而迫切，在中國的一切文學中，它們可佔到極高的地位。例如：

東門之楊，其葉牂牂（zāng zāng）。昏以為期，明星煌煌。

東門之楊，其葉肺肺。昏以為期，明星晢晢。（《陳風・東門之楊》）

十畝之間兮，桑者閒閒兮，行與子還兮。

十畝之外兮，桑者泄泄兮，行與子逝兮。（《魏風・十畝之間》）

青青子衿，悠悠我心。縱我不往，子寧嗣音？青青子佩，悠悠我思。縱我不往，子寧不來。挑兮達兮，在城闕兮。一日不見，如三月兮。（《鄭風・子衿》）

自伯之東，首如飛蓬。豈無膏沐，誰適為容？……（《衞風・伯兮》）

隨意舉幾首出來，我們已覺得它們都是不易見的最好的戀歌了。「結婚歌」在《詩經》中也有好多首，如《關雎》《鵲巢》《桃夭》之類，我們看：

桃之夭夭，灼灼其華。之子于歸，宜其室家。（《周南・桃夭》）

參差荇（xìng）菜，左右採之，窈窕淑女，琴瑟友之。參差荇菜，左右芼之，窈窕淑女，鐘鼓樂之。（《周南・關雎》）

明明可以看出前者是嫁女時樂工唱的祝頌歌，後者是娶親時所唱的樂歌。（近人辟《詩序》釋《關雎》之錯誤，以為《關雎》本是「戀歌」，其實也錯了，《關雎》明明是一首結婚歌。

「輓歌」《詩經》中很少。只有《蓼莪》《葛生》等數首。《葛生》為悼亡而作，如下諸句，讀之使人淒然淚下：

角枕粲兮，錦衾爛兮，予美亡此，誰與獨旦！

《蓼莪》為哀悼父母之歌，如下諸句，亦至情流溢：

父兮生我，母兮鞠我，拊我畜我，長我育我，顧我復我，出入腹我，欲報之德，昊天罔極。

「頌賀歌」如《麟之趾》等是，但不多，且不甚重要。

關於「農事」的歌，《詩經》中亦不甚多，但都是極好的，如《七月》，是敍農工的時序的；如《楚茨》《信南山》，是農家於收穫時祭祖之歌；如《甫田》《大田》，是初耕種時的禱神歌；如《行葦》《既醉》，似都是祭事既畢之後，聚親朋鄰里宴飲之歌；如《無羊》，則為最好的牧歌：

誰謂爾無羊，三百維羣；誰謂爾無牛，九十其犉（chún）。爾羊來思，其角濈濈（jí）。爾牛來思，其耳濕濕。或降於阿，或飲于池，或寢，或訛，爾牧來思。何蓑何笠，或負其餱（hóu）。三十維物，爾牲則具。爾牧來思，以薪以蒸，以雌以雄。爾羊來思，矜矜兢兢，不騫不崩，麾之以肱，畢來既升。牧人乃夢：「眾維魚矣，旐維旟（yú）矣。」大人占之：「眾維魚矣，實維豐年。旐維旟矣，室家溱溱（zhēn）。」

其他不屬於上列範圍的民歌亦甚多。

貴族樂歌，大部分都是用於宗廟，以祭先祖、先王的，或是禱歌或頌神歌。其他一部分則為宴會之歌，為田獵之歌，為戰事之

歌。這種樂歌，我們都覺得不大願意讀，因為它們裏面沒有什麼真摯的詩的情緒。（正如當我們翻開《樂府詩集》時，不願讀前半部的《漢郊祀歌》《齊明堂歌》之類，而願意讀後半部之《橫吹曲》《相和歌》之類的情形一樣。）

《詩經》的時代之難於稽考，也與它的詩篇的許多作者姓名之難於稽考一樣。我們現在僅知道，除了《商頌》中的5篇，為商代（公元前1700年以後，公元前1200年以前）的產物以外，其餘301篇都是周代（公元前1100年至公元前550年前後）的產物。在這301篇詩歌中，多數詩篇都是帶着消極的、悲苦的辭調，對於人生的價值起了懷疑，有的言兵役之苦，有的則攻擊執政者的貪暴，有的則因此遁於極端的享樂之途。如下諸詩，都足以表現出喪亂時代的情形與思想：

> 踧踧（cù）周道，鞠為茂草。我心憂傷，惄焉如擣。假寐永歎，維憂用老。心之憂矣，疢如疾首。……我躬不閱，遑恤我後。（《小雅·小弁》）

> 採薇採薇，薇亦作止！曰歸曰歸，歲亦莫止！靡室靡家，玁狁（xiǎn yǔn）之故！不遑啟居，玁狁之故。（《小雅·採薇》）

> 坎坎伐檀兮，置之河之干兮。河水清且漣猗。不稼不穡，胡取禾三百廛兮！不狩不獵，胡瞻爾庭有懸貆兮？彼君子兮，不素餐兮！（《魏風·伐檀》）

> 碩鼠碩鼠，無食我黍！三歲貫女，莫我肯顧！逝將去女，適彼樂土！樂土，樂土，爰得我所！（《魏風·碩鼠》）

> 山有樞，隰有榆。子有衣裳，弗曳弗婁；子有車馬，弗馳弗驅。宛其死矣，他人是愉！山有栲，隰有杻。子有廷內，弗灑弗掃；子有鐘鼓，弗鼓弗考。宛其死矣，他人是保！山有漆，隰有栗。子有酒食，何不日鼓瑟？且以喜樂，且以永日？宛其死矣，他人入室。（《唐風·山有樞》）

　　而這個喪亂時代，大約是在周東遷的時代前後，(《小雅》中的《正月》且明顯地說：「赫赫宗周，褒姒（bāo sì）滅之。」)所以那些詩篇，大約都是東遷前後的作品。我們研究《詩經》的時代，僅能如此大略地說。至於如衛宏的《詩序》，何楷的《詩世本古義》所指的某詩為某王時的產品，則其不可信，也與他們之妄指某詩、某詩為某人所作一樣。

　　《詩經》的編定者是誰呢？《史記》言：「古詩三千餘篇，及至孔子，去其重，取可施於禮義。」刪定為 305 篇，這是說，《詩經》為孔子所刪定的，漢人都主此說。其後漸漸有人懷疑，以為孔子不會把古詩刪去了十分之九。鄭樵則以為孔子取古詩之有譜可歌 300篇，其餘則置之，謂之「逸詩」。有一部分人則以為古詩不過三百，孔子本不曾刪。崔述也贊成孔子未刪詩之說，以為：「文章一道，美斯愛，愛斯傳……故有作者即有傳者。但世近則人多誦習，世遠則就湮沒；其國崇尚文學而鮮忌諱，則傳者多，反是則傳者少；小邦弱國，偶逢文學之士，錄而傳之，亦有行於世者，否則失傳耳。」(《讀風偶識》)其意蓋以《詩經》之流傳，為有人愛好誦習之故，並沒有什麼人去刪定。

　　但以上諸說，都有可疑之處。古詩三千餘首之說，原不足信，但古代之詩不止《詩經》中的三百，則為顯然的事實。在《國語》《禮記》《左傳》《論語》諸書中，我們曾看到好幾首零片的逸詩，故古詩不過三百之說全不足信；鄭樵以 300 篇俱是有譜可歌的詩，也不足信（上面已提過）；崔述之說，理由甚足；但口頭流傳的東西，絕不能久遠，如無一個刪選編定的有力的人出來，則《詩經》中的詩絕難完整地流傳至漢。（如當時沒有一個編定者，恐《詩經》的詩，至漢時至多不過存十分之一。觀古詩除《詩經》中之詩外，流傳下來的極少，即可知。）這有力的刪選編定者是誰呢？當然以是「孔子」的一說為最可靠，因為如非孔子，則絕無吸取大多數的傳習者

以傳誦這一種編定本的《詩經》的威權。大約在輾轉傳習之時，其次序必有被竄亂的，也必有幾篇詩歌被逸散了。如《六笙詩》，恐就是有其題名而逸其辭的，並不是什麼「有其義而亡其辭」，也不是鄭樵所猜度的什麼「本是有譜無辭」。

　　古代的詩歌，流傳到現在的雖僅有《詩經》中的 305 篇（此外所存的極少），然在《詩經》中的這 305 篇詩歌，卻有好些首是重複的，因地域的歧異，與應用之時不同，而一詩被演變為二、為三的。有一部分的詩，雖不能截然斷定它們是由一詩而演變的，但至少卻可以看出它們的一部分的詩意或辭句的相同。現在且舉幾個例：

　　　　南有樛木，葛藟（gě lěi）累之。樂只君子，福履綏之。

　　　　南有樛木，葛藟荒之。樂只君子，福履將之。

　　　　南有樛木，葛藟縈之。樂只君子，福履成之。（《周南‧樛木》）

　　　　南山有台，北山有萊。樂只君子，邦家之基。樂只君子，萬壽無期。

　　　　南山有桑，北山有楊。樂只君子，邦家之光。樂只君子，萬壽無疆。

　　　　南山有杞，北山有李。樂只君子，民之父母。樂只君子，德音不已。

　　　　南山有栲（chū），北山有杻（niǔ）。樂只君子，遐不眉壽。樂只君子，德音是茂。

　　　　南山有枸，北山有楰（yú）。樂只君子，遐不黃耇（gǒu）。樂只君子，保艾爾後。（《小雅‧南山有台》

　　　　採菽採菽，筐之筥（jǔ）之。君子來朝，何錫予之？雖無予之？路車乘馬。又何予之？玄袞（gǔn）及黼（fǔ）。

觱（bì）沸檻泉，言採其芹。君子來朝，言觀其旗。其旗淠淠（pèi），鸞聲嘒嘒（huì）。載驂載駟，君子所屆。

赤芾在股，邪幅在下。彼交匪紓，天子所予。樂只君子，天子命之。樂只君子，福祿申之。

維柞之枝，其葉蓬蓬。樂只君子，殿天子之邦。樂只君子，萬福攸同。平平左右，亦是率從。

泛泛楊舟，紼（fú）纚（lí）維之。樂只君子，天子葵之。樂只君子，福祿膍之。優哉遊哉，亦是戾矣。（《小雅·採菽》）

揚之水，不流束薪。彼其之子，不與我戍申。懷哉懷哉，曷月予還歸哉！

揚之水，不流束楚。彼其之子，不與我戍甫。懷哉懷哉，曷月予還歸哉！（《鄭風·揚之水》）

揚之水，不流束薪。彼其之子，不與我戍申。懷哉懷哉，曷月予還歸哉？

揚之水，不流束楚。彼其之子，不與我戍甫。懷哉懷哉，曷月予還歸哉？

揚之水，不流束蒲。彼其之子，不與我戍許。懷哉懷哉，曷月予還歸哉？（《王風·揚之水》）

風雨淒淒，雞鳴喈喈，既見君子。云胡不夷？

風雨瀟瀟，雞鳴膠膠。既見君子，云胡不瘳？

風雨如晦，雞鳴不已。既見君子，云胡不喜？（《鄭風·風雨》）

菁菁者莪，在彼中阿。既見君子，樂且有儀。

菁菁者莪，在彼中沚（zhǐ）。既見君子，我心則喜。

菁菁者莪，在彼中陵。既見君子，錫我百朋。

泛泛楊舟，載沉載浮。既見君子，我心則休。（《小雅‧菁菁者莪》）

隰（xí）桑有阿，其葉有難。既見君子，其樂如何。

隰桑有阿，其葉有沃。既見君子，雲何不樂。

隰桑有阿，其葉有幽。既見君子，德音孔膠。

心乎愛矣，遐不謂矣？中心藏之，何日忘之！（《小雅‧隰桑》）

蓼（lù）彼蕭斯，零露湑（xǔ）兮。既見君子，我心寫兮。燕笑語兮，是以有譽處兮。

蓼彼蕭斯，零露瀼瀼（ráng ráng）。既見君子，為龍為光。其德不爽，壽考不忘。

蓼彼蕭斯，零露泥泥。既見君子，孔燕豈弟。宜兄宜弟，令德壽豈。

蓼彼蕭斯，零露濃濃。既見君子，儵革沖沖。和鸞雍雍，萬福攸同。（《小雅‧蓼蕭》）

裳裳者華，其葉湑兮。我覯（gòu）之子，我心寫兮。我心寫兮，是以有譽處兮。

裳裳者華，芸其黃矣。我覯之子，維其有章矣。維其有章矣，是以有慶矣。

裳裳者華，或黃或白。我覯之子，乘其四駱。乘其四駱，六轡沃若。

左之左之，君子宜之。右之右之，君子有之。維其有之，是以似之。（《小雅‧裳裳者華》）

有頍（kuǐ）者弁，實維伊何？爾酒既旨，爾肴既嘉。豈伊異人？兄弟匪他。蔦（niǎo）與女蘿，施於松柏。未見君子，憂心奕奕；既見君子，庶幾說懌。

有頍者弁，實維何期？爾酒既旨，爾肴既時。豈伊異人？兄弟具來。蔦與女蘿，施於松上。未見君子，憂心怲怲（bǐng）；既見君子，庶幾有臧。

有頍者弁，實維在首。爾酒既旨，爾肴既阜。豈伊異人？兄弟甥舅。如彼雨雪，先集維霰。死喪無日，無幾相見。樂酒今夕，君子維宴。（《小雅．頍弁》）

喓喓（yāo yāo）草蟲，趯趯（tì）阜螽（fù zhōng）。未見君子，憂心忡忡。亦既見止，亦既覯止，我心則降。

陟彼南山，言採其蕨。未見君子，憂心惙惙。亦既見止，亦既覯止，我心則說。

陟（zhì）彼南山，言採其薇。未見君子，我心傷悲。亦既見止，亦既覯止，我心則夷。（《召南．草蟲》）

在第一及第三組的這 10 首詩裏，顯然地可以看出每組裏的幾首詩，都是由一首詩演變出來的。這種演變的原因有二：

一、因為地域的不同，使它們在辭句上不免有增減歧異之處，如現在流行的幾種民歌《孟姜女》與《五更轉》之類，各地所唱的詞句便都有不同。（此種例太多，看近人所編的各省歌謠集便更可明瞭。）

二、因為應用的所在不同，使它們的文字不免有繁衍雕飾的所在，如民間所用的這個歌是樸質的，貴族用的便增出了許多浮文美詞了。（第一組的《樛木》《南山有台》及《採菽》即是一個好例。第二組的二首詩，則僅開始的辭句相同，這個例最多。）

古詩的辭句，大概都是四言的，如《書經．皋陶謨》所載的舜與皋陶的賡歌之類，即為一例：

股肱喜哉，元首起哉，百工熙哉！（帝舜）

元首明哉，股肱良哉，庶事康哉！（皋陶）

《詩經》也不能外此，其中大多數的詩都是四言的；間有三言的（如「蟊斯羽，詵詵兮。」），五言的（如「誰謂雀無角，何以穿我屋。」），以及雜言的，但俱不甚多。所以我們可以說，《詩經》中的詩篇，四言是其正體。

《詩經》在文學上給了我們以不少的抒情詩的瑰寶。同時，在中國的史學上，也有極高的價值，因為它把它的時代完完全全地再現於我們的面前，使我們可以看出那時代的生活、那時代的思想、那時代的政治狀況以及那時代的人民最熟悉的植物、禽獸、魚類、蟲類（植物有 70 種左右，樹木有 30 種左右，獸類有 30 種左右，鳥類有 30 種左右，魚類有 10 種左右，蟲類有 20 種左右），以及那時代的人民所用的樂器、兵器之類。這種極可靠的史料都是任何古書中所最不易得到的。

《楚辭》

《楚辭》雖沒有《詩經》那樣的普遍的威權，雖沒有什麼政治家或傳道者拿它的文句為宣傳或箴諫的工具，雖沒有什麼論文家引用它的文句，以為辯論的根據，如他們之引用《詩經》的文句以為用一樣，然而在文學史上的地位，《楚辭》卻並不比《詩經》低下：《楚辭》在文學上的影響，且較《詩經》為尤偉大。

《詩經》的影響，在漢六朝之後似已消失，此後，沒有什麼人再去模擬《詩經》中的句法了。同時，《詩經》經過漢儒的誤釋與盲目的崇敬，使它成了一部宗教式的聖經，一切人只知從它裏面得到教訓，而忘記了 —— 也許是不敢指認 —— 它是一部文學的作品，看不見它的文學上的價值；一切選編古代詩歌的人，都不敢把《詩經》

中的詩，選入他們的選本中。（直到曾國藩編《經史百家雜鈔》時，這個見解才被他毅然地推倒。）至於《楚辭》，則幸而產生在戰國，不曾被孔子所讀誦、所「刪訂」，所以漢儒還勉強認識它的真面目，沒有用「聖經」的黑面網把它罩蔽住了。因此《楚辭》在文學上的威權與影響，乃較《詩經》為更偉大，它的文學上的真價，也能被讀者所共見。

受《楚辭》的影響最深者，自然是漢與三國、六朝。而六朝之後，《楚辭》的風格與句調，尚時時有人模擬。漢朝的大作家，如賈誼，如司馬相如，如枚乘，如揚雄，都是受《楚辭》的影響極深的。賈誼作賦以弔屈原，枚乘之《七發》，其結構有類於《招魂》《大招》，司馬相如的諸賦，也顯然印有屈宋的蹤痕。揚雄本是一個擬古的大家，他的《反離騷》，即極力模擬屈原的《離騷》的。

自曹植以後，直至於清之末年，所有的作者，無不多少地受到《楚辭》的影響。其影響的範圍，則除了直接導源於《楚辭》之「賦」的一種文體外，其他的詩歌裏以至散文裏，也無不多少地受有《楚辭》的恩賜。所以在實際上我們可以放膽地說，自戰國以後的中國文學史全部，幾乎無不受到《楚辭》的影響。《楚辭》的風格與情緒，以及它的秀麗的辭句，感發了無數的作家，給予了無數的資料於他們。（朱熹的《楚辭後語》6卷，共 52 篇，即總集受《楚辭》的影響的作品，但我們絕不能說《楚辭》的影響，便盡在於這 52 篇作品之中。）

《楚辭》是一種詩歌的總集。《詩經》所選錄的都是北方的詩歌，《楚辭》所選錄的則都是南方的詩歌。《漢書·藝文志》著錄《屈原賦》25 篇、《唐勒賦》4 篇、《宋玉賦》16 篇，但無《楚辭》之名。所謂《楚辭》者，乃劉向選集屈原、宋玉諸楚人所作諸辭賦及後人的模擬他們而作的辭賦而為一書之名。現在劉向的原書已不傳，現在所傳者為王逸的章句及朱熹的集注本。據王逸章句本，共有作品

17篇，據朱熹的集注本，則共有作品15篇。朱熹的後半部所收的各篇與王逸的章句本不同。茲將這兩種本子的篇目列表如下：

王逸章句本		朱熹集注本	
篇名	作者姓名	篇名	作者姓名
《離騷經》	屈原	《離騷經》	屈原
《九歌》	屈原	《九歌》	屈原
《天問》	屈原	《天問》	屈原
《九章》	屈原	《九章》	屈原
《遠遊》	屈原	《遠遊》	屈原
《卜居》	屈原	《卜居》	屈原
《漁父》	屈原	《漁父》	屈原
《九辯》	宋玉	《九辯》	宋玉
《招魂》	宋玉	《招魂》	宋玉
《大招》	屈原或曰景差	《大招》	景差
《惜誓》	不知誰所作，或曰賈誼	《惜誓》	賈誼
《招隱士》	淮南小山	《弔屈原》	賈誼
《七諫》	東方朔	《服賦》	賈誼
《哀時命》	嚴夫子（即莊忌）	《哀時命》	莊忌
《九懷》	王褒	《招隱士》	淮南小山
《九歎》	劉向		
《九思》	王逸		

但兩種本子，都非原來的劉向所定的《楚辭》本子。朱熹的集注本是他自己編定的，不必論，即王逸的章句本，雖標明是劉向所定，然把班固所說的話：

> 始楚賢臣屈原，被讒放流，作《離騷》諸賦，以自傷悼。
> 後有宋玉、唐勒之屬，慕而述之，皆以顯名。漢興，高祖王兄

子濞（bì）於吳，招致天下娛遊子弟。枚乘、鄒陽、嚴夫子之徒，興於文景之際，而淮南王安都壽春，招賓客著書。而吳有嚴助、朱買臣，貴顯漢朝，文辭並發，故世傳「楚辭」。（《漢書·地理志》）

拿來一看，便覺得它不大靠得住，因為班氏去劉向之時不遠，且多讀劉氏之書，如果王逸注本的《楚辭》乃劉向所編的原書，則班氏所述《楚辭》作家的姓名，不應與現在所傳的王逸本《楚辭》的作家的姓名不同。（如無王褒、東方朔之名，而王逸注本卻有之。）大約劉向所定的《楚辭》必曾為王逸所竄亂增訂過，劉向、王褒諸人的作品，大約也與王逸自己所作的《九思》一樣，是由他所加入的。

《楚辭》的名稱，不是劉向所自創的，大約起於漢初。《史記·屈原列傳》言：「屈原既死之後，楚有宋玉、唐勒、景差之徒者，皆好辭而以賦見稱。」司馬遷雖未以「楚辭」二字連綴起來說，然楚之有所謂「辭」，及楚之「辭」乃為當時所最流行的讀物，則是顯然的事實。《漢書·朱買臣傳》言，買臣善「楚辭」，又言，宣帝時，有九江被公善「楚辭」，大約《楚辭》之名，在那時已很流行。說者謂屈、宋諸騷皆是楚語，作楚聲，紀楚地，名楚物，故謂之《楚辭》。大約最初作《楚辭》者皆為楚人；《楚辭》的風格必是當時楚地所盛行的，正如《詩經》裏的詩篇之盛傳於北方人民的口中一樣。至於後人所作，則其作者不必為楚人，實際上都不過僅僅模擬《楚辭》的風格而已。

我們對於《楚辭》所最應注意的，乃為《大招》以上的所謂屈原、宋玉、景差諸人所作的《楚辭》——《離騷》《九歌》《天問》《九章》《遠遊》《卜居》《漁父》《九辯》《招魂》《大招》10篇作品。至於《惜誓》《招隱士》《哀時命》《九歎》《九思》等漢人模擬的作

品，則我們可以不必注意，正如我們之不必注意於《楚辭後語》中的 52 篇模擬的作品一樣。所以現在置它們於不論，只論屈、宋諸人的作品。

屈　　原

屈原是《楚辭》中最偉大的一個作家，全部《楚辭》中，除去幾篇別的作家的作品外，便可以成了一部「屈原集」。

古代的詩人，我們都不大知道他們的名字，《詩經》裏的詩歌，幾乎都是無名作家所作的，偶然知道他們名字的幾個詩人，其作品又不大重要，只有屈原是古代詩人中最有光榮之名的、佔有最重要地位的一個。在中國上古文學史，要找出一個比他更偉大或可以與他比肩的詩人，是不可能的。但我們對於這個大作家，卻不大知道他的生平；除了《史記》裏一篇簡略的《屈原傳》之外，別的詳細的材料，我們不能再尋到了。

屈原，名平，為楚之同姓。約生於公元前 343 年（即周顯王二十六年，楚宣王二十七年），或云，他生於公元前 355 年。初為楚懷王左徒，博聞強誌，明於治亂，嫻於辭令，入則與王圖議國事，以出號令，出則接遇賓客，應對諸侯，原是懷王很信任的人。

有一個上官大夫，與屈原同列，爭寵而心害其能。懷王使屈原造為憲令，原屬草稿未定，上官大夫見而欲奪之，屈原不肯給他。上官大夫因在懷王前讒害屈原道：「王使屈原為令，眾莫不知。每一令出，屈每自伐其功，以為非他不能做。」懷王怒，遂疏遠屈原。屈原疾王聽之不聰，讒陷之蔽明，邪曲之害公，方正之不容，於是憂愁幽思而作《離騷》。

屈原既疏，不復在位，使於齊。適懷王為張儀所詐，與秦戰大敗，秦割漢中地與楚以和。懷王曰：「不欲得地，願得張儀。」儀至楚，厚賂懷王左右，竟得釋歸。屈原自齊返，諫懷王曰：「何不殺張儀？」懷王悔，追張儀不及。後秦昭王與楚婚，欲與懷王會。王欲行，屈原曰：「秦，虎狼之國，不可信，不如無行。」懷王稚子子蘭勸王：「奈何絕秦歡！」懷王卒行入武關，秦伏兵絕其後，因留懷王以求割地。懷王怒不聽，竟客死於秦而歸葬。長子頃襄王立，以其弟子蘭為令尹。子蘭使上官大夫短屈原於頃襄王，頃襄王怒而遷之。

屈原至於江濱，披髮行吟澤畔，顏色憔悴，形容枯槁。乃作《懷沙》之賦，於是懷石自投汨羅以死。死時約為公元前 290 年（即頃襄王九年）。他的死日，相傳是五月五日；這一日是中國的很大的節日，競賽龍舟，投角黍於江，以弔我們的大詩人屈原，到現在尚是如此 —— 雖然現在的端午節已沒有這種弔悼的情意在裏面。

近來有些人懷疑屈原的存在，以為他也如希臘的荷馬、印度的跋彌一樣，是一個為後人所虛擬的大作家。其實屈原的詩與荷馬及跋彌的詩截然不同。荷馬他們的史詩，是民間傳說的集合融冶而

〔明〕陳洪綬《屈子行吟圖》，
上海圖書館等藏

成者；屈原的詩則完全是抒寫他自己的幽苦愁悶的情緒，帶着極濃厚的個性在裏面，大部分都可以與他的明瞭的生平相映照。所以荷馬他們的史料，我們可以說是「零片集合」而成的，荷馬他們的自身，我們可以說是「零片集合者」。至於屈原的作品及屈原的自身，我們卻萬不能說它們或他是虛擬的人物或「零片集合」而成的作品。因為屈原的作品，本來是融成一片的，本來是顯然地為一個詩人所創作的。

如果說《離騷》《九章》等作品不是屈原作的，那麼，在公元前340 至前 280 年之間，必定另有一個大詩人去寫作這些作品。然而除了屈原之外，那時還有哪一個大詩人出現？還有哪一個大詩人的生平能與《離騷》等作品中所敍的情緒與事跡那樣地切合？

屈原的作品，據《漢書·藝文志》說，有賦 25 篇。據上面所列的表，王逸注本與朱熹集注本所收的屈原作品皆為 7 種，但《九歌》有 11 篇，《九章》有 9 篇，合計正為 25 篇，與《漢志》合。（對於這 25 篇的篇目，論《楚辭》者尚有許多辯論，這裏不提及，因為這是很小的問題。）不過這 25 篇的作品究竟是否皆為屈原作的呢？25 篇的篇目是：

一	《離騷》1 篇	
二	《天問》1 篇	
三	《遠遊》1 篇	
四	《卜居》1 篇	
五	《漁父》1 篇	
六	《九歌》11 篇	《東皇太一》《雲中君》《湘君》《湘夫人》《大司命》《少司命》《東君》《河伯》《山鬼》《國殤》《禮魂》
七	《九章》9 篇	《惜誦《涉江》《哀郢》《抽思》《思美人》《惜往日》《橘頌》《悲回風》《懷沙》

　　《離騷》與《九章》之為屈原的作品，批評家都沒有異辭。我們在它們裏面，可以看出屈原的豐富的想像，幽沉的悲思，與他的高潔的思想。《離騷》不唯為上古最偉大的作品，也是中國全部文學史上罕見的巨作。司馬遷以為：「『離騷』者，猶離憂也。」班固以為：「離，猶遭也。騷，憂也。」二說中，以班固之說較明。（《離騷》，英人譯為 "Fallen into Sorrow"，其意義極明白。《離騷》的全譯本在英文中有 Legge 教授所譯的一本[1]。）

　　《離騷》全部共 370 餘句，自敍屈原的生平與他的願志；他的理想既不能實現，於是他最後只好說：「已矣哉！國無人，莫我知兮，又何懷乎故都！既莫足與為美政兮，吾將從彭咸之所居！」在《離騷》中，屈原的文學天才發展到了極高點。他把一切自然界，把歷史上一切已往的人物，都用他的最高的想像力，融冶於他的彷徨幽苦的情緒之下。試看：

　　　　跪敷衽以陳辭兮，耿吾既得此中正。駟玉虯以乘鷖兮，溘埃風余上征。朝發軔於蒼梧兮，夕余至乎縣圃。欲少留此靈瑣兮，日忽忽其將暮。吾令羲和弭節兮，望崦嵫而勿迫。路曼曼其修遠兮，吾將上下而求索。飲余馬於咸池兮，總余轡乎扶桑。折若木以拂日兮，聊逍遙以相羊。前望舒使先驅兮，後飛廉使奔屬。鸞凰為余先戒兮，雷師告余以未具。吾令鳳鳥飛騰兮，繼之以日夜。飄風屯其相離兮，帥雲霓而來御。紛總總其離合兮，斑陸離其上下。吾令帝閽開關兮，倚閶闔而望予。時曖曖其將罷兮，結幽蘭而延佇。世混濁而不分兮，好蔽美而嫉妒。朝吾將濟於白水兮，登閬風而緤馬。忽反顧以流涕兮，

1　英國著名漢學家詹姆斯·理雅各（James Legge）1895 年在《亞洲學刊》發表《楚辭》譯文，全文分三部分，即作者生平、釋文和評論、譯文，但基本屬改寫式翻譯。

哀高丘之無女。溘吾遊此春宮兮，折瓊枝以繼佩。及榮華之未落兮，相下女之可詒。吾令豐隆乘雲兮，求宓妃之所在。解佩纕以結言兮，吾令蹇修以為理。紛總總其離合兮，忽緯繣其難遷。夕歸次於窮石兮，朝濯髮乎洧盤。保厥美以驕傲兮，日康娛以淫遊。雖信美而無禮兮，來違棄而改求。覽相觀於四極兮，周流乎天余乃下。望瑤臺之偃蹇兮，見有娀之佚女。吾令鴆為媒兮，鴆告余以不好。……鳳凰既受詒兮，恐高辛之先我。欲遠集而無所止兮，聊浮遊以逍遙。及少康之未家兮，留有虞之二姚。理弱而媒拙兮，恐導言之不固。世混濁而嫉賢兮，好蔽美而稱惡。閨中既以邃遠兮，哲王又不寤。懷朕情而不發兮，余焉能忍而與此終古。（《離騷》）

在這一小段中，他把許多歷史上的人物、神話上的人物，如羲和，如望舒，如飛廉，如豐隆，如宓妃，如有娀之佚女，如少康，如有虞之二姚；許多神話上的地名，如鹹池，如扶桑，如春宮，如窮石，如洧盤；許多禽鳥與自然的現象，如鸞鳳，如飄風，如雲霓，如鴆，都匯集在一處，使我們不但不覺其繁複可厭，卻反覺得它的有趣，如在讀一段極美麗的神話，不知不覺地被帶到他的想像之國裏去，而如與他同遊。這種藝術的手段實是很可驚異的！

《九章》中的 9 篇作品，每篇都是獨立的，著作的時間也相差很遠，有的是在將沉江之時作的（如《懷沙》），有的是在他被頃襄王謫遷的時候作的（如《哀郢》與《涉江》）。不知後人為什麼把它們包含在一個「九章」的總題目之下？我們讀這 9 篇作品，可以把屈原的生平及思想看得更明白些。

《天問》，有的人以為非屈原所作的。英國的魏萊（Arthur Waley）在他的英譯的《中國詩選》第三冊 "The Temple and Other Poems" 中曾說，《天問》顯然是一種「試題」，不知何故被人雜入屈原的作品中。我們細看《天問》，也覺得它是一篇毫無情緒的作

品；所問的都是關於宇宙的、歷史的、神話的問題，並無什麼文學的價值，可其絕非為我們的大詩人屈原所作的。且它的句法都是四言的，與《楚辭》的風格也絕不相同。但這篇文字，在歷史學上卻是一篇極可珍異的東西。在它裏面，我們可以考出許多古代歷史上的事跡與古人的宇宙知識。

《遠遊》亦有人懷疑它非屈原所作的。懷疑的主要理由，則在於文中所舉的人名，如韓眾等，並非屈原時代所有的。

《卜居》與《漁父》二篇之非屈原的作品，則更為顯明，因為它們開首便都說：「屈原既放」，明為後人的記事，而非屈原所自作的。這兩篇東西，大約與關於管仲的《管子》，關於晏嬰的《晏子》一樣，乃為後人記載他們的生平及言論而作，而非他們自己所作的。但在《卜居》與《漁父》中，屈原的傲潔不屈於俗的性格與強烈的情緒，卻未被記載者所掩沒。

《九歌》中有許多篇極美麗的作品，我們讀到《湘夫人》裏的「帝子降兮北渚，目眇眇兮愁予。裊裊兮秋風，洞庭波兮木葉下」。讀到《山鬼》裏的「若有人兮山之阿，被薜荔兮帶女蘿，既含睇兮又宜笑，子慕予兮善窈窕。……雷填填兮雨冥冥，猿啾啾兮狖夜鳴，

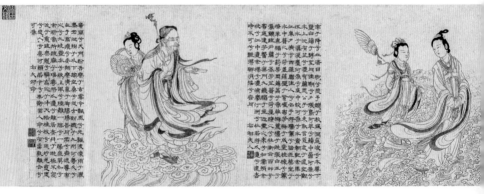

〔元〕張渥：《九歌圖卷》（局部）

風颯颯兮木蕭蕭，思公子兮徒離憂」諸句，未有不被其美的辭句所感動的。

《九歌》之名，由來已久，如《離騷》中言：「啟《九辯》與《九歌》兮」，又言：「奏《九歌》而舞《韶》兮。」《天問》中亦言：「啟棘賓商，《九辯》，《九歌》。」於是有的批評家便以為《九歌》原是楚地的民歌，不是屈原所作的。有的批評家便以為《九歌》是古曲，王逸卻說：

> 昔楚國南郢之邑，沅湘之間，其俗信鬼而好祠，其祠必作歌樂鼓舞，以樂諸神。屈原放逐，竄伏其域，懷憂苦毒，愁思怫鬱，出見俗人祭祀之禮，歌舞之樂，其詞鄙陋，因為作九章之曲。（《楚辭·九歌》）

這是說屈原作《九歌》，乃為楚地祀神之用的。我覺得民間的抒情詩歌都是很短的，稍長的民歌便詞意卑俗，無文學上的價值，看小書攤上所有的「小曲」即可知；其文辭秀美，情緒高潔者，大都為詩人之創作，或詩人的改作，而流傳於民間，為他們所傳誦者。（如廣東的《粵謳》，據說都是一位太守作的。）以此例彼，那麼，如《九歌》之詞高文雅，似必非楚地的民眾所自作，而必為一個詩人為他們寫作出來的，或所改作出來的了。所以王逸的話較別的批評家更為可信。至於作者是屈原或是別的無名詩人，則我們現在已無從知道。

宋　玉

宋玉是次於屈原的一位楚國的大作家。他的作品在《楚辭》中只有兩篇，一為《九辯》，一為《招魂》。其他，見於《文選》中者，

有《風賦》《高唐賦》《神女賦》《登徒子好色賦》4篇；見於《古文苑》者，有《笛賦》《大言賦》《小言賦》《諷賦》《釣賦》《舞賦》6篇，合之共12篇，與《漢書·藝文志》所著錄之《宋玉賦》16篇，數目不合；如以《九辯》作為9篇計算，則共為20篇，又較《漢志》多出4篇。大約《漢志》所著錄之本久已亡失。有許多人以為宋玉是屈原的弟子，這是附會的話。《史記·屈原傳》說：

> 屈原既死之後，楚有宋玉、唐勒、景差之徒者，皆好辭而以賦見稱。然皆祖屈原之從容辭令，終莫敢直諫。其後楚日以削，數十年竟為秦所滅。

可見，宋玉未必能及見屈原，大約宋玉的生年，總在於公元前290年前後（屈原自沉的前後），約卒於公元222年以前（即楚亡以前）。至於他的生平，則《史記》並未提起。除了在他的賦裏看出些許外，他處別無更詳細的記載。大約他於年輕時曾在楚襄王那裏（約當襄王末年）做過不甚重要的官，其地位至多如東方朔、司馬相如、枚皋之在漢武帝時。其後便被免職，窮困以死。死時的年齡必不甚老。

在宋玉的賦中，《笛賦》顯然是後人依託的，因為其中乃有「宋意將送荊卿於易水之上，得其雌焉」之句。其他《風賦》《高唐賦》《神女賦》《大言賦》《小言賦》《登徒子好色賦》《諷賦》《釣賦》《舞賦》9篇，亦似為後人所記述而非宋玉所自作。因為這9篇中都稱「宋玉」，稱「楚襄王」或「襄王」，與《卜居》《漁父》之稱「屈原既放」一樣，顯然可以看出是後人記述的，正與後人記述管仲的事為《管子》一書而稱為「管仲」所自著者同例。但這幾篇賦，雖未必出於宋玉之手，其辭意卻很有趣味，很有價值，顯出作者的異常的機警與修辭的技巧，使我們很高興讀它們，與漢人諸賦之務為誇誕、堆飾無數之浮辭、讀之令人厭倦者，其藝術之高下真是相差甚遠。如：

楚襄王既登陽雲之台，令諸大夫景差、唐勒、宋玉等並造《大言賦》，賦畢而宋玉受賞。王曰：「此賦之迂誕則極巨偉矣！抑未備也。且一陰一陽，道之所貴，小往大來，剝復之類也。是故卑高相配，而天地位；三光並照，則大小備。能大而不小，能高而不下，非兼通也。能粗而不能細，非妙工也。然則上座者未足明賞賢人。有能為《小言賦》者，賜之雲夢之田。」景差曰：「載氛埃兮乘剽塵，體輕蚊翼，形微蚤鱗，聿遑浮踴，凌雲縱身。經由針孔，出入羅巾。飄妙翩綿，乍見乍泯。」唐勒曰：「析飛糠以為輿，剖秕糟以為舟。泛然投乎杯水中，淡若巨海之洪流。憑蚋眥以顧盼，附蟻蠡而遨遊。寧隱微以無準，原存亡而不憂。」又曰：「館於蠅須，宴於毫端，烹虱脛，切蟣肝，會九族而同噍，猶委餘而不殫。」宋玉曰：「無內之中，微物潛生。比之無象，言之無名。濛濛滅景，昧昧遺形。超於太虛之域，出於未兆之庭。纖於氈（cuì）末之微薎，陋於茸毛之方生。視之則眇眇，望之則冥冥。離朱為之歎悶，神明不能察其情。二子之言，磊磊皆不小，何如此之為精。」王曰：「善！」賜以雲夢之田。（《小言賦》）

楚襄王與宋玉遊於雲夢之浦，使玉賦高唐之事。其夜，玉寢，果夢與神女遇，其狀甚麗。玉異之。明日以白王。王曰：「其夢若何？」玉對曰：「晡夕之後，精神恍惚，若有所喜，紛紛擾擾，未知何意。目色仿髴，乍若有記。見一婦人，狀甚奇異。寐而夢之，寤不自識。罔兮不樂，悵然失志。於是撫心定氣，復見所夢。」王曰：「狀如何也？」玉曰：「茂矣，美矣！諸好備矣！盛矣，麗矣！難測究矣！上古既無，世所未見，瑰姿瑋態，不可勝讚。其始來也，耀乎若白日初出照屋梁；其少進也，皎若明月舒其光。須臾之間，美貌橫生，曄兮如華，溫乎如瑩，五色並馳，不可殫形。詳而視之，奪人目精。其盛飾

也，則羅紈綺繢盛文章，極服妙采照萬方。振繡衣，被袿裳。穠（nóng）不短，纖不長。步裔裔兮曜殿堂，忽兮改容，婉若游龍乘雲翔。嫷（tuǒ）披服，倪（tuì）薄裝，沐蘭澤，含若芳，性和適，宜侍旁，順序卑，調心腸⋯⋯」（《神女賦》）

大夫登徒子侍於楚王，短宋玉曰：「玉為人體貌閒麗，口多微詞，又性好色，願王勿與出入後宮。」王以登徒子之言問宋玉。玉曰：「體貌閒麗，所受於天也。口多微辭，所學於師也。至於好色，臣無有也。」王曰：「子不好色，亦有說乎？有說則止，無說則退。」玉曰：「天下之佳人，莫若楚國，楚國之麗者，莫若臣里，臣里之美者，莫若臣東家之子。東家之子，增之一分則太長，減之一分則太短；著粉則太白，施朱則太赤；眉如翠羽，肌如白雪，腰如束素，齒如含貝；嫣然一笑，惑陽城，迷下蔡。然此女登牆窺臣三年，至今未許也。登徒子則不然，其妻蓬頭攣耳，齞脣歷齒，旁行踽僂，又疥且痔。登徒子悅之，使有五子。王熟察之，誰為好色者矣？」⋯⋯（《登徒子好色賦》）

《諷賦》與《登徒子好色賦》其辭意俱極相似，大約本是一賦，其後演變而為二的；或宋玉原有這一段事，因為記述這段事者有兩個人，故所記各有詳略及互異處。

在宋玉的所有作品中，可稱為他自己所著的，只有《楚辭》裏的兩篇：《招魂》與《九辯》。但《招魂》一篇，尚有人把它歸之於屈原的著作表裏面。不過他們卻沒有什麼充分的理由說出來。所以我們與其剝奪宋玉的《招魂》的著作權而並歸之於屈原，毋寧相信它們是宋玉所作的。且在文辭與情思二方面，這一篇東西也都與屈原的別的作品不同。最可以使我們看出宋玉的特有的情調的是《九辯》：

悲哉，秋之為氣也！蕭瑟兮草木搖落而變衰。憭（liáo）慄兮若在遠行。登山臨水兮送將歸。泬（jué）寥兮天高而氣清，寂寥兮收潦而水清。憯淒增欷兮薄寒之中人，愴怳懭悢（kuǎng liàng）兮去故而就新。坎廩兮貧士失職而志不平，廓落兮羈旅而無友生，惆悵兮而私自憐。燕翩翩其辭歸兮，蟬寂漠而無聲；雁廱（yōng）廱而南遊兮，鶤（kūn）雞啁哳而悲鳴。獨申旦而不寐兮，哀蟋蟀之宵征。時亹（wěi）亹而過中兮，蹇淹留而無成。（《九辯》第一節）

景　　差

《楚辭》中尚有一篇《大招》，王逸以為是屈原或景差作；朱熹則徑斷為景差作。景差與宋玉同時，《史記・屈原傳》裏曾提起他的名字，宋玉的《大言賦》與《小言賦》裏也有他的名字。大約他與宋玉一樣，也是楚王的一位不甚重要的侍臣。其他事實則我們毫無所知。他的著作，除了這篇疑似的《大招》以外，別無他篇。《漢書・藝文志》著錄的，只有《唐勒賦》4篇，並無景差的賦。所以這篇《大招》究竟是不是他作的，我們實無從斷定。

不過《大招》即使不是景差作的，也不能便說是屈原作的，因為《大招》的辭意與《招魂》極相似，而屈原的情調，卻不是如此。

魂兮歸來！去君之恆幹，何為四方些？舍君之樂處而離彼不祥些。魂兮歸來，東方不可以託些！（中敘四方及上下之不可居與反歸故居之樂）酣飲盡歡，樂先故些。魂來歸兮，反故居些。（《招魂》）

　　魂魄歸徠，無遠遙只。魂乎歸徠，無東無西，無南無北
只！東有大海，溺水滧滧只。（中敍四方之不可居與反歸故居之
樂）昭質既設，大侯張只。執弓挾矢，揖辭讓只。魂乎徠歸，尚
三王只。（《大招》）

　　這兩篇的結構是完全相同的，意思是完全相同的，僅修辭方
面相歧異而已。我們雖不敢斷定地說，這兩篇本是由一篇東西轉變
出來的，但至少我們可以說，《招魂》與《大招》的文意與結構必
當時有一種規定，如現在喪事或道觀拜天時所用的榜文、奏文一
樣，因為這兩篇是兩個詩人作的，所以文意結構俱同而修辭不同。
或者這兩篇文字當中，有一篇是原作，有一篇是後人所擬作的也說
不定。

　　《楚辭》與《詩經》不同，它是詩人的創作，是詩人的理想的產
品，是詩人自訴他的幽懷與愁鬱，是欲超出於現實社會的混濁之流
的作品，而不是民間的歌謠與征伕或憂時者及關心當時政治與社會
的擾亂者的歎聲與憤歌，所以我們在它裏面，不能得到如在《詩經》
裏所得到的同樣的歷史上的許多材料。但它在文學上的影響已足使
它佔於中國文學史裏的一個最高的地位；同時，它的本身，在世界
的不朽的文學寶庫中也能佔到一個永恆不朽的最高的地位。

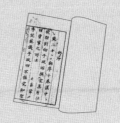

第二章

史書

如果有人編著中國古代的文學史，他於敘述《詩經》與《楚辭》之外，對於幾個歷史家與哲學家的著作，也必定會給予很詳細的記載；因為這些歷史家與哲學家的著作，不唯在歷史上、哲學上有他們自己的很高的地位，即使在文學上也有不朽的價值與偉大的影響。如《左傳》，如《戰國策》，如《孟子》，如《莊子》，如《列子》，它們在文學上的影響，實不下於《詩經》與《楚辭》。它們的雋利而暢達的辯論、秀美而獨創的辭采、俊捷而動人的敍寫，給了後來的文學者以言之不盡的貢獻。

即使到了現在，也還有無數的人把它們拿來當文學的課本。所以我於講《詩經》與《楚辭》之後，對於它們也簡單地講述一下。

《尚書》

中國史書的最初一部是《尚書》（《書經》）。

這部史書是許多時代的文誥、誓語的總集。間有幾篇，為歷史家記述的文字，如《堯典》《禹貢》之類。間有幾篇，則於文誥之前，加以很簡略的記事，如《洪范》，於箕子說「洪範」之前，加以「惟十有三祀，王訪於箕子。王乃言曰：『嗚呼，箕子！惟天陰騭（zhì）下民，相協厥居。我不知其彝倫攸敍……』」的一段話之類。相傳《尚書》為孔子所編定，內容原有百篇。經過秦代的焚書之禍

後，僅存 28 篇。漢時，有伏生諸人傳授之。這 28 篇分別是《堯典》《皋陶謨》《禹貢》《甘誓》《湯誓》《盤庚》《高宗肜日》《西伯戡黎》《微子》《牧誓》《洪范》《金縢》《大誥》《康誥》《酒誥》《梓材》《召誥》《洛誥》《多士》《多方》《立政》《無逸》《君奭（shì）》《顧命》《呂刑》《文侯之命》《費誓》及《秦誓》。這種文誥及記事所包含的時代，為自公元前二十三世紀（即堯時）至公元前 627 年（即周襄王二十五年）。但在實際上，它們的最早作者卻絕不是生在公元前二十三世紀裏的，因為在《尚書》的第一篇《堯典》——即敍公元前二十三世紀裏的事的一篇史書——的開頭，它的作者便說：「曰，若稽古帝堯。」既曰：「若稽古帝堯」，可知作者的時代必離帝堯的時代很遠了。大約《尚書》裏的第一位作者或記載者，至早是生在公元前二十世紀前後的。

伏生所傳的《尚書》傳到了晉時，有名梅賾者，自稱又獲得「古文尚書」的一種。這一本《尚書》除了 28 篇與伏生所傳的相同外，又增多了《大禹謨》《五子之歌》等 25 篇，又從《堯典》中分出《舜典》1 篇，從《皋陶謨》中分出《益稷》1 篇，從《顧命》中分出《康王之誥》1 篇，又將《盤庚》1 篇析為 3 篇，合共 58 篇。當時，並沒有什麼人懷疑它。宋人才對它生了疑問。到了清初，閻若璩作《古文尚書疏證》一書，力攻它的偽造，而偽造的事實遂判定。

《春秋》

次於《尚書》而產生的是《春秋》。據舊說，這部書是孔子根據「魯史」而編著的。它所記載的時代為自魯隱公元年（即公元前

722 年，周平王四十九年），至魯哀公十四年（即公元前 481 年，周敬王三十九年）。隔了三年，四月，時孔子死。

《春秋》的文字極簡單，除了記載當時所發生的重大事件以外，並沒有什麼敍述。於是有左丘明、公羊高、穀梁赤三人前後依它的原文，更作較詳細的記載或說明。但公羊高和穀梁赤二人所作的傳，僅注意於《春秋》的義例，詳細說明孔子的褒貶之意，而對於事實並不詳述。只有左丘明的傳，敍述事實很詳盡。左丘明的生平，沒有什麼記載留傳下來，據說是一個盲人。他的《春秋傳》，不唯供給許多歷史的事跡給史學家，且於文學上也有很大的影響。他的文字簡質，而敍寫卻極活躍，有時，也有很美麗的描寫，下面舉兩個例：

> 十年春，齊師伐我。公將戰，曹劌請見。其鄉人曰：「肉食者謀之，又何間焉？」劌曰：「肉食者鄙，未能遠謀。」乃入見，問何以戰。公曰：「衣食所安，弗敢專也，必以分人。」對曰：「小惠未遍，民弗從也。」公曰：「犧牲玉帛，弗敢加也，必以信。」對曰：「小信未孚，神弗福也。」公曰：「小大之獄，雖不能察，必以情。」對曰：「忠之屬也，可以一戰。」戰，則請從，公與之乘，戰於長勺。公將鼓之，劌曰：「未可！」齊人三鼓，劌曰：「可矣！」齊師敗績，公將馳之，劌曰：「未可！」下視其轍，登軾而望之，曰：「可矣！」遂逐齊師。既克，公問其故。對曰：「夫戰，勇氣也，一鼓作氣，再而衰，三而竭。彼竭我盈，故克之。夫大國難測也，懼有伏焉。吾視其轍亂，望其旗靡，故逐之。」（《左傳·莊公十年》）

> 晉程鄭卒，子產始知然明，問為政焉。對曰：「視民如子，見不仁者誅之，如鷹鸇之逐鳥雀也。」子產喜，以語子大叔，且曰：「他日吾見蔑之面而已，今吾見心矣。」子大叔問政於子

產。子產曰：「政如農功，日夜思之，思其始而成其終。朝夕而行之，行無越思，如農之有畔，其過鮮矣。」（《左傳·襄公二十六年》）

孔子的《春秋》，終於魯哀公十四年，左丘明的傳，則書孔子卒，直至哀公二十七年始告終止。

《國語》

記載自公元前 990 年（即周穆王十二年）至公元前 453 年（即周貞定王十六年）的諸國的史跡者，有《國語》一書。

相傳這部書亦為左丘明所作。丘明作《春秋傳》意猶未盡，「故復採錄前世穆王以來，下訖魯悼智伯之誅，邦國成敗，嘉言善語……以為《國語》」。但有的人則以為丘明並沒有著這部書。這部書的性質與《春秋傳》不同。《春秋傳》是編年的體例，《國語》則分國敍述。《國語》共有 21 卷，分敍周（3 卷）、魯（2 卷）、齊（1卷）、晉（9 卷）、鄭（1 卷）、楚（2 卷）、吳（1 卷）及越（2 卷）八國的重要史事。它在文學上亦有偉大的影響。現在舉一兩個例在下面，以見它的敍寫的一斑：

> 趙文子與叔向遊於九原。曰：「死者若可作也，吾誰與歸？」叔向曰：「其陽子乎？」文子曰：「夫陽子行廉直於晉國，不免其身，其智不足稱也。」叔向曰：「其舅犯乎？」文子曰：「夫舅犯見利而不顧其君，其仁不足稱也。其隨武子乎！納諫不忘其師，言身不失其友，事君不援而進，不阿而退。」（《國語·晉語》）

越王勾踐栖於會稽之上，乃號令於三軍曰：「凡我父兄昆弟及國子姓，有能助寡人謀而退吳者，吾與之共知越國之政。」大夫種進對曰：「臣聞之，賈人夏則資皮，冬則資絺，旱則資舟，水則資車，以待乏也。夫雖無四方之憂，然謀臣與爪牙之士，不可不養而擇也；譬如蓑笠，時雨既至，必求之。今君王既栖於會稽之上，然後乃求謀臣，無乃後乎？」勾踐曰：「苟得聞子大夫之言，何後之有？」執其手而與之謀，遂使之行成於吳……（《國語・越語》）

《戰國策》

繼續《國語》的體例，而敍三家分晉至楚漢未起之前的重要史事者，有《戰國策》一書。

《戰國策》在文學上的權威，不下於《春秋》《左傳》及《國語》；大部分的讀者，且喜歡《戰國策》過於《左傳》與《國語》。在《戰國策》裏面，我們看不到一切迂腐的言論與一切遵守傳統的習慣與道德的行動；這是一個新的時代，舊的一切，已完全推倒，完全摧毀，所有的言論都是獨創的、直接的，包含可愛的機警與雄辯的；所有的行動都是勇敢的、不守舊習慣的，都是審辨直接的，利害極為明瞭的。因此，《戰國策》遂給讀者以一個新的特創的內容。它如一部中世紀的歐洲的傳奇，如一部記述「魏、蜀、吳」三國史事的小說《三國志》，使讀者永遠地喜歡讀它。《戰國策》初名《國策》，或名《國事》，或名《短長》，或名《長書》，或名《修書》，卷帙亦錯亂無序。漢時，劉向始把它整理過，定名為《戰國策》，分之為33篇。所敍的諸國，為東周（1篇）、西周（1篇）、秦（5篇）、

齊（6篇）、楚（4篇）、趙（4篇）、魏（4篇）、韓（3篇）、燕（3篇）、宋衛（1篇），及中山（1篇）。下舉了它的三段文字，可以略見它的風格與內容的一斑：

甘茂亡秦，且之齊。出關遇蘇子，曰：「君聞夫江上之處女乎？」蘇子曰：「不聞！」曰：「夫江上之處女，有家貧而無燭者，處女相與語欲去之。家貧無燭者將去矣，謂處女曰：『妾以無燭故，常先至掃室佈席。何愛餘明之照四壁者？幸以賜妾，何妨於處女？妾自以有益於處女，何為去我？』處女相語以為然而留之。今臣不肖，棄逐於秦而出關，願為足下掃室佈席，幸無我逐也。」蘇子曰：「善，請重公於齊……」（《戰國策·秦策二》）

靖郭君將城薛，客多以諫。靖郭君謂謁者無為客通。齊人有請者曰：「臣請三言而已矣！益一言。臣請烹！」靖郭君因見之。客趨而進曰：「海大魚！」因反走。君曰：「客有於此。」客曰：「鄙臣不敢以死為戲。」君曰：「亡，更言之。」對曰：「君不聞大魚乎？網不能止，鈎不能牽，蕩而失水，則螻蟻得志焉。今夫齊亦君之水也！君長有齊，奚以薛為？夫齊，雖隆薛之城到於天，猶之無益也。」君曰：「善！」乃輟城薛。（《戰國策·齊策一》）

張儀為秦破從連橫，說楚王曰：「秦地半天下，兵敵四國，被山帶河，四塞以為固，虎賁之士百餘萬；車千乘，騎萬匹，粟如丘山，法令既明，士卒安難樂死；主嚴以明，將知以武。雖無出兵甲，席捲常山之險，折天下之脊，天下後服者先亡。且夫為從者無以異於驅羣羊而攻猛虎也。夫虎之與羊，不格明矣，今大王不與猛虎而與羣羊，竊以為大王之計過矣！凡天下強國，非秦而楚，非楚而秦，兩國敵侔交爭，其勢不兩立，而大王不與秦。秦下甲兵，據宜陽，韓之上地不通，下河東，取成皋，韓必入臣於秦。韓入臣，魏則從風而動。秦攻楚之西，

韓、魏攻其北,社稷豈得無危哉?且夫約從者,聚羣弱而攻至強也。夫以弱攻強,不料敵而輕戰,國貧而驟舉兵,此危亡之術也。臣聞之,兵不如者勿與挑戰,粟不如者勿與持久,夫從人者飾辯虛辭,高主之節行,言其利而不言其害,卒有楚禍無及為已。是故願大王之熟計之也……」(《戰國策·楚策一》)

其他史書

除了上面的幾部史書以外,尚有《逸周書》《竹書紀年》及《穆天子傳》等幾部。

《逸周書》的性質與《尚書》相同。相傳為晉時束晳所見之「汲塚書」[1]之一。或謂此書非汲塚中所出,乃為孔子刪削《尚書》之所遺者。

《竹書紀年》的性質,與《春秋》相同,記黃帝至周隱王之重要史事,文字極簡單,相傳亦為束晳所見之汲塚書之一。但後來的人也頗有疑其非汲塚的原本者。

《穆天子傳》亦為汲塚中書之一。體裁與《尚書》《春秋》二書俱極異,乃敍周穆王遊行之事。《左傳》言:「穆王欲肆其心,周行於天下,皆使有車轍馬跡焉。」大約穆王的遊行天下的事,必為當時所盛傳者,所以有人記錄他的遊跡,作為此傳。文字多殘缺。現在錄其一節如下:

---

1 晉咸寧五年(公元 279 年),汲郡人盜發魏襄王的陵墓,得竹書數十車,全是蝌蚪文書寫,稱「汲塚書」。後經荀勖、束晳等人整理成《竹書紀年》等。

庚戌，天子西征，至於玄池。天子休於玄池之上，乃奏廣樂，三日而終，是曰樂池。天子乃樹之竹，是曰竹林。癸丑，天子乃遂西征。丙辰，至於苦山西膜之所茂苑。天子於是休獵，於是食苦。丁巳，天子西征。己未，宿於黃鼠之山西□，乃遂西征。癸亥，至於西王母之邦。

吉日，甲子。天子賓於西王母。乃執白圭玄璧，以見西王母，好獻錦組百純，□組三百純。西王母再拜受之。□乙丑，天子觴西王母於瑤池之上。西王母為天子謠曰：「白雲在天，山陵自出。道里悠遠，山川間之。將子無死，尚能復來？」天子答之曰：「予歸東土，和治諸夏，萬民平均，吾顧見汝。比及三年，將復而野。」西王母又為天子吟曰：「徂彼西土，爰居其野。虎豹為羣，於鵲與處。嘉命不遷，我惟帝女。彼何世民，又將去子。吹笙鼓簧，中心翔翔。世民之子，唯天之望。」天子遂驅升於弇山，乃記名跡於弇山之石，而樹之槐眉，曰：西王母之山。（《穆天子傳》）

像穆王這樣的周遊天下，遠適荒僻，是中國人民所甚為驚奇不置的，所以當時關於這一件事的傳說，流傳各處。《列子》書中亦有《周穆王》1篇，所敍之事，亦與此傳大體相同。這一部書，對於考察古代中國的地理產物也極有用處；它的體例又是古代史書中之最特創的。

尚有《越絕書》《吳越春秋》及《晉史乘》《楚史檮杌》諸書，大概都是纂輯古書中的記載而為之的。

《越絕書》記越王勾踐前後的事，相傳為子貢撰，或子胥所為，俱為依託之言。或斷定為漢時袁康、吳平所撰。

《吳越春秋》敍吳、越二國之事，自吳太伯起至勾踐伐吳為止。亦為漢人所作。（《古今逸史》題為漢趙曄撰。）

　　《晉史乘》及《楚史檮杌》[1]二書，則歷來書目俱不載，至元時乃忽出現，顯然是好事者所偽作的。二書前有元大德十年吾丘衍序，以為此二書乃他所發現，實則即他自己輯集《左傳》《國語》《說苑》《新序》及諸子書中關於晉、楚的記事而編成的。

1　〔明〕張萱《疑耀・檮杌》：「檮杌，惡獸，楚以名史，主於懲惡。又云，檮杌能逆知未來，故人有掩捕者，必先知之。史以示往知來者也，故取名焉。亦一說也。」

第三章

古代哲學家

在中國古代哲學家所著的書中，有許多是帶有很豐富的文學意味的；許多的哲學家都喜歡用很美麗的文辭，很有文學趣味的比喻，以傳達他們的哲學思想。

這許多哲學家都是生活在公元前 570 年（周靈王時）至公元前 230 年（秦始皇時）中間的。這個時代，正是春秋戰國的時代。中國各處都持續地陷在局部戰爭之中，政治的、社會的紛擾達於極點；同時，傳統的道德社會階級以及思想，都為這個擾亂所摧壞。於是新的創造的哲學，紛然地產生出來，有的表現消極的、厭世的、破壞的思想，有的努力欲維持古代的、傳統的、積極的思想，有的欲以仁愛及實用之學救此擾亂，有的則欲以嚴明的政治及法律救此擾亂。思想的勃蓬與絢爛，為中國哲學界前所未曾有，後所未曾有。

且離開它們的本身的價值而言，它們在文學上的影響，亦為以前及以後的所有論哲理的書所未曾有。這時代的哲學書有許多是後來文學者所承認為最好的、不朽的作品，如《孟子》，如《莊子》，如《列子》，如《韓非子》等書即是如此。

這些哲學家中，最先出現者為老子。

老　子

老子，姓李，名耳，字聃，楚國人。

關於他的神話甚多，有的說他活了 200 餘歲，有的說他入關仙去，後世的人遂以他為「道教」的始祖。孔子曾見過他。因為他做過「周守藏室之史」，所以孔子向他問禮。大約他的生活時代與孔子相差不遠，其生當在公元前 570 年（周靈王初年）前後。其卒，至晚當在公元前 470 年（周元王時）以前。

老子所代表的思想是消極的、厭世的思想。他的書有《道德經》上、下兩篇，共 81 章，文字極簡潔，他因為當時政治的齷齪，言治者紛然出，而天下愈擾，於是主張「無為」，主張「無治」，以為：「不尚賢，使民不爭，不貴難得之貨，使民不為盜，不見可欲，使民心不亂。是以聖人之治……常使民無知無慾。」「雞犬之聲相聞，民至老死不相往來」，這就

〔明〕王世貞輯次、汪雲鵬校刊本《有象列仙全傳》第九卷老子像

是他的理想國的景象。他不主張法治，以為：「民不畏死，奈何以死懼之？」他不喜歡賢能與強力，而以謙下與柔弱為至德。他說：「江海所以能為百谷王者，以其善下之，故能為百谷王。」又說：「天下莫柔弱於水，而攻堅強者，莫之能勝。以其無以易之！」

他的悲觀，極為澈透。他說：「天地不仁，以萬物為芻狗；聖人不仁，以百姓為芻狗。」這種悲觀的、消極的思想，在當時極為流

行；一部分的人，以生為苦，於是唱着：「知我如此，不如無生！」一部分的人，則流於玩世不恭，譏笑一切僕僕道路的、以救民救世為己任的人，如《論語》中所載長沮、桀溺諸人都是如此。

孔　子

因為這一派厭世的、消極的思想的流行，於是孔子便起來反抗他們的思想，宣傳堯、舜「文武之治」，努力維持傳統的政治的與社會的道德，以中庸的、積極的態度，始終不懈地從事於改良當時的政治，以復於他所理想的古代清明的政治狀況。

孔子在當時影響極大，主要的弟子有 70 余人。他名丘，字仲尼，魯國人，生於公元前 551 年（周靈王二十一年），卒於公元前 479 年（周敬王四十一年）。他的事跡與言論，許多書上都有記載，但以《論語》所記者為最可靠。他曾做過魯國的司空和司寇，後來去官周遊列國。到了 68 歲時復回魯地，專心著述，編訂《尚書》《詩經》《周易》及《春秋》，還訂定了《禮》與《樂》。卒時年七十三。

〔清〕焦秉貞繪：孔子像

孔子的思想是入世的，是極為積極的。《論語》雖為曾子的門人所記，文字雖極簡樸直接，卻能把孔子的積極的思想完全表現出來。老子主張無治

無為，孔子則主張有為，主張政刑與德禮為治世者所必要，他說：「道之以政，齊之以刑，民免而無恥；道之以德，齊之以禮，有恥且格。」孔子是竭力欲維持傳統道德的。所以齊陳恆殺其君，孔子三日齋而請伐齊。季氏舞八佾於庭，孔子說道：「是可忍也，孰不可忍也？」當時的人，常譏嘲孔子之僕僕道路而無所成，但孔子卻不悲觀，不為他們所動，仍舊積極地去做。

> 楚狂接輿歌而過孔子曰：「鳳兮，鳳兮！何德之衰！往者不可諫，來者猶可追。已而，已而，今之從政者殆而。」孔子下，欲與之言，趨而辟之，不得與之言。長沮、桀溺耦而耕，孔子過之，使子路問津焉。長沮曰：「夫執輿者為誰？」子路曰：「為孔丘。」曰：「是魯孔丘歟？」曰：「是也。」曰：「是知津矣！」問於桀溺，桀溺曰：「子為誰？」曰：「為仲由。」曰：「是魯孔丘之徒歟？」對曰：「然。」曰：「滔滔者天下皆是也，而誰以易之！且而與其從辟人之士也。豈若從辟世之士哉。」耰而不輟。子路行以告。夫子憮然曰：「鳥獸不可與同羣。吾非斯人之徒與而誰與？天下有道，丘不與易也！」（《論語·微子》）

這種精神，真足以感動一切時代的人！

墨　　子

較孔子略後，而與孔子具有同樣的積極的、救世的精神者為墨子。

墨子為主張「博愛」「非攻」哲學者，他的勢力，在當時亦極大。老、孔、墨三派的思想，在當時幾乎是三分天下。墨子名翟，

或以他為宋人，或以他為魯人。他的生活時代在公元前 500 年（周敬王時）至公元前 416 年（周威烈王時）之間。關於墨子的書，有《墨子》53 篇。但未必為墨子所自著，大約一部分是墨者記述墨子的學說與行事的，一部分是後人加入的。

墨子一方面有孔子的積極救世的精神，其救助被損害之國的熱忱，且較儒者尤為強烈。孟子的「墨子兼愛，摩頂放踵利天下，為之。」數語，即足表現他的精神。楚國使公輸般造雲梯欲攻宋，墨子走了十日十夜，趕去見公輸般，說服了他，使他中止攻宋。這件事是最使世人稱道的。但同時，他又與儒家有好幾點反對。儒者主張「王者之師」，並不反對戰爭，墨子則徹底地主張「非攻」。儒者主張「愛有等次」，墨子則主張「博愛」。儒者不信鬼，而信天命；重禮、樂，重視喪葬之事。墨子則主張「明鬼」而「非命」，提倡「節葬」而「非樂」。下面錄《墨子》中的一段，可以略見他的思想：

今有一人，入人園圃，竊其桃李，眾聞則非之，上為政者得則罰之。此何也？以虧人自利也。至攘人犬豕雞豚者，其不義又甚入人園圃竊桃李。是何故也？以虧人愈多，其不仁茲甚，罪益厚。……至殺不辜人也，拖其衣裘，取戈劍者，其不義又甚入人欄厩取人馬牛。此何故也？以其虧人愈多。苟虧人愈多，其不仁茲甚，罪益厚。當此天下之君子，皆知而非之，謂之不義。今至大為攻國，則弗知非，從而譽之，謂之義。此可謂知義與不義之別乎？殺一人，謂之不義，必有一死罪矣。若以此說往，殺十人，十重不義，必有十死罪矣，殺百人，百重不義，必有百死罪矣，當此天下之君子，皆知而非之，謂之不義。今至大為不義攻國，則弗知非，從而譽之，謂之義。……今有人於此，少見黑，曰黑，多見黑，曰白，則以此人不知白黑之辯矣。少嘗苦曰苦，多嘗苦曰甘，則必以此人為不知甘苦之辯矣。今小為非則知而非之，大為非攻國，則不知

非,從而譽之,謂之義,此可謂知義與不義之辯乎?是以知天下之君子也,辯義與不義之亂也。(《墨子‧非攻上》)

儒、老、墨三派,互相辯難,都各有他們的信徒。到了後來,儒、墨之中又各分派,儒分為八,墨離為三。墨中的鉅子,其著作大約都已包含於《墨子》一書之中。儒中的重要者,則著書頗多:《大學》相傳為曾子及其門人所作,《中庸》相傳為孔子之孫子思所作,又有《孝經》,相傳為孔子為曾子所說的,由後人記載下來。

還有其他各書,但它們都不甚重要。其中最重要的,且最有影響於後來的文學作品的是孟子和荀子二人所著的書。

孟　　子

孟子名軻,鄒人,生於公元前 372 年(周烈王四年),卒於公元前 289 年(周赧王二十六年)。卒時,年八十四。他曾受業於子思的門人,見過齊宣王、梁惠王,所如不合,「退而與萬章之徒,序詩書,述仲尼之意,作《孟子》七篇」(《史記》)。有的人頗疑《孟子》,以為係後人所偽作,有的人則以為《孟子》一書未必為軻所自著,而是其弟子所記述的。大約以後說為較可靠。

當孟子時,天下競言功利,以攻伐從橫為賢,孟子乃稱述唐、虞、三代之德,痛言功利之害,宣傳「仁義」之說,努力維持傳統的道德。是以時人都以他為「迂遠而闊於事情」。但他一方面卻亦染了戰國辯士之風,頗好辯難,喜以比喻宣達他的見解。因此,《孟子》一書較《論語》及《孝經》諸書,其文辭更富於文學的趣味;辭意駿利而深切,比喻贍美而有趣,使它的讀者都很喜歡它。下面舉幾個例:

〔清〕焦秉貞繪：孟子像

梁惠王曰：「寡人之於國也，盡心焉耳矣。河內凶，則移其民於河東，移其粟於河內，河東凶亦然。察鄰國之政，無如寡人之用心者。鄰國之民不加少，寡人之民不加多。何也？」

孟子對曰：「王好戰，請以戰喻。填然鼓之，兵刃既接，棄甲曳兵而走，或百步而後止，或五十步而後止。以五十步笑百步，則何如？」曰：「不可！直不百步耳，是亦走也。」

曰：「王如知此，則無望民之多於鄰國也。不違農時，穀不可勝食也。數罟不入洿池，魚鱉不可勝食也。斧斤以時入山林，材木不可勝用也。穀與魚鱉不可勝食，材木不可勝用，是使民養生喪死無憾也。養生喪死無憾，王道之始也。五畝之宅，樹之以桑，五十者可以衣帛矣，雞豚狗彘之畜，無失其時，七十者可以食肉矣。百畝之田，勿奪其時，數口之家，可以無飢矣。謹庠序之教，申之以孝悌之義，頒白者不負戴於道路矣。七十者衣帛食肉，黎民不飢不寒，然而不王者，未之有也！狗彘食人食而不知檢，塗有餓莩而不知發。人死，則曰：『非我也，歲也。』是何異於刺人而殺之，曰：『非我也，兵也。』王無罪歲，斯天下之民至焉。」（《孟子・梁惠王上》）

孟子謂齊宣王曰：「王之臣有託其妻子於其友，而之楚遊者。比其反也，則凍餒其妻子，則如之何？」王曰：「棄之。」曰：「士師不能治士，則如之何？」王曰：「已之。」曰：「四境之內不治，則如之何？」王顧左右而言他。（《孟子・梁惠王下》）

齊人有一妻一妾而處室者。其良人出，則必饜酒肉而後反。其妻問所與飲食者，則盡富貴也。其妻告其妾曰：「良人出，則必饜酒肉而後反。問其與飲食者，盡富貴也。而未嘗有顯者來。吾將瞯良人之所之也。」

蚤起，施從良人之所之。遍國中無與立談者。卒之東郭墦間之祭者，乞其餘。不足，又顧而之他。此其為饜足之道也。其妻歸，告其妾曰：「良人者，所仰望而終身也。今若此！」與其妾訕其良人，而相泣於中庭。而良人未之知也，施施從外來，驕其妻妾。

由君子觀之，則人之所以求富貴利達者，其妻妾不羞也，而不相泣者幾希矣。（《孟子·離婁下》）

荀　　子

荀子，名況，字卿，趙人。初在齊，三為祭酒。齊人或讒荀卿，卿乃適楚。春申君用他為蘭陵令。春申君死，荀卿失官，因家蘭陵。著書數萬言而卒。

荀卿的生活時代約在公元前 310 年至公元前 230 年前後。他的書《荀子》有 33 篇，內有賦 5 篇，詩 2 篇。漢、魏、六朝以至唐，最盛行之文體之一，即為賦，而其名實荀卿始創之。

荀卿並不墨守儒家的思想，他批評墨、道及諸子之失時，對於儒家之子思、孟子也不肯放過。他主張「人性是惡的」，反對孟子「性善」之說；主張「法後王」，反對儒家「法先王」之說；又主張「人治」，反對「天治」，對於盤踞於中國人心中的「相」的觀念，加以嚴肅的駁詰。他的文字純渾而暢直。舉一例於下：

　　天行有常，不為堯存，不為桀亡，應之以治則吉，應之以亂則凶。強本而節用，則天不能貧；養備而動時，則天不能病；修道而不貳，則天不能禍。故水旱不能使之飢渴，寒暑不能使之疾，妖怪不能使之凶。本荒而用侈，則天不能使之富；養略而動罕，則天不能使之全；倍道而妄行，則天不能使之吉。故水旱未至而饑，寒暑未薄而疾，妖怪未至而凶；受時與治世同，而殃禍與治世異，不可以怨天，其道然也……（《荀子·天論》）

列子與莊子

　　道家自老子之後，最著者有列子與莊子，他們所著的書，俱為後來文學者所最喜悅者。

　　列子，名禦寇，其生年略前於莊子，所著書名《列子》。或謂列子並無其人，其書乃後人雜採諸書以為之者。（或謂《列子》為六朝人所偽作。）但其文辭卻絢麗而婉曲盡致，很能使讀者感動。舉一段為例：

　　詹何以獨繭絲為綸，芒針為鉤，荊篠為竿，剖粒為餌，引盈車之魚於百仞之淵，汩流之中，綸不絕，鉤不伸，竿不橈。楚王聞而異之，召問其故。詹何曰：「臣問先大夫之言，蒲且子之弋也，弱弓纖繳，乘風振之，連雙鶬於青雲之際，用心專，動手均也。臣因其事，放而學釣，五年始盡其道。當臣之臨河持竿，心無雜慮，唯魚之念：投綸沈鉤，手無輕重，物莫能亂。魚見臣之鉤餌，猶沈埃聚沫，吞之不疑，所以能以弱制強，以輕致重也。大王治國誠能若此，則天下可運於一握，將亦奚事哉！」楚王曰：「善。」（《列子·湯問》）

莊子，名周，蒙人。嘗為蒙漆園吏，與梁惠王、齊宣王同時。約死於公元前 275 年前後。他甚博學，最喜老子的學說，著書十餘萬言。其文字雄麗洸洋，自恣以適己。

> 以天下為沉濁不可與莊語，以卮言為曼衍，以重言為真，以寓言為廣，獨與天地精神往來，而不敖倪於萬物，不譴是非，以與世俗處。……上與造物者遊，而下與外生死無終始者為友……（《莊子·天下》）

他的書《莊子》現存 33 篇，其中《讓王》《說劍》《盜跖》《漁父》諸篇，是後人偽作的。在下面舉的兩個例子裏，可以見他的美麗而雄辯的文辭的一斑：

> 孔子見老聃而語仁義。老聃曰：「夫播糠眯目，則天地四方易位矣，蚊虻噆膚，則通昔不寐矣。夫仁義憯然，乃憤吾心，亂莫大焉，吾子使天下無失其樸，吾子亦放風而動，總德而立矣。又奚傑然若負建鼓而求亡子者邪？夫鵠不日浴而白，烏不日黔而黑。黑白之樸，不足以為辯，名譽之觀，不足以為廣。泉涸，魚相與處於陸，相呴以濕，相濡以沫，不若相忘於江湖。」（《莊子·天運》）

> 秋水時至，百川灌河，涇流之大，兩涘渚崖之間不辯牛馬。於是焉河伯欣然自喜，以天下之美為盡在己。順流而東，行至於北海。東面而視，不見水端。於是焉，河伯始旋其面目，望洋向若而歎曰：「野語有之曰，聞道百，以為莫己若者，我之謂也。且夫我嘗聞少仲尼之聞，而輕伯夷之義者，始吾弗信。今我睹子之難窮也。吾非至於子之門，則殆矣！吾長見笑於大方之家！」

> 北海若曰：「井蛙不可以語於海者，拘於虛也；夏蟲不可以語於冰者，篤於時也；曲士不可以語於道者，束於教也。今

〔明〕陳洪綬：《隱居十六觀‧訪莊》，台北故宮博物院藏。

爾出於崖涘，觀於大海，乃知爾醜，爾將可與語大理矣。天下之水，莫大於海。萬川歸之，不知何時止，而不盈，尾閭泄之，不知何時已，而不虛。春秋不變，水旱不知。此其過江河之流不可為量數，而吾未嘗以此自多者，自以比形於天地，而受氣於陰陽，吾在天地之間，猶小石、小木之在大山也，方存乎見少，又奚以自多！計四海之在天地之間也，不似礨空之在大澤乎？計中國之在海內，不似稊米之在大倉乎？號物之數謂之萬，人處一焉。人卒九州，穀食之所生，舟車之所通，人處一焉，此其比萬物也，不似毫末之在於馬體乎？五帝之所連，三王之所爭，仁人之所憂，任士之所勞，盡此矣！伯夷辭之以為名，仲尼語之以為博，此其自多也，不似爾向之自多於水乎？」

河伯曰：「然則，吾大天地而小毫末，可乎？」北海若曰：「否，夫物，量無窮，時無止，分無常，終始無故，是故大知觀於遠近。……由此觀之，又何以知毫末之足以定至細之倪？又何以知天地之足以窮至大之域？」……（《莊子‧秋水》）

韓 非 子

中國古代的重要思想家，在道、儒、墨三派的範圍以外者，尚有不少。如楊朱，如惠施，如公孫龍，如鄧析，如宋銒，如尹文，如申不害，如尸子，如商君，如許行，如鄒衍，如田駢，如慎到，如韓非，都是各樹一幟，以宣傳他們的思想與主張。但他們的思想多少總受有儒、道、墨三大派的影響。他們所著的書，大部分都已散佚（如楊朱、惠施、宋銒、許行、鄒衍、田駢等），我們只能從別的書中，見到他們的重要的主張。（如《列子》中有《楊朱》一篇，言楊朱思想甚詳，《孟子》中亦言及許行的主張。）這些人，我現在不講。至於在那有書遺留下來的「諸子」中，有一部分卻是後人蒐集重編的（如《尸子》），有一小部分又顯然可以看見他是偽託的（如《商子》），這些人，我現在也不講。公孫龍、鄧析諸人，他們的書雖尚存在，但也不甚重要，且對於後來的文學者也無什麼影響，所以我現在也不講。只有韓非一人，我們應該加以注意。

韓非本是韓國的公子，喜刑名法術之學，與李斯同事荀卿。他口吃，不能說話，而善於著書。他看見韓國日益削弱，數以書諫韓王，不見用，進作《孤憤》《五蠹》《內外儲》《說林》《說難》十餘萬言以見志。後韓國使非於秦，非在秦被李斯諸人所殺，他死的時候，是公元前 233 年（即秦始皇十四年）。

他的書《韓非子》，有 55 篇，其中一部分是他自己著的，一小部分是後人加入的。他的文辭緻密而深切，後來論文家受他的影響者甚多。現在舉其一段於下以為例：

> 上古之世，人民少而禽獸眾，人民不勝禽獸蟲蛇，有聖
> 人作，構木為巢，以避羣害，而民悅之，使王天下，號曰有巢
> 氏。民食果蓏蚌蛤，腥臊惡臭，而傷害腹胃，民多疾病，有聖

人作，鑽燧取火，以化腥臊，而民悅之，使王天下，號之曰燧人氏。中古之世，天下大水，而鯀、禹決瀆。近古之世，桀、紂暴亂，而湯、武征伐。今有構木、鑽燧於夏后氏之世者，必為鯀、禹笑矣。有決瀆於殷、周之世者，必為湯、武笑矣。然則，今有美堯、舜、湯、武、禹之道於當今之世者，必為新聖笑矣。是以聖人不期修古，不法常可。論世之事，因為之備。宋人有耕田者，田中有株，兔走觸株，折頸而死。因釋其耒，而守株，冀復得兔。兔不可得，而身為宋國笑。今欲以先王之政，治當世之民，皆守株之類也……（《五蠹》）

《呂氏春秋》

此外尚有《管子》一書，託名管仲著，《晏子》一書，託名晏嬰著，《孫子》一書，託名孫武著，《吳子》一書，託名吳起著，以及其他如《鬻子》之數，皆為後人所作，且對於後來文學者俱無大影響，所以這裏也都不講。

春秋戰國時代的燦爛無比的思想界，到了戰國之末，漸漸地衰落下來；於是有秦相呂不韋集許多賓客，使各著所聞，以為八覽、六論、十二紀，名之曰《呂氏春秋》。

這一部無所不包的雜書，就是中國古代思想界的總結束。到了秦始皇統一各國，焚天下之書，以愚天下人民之耳目；各種思想便一時被撲滅無遺。漢興，儒、道二派的餘裔又顯於世，但俱苟容取媚於世，已完全沒有以前的那種精神與積極的主張了。《呂氏春秋》的文字也與它的內容一樣地混雜，沒有什麼可以特敍的價值。

第四章

漢代文學

自秦始皇破滅六國，統一天下（公元前 221 年）以來，文學也與其他的學術一樣，受專制的火焰的焚迫而成為灰燼。戰國時光輝燦爛的文藝作品，不復出現，所存者僅龐雜的《呂氏春秋》與李斯的擬古頌功的諸刻石而已。漢之初年，因黑暗之勢力仍未除去，故亦無大作家出現。至惠帝四年（公元前 191 年）殘酷無比之「挾書律」宣告廢除，而文藝學術才漸漸地有人去注意。以後，便釀成了枚乘、司馬相如、賈誼、司馬遷、揚雄、王充諸人的時代。

大約當時的作家可以分為賦家、歷史家及論文家三派。這時代約當羅馬的黃金時代的前後。

辭　　賦

「賦」原是詩之一體，自屈原、宋玉以後，《詩經》裏的簡短的抒情詩歌已不復見，代之者乃為冗長的辭賦。屈、宋諸人之作，猶滿含着優美的抒情的詩意。到了漢代，作賦者大都雕飾浮辭，敷陳故實，作者的情感已不復見於字裏行間，故幾不復能稱之為「詩」。然而這種「賦」體，在當時卻甚發達。帝王如武帝及淮南王之流都甚喜之，作者且藉此為晉身之階。

最初的作者為陸賈，然不甚成功。其後有賈誼（生於公元前 200 年，卒於公元前 168 年），懷才而不得志，作《懷沙》《鵩鳥》

諸賦，為漢代最有個性的賦家。但他的論文卻較他的賦為尤重要。其專以作賦著名者為枚乘、司馬相如、東方朔諸人。

枚乘，字叔，淮陰人，死於公元前141年。曾遊於吳及梁。所作有《七發》諸賦，而以《七發》為最著。《七發》的結構，頗似《楚辭》中的《招魂》《大招》，顯然是受有它們的很深的影響；賦言楚太子有疾，吳客往見之，欲以要言妙道說而去之，歷說以妙歌、美食、馳騁、遊觀、射獵、望濤之樂，太子不為之動，最後言使方術之士若莊周、魏牟、楊朱、墨翟之倫，論天下之精微，理萬物之是非，孔、老覽觀，孟子持籌而算之。太子便澀然汗出，霍然病已。此種文體的結構實至為簡單。在文辭一方面，亦頗有雕斫浮誇之弊。如下之類，殊覺堆冗無味：

> 馴騏驥之馬，駕飛軨之輿，乘牡駿之乘，右夏服之勁箭，左烏號之雕弓。遊涉乎雲林，周馳乎蘭澤，弭節乎江潯。掩青蘋，遊青風，陶陽氣，盪春心，逐狡獸，集輕禽。於是極犬馬之才，困野獸之足，窮相御之智巧，恐虎豹，懾鷙鳥……（《七發》）

然後來賦家幾無一不仿效之者，且益加甚。所以漢賦雖甚發達，在中國文學史上卻不能佔重要的地位。枚乘所作，除賦之外，尚有人以《古詩十九首》中之《行行重行行》《西北有高樓》《青青河畔草》等8首認作他的著作，但其憑證極為薄弱。他們所據者為徐陵的《玉台新詠》，但考查《漢書》中的乘本傳，並未言乘曾為此類詩，《漢書·藝文志》的「歌詩」類裏，亦不載枚乘的這些詩，即蕭統的《文選》曾勇敢地把許多詩加上了李陵、蘇武的名字的，卻也並不曾把《古詩十九首》分出一部分作為枚乘的。何以徐陵卻獨知道是枚乘作的？實則像《古詩十九首》那樣的詩體，絕不是枚乘那個時代所能產生的；枚乘時所能產生的是「大風起兮雲飛揚」（劉

邦歌），是「草木黃落兮雁南歸」（劉徹辭），是「日月星辰和四時」（柏梁詩），是「肅肅我祖，國自豕韋」（韋孟詩），卻絕不是「東城高且長，逶迤自相屬，迴風動地起，秋草萋已綠」及「迢迢牽牛星，皎皎河漢女，纖纖擢素手，札札弄機杼」等的完美的五言詩。（《古詩十九首》的時代問題待下一章討論。）

乘死之時，正是劉徹（漢武帝）（其統治的時代為公元前 140 年至公元前 87 年）初即位之時。徹甚好辭賦，其自作亦甚秀美。《漢書·藝文志》載其有自造賦 2 篇。今所傳《李夫人歌》及《秋風辭》：

> 秋風起兮白雲飛，草木黃落兮雁南歸。蘭有秀兮菊有芳，懷佳人兮不能忘……

《落葉哀蟬曲》：

> 羅袂兮無聲，玉墀（chí）兮塵生，虛房冷而寂寞，落葉依於重扃（jiōng）。

以及其他，都是很有情感的。徹對於漢代文學很有功績，一即位便用安車蒲輪徵枚乘，乘道死，又訪得其子皋為郎。司馬相如、東方朔、嚴忌、嚴助、劉安、吾丘壽王、朱買臣諸賦家皆出於其時。大歷史家司馬遷亦生於同時，且亦善於作賦（《漢書·藝文志》載司馬遷賦 8 篇）。此時可算是漢代文學的黃金時代；秦滅之後，至此時始有大作家出現。

司馬相如，字長卿，蜀郡成都人，生於公元前 179 年，死於公元前 117 年，為漢代最大的賦家。初事景帝為武騎常侍，非其所好。後客遊梁，著《子虛賦》。梁孝王死，相如歸，貧無以自業。至臨邛，富人卓氏之女文君新寡，聞相如鼓琴，悅之，夜亡奔相如。卓氏怒，不分產於文君。於是二人在臨邛買一酒舍酤酒，文君

當爐,相如則着犢鼻褌滌器於市中。卓氏不得已遂分予文君僮百人,錢百萬,相如因以富。後來戲曲家以此事為題材者甚多。武帝時,相如復在朝,著《天子遊獵賦》。後為中郎將,略定西夷。不久,病卒。所著尚有《大人賦》《哀秦二世賦》《長門賦》等。相如之賦,其靡麗較枚乘為尤甚。《天子虛賦》幾若有韻之地理志,其山則什麼,其土則什麼,其東則什麼,其南則什麼,所有物產、地勢,無不畢敍。班固、張衡、左思諸人受此種影響為最深。大約賦家之作,情感豐富、含意深湛者極少;大多數都是意極膚淺,而詞主誇張,棄絕真樸之美而專以堆架美辭為務的。

東方朔,齊人,與司馬相如同時。亦善於為賦,喜為滑稽之行為。嘗作《七諫》《答客難》等。其與相如諸賦家異者,為在相如諸人的賦中,絕不能見出他們自己的性格,而朔的賦則頗包含着濃厚的個性。他的《答客難》一作尤為著名,引起了後人無數的擬作。

此外,嚴忌(亦作莊忌)作賦 24 篇,其族子助亦作賦 35 篇,劉安作賦 82 篇,吾丘壽王作賦 15 篇,朱買臣作賦 3 篇(皆見《漢書‧藝文志》),但這些作品傳於今者絕少,且亦不甚重要,故不述。劉安為漢宗室,曾封淮南王,有一賦名《招隱士》者,曾被編入《楚辭》中,但乃他的客所為,非他所自作的。

劉徹死後,賦家仍不衰。300 餘年間,作者輩出,最著者有劉向、揚雄、王褒、班固、馮衍、王逸、李尤、張衡、馬融及蔡邕等。

劉向,字子政,漢之宗室,生於公元前 80 年,死於公元前 9 年。宣帝時與王褒、張子僑等並以能文辭進。元帝時,與蕭望之同輔政。向不獨以作賦著,亦為漢代大編輯家及論文家之一。所作賦共 33 篇,今《楚辭》中有其賦 1 篇。

王褒、張子僑俱與向同時,但名不若向之著。

褒字子淵，為諫議大夫，作賦 16 篇，今《楚辭》中有其作品《九懷》1 篇，其他《洞簫賦》《四子講德論》《甘泉宮頌》等俱有名。

張子僑，官至光祿大夫，有賦 3 篇，今無一存者。

揚雄字子雲，蜀郡成都人，生於公元前 53 年，死於公元 18 年。善作賦，亦善為論文，辭意甚整練溫雅，但甚喜摹擬古人，沒有自己的創作精神。作賦仿司馬相如，又依傍《楚辭》而作《反離騷》《廣騷》《畔牢愁》，效東方朔之《答客難》而作《解嘲》，擬《易》而作《太玄》，象《論語》而作《法言》。年四十餘，自蜀來遊京師，除為郎，桓譚、劉歆皆深敬愛之。其賦以《甘泉》《羽獵》《長楊》等為最著，然堆砌美辭之弊仍未能免，如下之類，都是故搜異字，強湊成篇，無甚深意的：

> 於是欽柴宗祈，燎薰皇天，槀搖泰壹，舉洪頤，樹靈旗，橔蕘昆上，配藜四施，車燭滄海，西耀流沙，北壙（kuàng）幽都，南煬丹崖。玄瓚觩繆（qiú liú），秬鬯泔淡，胙膟（xī xiǎng）豐融，懿懿芬芬……（《甘泉賦》）

劉歆為向之子，與雄同時，亦能為辭賦，然其所作遠不如雄之有聲於時。歆之影響乃在所謂經學界而不在文學界。

班固字孟堅，生於公元 32 年，死於公元 92 年，扶風安陵人。年九歲能屬文，為蘭台令，述作《漢書》，成不朽之業。其所作諸賦亦甚為當時所稱，以《兩都賦》為最著。《兩都賦》之結構，甚似《子虛賦》，先言西都賓盛誇西都之文物地產以及宮闕於東都主人之前，東都主人則為言東都之事以折之，於是西都賓為其所服；在文辭一方面，也仍不脫司馬相如、揚雄諸人的堆砌奇麗之積習。又作《答賓戲》，亦為仿東方朔《答客難》而作者。永元初（89年），大將軍竇憲出征匈奴，以固為中護軍。後憲敗，固被捕死於獄中。

與固同時者有崔駰，亦善為辭賦。所作《達旨》亦仿東方朔之《答客難》，其他《反都賦》諸作，今已散佚不見全文。

馮衍字敬通，京兆杜陵人，其生年略前於班固，亦以能作賦名。王莽時不仕，更始立，衍為立漢將軍，光武時為曲陽令。所作有《顯志賦》及書、銘等。

張衡字平子，南陽西鄂人，生於公元 78 年，死於公元 139 年。善作賦。所作有《西都賦》《東都賦》《南都賦》《周天大象賦》《思玄賦》《塚賦》《髑髏賦》等，又有《七諫》《應間》，仿枚乘、東方朔之作。此種著作，在現在看來，自不甚足貴。其足以使他永久不朽者乃在他的《四愁詩》：

> 我所思兮在太山，欲往從之梁父艱，側身東望兮涕沾翰。美人贈我金錯刀，何以報之英瓊瑤？路遠莫致倚逍遙，何為懷憂心煩勞？
>
> 我所思兮在桂林，欲往從之湘水深，側身南望兮涕沾襟。美人贈我琴琅玕，何以報之雙玉盤？路遠莫致倚惆悵，何為懷憂心煩傷？
>
> ……（下二節意略同）

此詩之不朽，在於它的格調是獨創的，音節是新鮮的，情感是真摯的；雜於冗長、浮誇的無情感的諸賦中，自然是不易得見的傑作。衡並善於天文。為太史令，造渾天儀、候風地動儀，精確異常，可算為中國古代最偉大的天文家。後出為河間相，有政聲，征拜尚書，卒。

李尤字伯仁，廣漢雒人，約生於公元 55 年，約死於公元 137 年。初以賦進，拜蘭台令史。與劉珍等撰《漢記》。後為樂安相卒。有《函谷關賦》《東觀賦》等。其《九曲歌》僅餘二句，卻甚為人傳誦：

年歲晚暮時已斜，安得力士翻日車？（下闋）

馬融字季長，扶風茂陵人，生於公元 79 年，死於公元 166 年。為漢季之大儒，但亦工於作賦，善鼓琴，好吹笛，達生任性，不拘儒者之節，常坐高堂，施絳紗帳，前授生徒，後列女樂。所作以《笛賦》為最著。

王逸字叔師，南郡宜城人，元初中舉上計吏，為校書郎。順帝時為侍中。其不朽之作為《楚辭章句》一書，此書中，他自作之《九思》亦列入。此外尚作《機賦》《荔枝賦》等，俱不甚重要。

《史記》

漢代之文學多為模擬的，殊少獨創的精神，以與羅馬的黃金時代相提並論，似覺有愧。它沒有維琪爾，沒有賀拉斯，沒有奧維德，甚至於沒有朱文納爾與普魯塔克，但只有一件事卻較羅馬的為偉大，即漢代多偉大的歷史家。

司馬遷的《史記》，實較羅馬的李維與塔西佗的著作尤為偉大，他這部書實是今古無匹的大史書，其絢爛的光彩，永如初升的太陽，不僅照耀於史學界，且照耀於文學界。還有，班固的《漢書》與劉向的《新序》《說苑》《列女傳》，韓嬰的《韓詩外傳》，也頗有獨創的精神。荀悅的《漢紀》體裁雖仿於《左傳》，敘述卻亦足觀。故漢代文學，昔之批評家多稱許其賦，實則漢賦多無特創的精神，無真摯的情感。其可為漢之光華者，實不在賦而在史書。

司馬遷字子長，左馮翊夏陽人，生於公元前 145 年（漢景帝

中五年丙申），其卒年不可考，大約在公元前 86 年（漢昭帝始元元年乙未）以前。父談為太史令。遷「年十歲則誦古文，二十而南遊江淮，上會稽，探禹穴，窺九嶷，浮於沅湘，北涉汶泗，講業齊魯之都，觀孔子之遺風，鄉射鄒嶧，厄困鄱薛彭城，過梁楚以歸。」（《史記》自序）初為郎中，後繼談為太史令，紬（chōu）史記石室金匱之書。後五年（太初元年）始着手作其大著作《史記》。因李陵降匈奴，遷為之辯護，受腐刑。後又為中書令，尊寵任職。

遷之作《史記》，實殫其畢生之精力。自遷以前，史籍之體裁簡樸而散漫，有分國敍述之《國語》《戰國策》，有紀年體之《春秋》，有錄黃帝以來至春秋時帝王公侯卿大夫祖世所出之《世本》，其材料至為散雜；沒有一部有系統的史書，敍述古代至戰國之前後的。於是遷乃採經摭傳，纂述諸家之作，合而為一書，但其材料亦不盡根據於古書，有時且敍及他自己的見聞，他友人的告語，以及旅遊中所得的東西。

其敍述始於黃帝（公元前 2697 年），迄於漢武帝，「凡百三十篇，五十二萬六千五百字」（《史記》自序）。分本紀十二，年表十，書八，世家三十，列傳七十。本紀為全書敍述的骨幹，其他年表、書、世家、列傳則分敍各時代的世序，諸國諸人的事跡，以及禮儀學術的沿革，此種體裁皆為遷所首創。將如此繁雜無序的史料，編組成如此完美的第一部大史書，其工作真是至艱，其能力真可驚異！中國古代的史料賴此書而保存者不少，此書實可謂為古代史書的總集。自此書出，所謂中國的「正史」的體裁以立，作史者受其影響者兩千年。

此書的體裁不唯為政治史，且包含學術史、文學史，以及人物傳的性質；其八書——《禮書》《樂書》《律書》《曆書》《天官書》《封禪書》《河渠書》《平准書》——自天文學以至地理學、法律、經

濟學無不包括；其列傳則不唯包羅政治家，且包羅及於哲學者、文學者、商人、日者，以至於民間的遊俠。在文字一方面亦無一處不顯其特創的精神。他串集了無數的不同時代、不同著者的史書，而融貫冶鑄而為一書，正如合諸種雜鐵於一爐而燒冶成了一段極純整的鋼鐵一樣，使我人毫不能見其湊集的縫跡。此亦為一大可驚異之事。大約遷之採用諸書並不拘於採用原文，有古文不可通於今者則改之，且隨時加入別處所得的材料。

兹舉《尚書・堯典》一節及《史記・五帝本紀》一節以為一例。

《尚書・堯典》：

> 若稽古帝堯，曰放勳，欽、明、文、思、安安，允恭克讓，光被四表，格於上下。克明俊德，以親九族。九族既睦，平章百姓。百姓昭明，協和萬邦。黎民於變時雍。乃命羲和，欽若昊天，曆象日月星辰，敬授民時。分命羲仲宅嵎夷，曰暘谷。寅賓出日，平秩東作。日中，星鳥，以殷仲春。厥民析，鳥獸孳尾。申命羲叔，宅南交。平秩南為，敬致。日永，星火，以正仲夏。厥民因，鳥獸希革。分命和仲，宅西，曰昧谷。……允釐百工，庶績咸熙。」帝曰：「疇諮若時登庸？」放齊曰：「胤子朱啟明。」帝曰：「吁！嚚訟可乎？」帝曰：「疇諮若予採？」驩兜曰：「都！共工方鳩僝功。」帝曰：「吁！靜言庸違，象恭滔天。」

《史記・五帝本紀》：

> 帝堯者，放勳。其仁如天，其知如神。就之如日，望之如雲。富而不驕，貴而不舒。黃收純衣，彤車乘白馬。能明馴德，以親九族。九族既睦，便章百姓。百姓昭明，合和萬國。乃命羲和，敬順昊天，數法日月星辰，敬授民時。分命羲仲，居鬱夷，曰暘谷。敬道日出，便程東作。日中，星鳥，以殷

中春。其民析，鳥獸字微。申命義叔，居南交。便程南為，敬致。日永，星火，以正中夏。其民因，鳥獸希革。申命和仲，居西土，曰昧谷。……信飭百官，眾功皆興。堯曰：「誰可順此事？」放齊曰：「嗣子丹朱開明。」堯曰：「籲！頑凶，不用。」堯又曰：「誰可者？」讙兜曰：「共工旁聚佈功，可用。」堯曰：「共工善言，其用僻，似恭漫天，不可。」

《史記》此節的材料雖全取之於《尚書》，然於當時已不用之文字如「宅」、如「厥」、如「平秩」、如「疇」，以及不易解之句子，如「方鳩僝功」之類，無不改寫為平易之今文。觀此，僅一小節已改削了如此之多，其他處之如何改定原文亦可推想而知。《史記》雖集羣書而成，而其文辭能純整如出一手，此種改削實為其重要之原因。

在後來文學史上，《史記》之影響亦極大，有無數作家去擬仿他的敍寫方法與風格；而作傳記者更努力地想以《史記》之文字為他們的壇本。這種擬古的作品自然是不堪讀的。而《史記》本身的敍寫，則雖簡樸而卻能活躍動人，能以很少的文句，活躍躍地寫出人物的性格。下面是《刺客列傳》（卷八十六）的一段，可作為一例。

荊軻者，衛人也。……日與狗屠及高漸離飲於燕市。酒酣以往，高漸離擊筑，荊軻和而歌於市中，相樂也。已而相泣，旁若無人者。荊軻雖遊於酒人乎，然其為人，沉深好書，其所遊諸侯，盡與其賢豪長者相結。其之燕，燕之處士田光先生亦善待之，知其非庸人也。居頃之，會燕太子丹質秦亡歸……歸而求為報秦王者，國小力不能。……鞠武曰：「……燕有田光先生其人，智深而勇沉，可與謀。」太子曰：「願因太傅而得交於田先生可乎？」鞠武曰：「敬諾。」出見田先生，道：「太子

願圖國事於先生也。」田光曰:「敬奉教。」乃造焉,太子逢迎,卻行為導,跪而蔽席。田光坐定,左右無人,太子避席而請曰:「燕秦不兩立,願先生留意也。」田光曰:「臣聞騏驥盛壯之時,一日而馳千里,至其衰老,駑馬先之,今太子聞光盛壯之時,不知臣精已消亡矣。雖然,光不敢以圖國事,所善荊卿可使也。」太子曰:「願因先生得結交於荊卿可乎?」田光曰:「敬諾。」即起趨出。太子送至門,戒曰:「丹所報先生所言者,國之大事也,願先生勿泄也。」田光俛而笑曰:「諾。」僂行見荊卿……曰:「願足下急過太子,言光已死,明不言也。」……乃裝為遣荊卿……太子及賓客知其事者,皆白衣冠以送之。至易水之上,既祖,取道。高漸離擊筑,荊軻和而歌,為變徵之聲,士皆垂淚涕泣,又前而歌曰:「風蕭蕭兮易水寒,壯士一去兮不復還。」復為羽聲慷慨,士皆瞋目,髮盡上指冠。於是荊軻上車而去,終已不顧,遂至秦。……軻既取圖奏之。秦王發圖,圖窮而匕首見。因左手把秦王之袖而右手持匕首揕之。未至身,秦王驚,自引而起,袖絕拔劍,劍長操其室。時惶急,劍堅故不得立拔。荊軻逐秦王,秦王環柱而走。羣臣皆愕,卒起不意,盡失其度。……惶急不知所為。左右乃曰:「王負劍。」負劍,遂拔以擊荊軻,斷其左股。荊軻廢,乃引其匕首以擿秦王,不中,中銅柱,秦王復擊軻,軻被八創。軻自知事不就,倚柱而笑,箕倨以罵曰:「事所以不成者以欲生劫之,必得約契以報太子也。」……高漸離變名姓為人傭保,匿作於宋子……秦始皇召見。人有識者,乃曰:「高漸離也。」秦皇帝惜其善擊筑,重赦之,乃矐其目,使擊筑,未嘗不稱善,稍益近之。高漸離乃以鉛置筑中,復進得近,舉筑撲秦皇帝不中,於是遂誅高漸離,終身不復近諸侯之人。

《史記》130篇，曾缺10篇，褚少孫補之，其他文字間，亦常有後人補寫之跡。但這並無害於《史記》全書的完整與美麗。

《漢書》

遷卒後百餘年，有班固者作《漢書》。

《漢書》的體例幾全仿於《史記》，此為第一部模擬《史記》的著作。其後繼固而作者幾乎代有二三人。固書與遷書唯一不同之點在於《史記》為通史，而《漢書》則為斷代的，起於漢之興，而終於西漢之亡。《漢書》共100篇，凡帝紀十二，表八，志十，列傳七十。《史記》所有之世家，《漢書》則去之，歸入列傳中，《史記》之「書」，《漢書》則改名為志。二者之不同，僅此而已。

但《漢書》之體裁，亦有不盡純者。固雖以此書為斷代的，僅記西漢229年間之事，然而其中《古今人物表》卻並敍及上古的人物，《藝文志》亦總羅古代至漢的書籍。尤可異者，則其中之《貨殖列傳》且敍及范蠡、子貢、白圭諸人。其體例殊不能謂為嚴整。大約《古今人物表》及《藝文志》皆為《史記》所無者，班固之意似在欲以此二篇補《史記》之缺。（至於《貨殖列傳》敍述之淆亂，則不知何故。）

《漢書》之文字，敍漢武帝以前的事者大都直抄《史記》原文，異處甚少，故亦頗有人譏其剽竊。至其後半，則大半根據其父彪所續前史之文，而加以補述增潤，亦有是他自己的手筆。固經營此書亦甚費苦心，自永平中始受詔作史，潛精積思20餘年，至建初中乃成。當世甚重其書，學者莫不諷誦。其中八表及《天文志》，乃為固妹昭所補成，因固死時，此數篇尚未及竟。

傳記史書

　　除《史記》與《漢書》之兩大史書外，劉向之《說苑》《新序》《列女傳》及韓嬰之《韓詩外傳》亦殊有一敍的價值。此數書皆為傳記一類的著作。

　　韓嬰，燕人，漢文帝時為博士，又歷官於景帝、武帝二世。嬰所專習者為《詩經》；漢初傳詩者三家 ── 齊、魯、韓 ── 嬰即韓詩的創始者，曾作《詩經外內傳》，《內傳》今散佚，獨《外傳》尚存，即所謂《韓詩外傳》。但此書卻不是《詩經》的註解，乃是與《說苑》《新序》同類的書。「大抵引詩以任事，非引事以明詩」（王鳳洲語）。其文辭頗簡婉而美，其所敍之故事，亦頗有些很好的故事在。

　　劉向前已言其為大編輯者，現在所講之《說苑》《新序》《列女傳》三書，其原料亦皆集之於古代各書，向第加以一番編纂的工夫。

　　《說苑》共 20 篇，以許多的片段故事分類歸納於《君道》《臣術》《建本》《立節》《貴德》《復恩》《政理》《尊賢》《正諫》《敬慎》《善說》《奉使》《權謀》《至公》《指武》《叢談》《雜言》《辨物》《修文》《反質》之 20 個題目之下。

　　《新序》之性質，亦與《說苑》相同，今所傳者有十卷，其第一卷至第五卷為《雜事》，第六卷為《刺奢》，第七卷為《節士》，第八卷為《義勇》，第九卷及第十卷為《善謀》。

　　《列女傳》為專敍古代婦女的言行者，其體裁亦與《新序》《說苑》相同，以許多的故事，歸之於《母儀》《賢明》《仁智》《貞順》《節義》《辯通》《孽嬖》等幾個總目之下，每傳並附以頌一首。此書有一部分為後人所補入者。後來的人以附有頌者定為劉向原文，無

頌者定為後人所補，大抵無頌者都為漢代人及向以後人，可以知道不是向原文所有。

凡此三書，其中故事有許多是很可感人的，很值得作為戲曲、詩歌的原料，有許多則其機警譬解甚可喜。茲舉一二例如下：

> 孔子之楚，有漁者獻魚甚強，孔子不受。漁者曰：「天暑遠市，賣之不售，思欲棄之，不若獻之君子。」孔子再拜受，使弟子掃除，將祭之。弟子曰：「夫人將棄之，今吾子將祭之，何也？」孔子曰：「吾聞之，務施而不腐餘財者，聖人也。今受聖人之賜，可無祭乎？」（《說苑》五）

> 晉平公浮西河，中流而歎曰：「嗟乎，安得賢士與共此樂者！」船人固桑進對曰：「君言過矣。夫劍產於越，珠產江漢，玉產崑山，此三寶者，皆無足而至。今君苟好士，則賢士至矣。」平公曰：「固桑來。吾門下食客者三千餘人。朝食不足，暮收市租，暮食不足，朝收市租。吾尚可謂不好士乎？」固桑對曰：「今乎鴻鵠高飛衝天，然其所恃者六翮（hé）耳。夫腹下之毳，背上之毛，增去一把，飛不為高下。不知君之食客，六翮邪，將背腹之毳也？」平公默然而不應焉。（《新序》一）

「正史」與「傳記」二者之外，古代《左傳》式的「編年史」至漢末亦復活。獻帝時，荀悅為侍中。帝好典籍，常以班固《漢書》文繁難省，乃令悅依《左氏傳》體，以為《漢紀》30篇。此為《左傳》的第一部擬著的摹作，此後，類此的著作便常常地出現了。

荀悅，字仲豫，潁川潁陰人，生於公元148年，卒於公元209年。好著述，初在曹操府中，後遷黃門侍郎，曾作《申鑒》5篇。《漢紀》雖非他的特創之作，然辭約事詳，亦頗自抒其論議。

論　　文

　　漢之論文，遠不如戰國時代之炳耀，思想則幾皆秉孔子之遺言而毋敢出入，不復有戰國時電閃風發之雄偉的論難——只有二三人是例外——文辭則幾皆冗衍而素樸，無復有戰國時比譬美麗而說理暢順之辭采。中國之批評者多重漢之論文，以為渾厚，實則遠遜於戰國時代——自此以後兩千年間，好的論文亦絕難一遇。

　　最初出現者有陸賈。賈為漢開創之帝劉邦時人，作《新語》12篇，每奏1篇，邦未嘗不稱善。此書雖至今尚傳，然為後人所依託，原書已不傳。後有賈誼，曾上《治安策》於漢武帝，議論暢達而辭勢雄勁，似較其辭賦為更足動人。今所傳有《新書》58篇，多取《漢書》誼本傳所載之文，割裂章段，顛倒次序而加以標題，大約是舊本殘逸，後取誼文割裂重編之故。然誼固可追蹤於戰國諸子之後，自是漢代第一流的大論文家。今舉其《治安策》的一節：

　　　　臣竊惟事勢可為痛哭者一，可為流涕者二，可為長太息者六。若其他倍理而傷道者，難遍以疏舉。進言者皆曰：「天下已安矣。」臣獨曰未安。或者曰：「天下已治矣。」臣獨曰未治。恐逆意觸死罪。雖然，誠不安，誠不治，故敢不顧身，敢不昧死以聞。夫曰天下安且治者，非至愚無知，固諛者耳，皆非事實，知治亂之體者也。夫抱火措之積薪之下而寢其上，火未及燃，因謂之安，偷安者也，方今之勢何以異此……

　　景帝之時，有吳楚七國之叛亂。這個時代，智謀之士頗多，如晁錯、如鄒陽、如枚乘，其說辭皆暢達美麗而明於時勢，有類於戰國諸說士。

　　枚乘，曾兩上書諫吳王，當時稱其有先知之明。

　　晁錯，穎川人，為景帝內史，號曰「智囊」，即首謀削諸侯封

地者，吳、楚反，以誅錯為名，錯遂為這次內亂的犧牲者。錯深明當時天下情實，故所說都切當可行，亦當時之一大政論家。

鄒陽，齊人，初事吳王濞，以王有邪謀，上書諫之不聽，遂去吳之梁，從孝王遊。左右惡陽於孝王，王怒，下陽於獄，將殺之。陽乃從獄中上書，辭甚辯而富情感，讀者都能為其所感動。故孝王得書，立出之，待為上客。此種文章，自陽後便不易得見。

武帝時，董仲舒、公孫弘諸儒者皆曾上書論事，然意見文辭都不足稱。同時有劉安者，為漢之宗室，封淮南王，好學喜士，曾招致天下諸儒方士講論道德、總說仁義，著書 21 篇，號曰《鴻烈》，即今所謂《淮南子》，尚有外篇，今不傳。此書之性質甚似《呂氏春秋》，文辭尚留戰國諸子的遺跡，而所論者殊駁雜而無確定的主張。

後七八十年，有劉向，向所編之傳記三部，上面已講過，當時他曾時時上書論時事，亦為大政論家之一，而其見解文辭，卻無甚可特述者。其後 20 餘年有揚雄，曾擬《論語》作《法言》，他的見解雖有時可以注意，而文辭中模擬之病甚深，處處都仿效著《論語》之簡質的語法，直忘了《論語》是何時代的作品，且忘了《論語》是弟子所記的語錄而非孔子所自作的，殊覺可笑；甚至《論語》13 篇，他的《法言》亦寫了 13 篇以相匹對，更是無謂之至。與雄同時者有桓寬，曾作一部《鹽鐵論》，至今尚傳，其體裁殊特別，但其文辭亦不足觀。

其後 40 餘年，有大論文家王充出。充卒於公元 90 年間（漢和帝永元中），字仲任，會稽上虞人。曾師事班彪，仕郡為功曹，以數爭諫不合去。閉門潛思，絕慶弔之禮，戶牖牆壁，各置刀筆，遂成《論衡》85 篇。《論衡》實為漢代最有獨創之見的哲學著作。當時儒教已為思想界的統治者，而充則毅然能與之問難。他在《問孔篇》上說：

世儒學者好信師而是古，以為賢聖所言，皆無非，專精講習，不知難問。夫聖賢下筆造文，用意詳審，尚未可謂盡得實，況倉卒吐言，安能皆是。不能皆是，時人不知難，或是而意沉難見，時人不能問。案賢聖之言，上下多相違，其文前後多相伐者，世之學者不能知也。

這些話當時更有什麼人敢說？又在《物勢篇》上說：

儒者論曰：「天地故生人。」此言妄也。夫天地合氣，人偶自生也。猶夫婦合氣，子則自生也。夫婦合氣，非當時欲得生子。情慾動而合，合而生子矣。且夫婦不故生子，以知天地不故生人也。

這些話亦是說得很勇敢的。但充的文辭殊覺笨重而不能暢順地達其意。這是很可惜的。略後於充者有王符。

王符，字節信，安帝時人。志意蘊憤，隱居著書，以譏當時之得失，不欲彰顯其名，故曰《潛夫論》，凡36篇，但其言論無甚新意，文辭亦殊平冗。

此後，至獻帝時，又有三個論文家出現。

一為仲長統。統，字公理，山陽高平人，生於公元179年，卒於公元219年。性俶儻，不拘小節，語默無常，時人或謂之「狂生」。曾參曹操軍事。每論說古今及時俗行事，恆發憤歎息，因著論名曰《昌言》，凡34篇。

一為荀悅。悅之《漢紀》，前已述及。其論文集名《申鑒》凡5篇，名《政體》《時事俗嫌》者各1篇，名《雜言》者2篇。

一為徐幹。幹，字偉長，北海人，生於公元171年，卒於公元218年。著《中論》20餘篇，傳於今者凡20篇。曹操曾屢辟之，俱不應。

此三人的思想俱不脫儒家的範圍，文辭亦無可特稱之處。

蔡邕與蔡文姬

蔡邕字伯喈，陳留圉人，生於公元 133 年，死於公元 192 年。為漢末最負盛名之文學者。召為議郎，校正六經文字，自書丹於碑，使工鐫刻，立於太學門外。觀視及摹寫者車乘日千餘輛，填塞街陌。後免去。董卓專政，強迫邕詣府，甚敬重之，三日之間，周歷三台，最後拜左中郎將。卓被殺，邕竟被株連死獄中。所作文甚多，賦以《述行》為最著。有詩名《飲馬長城窟行》者，辭意極婉美：

> 青青河畔草，綿綿思遠道。遠道不可思，宿昔夢見之。夢見在我傍，忽覺在他鄉。他鄉各異縣，展轉不可見。枯桑知天風，海水知天寒。入門各自媚，誰肯相為言？客從遠方來，遺我雙鯉魚。呼童烹鯉魚，中有尺素書。長跪讀素書，書中竟何如？上言加餐食，下言長相憶。

編邕集者多把它列入。《文選》錄是詩，題為無名氏作，至《玉台新詠》始題為邕作，不知何所據。但當邕時，五言詩的體裁已完美，已盛行，將此詩歸之於邕，自然不比將《古詩十九首》的一部分歸之於枚乘的無理。

邕有女，名琰，字文姬，博學有才辯。夫亡，居於邕家。興平中，天下喪亂。琰為胡騎所獲，沒於南匈奴左賢王，在胡中 12 年，生二子。曹操痛邕無子，遣使者以金璧贖琰歸。此事曾為不少的戲曲家捉入他們的戲曲中為題材。

琰天才甚高，躬逢喪亂，所作《悲憤詩》凄楚悲號，讀者皆為之泫然。所敍皆她自己的經歷，所以真摯悽婉之情充盈於紙間。漢世之詩賦，不是浮誇的便是教訓的（如韋孟之詩），似此詩之真情流露自然是極少見的。

〔清〕居廉:《文姬歸漢圖》(1875 年作)(局部)

　　……來兵皆胡羌。獵野圍城邑,所向悉破亡。斬殺無子
遺,尸骸相撐拒。馬邊懸男頭,馬後載婦女。(中敘到胡地,下
敘來迎歸漢。)已得自解免,當復棄兒子……兒前抱我頸,問
母欲何之:「人言母當去,豈復有還時?阿母常仁惻,今何更不
慈?我尚未成人,奈何不顧思?」見此崩五內,恍惚生狂癡。號
泣手撫摩,當發復回疑。兼有同時輩,相送告離別。慕我獨得
歸,哀叫聲摧裂。馬為立踟躕,車為不轉轍。觀者皆歔欷,行
路亦嗚咽。去去割情戀,遄征日遐邁。悠悠三千里,何時復交
會?念我出腹子,胸臆為摧敗。既至家人盡,又復無中外。城
郭為山林,庭宇生荊艾。白骨不知誰,縱橫莫覆蓋。出門無人
聲,豺狼號且吠。煢煢對孤景,怛咤糜肝肺……

〔南宋〕佚名：《胡笳十八拍圖卷》（局部）

此詩還有第二首，格調與上所舉的一首不同，敍述略簡，而情節意思則完全相同，可絕不是一詩的二節，而是兩個作者所作的二詩。大約一詩為琰原文，一詩乃為後人所演述者，至於究竟哪一首是原詩，則疑不能明。

尚有《胡笳十八拍》一詩，亦敍琰之去胡與歸來事，情節與《悲憤詩》俱同，僅增加了些繁細的描述。通常皆以此詩為琰所自作，或有疑其為後人所重述者。我則相信此詩絕非琰所自作；因為她已做了《悲憤詩》，何必更去做同樣的別的詩篇？且細讀《胡笳十八拍》實不似詩人自己所創作者，而大類樂人演述琰之事以歌唱之辭。如下顯然不是琰所自說的話：

> 十七拍兮心鼻酸，關山阻修兮行路難……胡笳本自出胡中，緣琴翻出音律同。十八拍兮曲難終，響有餘兮思無窮。是知絲竹微妙兮，均造化之功，哀樂各隨人心兮，有變則通……

大約琰的故事在當時及其後必流傳極盛，於是樂人乃以《十八拍》之新聲，演此故事歌唱之。

第五章

魏晉文學

自屈原以後，至漢代之末，幾無一個重要的大詩人出現。

漢代的詩歌，前章已略述其概，大概西漢之詩人，劉徹的天才是很高的，其他若韋孟、韋玄成之詩，都是教訓垂諫之意，而無詩的美趣，不足使我們注意；梁鴻諸詩，卻較韋氏諸作為勝，然除《五噫》外也都不甚成功。東漢之詩人，則推班固、傅毅、張衡、蔡邕、蔡琰諸人。然兩漢的這一班詩人，所作都僅數首，自不能當大詩人之稱。同時有《鐃歌》18曲者，作者的姓氏已不傳，其中有數曲，可算為很好的詩，《戰城南》與《有所思》二曲尤好：

> 戰城南，死郭北，野死不葬烏可食。為我謂烏：且為客豪。野死諒不葬，腐肉安能去子逃？水聲激激，蒲葦冥冥。梟騎戰鬥死，駑馬徘徊鳴。梁築室，何以南，何以北？禾黍不獲君何食？願為忠臣安可得？思子良臣，良臣誠可思。朝行出攻，暮不夜歸。（《戰城南》）

> 有所思，乃在大海南。何用問遺君？雙珠玳瑁簪，用玉紹繚之。聞君有他心，拉雜摧燒之。摧燒之，當風揚其灰。從今已往，勿復相思，相思與君絕。雞鳴犬吠，兄嫂當知之。妃呼豨，秋風肅肅晨風颸，東方須臾高知之。（《有所思》）

《古詩十九首》者，始見於《文選》，題為無名氏作，幾乎沒有一首不是好的。徐陵的《玉台新詠》始以其中之8首為枚乘所作，又以《冉冉孤生竹》一首為傅毅之辭。又有題為蘇武、李陵所作之詩10餘首；蘇武詩4首，及李陵《與蘇武詩》3首見《文選》，其

他各詩見《古文苑》。更有題為古詩者許多首，俱為無名氏作。這些詩，也都是辭華煥發而蘊情至深的。

明月何皎皎，照我羅牀幃。憂愁不能寐，攬衣起徘徊。客行雖云樂，不如早旋歸。出戶獨彷徨，愁思當告誰。引領還入房，淚下沾裳衣。（《古詩十九首》之一）

結髮為夫妻，恩愛兩不疑。歡娛在今夕，燕婉及良時。征伕懷往路，起視夜何其。參辰皆已沒，去去從此辭！行役在戰場，相見未有期。握手一長歎，淚為生別滋。努力愛春華，莫忘歡樂時。生當復來歸，死當長相思。（蘇武詩？）

良時不再至，離別在須臾。屏營衢路側，執手野踟躕。仰視浮雲馳，奄忽互相逾。風波一失所，各在天一隅。長當從此別，且復立斯須。欲因晨風發，送子以賤軀。（李陵《與蘇武詩》？）

《古詩十九首》中所謂枚乘作的數首，上章已辯明必非乘所作，至於稱為傅毅之作的一首，恐亦係臆測之辭。蘇武、李陵諸作，雖見於《文選》，然《漢書·蘇武李陵傳》中並不載蘇、李二人之詩，僅言武還漢時，李陵置賀武曰：「異域之人，一別長絕。」因起舞而歌曰：「徑萬里兮度沙漠，為君將兮奮匈奴。路窮絕兮矢刃摧，士眾滅兮名已隤。老母已死，雖欲報恩將安

〔明〕陳洪綬：蘇李泣別圖（局部），BAMPFA 館藏

魏晉文學

083

歸！」泣下數行，遂與武決。

《藝文志》中亦不言陵及武有詩篇。當時，蘇、李的故事，盛流傳於知識階級及民間，果蘇、李作有這許多詩，班固當然不會不知，既知也不會不錄入傳中或載入《藝文志》中的。何以固時尚不知有這些詩，而至數百年後蕭統諸人反倒知道？

以我所見，蘇、李之時，絕不會產生那樣完美的五言詩。大約這些詩必為後人所作，而被昭明諸人附會為其故事感人至深的蘇、李二人所有的。細讀各詩，更可見他們全非出於蘇、李之手筆。如蘇武之詩：「行役在戰場，相見未有期」，他赴匈奴係出使，並非出戰，何以言「行役在戰場」？又他的《別李陵》：

> 二鳧俱北飛，一鳧獨南翔。……一別如秦胡，會見何詎央。

所謂「二鳧俱北飛」何意？他們既當相別，那麼相別之後，武則至漢，陵則在胡，正是一秦一胡，何以詩中卻說「一別如秦胡」呢？

大約此種完美的五言詩，在西漢絕不會發生。最初的五言詩作家最早當生在東漢之初期。班固的《詠史》「三王德彌薄，惟後用肉刑」是較可靠的最初的五言詩。自此以後，此種詩體，流傳漸廣，漸代四言體及「楚辭體」，而佔領了詩的領土。然其盛時，似當在建安（196—219）前後。鍾嶸在他的《詩品》中說：「去者日以疏四十五首，雖多哀怨，頗為總雜。舊疑是建安中曹王所制。」也許《十九首》等古詩，竟是建安中曹、王諸人所製也未可知。

以此完美的五言體所作的敍事詩，有《陌上桑》《婦病行》《孤兒行》《古詩為焦仲卿妻作》等，這些詩的作者的姓名，今亦不可知，大約也都是建安時期的作品。

《古詩為焦仲卿妻作》一首，可算是中國第一首長詩。其序言：「漢末建安中，廬江府小吏焦仲卿妻劉氏，為仲卿母所遣，自誓不

嫁。其家逼之，乃沒水而死。仲卿聞之，亦自縊於庭樹。時傷之，為詩云爾。」則其作者當在建安中，或係當時民間流行之唱辭，後來詩人為之潤飾者。

直到了建安之時，才有大詩人曹植與曹操、曹丕、王粲、劉楨等起，而以曹植為尤偉大。

建安時代

建安時代是五言詩的成熟時期。作家的馳騖，作品的美富，有如秋天田野中的黃金色的禾稻，垂頭迎風，穀實豐滿；又如果園中的嘉樹，枝頭累累皆為晶瑩多漿的甜果。五言詩雖已有幾百年的歷史，却只是無名詩人的東西，民間的東西還不曾上過文壇的最高角。偶然有幾位文人試手去寫五言詩，也不過是試試而已，並不見得有多大的成績。五言詩到了建安時代，剛是蹈過了文人學士潤改的時代，而到了成為文人學士的主要的詩體的一個時期。

這個時期的作者們，以曹氏父子兄弟為中心。吳、蜀雖亦分據一隅，然文壇的主座却要讓給曹家。曹氏左右，詩人紛紜，爭求自獻，其熱鬧的情形是空前的。

曹氏三詩人

曹氏的三詩人操、丕、植，其風格與情思俱遠高出於當時的諸作家。

曹操，字孟德，沛國譙人，生於公元 155 年，死於公元 220 年。少任俠放盪，不治行業，後掌兵權，漸破滅羣雄，專漢政。操天才甚高，雖常在軍中，征討不休，而所作殊佳，極豪逸悲涼之致。其《短歌行》《苦寒行》尤為有慨慷悲壯之美：

> 對酒當歌，人生幾何，譬如朝露，去日苦多。(《短歌行》)
> 樹木何蕭瑟，北風聲正悲……行行日已遠，人馬同時饑。
> 擔囊行取薪，斧冰持作糜。(《苦寒行》)

丕、植俱為其子。曹丕，字子桓，操之長子，八歲能屬文。操死，繼立為魏王，受漢禪，於公元 220 年即位。所為詩，佳者亦不少；《善者行》可為一例：

> 上山採薇，薄暮苦飢。溪谷多風，霜露沾衣……高山有崖，林木有枝，憂來無方，人莫之知。

及《雜詩》：

> 西北有浮雲，亭亭如車蓋。惜哉時不遇，適與飄風會。吹我東南行，行行至吳會。吳會非我鄉，安得久留滯？棄置勿復陳，客子常畏人。

《三才圖會》里的曹操像

又作《典論》，其中《論文》一篇，評論當時文士，所見甚高。中國的文學評論，存於今者，當以此篇為最古。

曹植，字子建，生於公元 192 年，死於公元 232 年。其作品不唯為曹氏三詩人中的最偉大者，且亦為當時諸文士的領袖，世稱「天下共有才十斗，子建獨有其八。」實

則其詞彩絢耀，才華高曠，並世之詩人固無及者，即六朝初唐之詩人，除陶潛外，恐亦無其肩比。鍾嶸言：「陳思之於文章也，譬人倫之有周孔，鱗羽之有龍鳳，音樂之有琴笙，女工之有黼黻（pǔ fú），俾爾懷鉛吮墨者，抱篇章而景慕，映餘輝以自燭。」（《詩品》）誠哉，六朝諸詩人，誰不曾映子建之餘輝者？植性簡易，不治威儀，操於諸子中特寵愛之，幾欲立之為太子者好幾次。卒因丕之善於矯飾，遂不立植而立丕。丕因此怨植，及即位，即殺植之至友丁儀、丁廙，又貶削植之爵位。植常悒悒無歡。明帝時，封陳王，不久，即發疾卒，年四十一，諡曰思。

植前後所著賦頌、詩銘、雜論凡百餘篇，今傳集 10 卷。植之詩，情緒既真摯迫切，鑄詞又精妙美適。如：

> 明月照高樓，流光正徘徊。上有愁思婦，悲歎有餘哀。借問歎者誰，言是宕子妻。君行逾十年，孤妾常獨棲。君若清路塵，妾若濁水泥。浮沉各異勢，會合何時諧？願為西南風，長逝入君懷。君懷時不開，賤妾當何依？（《七哀》）

> 初秋涼氣發，庭樹微銷落。凝霜依玉除，清風飄飛閣。朝雲不歸山，霖雨成川澤……（《贈丁儀》）

> 白日曜青春，時雨靜飛塵。寒冰辟炎景，涼風飄我身。清醴盈金觴，肴饌縱橫陳。齊人進奇樂，歌者出西秦。翩翩我公子，機巧忽若神。（《侍太子坐》）

這幾首隨意舉出，不一定是他最好的詩；然即由這幾首裏，我們亦可看出他的作品的極可注意的兩點：其一，像「流光正徘徊」「時雨靜飛塵」等獨創的鑄句與用字法，是古詩人所極少有的，獨子建常用之，然卻用得極自然，極適合，絕不見雕斫與牽合的縫痕，這是他最大的成功之一點；其二，對偶的句子，子建亦用得很多，像「凝霜依玉除，清風飄飛閣」「白日曜青春，時雨靜飛塵」，

雖不如後來齊、梁、陳、唐的詩人對得那樣地準確整齊，然實為他們的先驅，開闢了這條詩歌中的對偶的路給他們走。這是子建有最大的影響於後世的地方——雖然這影響不是什麼好影響。不過在子建的詩裏，這種對偶的句子，我們卻並不覺得討厭，反覺得可愛，這也是因為是寫得自然適合而並不強湊強對的緣故。

與曹氏三詩人同時者，有建安七子及楊修、繁欽諸人。建安七子者，為孔融、王粲、徐幹、陳琳、阮瑀、應瑒及劉楨，他們都是生於建安中，且大半都是為曹操所引用者。曹丕曾論及他們，謂：

> 今之文人，魯國孔融文舉，廣陵陳琳孔璋，山陽王粲仲宣，北海徐幹偉長，陳留阮瑀元瑜，汝南應瑒德璉，東平劉楨公幹，斯七子者，於學無所遺，於辭無所假，咸以自騁驥騄於千里，仰齊足而並馳。……王粲長於辭賦，徐幹時有齊氣，然粲之匹也。如粲之《初征》《登樓》《槐賦》《征思》，幹之《玄猿》《漏巵》《圓扇》《橘賦》，雖張、蔡不過也，然於他文未能稱是。琳、瑀之章表書記，今之雋也。應瑒和而不壯，劉楨壯而不密。孔融體氣高妙，有過人者，然不能持論，理不勝詞，以至乎雜以嘲戲，及其所善，揚、班儔也。（《典論·論文》）

這幾個人都不能勝於曹氏父子，至較之子建，則子建為清光瀉地的明月，粲等則閃熠的羣星而已。楊修諸人所造亦未能過於七子。

魏晉詩人

建安之後，至陶潛未出之時，詩人之著者有嵇康、阮籍、張華、傅玄、陸機、潘岳、左思、劉琨、郭璞諸人。

嵇康，字叔夜，譙國銍人，生於公元 223 年，死於公元 262 年。好老莊，常修養，性服食之事，彈琴詠詩，自足於懷，唯與阮籍、山濤、向秀、劉伶、阮咸、王戎友善，常為竹林之遊，世謂之「竹林七賢」。康與魏宗室婚，拜中散大夫。時司馬氏欲篡魏，思翦除其宗室姻親，遂藉細故殺康。康之詩，喜說玄理，然亦時時有曠逸秀麗之句，如《贈秀才入軍》19 首中的一首：

> 輕車迅邁，息彼長林。春木載榮，佈葉垂陰。習習谷風，吹我素琴。交交黃鳥，顧儔弄音。感悟馳情，思我所欽。心之憂矣，永嘯長吟。

　　又一首的「目送歸鴻，手揮五弦」諸句，俱為他的最好的詩的例子。他又為上古以來高士作傳讚。

　　阮籍，字嗣宗，陳留尉人，生於公元 210 年，死於公元 263 年。志氣宏放，任性不羈，常閉戶讀書，累月不出，或登臨山水，經日忘歸。尤好莊老，嗜飲酒。高貴鄉公時封關內侯，徙散騎常侍。時天下多故，名士少有全者，籍以酒自隱，乃求為步兵校尉，遠世避害。所作以《詠懷詩》80 餘首為最著，雖未必每首都是好的，然秀逸的、美好的詩卻不少，尤為後人所傳誦：

> 夜中不能寐，起坐彈鳴琴。薄帷鑒明月，清風吹我襟，孤鴻號外野，朔鳥鳴北林。徘徊將何見？憂思獨傷心。（《詠懷八十二首》之一）

　　張華，字茂先，范陽方城人，生於公元 232 年，死於公元 300 年。辭藻溫麗，朗瞻多通。初著《鷦鷯賦》，為阮籍所歎賞，由是知名。晉時為黃門侍郎，力贊伐吳之議，果滅吳而天下歸於一。後為太子少傅，被孫秀等所害。華所作有《博物志》10 篇。其詩華整，「多兒女之情，少風雲之氣」。如諸句，可見他的作風的一斑：

　　居歡惜夜促，在戚怨宵長。撫枕獨吟歎，綿綿心內傷。……巢居覺風飄，穴處識陰雨。未曾遠別離，安知慕儔侶。（俱見《情詩》）

　　傅玄，字休奕，北地泥陽人，與張華同時，生於公元 217 年，死於公元 278 年。初為弘農太守，入晉為駙馬都尉，遷太僕。嘗作《傅子》百餘卷，為當時有特見的論文家。其詩有古樂府的風格，朴質自然，不涉靡麗，而情感深摯動人，如他的《短歌行》可為一例：

　　長安高城，層樓亭亭，干雲四起，上貫天庭，蜉蝣何整，行如軍征？蟋蟀何感，中夜哀鳴？蚍蜉愉樂，粲粲其榮。寐寐念之，誰知吾情？昔君視我，如掌中珠。何意一朝，棄我溝渠？昔君與我，如影與形。何意一去，心如流星？昔君與我，兩心相結。何意今日，忽然兩絕？

　　陸機與潘岳略後於張、傅，其作風則與張、傅甚異；張、傅古樸，而潘、陸則繁縟富麗。

　　陸機，字士衡，吳郡人，生於公元 261 年，死於公元 303 年。太康末，與弟雲俱入洛。張華深愛重之，嘗謂之曰：「人之為文，當恨才少，而子更患其多。」後司馬穎與司馬顒起兵討司馬乂，以機為河北大都督，因戰敗，被宦者孟玖誣殺。機當時與弟雲齊名，時稱「二陸」，然雲之詩遠不如機。機雖時傷於縟麗，然常亦有輕俊之作，如《猛虎行》之類者：

　　渴不飲盜泉水，熱不息惡木陰。惡木豈無枝，志士多苦心。整駕肅時命，杖策將遠尋。飢食猛虎窟，寒栖野雀林。日歸功未建，時往歲載陰。崇雲臨岸駭，鳴條隨風吟。靜言幽谷底，長嘯高山岑。急弦無懦響，亮節難為音。人生誠未易，曷云開此衿？眷我耿介懷，俯仰愧古今。

他又作《文賦》，是有名的文學評論之一。以最不易達意的文體，而暢麗地敍他的文學見解，不能不謂之成功。

潘岳，字安仁，滎陽中牟人，幼稱奇童，長善為詩。為散騎常侍，與石崇等友，酬吟不絕。司馬倫輔政時，孫秀用事，以舊怨殺崇及岳，時為公元 300 年，亦即張華被殺之一年。岳所著有《西征賦》《閒居賦》，又善為哀誄之文，然其不朽之作，當為《悼亡詩》，這是他從極深摯的情感裏流瀉出來的，是他的嗚咽的哭聲，是他的悲苦的訴語。我們讀至：

> 望廬思其人，入室想所歷。幃屏無仿佛，翰墨有餘跡。流芳未及歇，遺掛猶在壁。悵恍如或存，回惶忡驚惕。……
>
> 凜凜涼風升，始覺夏衾單。豈曰無重纊，誰與同歲寒？歲寒無與同，月朗何朧朧。展轉盼枕席，長簟竟牀空。牀空委清塵，室虛來悲風。獨無李氏靈，仿佛睹爾容。撫襟長歎息，不覺涕沾胸。沾胸安能已，悲懷從中起。寢興目存形，遺音猶在耳。

誰能不凄然與之表同情！如遇與他同情景的人，則直欲悲哭而不忍卒讀了。像這種至情的作品，在充滿了刻板的、虛偽的情感的中國詩歌中，真可算為極珍異的寶石。

左思，字太沖，齊國臨淄人，與潘、陸同時，曾被征為祕書郎。其巨作《三都賦》，至十年乃就。其賦出時，人競相傳寫，致使洛陽紙價一時為之貴。然此種作品，在今視之卻殊無大價值。其詩則世人都稱許其《詠史》8 首，然此等作品亦無甚意義。若如下之句，乃真為其可傳之作耳：

> 非必絲與竹，山水有清音。何事待嘯歌，灌木自悲吟。
> （《招隱》）

同時又有張載、張協兄弟，亦善為詩，而協較其兄得名為盛，

如下亦其有名之句：

> 房櫳無行跡，庭草萋以綠。青苔依空牆，蜘蛛網四屋。（張協《雜詩》）

此外張翰、孫楚、夏侯湛、石崇、曹攄諸人，亦以能詩名，然都無特加以敍述的必要。

劉琨，字越石，中山魏昌人，其卒年較諸人為後，生於公元270年，卒於公元317年。初為司隸從事，常與石崇等酬唱。永嘉元年為并州刺史，後進司空，為段匹磾所殺。他的詩，因曾經歷五胡之亂，遂不覺變為慷慨悲壯的，如下可為一例：

> 據鞍長歎息，淚下如流泉。繫馬長松下，發鞍高岳頭。烈烈悲風起，泠泠澗水流。揮手長相謝，哽咽不能言。浮雲為我結，歸鳥為我旋。去家日已遠，安知存與亡。慷慨窮林中，抱膝獨摧藏。（《扶風歌》）

郭璞，字景純，河東聞喜人，與劉琨略同時，而卒年為後，生於公元276年，死於公元324年。好古文奇字，並通五行、天文、卜筮之術，後為王敦所殺。其辭賦為東晉之冠，其《山海經注》等亦極著名，其詩則以《遊仙詩》14首為最好。《遊仙詩》誠為超逸而具特異的風格與情調之作，如下可為一例：

> 綠蘿結高林，蒙籠蓋一山。中有冥寂士，靜嘯撫清弦。放情凌霄外，嚼蕊把飛泉。赤松臨上遊，駕鴻乘紫煙。左把浮丘袖，右拍洪崖肩。

此時前後，清談之習甚盛，士大夫皆貴黃、老。此風嵇康、阮籍時已開其端，後乃益熾。正如鍾嶸所言：「於時篇作，理過其辭，淡乎寡味。」（《詩品》序言）所以郭璞之後幾近七八十年（公元324年至公元400年的略前）無重要詩人出現。最後乃得陶潛。

陶　　潛

陶潛可謂六朝中最偉大的詩人，除曹植外無可與之比肩者。

他的出現，可謂異軍突起，其作品乃絕不類於前代的作家，亦絕不類於並世及後來的諸詩人，如孤鶴之展翮於晴空，如朗月之靜掛於午夜，所謂「超然寡儔」者，潛足以當之無愧。大抵六朝詩人不是工於擬古，仿古詩樂府，便是塗飾繁麗之辭，雕琢精工之語，失了詩的自然真璞之美。獨潛則絕不薰染這種習慣，蕭疏自在，隨筆舒寫其欲寫的情思，而無不絕工。辭雖平淡，無故作奇麗的句子，而「外枯而中膏，似淡而實美」（蘇軾語）。

黃庭堅言：「謝康樂、庾義成之詩，爐錘之功，不遺餘力，然未能窺彭澤數仞之牆者。」這是確切不移之評語。謝靈運的「池塘生春草」一語，人盛稱之；他苦思半生，僅能於睡夢中得此一句較自然的句子，至於潛則無語不是如此之自然真切。

陶潛，字淵明，或謂名淵明，字符亮，潯陽柴桑人，生於公元365年，卒於公元427年。少有高趣，「嘗著文章自娛，頗示己志，忘懷得失」（《五柳先生傳》）。曾出就吏職，一度為彭澤令，不樂居官，賦《歸去來兮辭》，自解歸，遂不復出仕。有集8卷，蕭統盛稱之，為之作序。

> 結廬在人境，而無車馬喧。問君何能爾？心遠地自偏。採菊東籬下，悠然見南山。山氣日夕佳，飛鳥相與還。此中有真意，欲辨已忘言。（《飲酒》之一）
>
> 孟夏草木長，繞屋樹扶疏。眾鳥欣有託，吾亦愛吾廬。既耕亦已種，時還讀我書。窮巷隔深轍，頗回故人車。歡然酌春酒，摘我園中蔬。微雨從東來，好風與之俱。泛覽《周王傳》，流觀《山海圖》。俯仰終宇宙，不樂復何如！（《讀山海經》之一）

〔元〕趙孟頫：陶淵明像傳刻

荒草何茫茫，白楊亦蕭蕭。嚴霜九月中，送我出遠郊。四
面無人居，高墳正嶕嶢。馬為仰天鳴，風為自蕭條。幽室一已
閉，千年不復朝。千年不復朝，賢達無奈何。向來相送人，各
自還其家。親戚或餘悲，他人亦已歌。死來何所道？託體同山
阿。(《輓歌》之一)

由這幾首詩，可以看出他的作風的一斑。他的《閒情賦》：

願在衣而為領，承華首之餘芳；悲羅襟之宵離，怨秋夜之
未央。願在裳而為帶，束窈窕之纖身；嗟溫涼之異氣，或脫故而
服新。願在髮而為澤，刷元鬢於頹肩；悲佳人之屢沐，從白水以
枯煎。願在眉而為黛，隨瞻視以閒揚；悲脂粉之尚鮮，或取毀於
華裝。願在莞而為蓆，安弱體於三秋；悲文茵之代御，方經年而

見求。願在絲而為履，附素足以周旋；悲行止之有節，空委棄於牀前。願在晝而為影，常依形而西東；悲高樹之多蔭，慨有時而不同。願在夜而為燭，照玉容於兩楹；悲扶桑之舒光，奄滅景而藏明。願在竹而為扇，含淒飆於柔握；悲白露之晨零，顧襟袖以緬邈。願在木而為桐，作膝上之鳴琴；悲樂極以哀來，終推我而輟音。考所願而必違，徒契契以苦心。擁勞情而罔訴，步容與於南林。

雖蕭統評它為陶潛作品中的「白璧微瑕」，然此賦實為最好的情詩之一，統之見解殊迂腐可笑。蘇軾評他（蕭統）為「強作解事」，未為委屈他。

陶潛之後

陶潛以後的詩人有顏延之、謝靈運、謝惠連、鮑照等。再後，則沈約等起，詩體為之大變。沈約等都歸入下一章中講，這裏只敍到在他以前的諸詩人。

顏延之，字延年，琅琊臨沂人，生於公元 384 年，卒於公元 456 年。與謝靈運俱以詞采齊名，時稱「顏謝」。延之曾為始安太守，及永嘉太守，最後為祕書監、光祿勛太常。其詩追蹤潘、陸的靡麗，而更過之，時稱他的作品為「錯彩鏤金」。如下類文句，殊覺得雕斫過甚，毫無生氣：

> 婺女儷經星，常娥栖飛月。慚無二媛靈，託身侍天闕。閶闔殊未輝，鹹池豈沐髮。（《為織女贈牽牛》）

謝靈運，陳郡陽夏人，生於公元 385 年，卒於公元 433 年。晉

名將謝玄之後，襲封康樂公。入宋降爵為侯，起為散騎常侍。後出為永嘉太守，不久，又棄職居會稽，以遊放歌詩自娛。每有一詩至都邑，貴賤莫不競寫。最後，以受誣，興兵反抗，失敗被殺。他的詩與延之同病，亦傷於靡麗，而無自然高遠的情致。如他的《登池上樓》，世所盛稱：

> 傾耳聆波瀾，舉目眺嶇嶔（qū qīn）。初景革緒風，新陽改故陰。池塘生春草，園柳變鳴禽。

然我們讀之，終覺得累重而無詩的真趣。他的族兄瞻、族弟惠連亦善為詩。瞻沒有什麼天才，惠連的詩則較靈運的為自然、真樸而有生氣：

> 春日遲遲，桑何萋萋，紅桃含天，綠柳舒荑。（《秋胡行》）

自較「園柳變鳴禽」好得多。他的《祭古塚文》及《雪賦》尤為當時人所稱。又有謝莊，亦以詩名，但其作風終不能脫「顏謝」的範圍。

鮑照，字明遠，約生於公元 421 年，約卒於公元 465 年。初為劉義慶佐史，後為中書舍人。與其妹令輝同以詩名，照尤以擬古樂府諸作見稱。此種擬古之作品，本無他自己的生命，不足論。其詩則較「顏謝」為平易樸靜。鍾嶸論照：「貴尚巧似，不避危仄，頗傷清雅之調，故言險俗者，多以附照。」（《詩品》）然照之不「清雅」而近於「險俗」，正在他的較「顏謝」無生氣的雕斫品的高出處。如他的《詠燕》：

> 可憐雲中燕，旦去暮來歸。自知羽翅弱，不與鵠爭飛。寄聲謝飛鵠，往事子毛衣。瑣心誠貧薄，巨客節榮衰。陰山饒苦霧，危節多勁威。豈但避霜雪，當傚野人機。

自較塗濃綠深紅，鏤精金璞玉之「顏謝」的詩為好。

吳聲戀歌

　　這個時代（晉宋之時），有所謂「吳聲歌曲」者，係當時南方民間盛傳之歌辭，大部分都是戀歌——極好的戀歌。自《詩經》之外，像這種真摯的戀歌，中國的詩壇上是絕少有的。這種戀歌，重要者有《子夜歌》《子夜四時歌》《懊儂歌》《華山畿》《讀曲歌》等。

　　《子夜歌》者，《唐書樂志》謂係晉曲。「晉有女子，名子夜，造此聲。聲過哀苦。」《樂府解題》言：「後人更為四時行樂之詞，謂之《子夜四時歌》。又有《大子夜歌》《子夜警歌》《子夜變歌》，皆曲之變也。」今所傳者，《子夜歌》有 42 首，《子夜四時歌》有 75 首，《大子夜歌》《子夜警歌》各 2 首，《子夜變歌》3 首。

> 　　今日已歡別，合會在何時？明燈照空局，悠然未有期。
>
> 　　朝思出前門，暮思還後渚。語笑向誰道？腹中陰憶汝。
>
> 　　歡愁儂亦慘，郎笑我便喜。不見連理樹，異根同條起。
>
> 　　別後涕流連，相思情悲滿。憶子腹糜爛，肝腸尺寸斷。
>
> 　　夜長不得眠，明月何灼灼！想聞散喚聲，虛應空中諾。（以上為《子夜歌》）
>
> 　　梅花落已盡，柳花隨風散。歎我當春年，無人相要喚！（春）
>
> 　　反覆華簟（diàn）上，屏帳了不施。郎君未可前，待我整容儀。（夏）
>
> 　　初寒八九月，獨纏自絡絲。寒衣尚未了，郎喚儂底為？（秋）（以上為《子夜四時歌》）

　　《懊儂歌》今傳者 14 首。《古今樂錄》曰：「《懊儂歌》者，晉石崇綠珠所作，唯『絲布澀難縫』一曲而已。後皆隆安初民間訛謠之曲。」

髮亂誰料理？託儂言相思。還君華艷去，催送實情來。（《懊儂歌》之一）

《華山畿》今傳者 25 首。《古今樂錄》曰：

《華山畿》者，宋少帝時《懊惱》一曲，亦變曲也。少帝時，南徐一士子，從華山畿往雲陽，見客舍有女子，年十八九，悅之無因，遂感心疾。母問其故，具以啟母。母為至華山尋訪，見女，具說。聞感之，因脫蔽膝，令母密置其席下臥之，當已。少日果差，忽舉席見蔽膝而抱持，遂吞食而死。氣欲絕，謂母曰：「葬時，車載從華山度。」母從其意。比至女門，牛不肯前，打拍不動。女曰：「且待須臾。」裝點沐浴，既而出，歌曰：「華山畿，君既為儂死，獨活為誰施！歡若見憐時，棺木為儂開。」棺應聲開。女遂入棺。家人扣打，無如之何。乃合葬，呼曰神女塚。

這段悲慘的戀愛故事的後段太神奇，不足信，大約是後人附會的；也許此故事竟是臆造的。但此曲中，可愛的戀歌卻不少：

啼著曙，淚落枕將浮，身沉被流去。

一坐復一起，黃昏人定後，許時不來已。

不能久長離，中夜憶歡時，抱被空中啼。

松上蘿，願君如行雲，時時見經過。

夜相思，風吹窗簾動，言是所歡來。（以上《華山畿》）

《讀曲歌》今傳者 89 首。此歌的起源，有不同的二說：

第一，《宋書樂志》曰：「《讀曲歌》者，民間為彭城王義康所作也。其歌云：『死罪劉領軍，誤殺劉第四』是也。」

第二，《古今樂錄》曰：「《讀曲歌》者，元嘉十七年，袁後崩，百官不敢作聲歌。或因酒宴，止竊聲讀曲細吟而已。」

此二說未知孰是。但民間的歌曲本無什麼明瞭的起源。各史《樂志》及《古今樂錄》《樂府解題》各書的話，大抵都是臆測的，不大靠得住的。

折楊柳，百鳥園林啼，道歡不離口。

憶歡不能食，徘徊三路間，因風覓消息。

嘘欷暗中啼，斜日照帳裏。無油何所苦，但使天明爾。

打殺長鳴雞，彈去烏白鳥。願得連冥不復曙，一年都一曉。（以上《讀曲歌》）

散文作家

這個時代的散文作家，且在最後提一下。

歷史家甚多。初有譙周，作《古史考》，薛瑩、韋曜、華和共撰《吳書》。周為蜀人，字允南。在蜀為僕轉家令，入魏為陽城亭侯。

瑩、曜及和，俱為吳人。曜為孫皓所殺，瑩則隨孫皓降曹，授為散騎常侍。瑩又著書8篇，名曰《新議》。

晉初，有皇甫謐著史書及傳記甚多。謐，字士安，安定朝那人，性淡泊，累征俱不出仕，自號玄晏先生。所作有《帝王世紀年曆》《高士傳》《逸士傳》《列女傳》及《玄晏春秋》。

又有陳壽，時稱為大歷史家，作《魏吳蜀三國志》，論者謂其善於敘事，有良史之才。又撰《古國志》50篇，《益都耆舊傳》10篇。陳壽，字承祚（zuò），亦蜀人。少時師事譙周。晉初為佐著作郎，出補陽平令。他的《三國志》至今仍認其為不朽的巨著，然其體例總不出司馬遷與班固的範圍。

　　略後，有袁宏，字彥伯，曾仿荀悅的《前漢紀》作《後漢紀》30 卷，又作《竹林名士傳》3 卷。宏後，有何承天，東海郯人，曾為宋的著作佐郎，撰國史，當時稱為名史家。又有徐廣，字野民，作《晉紀》46 卷。又有裴松之，字世期，河東聞喜人，注陳壽的《三國志》，又作《晉紀》。其子駰，亦注司馬遷的《史記》。

　　同時，北朝有崔浩，字伯淵，作《國史》30 卷。因記事不善諱飾，北人忿怒，浩被殺，兼夷滅全族，為歷史上最慘酷的文字獄之一。

　　略後，有范曄，字蔚宗，順陽人，初為祕書監，因事出為宣城太守，不得志，乃刪眾家《後漢書》為一家之作，其體例亦不出於司馬遷、班固的範圍。後曄因欲擁彭成王義康為帝，被殺。

　　同時，有劉義慶者，宋之宗室，封臨川王，撰《徐州先賢傳》及《世說新語》。《世說新語》中頗多名雋之言。

　　又有臧榮緒，東莞莒人，隱居不仕，括東西晉的史事為一書，凡紀錄紀傳 111 傳，為時所稱。

　　論文家卻不甚多。曹丕作《典論》，前已講過。後有傅玄，作《傅子》，為內、外、中篇，凡有四部六錄，合 140 首。玄之後有江統者，字應元，陳留圉人，為晉時最具深慮遠識的政論家，曾作歷史上著名的《徙戎論》。當時政府不用其言，未及 10 年，五胡果亂華，如統所料。統之後有葛洪，字稚川，丹陽句容人，著《抱樸子》，凡內、外篇 8 卷，內篇論神仙修煉、符籙劾治諸事，外篇則論時政得失，人事臧否。

　　這些作家的思想，俱不能出儒家的範圍。大抵此時代的散文殊不發達，史學則拘守遷、固之成規而不敢稍有緬越，論文則多囿於文字的俳偶，不易暢達所欲言，而作者的思想亦無可特加以注意的必要；遠不如其詩歌之時有好的偉大的作家出現。

第六章

南北朝文學

中世紀的歐洲文學，可算是在黑暗的時代，重要的作家極少，不朽的名著除了《神曲》及諸國民歌外，也並不多見；但在同一時代，中國的文學卻出現十分絢爛的光華，重要的詩人產生了不少，不朽的名著也時時地出現於各時代的文壇裏，到了中世紀末期，且有偉大的小說家及戲曲家的出現（在這個時候，歐洲的小說家還沒有出現一個）。

這個時代，包括中國的齊代（公元 479 年起）至明代中葉（約十五世紀前後），正是中國文學最發達的時代，所謂「唐詩」「宋詞」「元曲」以及「明的小說」等，不朽的作品都已包括在內。

這個時代的詩歌，可劃分為兩期：第一期可稱為「第一詩人時代」，即自沈約等變詩之古體為近體起，中經五七言律絕詩之大發達，至唐五代間此種詩體之衰落為止；第二期可稱為「第二詩人時代」，即自五代時「詞」之一體的開始發展起，至宋、元之間此種詩體之衰落為止。

此後則劇詩，即所謂「曲」的，大為盛行，已入於戲劇家的時代，重要的大詩人殊不多見於中國文壇上了。

「第一詩人時代」雖開始於沈約，而實導源於曹植及建安諸子。當時，五言的詩體已代四言的古詩體而盛流行於文壇，詩句亦漸由散漫而變為對整，由樸質而趨於雕琢。此後，到了宋之顏延之、謝靈運，詩體益復漸於靡麗整齊，如「白雲抱幽石，綠篠媚清漣」（謝靈運《過始寧墅》）之句，可為當時詩歌的一個例子。到了齊初，沈約、王融、謝朓（tiǎo）諸人出，便把古代的散漫的詩

體改變了，創成一種新的詩的韻律，要大家來遵守。在他們之前，所謂詩之韻律是十分地自由，任詩人自己去自由地運用的，自此以後，便有了一種固定的格式來規範後來的詩人了。當時的作家無不拜倒於這個新韻律的規則之下，雖蕭衍自稱獨不受其壓迫，然於無意中究竟也多少被圈入了他們的範圍之內而不盡能自脫。試讀下列諸詩：

> 抱月如可明，懷風殊復清。絲中傳意緒，花裏寄春情。掩抑有奇態，淒鏘多好聲。芳袖幸時拂，龍門空自生。（王融《琵琶》）

> 娟倚窗北，結根未參差。從風既裊裊，映日頗離離。欲求棗下吹，別有江南枝。但能凌白雪，貞心蔭曲池。（謝朓《秋竹曲》）

> 洛陽大道中，佳麗實無比。燕裙傍日開，趙帶隨風靡，領上蒲萄繡，腰中合歡綺。佳人殊未來，薄暮空徒倚。（沈約《洛陽道》）

> 春草醉春煙，深閨人獨眠。積恨顏將老，相思心欲然。幾回明月夜，飛夢到郎邊。（范雲《閨思》）

這些詩顯然已與齊以前的詩歌異趣，而成為唐代律絕詩的先聲了。

此時之詩的新韻律所以創成者，以受梵文發音之法的影響為主要原因。齊有周顒作《四聲切韻》，定平、上、去、入四聲。沈約本之，作《四聲譜》，倡言為詩當講究四聲，以求其諧和。當時詩人謝朓、王融和之，於是詩的新韻律遂告成立。他們的詩，世呼為「永明體」（永明為齊武帝年號，起自 483 年，終於 493 年）。這個新韻律，後來詩人受其影響者極久，且亦極深。

南朝文士

　　沈約，字休文，吳興武康人，生於公元 441 年（即宋文帝元嘉十八年）。幼時，甚貧苦，以篤志好學，研通羣籍，漸得名於世。初仕宋為尚書度支郎。入齊為步兵校尉，管書記，侍太子，又曾出為東陽太守。此時，約已為當代文士的領袖，他提倡詩的新韻律，即在此時。他的《四聲譜》已佚，但他的主張，可在他的《宋書·謝靈運傳》所說的幾句話裏，見其一斑：

> 夫五色相宣，八音協暢。由乎玄黃律呂，各適物宜，欲使宮羽相變，低昂互節。若前有浮聲，則後須切響。一簡之內，音韻盡殊，兩句之中，輕重悉異。妙達此旨，始可言文。

他以為這種話是由他自己創始的。

> 自騷人以來，此祕未睹。至於高言妙句，音韻天成，皆暗與理合，匪由思至。

　　雖陸厥給他一信，說他這話不對，然而在我們看來，新的詩體之成立，約實為其首功，在他之前，此種主張未見有人提倡過，所以這話並不算是他的誇誕之詞。蕭衍奪齊祚，改國號為梁時，約為盡力贊助者之一，以此，得封建昌縣侯，為尚書僕射。其卒年為公元 513 年（梁武帝天監十二年）。所著書甚多，存於今者有《宋書》100 卷，及文集 9 卷，其他著作並散佚。在他的文集中，以詩歌為最好。鍾嶸說：「觀休文眾製，五言最優。」（《詩品》）如《石塘瀨聽猿》：

> 噭噭夜猿鳴，溶溶晨霧合。不知聲遠近，惟見山重沓。既歡東嶺唱，復佇西巖答。

及《六憶詩》諸作，俱為其佳著：

> 憶來時，灼灼上階墀。勤勤敘別離，慊慊道相思。相看常
> 不足，相見乃忘饑。……憶眠時，人眠強未眠，解羅不待勸，
> 就枕更須牽。復恐傍人見，嬌羞在燭前。

謝朓的詩名，在當時較沈約為著。朓，字玄輝，陳郡陽夏人，
其生年約在公元 464 年至 499 年。初為豫章王太尉行參軍，後出為
東海太守。又為宣城太守，遷至吏部郎，兼衛尉。江祐以東昏王失
德，欲立始安王，謀於朓。朓依違不決，且言於外，遂被殺。他的
詩，沈約極好之，嘗云：「二百年來無此詩也。」李白亦傾心於他。
論者謂其詩佳處如青苔紅葉，濯於春雨，秀色天然可愛。大約如
《懷故人》諸作，俱可算是他的好詩：

> 芳洲有杜若，可以贈佳期。望望忽超遠，何由見所思。行
> 行未千里，山川已間之。離居方歲月，故人不在茲。清風動簾
> 夜，孤月照窗時，安得同攜手，酌酒賦新詩。

《晚登三山還望京邑》：

> 灞涘望長安，河陽視京縣。白日麗飛甍，參差皆可見。余
> 霞散成綺，澄江靜如練。喧鳥覆春洲，雜英滿芳甸。去矣方滯
> 淫，懷哉罷歡宴。佳期悵何許，淚下如流霰。有情知望鄉，誰
> 能鬒不變？

王融，字符長，琅邪人，生於公元 468 年（宋明帝泰始四年）。
舉秀才，為太子舍人。與竟陵王蕭子良交好。齊武帝病篤，融謀立
子良不得。後郁林王即位，便捕融下獄死，時為公元 494 年，融年
才二十七。他的詩，不足與謝朓比肩，論者頗譏其琢飾，然亦偶有
佳句，如《古意》亦有自然之趣：

遊禽暮知反，行人獨不歸，坐銷芳草氣，空度明月輝。容入朝鏡，思淚點春衣。

同時作者有蕭子良、謝超宗、王儉、劉繪、張融、孔稚珪、陸厥諸人。

蕭子良為齊宗室，封竟陵王，有文集 40 卷，在當時為諸文士的館主。

謝超宗詩，佳者殊少。鍾嶸謂其「祖襲顏延之」。

王儉在齊為左僕射，文筆為世所重。

劉繪在齊為中庶子，鍾嶸稱他與王融「並有盛才，詞美英淨。至於五言之作，幾乎尺有所短」。（《詩品》）

張融字思光，為司徒左長史，自名其集為《玉海》。

孔稚珪字德珪，為太子詹事，與張融情趣相得。

陸厥字韓卿，死時年甚輕，曾與沈約討論聲韻。

凡此諸人，其詩存者俱不多，且亦不甚重要，故不詳述。

後此數年，蕭衍即位為皇帝，改國號為梁。他與他的兒子統（昭明太子）、綱（簡文帝）及繹（元帝）俱喜為詩，且亦有天才，故當時朝士亦多為詩人。其中著名者有江淹、范雲、任昉、王僧孺、庾肩吾、柳惲、何遜、丘遲、吳均、到溉、到洽、王筠、徐陵、庾信、王褒諸人；沈約在當時則為老年的領袖詩人。

蕭衍字叔達，南蒲陵中都里人，生於公元 464 年（宋孝武帝大明八年）。初仕齊，與沈約、謝朓、范雲、任昉諸人並為蕭子良所友善，同遊於他的西邸。公元 502 年，奪齊祚，即皇帝位。晚年侯景作亂，衍被圍於台城，飢餓而死，時為公元 549 年。衍篤信佛法，著作極多。他的詩喜為艷語，時有深情的製作，如《子夜四時歌》《白紵辭》《江南弄》等俱為佳作。

蕭統字德施，為衍之長子，生於公元 501 年，卒於公元 531 年。他極喜愛文學，曾集文士選集古今詩文為《文選》30 卷，又擇

五言詩之善者為《文章英華》20 卷。《文選》至今尚為很有權威的文學選本。

蕭綱字世纘,為衍之第三子,統卒,他繼為太子。他生於公元 503 年。公元 550 年,即皇帝位,第二年即為侯景所殺。他亦喜為詩,常說:「余七歲有詩癖,長而不倦,然傷於輕艷,當時號曰『宮體』。」如下可為一例:

> 夢笑開嬌靨,眠鬟壓落花。簟文生玉腕,香汗浸紅紗。夫婿恆相伴,莫誤是娼家。(《詠內人晝眠》)

蕭繹字世誠,為衍的第七子,生於公元 508 年。初封湘東王。侯景之亂,他遣王僧辯討殺之,遂於公元 552 年即皇帝位。後三年,西魏來伐,被殺。他的著作甚富,有文集 50 卷,《孝德傳》30 卷,《忠臣傳》30 卷。

江淹字文通,濟陽考城人,生於公元 444 年(即宋文帝元嘉十年)。宋時為吳興令,齊時為驍騎將軍。入梁,為散騎常侍,封臨沮縣開國伯,公元 505 年(梁武帝天監四年)卒。他早年文名甚著,晚年才思微退,時人皆謂:「江郎才盡。」所作甚富,他自編為前、後集,前集 20 卷,後集 10 卷,又撰《齊史》10 志。他的詩在六朝詩人中尚為不盡琢飾之作,如《貽袁常侍》可為一例:

> 昔我別楚水,秋月麗秋天。今君客吳坡,春色縹春泉……

又如《悼室人》:

> 適見葉蕭條,已復花庵鬱。悵裏春風盪,檐前還燕拂。垂涕視去景,摧心向徂物。今悲輒流涕,昔歡常飄忽。幽情一不弭,守歡誰能慰。

鍾嶸謂淹「詩體總雜,善於模擬」,實則其模擬之作,俱未見得好。

　　范雲字彥龍，南鄉舞陰人，生於公元 451 年（宋文帝元嘉二十八年）。他在齊為零陵內史。入梁，與沈約同輔政，封霄城縣侯，有文集 30 卷。其卒年為公元 503 年（梁天監二年）。他為文下筆輒成，未嘗定稿，時人每疑其宿構。鍾嶸謂其詩「清便宛轉，如流風回雪」。但細讀其作，未見其足當此喻。

　　任昉字彥升，樂安博昌人，生於公元 460 年（即宋孝武帝大明四年），死於公元 508 年（梁天監七年）。早年深為王儉、沈約所推挹。梁初為吏部郎中，掌著作。後出為義興太守，又入為祕書監，手校祕閣四部篇卷。所著文章甚富。他早年長於作應用文，而詩不工，世稱：「沈詩任筆。」昉深恨之。及其晚年，詩亦漸佳。然好用事，論者頗病之。如下是其一例：

　　　　誰其執鞭，吾為子御。劉略班藝，虞志荀錄。伊昔有懷，交相欣勗（xù）。（《贈王僧孺》）

　　王僧孺，東海郯人，生於公元 465 年（宋泰始元年），卒於公元 522 年（梁普通三年）。齊時為中書郎，領著作。他的著述甚多，有文集 30 卷。其詩麗逸，如《忽不任愁聊示固遠》之類，可算是他的佳作：

　　　　去秋客舊吳，今春投故越。淚逐東歸水，心掛西斜月。未應歲貶顏，直以憂殘髮。

　　庾肩吾字子慎，新野人，其生年與任昉諸人約同時。八歲能賦詩。嘗為安西、湘東二王錄事參軍。蕭綱即位，以他為度支尚書。最後為江州刺史卒。有文集 10 卷。肩吾詩以整練著稱，於以下諸句可見之：

　　　　樹影臨城日，窗含度水風。遙天如接岸，遠帆似凌空。（《和晉安王薄晚逐涼北樓回望應教》）

柳惲與何遜，為當時諸詩人中略能脫出浮艷雕琢之習者。柳惲字文暢，河東解人。齊時，蕭子良引為法曹參軍。梁初，除長史，後為吳興太守，甚清正。郡民懷之。有集 12 卷。

何遜字仲言，東海郯人。梁天監中，出仕為建安王水曹參軍。王愛文學，日與宴遊。後除盧陵王記室，隨王往江州卒。有集 7 卷。

丘遲字希范，吳興烏程人。鍾嶸稱其詩「點綴映媚，似落花依草」。梁初為散騎常侍，後出為永嘉太守，再入為司空從事中郎。有集 11 卷。

張率字士簡，吳郡人。其生年較丘遲約後 10 年。齊時為太子洗馬，梁時為祕書丞，後出為新安太守。有集 38 卷。

吳均字叔庠，吳興故鄣人，生於公元 469 年（宋泰始五年），卒於公元 512 年（梁普通元年）。梁初為郡主簿，著作甚富，文集 20 卷。其文清峻，甚有影響於當時文壇，後進多斅（xiào）之，謂之「吳均體」。其情調頗異於當時的其他詩人，如《與柳惲相贈答》：

> 秋雲靜晚天，寒夜方綿綿。聞君吹急管，相思難採蓮。別離未幾日，高月三成弦……

及《詠懷》：

> 僕本報恩人，走馬救東秦。黃龍暗迢遞，青泥寒苦辛。野戰劍鋒盡，攻城才智貧。唯餘一死在，留持贈主人。

王筠字元禮，一字德柔，琅琊臨沂人，生於公元 481 年（齊建元三年），卒於公元 549 年（梁太清三年），有文集 100 卷。梁時，為祕書監，遷司徒左長史。沈約為當時文宗，少所推服，唯見筠文，每以為己所不逮，嘗謂蕭衍：「晚來名家，惟見王筠。」但讀筠詩，未見能如約所稱許者，如《春遊》之類的詩，殊覺率累琢飾，不能高出於當時的詩人：

聚蘭已飛蝶，楊柳半藏鴉。物色相煎盪，微步出東家。既同翡翠翼，復如桃李花。欲以千金笑，回君流水車。

這時，有蕭氏諸兄弟者，皆為齊宗室之後，皆善於為詩；如蕭子范、蕭子顯、蕭子雲及蕭子輝皆是。蕭子范在梁為光祿大夫，有集 12 卷。蕭子顯為吳興太守，有集 20 卷。蕭子雲為東陽太守，有集 19 卷。蕭子輝為驃騎長史，有集 9 卷。

同時，又有劉氏諸兄弟，孝綽、孝儀、孝勝、孝威、孝先亦皆善為詩。他們是彭城人。孝綽最著名，頗負才凌人，曾為吏部尚書郎，後左遷為臨賀王長史，有文集 14 卷。孝儀曾為都官尚書，豫州內史，有集 20 卷。孝勝為司徒右長史。孝威為太子中庶子，有集 10 卷。孝先為黃門郎，後遷侍中，他與孝勝的詩，在兄弟中為較劣下者。劉氏諸女，亦皆能詩，孝綽三妹，並有才學，一適王淑英，一適張嶧，一適徐悱，以徐悱妻為最著，算是當時一個重要的女作家。

又有到溉、到洽二兄弟，亦彭城人，並能為詩。到溉，字茂灌，官吏部尚書。到洽，字茂沿，官尋陽太守，有文集 15 卷。

徐陵，字孝穆，東海郯人，生於公元 507 年（梁天監六年）。八歲能屬文。初為梁晉安王參軍，遷至散騎常侍。為元帝使齊，被拘留。後復得歸，仕陳，為吏部尚書，領大著作，封建昌縣開國侯。以公元 583 年（陳至德元年）卒。有文集 30 卷。陵在陳時，為一代文宗，於當時影響極大，曾編詩選，名《玉台新詠》，凡 10 卷，多錄艷婉多情之作，可見其所好。他的詩也是如此，如《春日》是其佳作之一斑：

岸煙起暮色，岸水帶斜輝。徑狹橫枝度，簾搖驚燕飛。落花承步履，流澗寫行衣。何殊九枝蓋，薄暮洞庭歸。

庾信與王褒皆初仕於梁而後仕於周者，他們以南人入北朝，頗

變當時北人的粗澀文風，而他們自己也不免受些北方環境的影響，將風格略略變異。

庾信，字子山，肩吾之子，生於公元 513 年（梁天監十二年）。初為湘東國常侍，與父肩吾及徐陵並為抄撰學士。他們才華耀輝，所為詩文並綺艷，為時人所楷式，世號為「徐庾體」。信後聘於周，被拘留於長安，禮遇甚厚，為開府儀同三司，尋徵司宗中大夫。公元 581 年（周大定元年）卒。有文集 21 卷。信在北雖蒙厚待，然常有家國之思，所作《哀江南賦》，曾感動了不少人；其晚年的詩亦因此而益蘊深情。如《怨歌行》諸詩，皆可見他的此種幽情：

> 家住金陵縣前，嫁得長安少年。回頭望鄉淚落，不知何處天邊。胡塵幾日應盡，漢月何時更圓？為君能歌此曲，不覺心隨斷弦。

《詠懷》：

> 楚材稱晉用，秦臣即趙冠。離宮延子產，羈旅接陳完。寓衛非所寓，安齊獨未安。雪泣悲去魯，凄然憶相韓。唯彼窮途慟，知余行路難。

王褒，字子淵，琅邪臨沂人，其生年約與庾信同時。初仕梁為吏部尚書，與蕭繹同為周人所執，繹被殺，褒則執入長安，禮遇甚厚。時信已在北，二人同為北人所仰模。褒官太子少保，後出為宜州刺史，有文集 21 卷。他的詩亦深蘊家國之思，如《渡河北》與庾信諸作有同一情調：

> 秋風吹木葉，還似洞庭波。常山臨代郡，亭障繞黃河。心悲異方樂，腸斷隴頭歌。薄暮臨征馬，失道北山河。

又如：

歲晚悲窮律，他鄉念索居。寂寞灰心盡，摧殘生意餘。
（《和殷廷尉歲暮》）

至如下之類的詩，則陶潛以後，久未見此種清雋之作了：

松古無年月，鵲去復來歸。石壁藤為路，山窗雲作扉。
（《過藏矜道館》）

陳承梁後，作風未易。陳後主叔寶即皇帝位後，尤喜招延文學之士，其自作詩亦甚靡麗。當時詩人以徐陵為首，次則有江總、陰鏗、張正見、沈炯等。

江總，字總持，濟陽考城人，生於公元 519 年（即梁天監十八年），初仕於梁，後入陳，官尚書僕射。隋滅陳，總入隋為上開府。以公元 594 年（隋開皇十四年）卒。有文集 30 卷。總為詩於五言、七言尤善，然傷於浮艷。如《歲暮還宅》即其一例：

悒然想泉石，驅駕出城台。玩竹春前筍，驚花雪後梅。青山殊可對，黃卷復時開。長繩豈繫日，濁酒傾一杯。

陰鏗，字子堅，武威人。初仕梁，為湘東王法曹行參軍。入陳，為晉陵太守，散騎常侍卒。有集 3 卷。他的五言詩為世所重，風格甚類何遜，故時人每以「陰何」並稱。

張正見，字見賾，清河東武城人。梁時為彭澤令，因亂避住匡俗山。入陳，為散騎常侍。太建中卒。有集 14 卷。

沈炯，字禮明，吳興武康人，約之後。仕梁為吳令，元帝立，領尚書左丞。入陳，為御史中丞，後又為明威將軍。有前集 7 卷，後集 13 卷。

北朝文士

上面所敍的都是南方的文士，至於北方的文學，則著名的作家極少；其詩初尚質樸，不染南朝浮艷之習。其時，較著的詩人有高允、溫子升、王德、邢邵、魏收、蕭慤（què）、高昂諸人。

高允字伯恭，勃海蓚[1]人，官鎮軍大將軍，領中祕書，歷事魏五帝，有集 20 卷。

溫子升與邢邵二人的詩，其情調已近於南方，所以庾信北來，唯稱許他們二人。子升字鵬舉，太原人，官侍中，後下獄死。有集 39 卷。邵字子才，河間鄭人，在北齊官太常卿，有集 30 卷。

魏收字伯起，鉅鹿下曲陽人，仕魏典起居注，與子升及子才齊名，時號「三才子」。後官尚書右僕射，有集 70 卷，又有《後魏書》130 卷，甚著名。

蕭慤（què）字仁祖，蘭陵人，為梁宗室，後入齊為太子洗馬。有集 9 卷。王德生平無考，其詩僅傳《春詞》一首，為北人不易得之佳著：

> 春花綺繡色，春鳥弦歌聲。春風復盪漾，春女亦多情。愛將鶯作友，憐傍錦為屏。回頭語夫婿，莫負艷陽征。

高昂字敖曹，勃海蓚人，齊初為侍中司徒，好為詩，雅有情致。其詩今傳者數首而已，然《征行詩》卻甚為後人所稱：

> 壟種千口牛，泉連百壺酒。朝朝圍山獵，夜夜迎新婦。

約在此時，無名詩人曾作《敕勒歌》：

1　音 tiáo，通條，古地名，在今河北景縣。漢周亞夫封條侯，景縣現有周亞夫墓；該地亦為北齊皇族高氏原籍地，現有高氏墓群。

敕勒川，陰山下。天似穹廬，籠蓋四野。天蒼蒼，野茫茫，風吹草低見牛羊。

此詩寫北方荒野景色，直浮現於讀者之前，博得後人極端的傾倒，可謂為最帶北方色彩的詩。然自北人漸與南方文士接觸後，此種作品即漸消失不見。到了庾信、王褒北來，他們受了感化，更努力地去學「徐庾體」的詩。及隋平陳，南士北來者益多，北部作家受南方文學的洗禮者益多。

隋煬帝楊廣，亦甚好文學，且能自作詩，有集 55 卷。其詩如《悲秋》即使是南士亦不能及：

故年秋始去，今年秋復來。露濃山氣冷，風急蟬聲哀。鳥擊初移樹，魚寒欲隱苔。斷霧時通日，殘雲尚作雷。

《失題》：

寒鴉飛數點，流水繞孤村。

因之當時朝士能詩者甚眾，以楊素、盧思道、薛道衡為最著。

楊素字處道，弘農華陰人，初仕周，入隋為丞相，封越國公，有集 10 卷。其《贈薛播州》詩 14 首，《北史》稱其：「詞氣穎拔，風韻秀上，為一時盛作。」今讀以下諸句，誠為當時不易得之作：

北風吹故林，秋聲不可聽。雁飛窮海寒，鶴唳霜皐淨。含毫心未傳，聞音路獨夐。惟有孤城月，裴佪獨臨映。弔影余自憐，安知我疲病。（《贈薛播州》）

盧思道字子行，范陽人，齊時入仕，至周授儀同三司。入隋，為散騎侍郎，有集 30 卷。

薛道衡與盧思道齊名當代，河東汾陰人，字玄卿，在齊為散騎常侍。隋文帝時，嘗使於陳。時陳文章稱盛，道衡所作，卻常為他們所傾倒。後楊廣即皇帝位，道衡因先與有隙，被殺，有集 70 卷。

此數人外，尚有李德林、柳辯（biàn）、諸葛穎、許善心、王冑諸作者，亦頗有名於世。

當時並出數女流作家，頗有深情之作。楊廣宮女侯夫人嘗作《自感》：

庭絕玉輦跡，芳草自成窠。隱聞簫鼓聲，君恩何處多。

及《自傷》，因縊於棟下而死：

長門七八載，無復見君王。春寒入骨清，獨臥愁空房。……平日親愛惜，自待卻非常。色美反成棄，命薄何可量。……家豈無骨肉，偏親老北堂。此身無羽翼，何計出高牆……

此種詩，讀之不僅為侯夫人一人悲，直可作為無量數的「何計出高牆」的宮女的悽切的呼聲！

又有李月素作《贈情人》：

感郎千金意，含嬌抱郎宿。試作帷中音，羞開燈前目。

及其他女詩人作數詩，俱為不下於《子夜歌》之戀詩，然這數詩俱不見於可據的古書，僅見明刻《續玉台新詠》及《詩紀》，似未可信。

無名詩人的作品，如《雞鳴歌》：

東方欲明星爛爛，汝南晨雞登壇喚。曲終漏盡嚴具陳，月沒星稀天下旦。千門萬戶遞魚鑰，宮中城上飛烏鵲。

及《歡疆場》，俱可為好詩：

聞道行人至，妝梳對鏡台。淚痕猶尚在，笑靨（yè）自然開。

又有盛傳於許多時代的婦孺口中的《木蘭辭》，亦為此時前後的無名詩人的作品。

第七章

唐代文學

隋祚為唐所奪後，唐太宗李世民甚好文學，開文學館，延當代文士。此後高宗、武后、玄宗繼之，俱甚注意辭章，且以詩登用人才，是以當時朝士俱能為詩。詩人如雲之突起，如浪之洶涌；《全唐詩》凡 900 卷，錄者凡 2200 餘人，得詩 48900 餘首；此 300 年中所存之成績，實較自《詩經》至隋的一千餘年間為多過數倍。

論者分唐全時代的詩歌為四時期，即初唐、盛唐、中唐、晚唐。初唐者，自唐初至於玄宗開元之初，凡 100 餘年；盛唐者，自開元至於代宗大曆之初，凡 50 餘年；中唐者，自大曆至於文宗太和九年，凡 70 餘年；晚唐者，自文宗開成之初至於唐末，凡 80 餘年。初唐的著名詩人為魏徵與王勃、楊炯、盧照鄰、駱賓王之四傑及陳子昂、沈佺期、宋之問、劉希夷、張若虛之流。盛唐的著名詩人為李白、杜甫、王維、孟浩然、王昌齡、高適、岑參之流。中唐的著名詩人為韋應物、韓愈、柳宗元、白居易、元稹、劉禹錫、孟郊、賈島之流。晚唐的著名詩人，為杜牧、李商隱、溫庭筠、羅隱、司空圖、陸龜蒙、杜荀鶴之流。

女詩人亦時出，如上官婉兒、魚玄機之流，亦可稱為大作家。但這四個時期的區分，並沒有什麼劃然的疆域，且每一個時期，亦不能見其獨特的作風，譬如盛唐的一期，作家如李、杜、高、岑之流。各有其作風，絕難能有任何共同的情調與色彩。所以我們殊不必以這個區分。

唐之詩人

自隋入唐的詩人，有虞世南、陳叔達、褚亮、李百藥、王績諸人。

虞世南字伯施，越州餘姚人，初為徐陵所知。入隋為祕書郎，入唐為祕書監，有集 30 卷，又善書，為世所寶愛。

陳叔達字子聰，陳之宗室，入隋為絳郡通守，入唐為禮部尚書，有集 15 卷。

褚亮字希明，杭州錢塘人。入隋為太常博士，在唐為散騎常侍，有集 20 卷。

李百藥字重規，為李德林子，隋時為學士，入唐為中書舍人。

王績字無功，絳州龍門人，在隋為六合縣丞，有文集 5 卷。

魏徵為唐之第一詩人。魏徵，字玄成，魏州曲城人，少有大志。隋亂，詭為道士，初從李密，後歸李世民，拜諫議大夫，有文集 20 卷。他的詩存者雖不多，然剛雋慨慷，一洗六朝麗靡之習，其《述懷》一詩，足以開後來的作風：

> 中原初逐鹿，投筆事戎軒。縱橫計不就，慨慷志猶存。杖策謁天子，驅馬出關門。請纓繫南越，憑軾下東藩。鬱紆（yū）陟高岫，出沒望平原。古木鳴寒鳥，空山啼夜猿。既傷千里目，還驚九逝魂。豈不憚艱險，深懷國士恩。季布無二諾，侯嬴重一言。人生感意氣，功名誰復論？

繼之而起的詩人有來濟、李義府、許敬宗及王、楊、盧、駱之四傑。

來濟為揚州江都人，貞觀時為庭州刺史。突厥入寇，濟赴敵死。有文集 30 卷。

　　李義府為瀛州饒陽人，為中書舍人，後貶推州以死。當時與來濟並有文名，號稱「來李」。許敬宗，字延族，杭州新城人，為禮部尚書。許、李二人甚善逢迎諂媚，故為世所詬病。

　　王勃，字子安，絳州龍門人，生於公元 648 年（唐貞觀二十二年）。幼極聰慧，六歲能文辭，九歲即知指摘顏師古《漢書注》之誤。年未及冠，才名已揚聞於京邑。授為朝散郎，客於沛王府。上元二年，往交趾省父；渡南海，溺水而死，年僅二十九。勃著作甚富，有文集 30 卷。

　　楊炯，華陰人，幼亦敏慧，神童舉，拜校書郎。後為盈川令。有文集 30 卷。

　　盧照鄰，字升之，幽州范陽人。初為鄧王府典簽，王稱他為「寡人之相如」。後拜新都尉。染風疾去官，居於太白山中。病益甚，不堪其苦，遂自投潁水而死。時年四十，有文集 20 卷。

　　駱賓王，婺州義烏人，善五言詩。少落魄不護細行，好與博徒遊。高宗末為長安主簿，後又失官。徐敬業舉兵討武氏，賓王為他書記。敬業失敗，賓王亦被殺，或傳其遁去為僧，似為附會之辭。他有文集 10 卷。

　　這四個人同時飛揚於上元前後的文壇之上，時人因並稱之為「四傑」。他們的詩頗襲六朝繁縟之遺習，未能有甚大的特創的成績。唯盧照鄰臥疾甚久，因之生厭世思想，其詩遂間有特異之情調。如《羈臥山中》：

　　　臥壑迷時代，行歌任死生。紅顏意氣盡，白璧故交輕。澗戶無人跡，山窗聽鳥聲。春色緣巖上，寒光入溜平。雪盡松帷暗，雲開石路明。夜伴飢鼯（wú）宿，朝隨馴雉行。度溪猶憶處，尋洞不知名。紫書常日閱，丹藥幾年成。扣鐘鳴天鼓，燒香厭地精。倘遇浮丘鶴，飄颻凌太清。

可見他的欲勉以仙境自解脫的心情；然幻想上的樂園，究敵不過肉體上的痛苦，他最後遂不得不以自殺為免苦之唯一方法了。

繼四傑之後，大啟唐律之體格者，有宋之問、沈佺期二人，同時並有崔融、杜審言等助之。《唐書》本傳謂：

> 魏建安後訖江左，詩律屢變。至沈約、庾信以音韻相婉附，屬對精密。及之問、佺期又加靡麗；回忌聲病，約句准篇，如錦繡成文，學者宗之，號為「沈宋」。

所謂「律詩」之體式逐至此而形成。後世受其影響者至深。此種影響自然是不見得好的；後來大詩人之不能有甚偉大之詩篇，如維琪爾之《埃尼特》、彌爾頓之《失樂園》、但丁之《神曲》之類者，其重要原因，未始非因律詩之格律過於嚴整之故；且即小詩亦頗受其害，「回忌聲病，約句准篇」之末弊，必至於強截文情或虛增蛇足以求合詩律。所以沈、宋雖有大影響於後來的文學史，而其弊害亦極甚。

宋之問，字延清，一名少連，虢州弘農人（一作汾州人）。武后時，宋之問與楊炯分直習藝館。他媚附張易之兄弟。及武氏敗，被貶瀧州。中宗時，他又被召為修文館學士。睿宗即位，他再被配徙欽州，不久被殺於徙所。有文集 10 卷。他的五言詩，當時無相比肩者。

沈佺期，字雲卿，相州內黃人，長於七言詩，與宋之問齊名。初為給事中，後流讙州，又起為修文館直學士，有文集 10 卷。

宋之問的作風可於《途中寒食題黃梅臨江驛寄崔融》見其一斑：

> 馬上逢寒食，愁中屬暮春。可憐江浦望，不見洛陽人。北極懷明主，南溟作逐臣。故園腸斷處，日夜柳條新。

沈佺期的作風可於《古意呈補闕喬知之》見其一斑：

> 盧家少婦鬱金香，海燕雙栖玳瑁梁。九月寒砧催木葉，十
> 年征戌憶遼陽。白狼河北音書斷，丹鳳城南秋夜長。誰謂含愁
> 獨不見，更教明月照流黃。

杜審言，字必簡，襄州襄陽人，以恃才傲世見嫉於人，為修文館直學士。有文集 10 卷。

崔融，齊州全節人，為國子司業，有文集 60 卷。

同時，並有李嶠、蘇味道、王無競、閻朝隱諸人，也與沈、宋交往，而俱以能詩名於世。

不附庸於沈、宋之例而能獨創一風格者有陳子昂。

陳子昂，字伯玉，梓州射洪人。家世富豪，少年時任俠使才，後苦志讀書，遂成一大詩人。初入京師，未見知於人。有賣胡琴者，價稱百萬，豪貴侍視而不能辨。子昂排眾突出，顧左右以千緡市之。眾驚問。答曰：「余善此樂。」皆曰：「可得聞乎？」曰：「明日可集於某所。」眾如期偕往。即具酒肴，而置胡琴於前，捧琴曰：「蜀人陳子昂，有文百軸，馳至於京轂，碌碌於塵土而不見知於人。此樂賤工之役耳，豈宜留心哉！」舉而碎之，以其文遍贈予在會者。一日之內，聲華溢於都門，遂被舉進士，轉右拾遺。武攸宜伐契丹，以子昂為書記。以父被貪吏所辱，還鄉里，竟被貪吏囚死於獄中。時為公元 698 年（武后聖曆元年），年四十三。

當唐顯慶龍翔間，「徐庾體」尚為詩人的准式，及陳子昂的《感遇詩》38 首出，為當時第一出現的重要的五言古詩，始掃艷麗之舊習而趨於雅正勁練。王適見此詩，驚曰：「此子必為海內之文宗。」陳子昂嘗自言曰：「文章道弊，五百年矣。漢、魏風骨，晉、宋莫傳。然而文獻有可征者。僕嘗暇時觀齊梁間詩，彩麗競繁，而興寄都絕，每以永歎思古人，常恐逶迤頹靡，風雅不作，以耿

耿也。」（《修竹篇序》）唐之詩歌雖因沈、宋而律詩以成立，然仍時時露清勁樸質之氣氛者，子昂的獨特的作風，實予以很大的影響。

> 本為貴公子，平生實愛才。感時思報國，拔劍起蒿萊。西馳丁令塞，北上單于台。登山見千里，懷古心悠哉。誰言未忘禍，磨滅成塵埃。（《感遇詩》第三十五）

這種詩在「沈宋派」盛行時，自然是極不易見到的。

與陳子昂約同時而亦不受沈、宋之影響者有劉希夷、張若虛。

劉希夷，一名庭芝，汝州人，為宋之問之甥。少落魄不拘常格，後為人所害。世傳係之問因欲奪得其詩，以土囊壓殺之，恐無此理。劉希夷之詩善為從軍閨情，詩詞悲苦。有集 10 卷。

張若虛，揚州人，為兗州兵曹。他的詩存於今者僅二首，其中《春江花月夜》一首為不朽的佳作：

> 春江潮水連海平，海上明月共潮生。灩灩隨波千萬里，何處春江無月明。江流宛轉繞芳甸，月照花林皆似霰。空裏流霜不覺飛，汀上白沙看不見。江天一色無纖塵，皎皎空中孤月輪。江畔何人初見月？江月何年初照人？人生代代無窮已，江月年年只相似。不知江月待何人，但見長江送流水。白雲一片去悠悠，青楓浦上不勝愁。誰家今夜扁舟子？何處相思明月樓？可憐樓上月徘徊，應照離人妝鏡台。玉戶簾中捲不去，搗衣砧上拂還來。此時相望不相聞，願逐月華流照君。鴻雁長飛光不度，魚龍潛躍水成文。昨夜閒潭夢落花，可憐春半不還家。江水流春去欲盡，紅潭落月復西斜。斜月沉沉藏海霧，碣石瀟湘無限路。不知乘月幾人歸？落月搖情滿江樹。

李　白

　　沈、宋及子昂之後，便入於開元天寶的時代，這個時代產生了不少偉大的詩人，其中自以李白、杜甫為最重要。

　　白詩以飄逸清俊勝，如天馬之行空，如怒濤之回浪，汗漫自適，無往不見其卓絕的天才；甫詩則以沉靜莊肅勝，如笛師之作響，如明月之麗天，循規蹈矩，自守其天才於繩墨之中。二人固不能妄加以軒輕。唯後世詩人因白之俊逸的風神不易學，而甫之謹嚴的法度有可循，故所受於甫的影響較之白為深久，然以詩論詩，則李白純為詩人

〔南宋〕梁楷：《李白行吟圖》

之詩，杜甫則有時太以詩為他的感事傷時的工具，且其強求合於韻律之處，亦常有勉強牽合之病。

　　李白，字太白，號青蓮，隴西成紀人，以出生於蜀，故或又以他為蜀人。他的生年為公元 701 年（唐長安元年）。少有逸才，志氣宏放，任俠尚氣，輕財重施，嘗因事手刃數人。他的《與韓荊州書》：

　　　　白隴西布衣，流落楚漢。十五好劍術，遍干諸侯。三十成文章，歷抵卿相。

　　這可算是他早半生的自傳。他初年嘗隱於岷山，州舉不應。後出遊於襄漢，南從於洞庭，東至於金陵揚州，更為客於汝梅，還

至於雲夢。此時娶故相許氏之孫女為妻。又識郭子儀於行伍之間，言於主帥，使脫其罪。既又去至齊魯，客於任城。與孔巢父諸人交好，居於徂徠山，號「竹溪六逸」。他之識杜甫，大約亦在此時，所以他的《魯郡東石門送杜甫詩》說：

> 醉別復幾日，登臨遍池台。何時石門路，重有金樽開？秋波落泗水，海色明徂徠。飛蓬各自遠，且盡手中杯。

此兩大詩人的交誼至深，且歷時至久；李白長流夜郎時，杜甫有《天末懷李白》之作：

> 涼風起天末，君子意如何？鴻雁幾時到，江湖秋水多。文章憎命達，魑魅喜人過。應共冤魂語，投詩贈汨羅。

又有《夢李白》：

> 死別已吞聲，生別常惻惻。江南瘴癘地，逐客無消息。故人入我夢，明我長相憶。恐非平生魂，路遠不可測。魂來楓林青，魂返關塞黑。君今在羅網，何以有羽翼？落月滿屋梁，猶疑照顏色。水深波浪闊，無使蛟龍得。

二人交誼之深摯由此可見。天寶初，遊於會稽，與道士吳筠共居剡中。筠被召至京師，因薦太白於朝，玄宗即下詔征之。白至京師，遇賀知章，知章一見歎曰：「子誠謫仙人也。」玄宗甚禮待之。白在長安三年，不見容於宮廷中的親侍，乃請還山。這時他受道籙於齊州之紫極宮。他之受道籙，留意於神仙之事，似為欲以幻夢的、靜美的仙境，寄頓他狂熱的、不合於當世的心情。此後，他又浮遊於四方，北至趙、魏、燕、晉，西涉邠歧，經洛陽、淮泗，再入會稽，最後至於金陵。天寶十四年，安祿山作亂，白避地在廬山。永王李璘辟他為府僚。後璘失敗，白連坐當誅，賴郭子儀救護，得免死，長流夜郎，中道遇赦還。此後的生活便在尋陽、金

陵、歷陽、宣城等處度過，或乘扁舟而一日千里，或遇勝景則終年留居。最後，以族人李陽冰為當塗令，往依之，遂病卒於當塗，年六十六，時為公元 762 年，即唐肅宗寶應元年十一月。或傳其欲探海中之月，遂踏水而死者，實非；大約乃後人欲以一種浪漫超奇的舉動，以結束此浪漫超奇的大詩人的最後，而故為此說。

李白的詩散佚者極多，李陽冰嘗為之編纂成集，後來又經數人的繼續增入，大約現在之《李太白集》，其中多少不免有誤入之作。李白對於詩的見解，亦為不重琢麗之文句而欲以真樸之美與讀者相見的。他的《古風》的一首可算為他的宣言：

> 大雅久不作，吾衰竟誰陳！王風委蔓草，戰國多荊榛。龍虎相啖食，兵戈逮狂秦。正聲何微茫，哀怨起騷人。揚馬激頹波，開流盪無垠。廢興雖萬變，憲章亦已淪。自從建安來，綺麗不足珍。聖代復元古，垂衣貴清真。羣才屬休明，乘運共躍鱗。文質相炳煥，眾星羅秋旻。我志在刪述，垂輝映千春。希聖如有立，絕筆於獲麟。

他的詩誠為具有最活躍的天才者。我們讀之，無往不見其瀟灑豪放之氣，正如我們讀陶淵明詩之見着陶氏的閒遠淡泊的情態一般。如：

> 遙看漢水鴨頭綠，恰似葡萄初醱醅[1]。此江若變作春酒，壘麴便築糟丘台。（《襄陽歌》）
>
> 青天有月來幾時，我今停杯一問之。人攀明月不可得，月行卻與人相隨……今人不見古時月，今月曾經照古人。古人今人若流水，共看明月皆如此。（《把酒問月》）

1　音 pō pēi，也作「潑醅」，重釀未濾的酒。

兩人對酌山花開，一杯一杯復一杯。我醉欲眠卿且去，明朝有意抱琴來。（《山中與幽人對酌》）

　　縱逸飛勁的文辭與他的浪漫豪放的心情直相映於我們之前。他的《古樂府》如《遠別離》《蜀道難》俱為不朽的傑作，其音調之鏗亮，文辭之流順，如明珠之轉於玉盤，瀑布之倒於深潭，使人非一口氣讀完了不可。此外，如《夢遊天姥吟留別》諸作，細畫出他所幻見的樂園，亦使人驚駭於他的想像力之豐富。李陽冰稱他「馳驅屈宋，鞭撻揚馬；千載獨步，唯公一人。」（《草堂集序》）韓愈詩言：「李杜文章在，光芒萬丈長。」（《調張籍》）絕非過分的讚詞。

杜　甫

　　杜甫，字子美，號少陵，襄陽人，乃審言之孫，生於公元712年（唐先天元年）。少時貧不自振，開元間客遊吳、越之間，又曾赴京兆應進士試，不第。以父閑為兗州司馬，乃遊於齊、趙之間，他與李白友，約即始於此時。天寶時，曾有《奉贈韋左丞丈》一詩：

紈綺不餓死，儒冠多誤身。丈人試靜聽，賤子請具陳。甫昔少年日，早充觀國賓。讀書破萬卷，下筆如有神。賦料揚雄敵，詩看子建親。李邕求識面，王翰願卜鄰。自謂頗挺出，立登要路津。致君堯舜上，再使風俗淳。……常擬報一飯，況懷辭大臣。白鷗沒浩盪，萬里誰能馴？

　　當時之人，每喜以大言於貴官，李白、韓愈亦未能脫俗，甫此詩自不免亦染此習。然於此頗可使我們見出他早年生活的一斑；「讀書破萬卷，下筆如有神」諸語，尤可見他的詩歌的功力之所在。

〔明〕弘治本《明代古人像贊》
中的杜甫像

此後，曾數上賦頌。玄宗奇之，使侍制於集賢院。後授右衞率府冑曹參軍，常上書自稱道，以揚雄、枚皋自況比。當時政治廢弛，天下將亂，甫目見其危，心常抑抑，而一發其懇摯憂憤之情於詩篇之中，如《自京赴奉先縣詠懷》一篇，可為一例：

> 窮年憂黎元，歎息腸內熱。取笑同學翁，浩歌彌激烈。非無江海志，瀟灑送日月。生逢堯舜君，不忍便永訣。

這是他從心底吐出的忠側不忍之情。至於「朱門酒肉臭，路有凍死骨」諸句，則把當時社會的不平傾吐無遺。當時天下大亂之原因，亦可於此詩窺見其大半。不久，安祿山果反，長安陷，玄宗逃蜀。甫為賊所捕，陷居長安城中，傷時思家，一一泄之於詩中，如《春望》：

> 國破山河在，城春草木深。感時花濺淚，恨別鳥驚心。烽火連三月，家書抵萬金。白頭搔更短，渾欲不勝簪。

及《哀江頭》中之數語，頗可見他當時的情懷：

> 清渭東流劍閣深，去住彼此無消息。人生有情淚沾臆，江水江花豈終極。黃昏胡騎塵滿城，欲往城南望城北。

自經此喪變，全盛時代之開元天寶的文化為之一掃無遺，回紇、吐蕃又相率侵擾。諸詩人俱深受其刺感，於是從前雍容流麗之詩篇不多見，而悲壯沉鬱的歌聲則為之大揚。杜甫即為受此種刺激最深，而他的歌聲因變而成最悲鬱的一個詩人。

他在長安一年餘，卒得逃出至鳳翔見肅宗，拜為左拾遺。他的《述懷》，完全敘敍出他那時的情況：

> 去年潼關破，妻子隔絕久。今夏草木長，脫身得西走。麻鞋見天子，衣袖露兩肘。朝廷愍生還，親故傷老醜。涕淚受拾遺，流離主恩厚。柴門雖得去，未忍即開口。寄書問三川，不知家在否？……自寄一封書，今已十月後。反畏消息來，寸心亦何有？漢運初中興，生平老耽酒。沉思歡會處，恐作窮獨叟。

後此，他曾回去省家一次。肅宗還西京，他自家赴京。後因救房琯之免相，被出為華州司功參軍。不久，即棄官，客於秦州，又入蜀，流落於成都，在城西之浣花溪，營草堂居之。適嚴武為劍南東西川節度使至成都，他乃依武為節度參謀，檢校尚書工部員外郎。後武死，蜀中大亂，他乃偕家屬避居於夔州。此時他 55 歲。以後的詩，自己稱讚為「老來漸於詩律細」，如《秋興》8 首即為當時之作。後此，他又飄遊於四方，出瞿塘，下江陵，泝沅湘，登衡山，最後客於耒陽，時大水猝至，旬日不得食。縣令知之，送酒食給他。或傳縣令送他牛炙、白酒，他大醉，一夕而死。或又謂他並不是死於此。但他的卒年實在於公元 770 年，即唐代宗大曆五年的秋冬之間，得年五十九。

他的詩為最足以見他的性情及行為的，中國的詩人沒有一個能夠如他一樣可於其詩中求其詳細的生平及性格的。同時，社會上的狀況及當時的史事亦多見於他的詩中，如《石壕吏》《新婚別》以及其他，都可見當時民間的疾苦。所以有的人稱之為「詩史」。但因此，頗有些附會的杜詩解注家，把他所有的詩歌都認作「憂時懷君」之作，直埋沒了不少好的抒情詩。我們欲看見杜甫的真價，對於此種解注自不能不加以掃除。

其他詩人

約與李白、杜甫同時的著名詩人甚多。略前於他們的有張九齡。張九齡，字子壽，韶州曲江人，生於公元 673 年。他官至中書令，後貶為荊州長史，有文集 20 卷。他的詩《感遇》，甚為後來所稱，論者比之於陳子昂的《感遇》，以為他們在以後詩壇同有大影響。張九齡之後，孟浩然、王維、王昌齡、高適、岑參諸詩人相繼出現，與李、杜同時相映耀。

孟浩然，襄州襄陽人（689—740）。隱於鹿門山，以詩自適，年四十，遊京師，有聲於諸文士間。嘗集祕省聯句，浩然吟曰：「微雲淡河漢，疏雨滴梧桐。」一座嗟服。張九齡、王維，甚稱許之。大約浩然之詩制句俱如明珠之清瑩，而無繁縟之病。

王維，字摩詰，太原祁人（699—759）。初為左拾遺。天寶末為給事中。長安被安祿山攻陷，維為他所獲，迫授官職。肅宗克復京師，降祿山者多得罪，獨維以「萬戶傷心生野煙」一詩得免。最後，為尚書右丞卒。他的詩神韻悠遠，如：

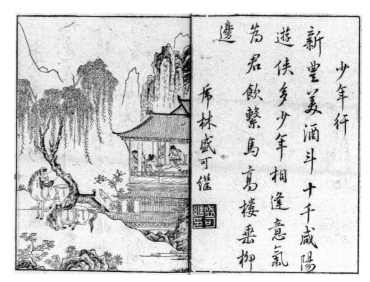

王維《少年行》詩意圖（《唐詩畫譜》）

明月松間照，清泉石上流。（《山居秋暝》）

人閒桂花落，夜靜春山空。月出驚山鳥，時鳴春澗中。（《鳥鳴澗》）

空山不見人，但聞人語響。返景入深林，復照青苔上。（《鹿柴》）

野花叢發好，谷鳥一聲幽。夜坐空村寂，松風直似秋。（《過感化寺曇興上人院》）

桃紅復含宿雨，柳綠更帶春煙。花落家僮未掃，鶯啼山客獨眠。（《田園樂》）

讀之如見幽靜的山中景色，給他的輞（wǎng）川以不朽的圖畫。他又善畫。論者嘗稱其「詩中有畫，畫中有詩」。

王昌齡，字少伯，太原人。舉進士第，補祕書郎。後以不矜細行貶龍標尉。以世亂還鄉里，為刺史閭丘曉所殺。他的詩緒密而思

清，與高適、王之渙等齊名。如《齋心》詩可為一例：

> 女蘿覆石壁，溪水幽濛籠。紫葛蔓黃花，娟娟寒露中。朝
> 飲花上露，夜臥松下風。雲英化為水，光彩與我同。日月盪精
> 魄，寥寥天府空。

高適，字達夫，一字仲武，勃海蓨（今河北景縣）人。少落
魄不治生涯。年過五十，始留意詩什，數年之間，聲華已傳。初
為汴州封丘尉，後為淮南節度使，散騎常侍。有文集 20 卷，公元
765 年卒。他的詩多言胸臆事，且有骨氣，音節甚悲壯，如《封丘
作》云：

> 乍可狂歌草澤中，寧堪作吏風塵下。只言小邑無所為，公
> 門百事皆有期。拜迎官長心欲碎，鞭撻黎庶令人悲。

不羈之態，使人如見。

岑參，南陽人，官職方郎中兼侍御史，卒於蜀。他參佐戎幕，
往來於鞍馬烽塵之間，十餘年備極征旅離別之情，故他的詩情調高
曠而悲壯，與高適相似，世因並稱之曰「高岑」。他的《天山雪送
蕭沼歸京》云：

> 天山有雪常不開，千峰萬嶺雪崔嵬。北風夜捲赤亭口，
> 一夜天山雪更厚。能兼漢月照銀山，復逐胡風過鐵關。交河城
> 邊飛鳥絕，輪台路上馬蹄滑。暗靄寒氛萬里凝，闌干陰崖千丈
> 冰。將軍狐裘臥不暖，都護寶刀凍欲斷。正是天山雪下時，送
> 君走馬歸京師。客中何以贈君別，唯有青青松樹枝。

這裏所敍寫的天山大雪，以及其他各詩中所寫的景物，皆為向
來中國詩人的筆鋒所未及的，此為他的特色。

與他們同時而較著名的詩人，尚有：李頎，官新鄉尉；常建，
元十五年進士；崔灝，官盱眙尉；王之渙，并州人；陶翰，潤州人；

賈至，洛陽人，官散騎常侍；崔曙，宗州人；儲光羲，官監察御史，等。繼於他們之後的大家有顧況、錢起、韋應物、劉長卿、孟郊、劉禹錫、韓愈、柳宗元、白居易、元稹、杜牧、李商隱、溫庭筠、羅隱等，相繼出現。至羅隱時，則五七言的古律詩已至落潮之候，而為一種新體的詩——所謂「詞」的，大盛行的時代了。

顧況，字逋翁，蘇州人，官著作郎，頗任性，好詼諧。後貶饒州司戶，有文集20卷。

錢起，吳興人，天寶進士，與盧綸、韓翃、司空曙、苗發、吉中孚、崔峒、耿湋（wéi）、夏侯審、李端十人並稱「大曆十才子」，又與郎士元齊名，時謂之「錢郎」。

韋應物，初為洛陽丞，後由比部員外郎出刺滁州，改刺江州，貞元初，又刺蘇州。他的詩淡遠閒放，與柳宗元詩並類陶淵明，故時以「韋柳」同稱。

劉長卿，字文房，以詩馳聲上元。寶應間，官終隨州刺史，時人甚重之。

孟郊，字東野，湖州人。年五十始得進士，為溧陽尉。後隨鄭餘慶至興元而卒。郊詩最為韓愈所稱，然思苦奇澀。

劉禹錫，字夢得，彭城人，初與柳宗元同為王叔文所引用，後連遭貶逐。會昌中為檢校禮部尚書。晚年與白居易相酬答，白居易稱他為詩豪，以為「其鋒森然，少敢當者」。時人並號之為「劉白」。

韓愈字退之，昌黎人。他提倡古文，力挽當時頹靡的文風，後來散文受其影響者至深。他的詩也嚴正古拙，頗有人以他為規法。初官四門博士，後貶為潮州刺史，最後為吏部侍郎以卒。

柳宗元字子厚，河東人，也以古文著稱於文壇，他的詩也晶瑩動人。初為王叔文所引用，後貶為永州司馬，移為柳州刺史卒。當時，集於韓愈左右的詩人又有李賀、賈島、劉义等，以李、賈為最著稱。又有盧同，與孟郊齊名，於當時亦甚有詩名。

李賀字長吉。每出遊，常從一小奚奴，騎距驢，背一古錦囊，遇有所得，即書投囊中。及暮歸，從婢取書研墨疊紙足成之。嘗以詩謁韓愈。愈時為國子博士，已送客解帶，門人呈卷，旋讀之。死時年不過 27 歲。

賈島字浪仙，范陽人，初為僧，名無本，後乃舉進士，終普州司戶。

劉乂行為亦詭僻。少放肆，為俠行，因酒殺人，亡命。後更折節讀書，能為歌詩。聞韓愈接天下士，步謁之，作《冰柱》《雪車》二詩，出盧同、孟郊右。後以爭語不能下賓客，因持愈金數斤去，曰：「此諛墓中人得耳，不若與劉君為壽。」愈不能止。歸齊、魯，不知所終。

盧同為濟源人，嘗居東都。韓愈為河南令，厚禮之。自號玉川子。

白居易與元稹齊名，時稱「元白」。他們的詩俱平易明暢，為婦孺所共曉，所以當時流傳極廣，「二十年間，禁省、觀寺、郵候、牆壁之上無不書，王公、妾婦、牛童、馬走之口無不道。至於繕寫模勒，衒賣於市井，或持之以交酒茗者，處處皆是。」（元稹《長慶集序》）甚至流傳於國外，誠為「自篇章以來未有如是流傳之廣者」。

白居易字樂天，號香山居士，太原人，生於公元 772 年（唐大曆七年）。官左讚善大夫，因事貶江州司馬，又為主客郎，知制誥，最後為太子少傅，公元 846 年（唐代宗會昌六年）卒。他的不朽之作為《長恨歌》《琵琶行》《新豐折臂翁》諸篇。中國詩人最少為長篇的敘事詩，獨白居易作此類詩甚多，此亦為他的獨特之點。他自分其詩為「諷諭」「閒適」數類，自言：「諷諭者意激而言質，閒適者思淡而辭迂。」（《與元九書》）

元稹字微之，河南人。官左拾遺，因事出為通州司馬，最後為

武昌節度使，公元 831 年（唐文宗太和五年）卒。他與白居易的詩，當時少年擬仿者甚多，號為「元白體」。

杜牧字牧之，京兆萬年人，生於公元 803 年。初為監察御史，喜論事，又出為黃、池、睦三州的刺史，最後為中書舍人。他性情豪邁，甚自負其經濟才略，其詩亦慷慨悲涼，當時盛傳之，如下之類，甚為論者所稱：

> 煙籠寒水月籠沙，夜泊秦淮近酒家。商女不知亡國恨，隔江猶唱後庭花。（《泊秦淮》）

或以他與杜甫並舉，號之為「小杜」，以別於甫。

李商隱字義山，懷州河內人，生於公元 813 年（唐元和八年）。初為弘農尉，後從王茂元、柳仲郢諸節鎮，掌書記，最後為檢校工部郎中。他的詩以華艷稱，所及於後來的影響亦甚大。溫庭筠與之齊名，時號「溫李」。二人之情調頗相類，俱以艷詞靡曲著稱，後人稱他們之詩為「西昆體」。溫庭筠，字飛卿，并州人，為方城尉。他們的詩，可以溫庭筠的《陽春曲》為一例：

> 雲母空窗曉煙薄，香昏龍氣凝輝閣。霏霏霧雨杏花天，簾外春寒著羅幕。曲闌伏檻金麒麟，沙苑芳郊連翠茵。厩馬何能囓芳草，路人不敢隨流塵。

又有段成式，也與他們齊名。

羅隱字昭諫，餘杭人，長於詠史詩，因亂歸鄉里，錢繆辟之為從事。他在當時甚有詩名，為一個浪漫的人物，民間多以怪特的故事集於他的名字之下。與他同時的詩人，尚有：陸龜蒙字魯望，居松江甫裏，以善品茶著稱；司空圖字表聖，河中虞鄉人，著《詩品》，很有名，為人有節概，唐哀帝被殺，他也不食而死；杜荀鶴號九華山人，朱溫時為主客外郎，知制誥；皮日休字襲美，襄陽人，

為黃巢所殺；鄭谷字若愚，袁州人，為都官郎中；許渾字仲晦，潤州丹陽人，為郢州刺史，晚年隱居；韓偓字致堯，唐末仕頗高達，後謫官入閩；韋莊字端己，杜陵人，為王建之相國。

這個時代的女詩人以上官婉兒最著。婉兒，為唐中宗昭容，初佐武則天，對於當時文學頗有提倡的功績，後來韋氏失敗，婉兒亦被殺。以後有魚玄機、薛濤等。

魚玄機，字幼微，為咸通中西京成宜觀女道士，以笞殺侍女綠翹下獄。其在獄中詩，有「明月照幽隙，清風開短襟」之句。

薛濤，為蜀中女子，相傳係營妓。她與元稹同時，嘗給稹詩，有以下諸句：

> 詩篇調態人皆有，細膩風光我獨知。月夜詠花憐闇淡，雨朝題柳為攲垂。（《寄舊詩與元微之》）

論文與史書

在這個「第一詩人時代」裏，重要的論文家與歷史家並不多見。所有的文學者的功力俱集中於詩歌的一方面。故這裏對於論文與史書僅敍一二。史書大都承襲遷、固的體裁，而無特創的傑作，較重要者為：沈約的《宋書》，凡 100 卷；蕭子顯的《南齊書》，凡 59 卷；魏收的《後魏書》，凡 112 卷；又《晉書》，凡 130 卷，為唐太宗時諸文臣所撰；《周書》，凡 50 卷，為令狐德棻等所撰；《梁書》，凡 56 卷，《陳書》，凡 36 卷，俱為姚思廉所撰；《北齊書》，凡 50 卷，為李百藥所撰；《南史》，凡 80 卷，《北史》，凡 100 卷，俱為李延壽所撰；《隋書》，凡 85 卷，為魏徵等所撰。

又有蕭衍，曾集合文臣，仿司馬遷《史記》之體作《通史》，

自上古直敍至當代，打破傳統的斷代為史之習慣，但此書後即散佚不傳。

當這時代之中末，又有劉知幾，字子玄，著《史通》，敍史書的義例及方法甚詳盡，可稱為一部不朽的大著。

初期的論文家有蕭繹，作《金樓子》；其後有王通號文中子，作《中說》，為模擬《論語》之著作；又有《劉子》者，或謂係梁之劉勰（xié）作，或謂係北齊之劉晝作。

顏之推，亦為北齊人，曾作《顏氏家訓》。

此後更有蘇瓌，封許國公；張說，封燕國公，俱能以俊麗之散文，論敍時事，時稱「燕許大手筆」；顏真卿，論事亦以忠懇明切著稱。

陸贄，字敬輿，蘇州人，尤善以對偶之表論的文體，表達最深摯的自己的情感。當他在唐德宗奉天中執筆為制誥時，所下制書，雖武人悍卒，無不感動流涕，可謂一個大作家。

與贄同時者，有獨孤及、李華、蕭穎士、權德輿並著稱於世；又有令狐楚者，以著作偶儷的章表著名，如李義山之流，俱受其影響。所謂「古文」的大作家韓愈亦出現於此時，柳宗元、劉禹錫、張籍、李翱等，俱屬於他的一派。

張籍字文昌，烏江人，並能詩。李翱字習之，趙郡人，為韓愈之姪婿。同時，有李觀，字元賓；皇甫湜，字持正，亦皆為這一派的作家。皇甫湜之弟子，為來無擇。無擇之後為孫樵，字可之。

然這個「古文派」，流派雖長，當時卻僅有一部分的勢力，直至十世紀之末，再度為歐陽修、蘇軾所提倡，才在文壇上佔了很大的威權。

再後，在這時代的末年，有羅隱，作《讒書》，亦很有名。

文學評論在此時代略露曙光，即有《文心雕龍》與《詩品》兩部大著出現，此二大著俱為初期的產品。

　　《文心雕龍》為劉勰所撰。劉勰為蕭衍時人，後剃度為和尚，專力於佛典。《文心雕龍》似為他早年的著作；凡分上、下二部。上部25篇，都為論文學體裁之別的；下部24篇，則論文學的工拙之由，有類於修辭學。他以最難達意的當代文體，創作如此偉大的一部文學評論的專著，且甚嚴密有條理，其魄力之大與天才之高，越殊令人驚異。

　　《詩品》為鍾嶸所作。鍾嶸亦是劉勰的同時代者。但《詩品》卻沒有《文心雕龍》之偉大，凡分三卷，將漢以來的詩人歸納於上、中、下三品之中，且每人敘其詩的淵源之所在，並略評之，偶然有些很好的見解，但錯謬之處亦不為少。此後，則此類著作又隱沒不見。末葉的司空圖，亦曾作《詩品》的一篇，然性質與鍾嶸的完全不同，不能算為文學評論。

　　文學的選本，重要者在初期也產生了不少，如蕭統有《文選》30卷，又有《詩苑英華》20卷；徐陵也撰集《玉台新詠》10卷。到了中期，更有一部很大的總集，名為《文館詞林》的，為初唐諸文臣所編成。此後，則此類的書沒有人去做。

第八章

五代文學

五言、七言的古律詩，經齊至唐的大盛時代，許多作者對之便有些厭倦了。在此種陳舊的詩式裏，他們覺得很難完全表白出他們的情思而使之異常地動人，於是他們便開闢了另一條新路走，這條新路便是所謂「詞」的一種新詩體了。這種新詩體，其導源遠在蕭衍（公元五世紀之後半至六世紀之前半）之時。蕭衍的《江南弄》：

> 眾花雜色滿上林，舒芳曜彩垂輕陰。連手蹀躞（xiè dié）舞春心。舞春心，臨歲腴。中人望，獨踟躕。

論者已推之為「詞」之先驅了。到了公元七世紀之後半，李景伯、沈佺期諸人作《回波樂》；相傳大詩人李白亦作《桂殿秋》《清平調》《菩薩蠻》《憶秦娥》諸新調，「詞」之一體始漸漸地形成。如《菩薩蠻》：

> 平林漠漠煙如織，寒山一帶傷心碧。暝色入高樓，有人樓上愁。　玉階空佇立，宿鳥歸飛急。何處是歸程？長亭更短亭。

及《憶秦娥》俱為「絕妙好詞」：

> 簫聲咽，秦娥夢斷秦樓月。秦樓月，年年柳色，霸陵傷別。　樂遊原上清秋節，咸陽古道音塵絕。音塵絕，西風殘照，漢家陵闕。

如非白作，亦必為一很偉大的詩人所作。此後，此種新詩體時時有人試作。然所作究不多，且亦不甚重要，故未能即引起很大的

影響。

到了唐之末年，即公元九世紀之後半，「詞」始大行於世。至五代之時（十世紀），則它差不多要佔奪了五七言古律詩的地域了。當時的重要詩人，除了羅隱、司空圖、杜荀鶴諸老詩人外，其餘的人，都甚致力於此種新詩體。在上者如李曄（唐昭宗）、李存勗（後唐莊宗）、王衍（蜀主）、孟昶（後蜀主）等亦善為詞，至於南唐二主，李璟（嗣主）、李煜（後主），則直為兩個偉大的詞人，所作可冠於那時的一切詩人之上。前於他們的，則有溫庭筠；在他們治下的詞人則有：韓偓（wò）、皇甫松、韋莊、牛嶠（qiáo）、毛文錫、和凝、牛希濟、薛昭蘊、顧敻（xuàn）、鹿虔扆（yǐ）、魏承班、李珣、歐陽炯、閻選、孫光憲、張泌、馮延巳等。他們大都不善於作五七言的舊體詩，有的簡直連一首這類的舊體詩也不曾遺留到後世來。試以李煜為例，他的舊體詩《渡中江望石城泣下》：

> 江南江北舊家鄉，三十年來夢一場。吳苑宮闈今冷落，廣陵台殿已荒涼。雲籠遠岫愁千片，雨打歸舟淚萬行。兄弟四人三百口，不堪閒坐細思量。

較之他的詞《浪淘沙》，任何人都知道其間相差至遠：

> 簾外雨潺潺，春意闌珊，羅衾不耐五更寒。夢裏不知身是客，一晌貪歡。　獨自莫憑闌，無限江山，別時容易見時難。流水落花春去也，天上人間！

這兩首內的凄惻眷戀的情感原是一樣的，然因《渡中江望石城泣下》穿了舊的詩衣，便不覺得有什麼動人處，《浪淘沙》用了新詩體，便覺得深情凄楚，感人至深，此正是他善於以新體詩而不善於以舊體詩來表達他的婉曲悲切的內情的一證。其餘的詩人，至少有一部分與他的情形是相同的。

五代詩人

李曄（唐昭宗）生於公元 867 年，為唐懿宗第七子，公元 889 年即皇帝位。是時，朱全忠勢力方盛，曄雖為天下主，實則在全忠的旗影下度苟生偷活的生活而已。至公元 904 年，他遂為全忠所殺。他善作詞，如《巫山一段雲》似為他未經憂難時所作：

> 蝶舞黎園雪，鶯啼柳帶煙。小池殘日艷陽天，苧蘿山又山。
> 青鳥不來愁絕，忍看鴛鴦雙結。春風一等少年心，閒情恨不禁。

至如《菩薩蠻》，則為他度困苦生活時的作品：

> 登樓遙望秦宮殿，茫茫只見雙飛燕。渭水一條流，千山與萬岳。　　遠煙籠碧樹，陌上行人去。安得有英雄，迎歸大內中？

李存勖（後唐莊宗），生於公元 885 年。其先本為西突厥人，唐懿宗時賜姓李氏。公元 923 年，起兵滅梁，即皇帝位。他精曉音律，與伶人昵遊，公元 926 年為他們所殺，在位四年。他的詞，如《如夢令》之類，深情妮婉，使人渾不記得這是一個武人、一個人籍於中國不久的西突厥的武人所作的：

> 曾宴桃源深洞，一曲清歌舞鳳。長記別伊時，和淚出門相送。如夢如夢，殘月落花煙重。

蜀主王衍及後蜀主孟昶，自作之詞不多。然當時中原大亂，文士不渡江而往依南唐，即西至蜀而歸於王氏及繼其後的孟氏。所以當時西蜀的文學，稱為極盛。

南唐嗣主李璟，字伯玉，生於公元 916 年，而以公元 961 年

卒。他的詞傳於今者僅三首，然「細雨夢回雞塞遠，小樓吹徹玉笙寒」，及「青鳥不傳雲外信，丁香空結雨中愁」（《攤破浣溪沙》二首中語）諸句，甚為後人所稱，自足為當時詞人之一領袖。

南唐後主李煜，字重光，李璟之子，生於公元 936 年。他的天才較其父為尤高，善屬文，工書畫，妙於音律。嘗著《雜說》100 篇，時人以為可繼曹丕之《典論》，又有集 10 卷，今皆不傳。傳於今者僅詩詞 50 餘首。然僅此數十首之詩詞，已足使他成為一個不朽的大詩人。宋興師滅南唐，煜降於他們，被遷住於宋都，終日愁苦，以淚洗面。宋太宗甚忌之，公元 977 年遂為其所殺。

他的詞可分為兩部分：第一部分是在江南的歡樂繁華的生活中的作品，第二部分是降宋後的悲苦寂寞的生活中的作品。第一部分的作品可用他的《浣溪沙》為代表：

> 紅日已高三丈透，金爐次第添香獸，紅錦地衣隨步皺。
> 佳人舞點金釵溜，酒惡時拈花蕊嗅，別殿遙聞簫鼓奏。

這是他的「慢臉笑盈盈，相看無限情」「歸時休放燭花紅，待踏馬蹄清夜月」的時代的出品，是他黃金時代的生活的反映；然他的天才此時尚未臻於成熟。詞的內裏尚未具甚深摯的情緒。直到了他的生活的第二期，即囚禁的悲苦時代，其作品才如曜於秋光中的蘋果林，靜躺於夕陽中的黃金色的熟稻田一般，無人不驚詫其美麗與其豐實的內容。我們試讀他的《憶江南》：

> 多少恨，昨夜夢魂中。還似舊時遊上苑，車如流水馬如龍，花月正春風。

《搗練子》：

> 深院靜，小庭空，斷續寒砧斷續風。無奈夜長人不寐，數聲和月到簾櫳。

以及《相見歡》等等，殆無一首不使人淒然而表深切的同情於他的：

> 無言獨上西樓，月如鈎。寂寞梧桐深院鎖清秋。　　剪不斷，理還亂，是離愁，別是一般滋味在心頭。

無疑的，當時的最大詩人之號，舍他外實無人足以當之。

前於李曄而在公元九世紀的前半出現的大詩人有溫庭筠。溫庭筠，本名岐，字飛卿，太原人，與李義山齊名，時稱「溫李」，上面一章已經講起過他。這裏專敍他的詞。他的詞才思艷麗，韻格清拔，且所作甚多，可算為最初的一個大「詞」家。如《憶江南》：

> 梳洗罷，獨倚望江樓。過盡千帆皆不是。斜輝脈脈水悠悠，腸斷白蘋洲。

及《菩薩蠻》之類，可為他的代表作：

> 小山重疊金明滅，鬢雲欲度香腮雪。懶起畫娥眉，弄妝梳洗遲。　　照花前後鏡，花面交相映。新帖繡羅襦，雙雙金鷓鴣。

大抵他的此種作品皆詞意婉靡而別有一種特殊的情調，所敍的皆不過是兒女的柔情與離愁別緒之類，自然不如李煜之偉大，然他對於後來一般作詞者的影響卻極大。

又有韓偓，略後於溫庭筠，嘗侍於李曄左右，甚得其信任，卒被朱存忠所忌而出官於閩。他的詞的情調，亦甚類於溫庭筠。

又有皇甫松，約與韓偓同時，亦甚有詞名。

入五代時，即十世紀開始時，向為詩人集中地的中原，因變亂頻頻，而其詩壇頓現冷落之狀。老詩人羅隱等，俱四散避地於兵戈未及之區。新體詩的大作家韋莊和牛嶠因亦遷居於蜀，開蜀中詩壇的隆盛的先聲。

韋莊，字端己，杜陵人，以公元 894 年（唐昭宗乾寧元年）得

進士。授校書郎，轉補闕。李洵為兩川宣諭和協使，辟他做判官。他以中原兵亂相尋。遂依王建，建辟為掌書記。後建立國，以他為平章事。但他亦未嘗無故鄉之思念，在他的《菩薩蠻》之一裏可見之：

> 洛陽城裏春光好，洛陽才子他鄉老。柳暗魏王堤，此時心轉迷。　桃花春水漾，水上鴛鴦浴。凝恨對殘輝，憶君君不知。

他的詞，好的很多。《女冠子》二首明白如話，而蘊情至深，是詞壇裏裏不易得見的好作品：

> 四月十七，正是去年今日，別君時。忍淚佯低面，含羞半斂眉。　不知魂已斷，空有夢相隨。除卻天邊月，沒人知。（其一）

> 昨夜半，枕上分明夢見，語多時。依舊桃花面，頻低柳葉眉。　半羞還半喜，欲去又依依。覺來知是夢，不勝悲。（其二）

牛嶠（qiáo），字松卿，一字延峰，隴西人。以公元878年（唐懿宗乾符五年）第進士，歷官尚書郎。王建鎮蜀，以他為判官。及建立國，牛嶠為給事中。他的詞也不脫當時一切詞家喜用婉靡的情意與艷麗的詞句的習慣，唯《定西番》一詞，其情調為特異：

> 紫塞月明千里，金甲冷，戍樓寒，夢長安。鄉思望中天闊，漏殘星亦殘。畫角數聲嗚咽，雪漫漫。

當時留居於中原的詩人，自不能說沒有，然實無甚著名者。甚善於作新體的「詞」者，不過和凝一人而已。

和凝，字成績，鄆州須昌人，生於公元898年，公元955年卒。後唐天成中為翰林學士，知貢舉。入晉為中書侍郎同平章事。

入漢，拜太子太傅，封魯國公。周初，仍為太子太傅。他所作詩文甚富，有集 100 卷，自篆於版，模印數百帙分贈於人。文集之自印行，似以凝為第一個人。他的詞亦甚艷麗，如《薄命女》可為一例：

> 天欲曉，宮漏穿花聲繚繞。窗裏星光少。冷露寒侵帳額，殘月光沉樹杪。夢斷錦幃空悄悄，強起愁眉小。

蜀中文學此時極盛，詞家尤多。中原詩壇，好像已搬遷到那邊去。當時詞家之著者有毛文錫、牛希濟、薛昭蘊、顧敻、鹿虔扆、魏承班、尹鶚、毛熙震、李珣、歐陽炯、閻選等。

毛文錫，字平珪，事蜀為翰林學士，後歷文思殿大學士、司徒。他的詞可以《醉花間》：

> 休相問，怕相問，相問還添恨。春水滿塘生，鸂鶒還相趁。
> 昨夜雨霏霏，臨明寒一陣。偏憶戍樓人，久絕邊庭信。

及《紗窗恨》為代表：

> 新春燕子還來至，一雙飛。疊巢泥濕時時墜，洿人衣。
> 後園裏看百花發，香風拂繡戶金扉，月照紗窗，恨依依。

牛希濟，為嶠兄子，仕蜀為御史中丞，降於後唐，為雍州節度副使。他的詞可以《生查子》為代表：

> 春山煙欲收，天淡星稀小。殘月臉邊明，別淚臨清曉。
> 語已多，情未了，回首猶重道。記得綠羅裙，處處憐芳草。

薛昭蘊，為蜀侍郎；顧敻，初為蜀茂州刺史，後官至太尉；鹿虔扆，為蜀永泰軍節度使，加太保；魏承班，為蜀太尉；尹鶚，為蜀參卿；毛熙震，為蜀祕書監；李珣字德潤，梓州人，有《瓊瑤集》；歐陽炯，蓋州華陽人，為蜀門下侍郎平章事；閻選，為後蜀時

之處士。

他們都是可歸在一派之內的，他們的詞意都是靡麗而婉微的。寫天然景色的美妙如畫，是他們的特長；他們的短處則在於情調太相同了，不易使人分別出某個作家的個性來。如：

> 恨身翻不作車塵，萬里得隨君。（歐陽炯《巫山一段雲》）
>
> 秋雨連綿聲，聲散敗荷叢裏。那堪深夜枕前聽，酒初醒。（李珣《酒泉子》）
>
> 弱柳萬條垂翠帶，殘紅滿地碎香鈿，蕙風飄颭散輕煙。（毛熙震《浣溪沙》）
>
> 煙月不知人事改，夜闌還照深宮。（鹿虔扆《臨江仙》）

這一類的文句，俱能細膩地委婉地表達出自己深摯的情緒，描出無人曾畫描過的景色，自是他們的不朽之一點。

又有孫光憲，亦可附於這一派。孫光憲字孟文，陵州人，為荊南高從誨書記，歷檢校祕書兼御史大夫。他的詞甚有名於當時，可以《漁歌子》之數句為代表：

> 泛流螢，明又滅，夜涼水冷東灣闊。風浩浩，笛寥寥，萬頃金波重疊。

南唐文章之盛，在當時亦不下於西蜀。二主詞華照耀，如旭日之麗天，當時無可與匹敵者。其臣下更有張泌、馮延巳等，亦為詞壇之傑出的將星。

張泌（一作佖），字子澄，淮南人，仕南唐為句容縣尉，後官至內史舍人。他的詞亦為情思靡麗而描寫婉膩之作。如《南歌子》：

> 柳色遮樓暗，桐花落砌香。畫堂開處遠風涼，高捲水精簾額，襯斜陽。

及《江城子》可以為例：

　　　　浣花溪上見卿卿，眼波秋水明，黛眉輕。綠雲高綰，金簇小蜻蜓。好是問他來得麼？和笑道，莫多情。

　　這時有趙崇祚者，嘗選自溫庭筠以下至張泌諸人之作，為《花間集》10卷。這一派婉膩靡麗的新體詩作家的重要作品大抵已總集於這部書裏了。所以我們或可稱他們為「花間派」。唯馮延巳之作，亦近於此派，乃不見收於趙崇祚，不知何故。

　　馮延巳，一名延嗣，字正中，廣陵人，初在南唐為翰林學士，後進中書侍郎同平章事，有《陽春集》1卷。他的詞以《謁金門》一首最為人所稱：

　　　　風乍起，吹皺一池春水。閒引鴛鴦香徑裏，手接紅杏蕊。

　　　　鬥鴨闌干獨倚，碧玉搔頭斜墜。終日望君君不至，舉頭聞鵲喜。

然如《蝶戀花》之數句：

　　　　窗外寒雞天欲曙，香印成灰，坐起渾無緒。庭際高梧凝宿霧，捲簾雙鵲驚飛去。

及《憶江南》等，亦為不弱於《謁金門》之作：

　　　　去歲迎春樓上月，正是西窗夜涼時節，玉人貪睡墮釵雲，粉消妝薄見天真。　人非風月長依舊。破鏡塵箏，一夢經年瘦。今宵簾幕揚花陰，空餘枕淚獨傷心。

第九章

宋代文學

趙匡胤奪了周祚（960年），次第削平諸國，中國復成了統一的局面。此後各方文士便復集中於京師。宋初文學，全襲五代餘蔭，其重要的作家殆皆是西蜀、江南諸地的降王降臣。到了太平興國以後，方才有新的作家起來。

　　最早的重要的文人們，有所謂「西昆體」諸家者，以追蹤于李商隱、唐彥謙諸詩人之後為極則。其領袖為楊億、劉筠、錢惟演等，從而和之者甚眾。以新詩更相屬和，後合為一集行世，即有名之《西昆酬唱集》是。在《西昆酬唱集》裏，于楊、劉、錢三人外，尚有李宗諤、陳越、李維、劉騭、刁衎、任隨、張詠、錢惟濟、丁謂、舒雅、晁迥、崔遵度、薛映、劉秉等，共十七人。而其間唯億、筠及惟演三人為大家。《西昆集》所選這三人的詩也獨多，餘人不過附庸而已。

宋之詞人

　　新體詩的作者益多。自大臣至武士，無不能為詞；公私席會的樂歌是詞，優伎所學的歌唱亦是詞；歷三四個世紀而不衰；其盛況甚類於前數世紀的五七言詩。

　　老詞人入此時代者，有歐陽炯諸人。但此時代中的重要詩人，乃後數十年始有出現。

最初出現者為晏殊。晏殊字同叔，臨川人，生於公元 991 年，卒於公元 1055 年。康定間（1040 年）拜集賢殿學士，同中書門下平章事，兼樞密使，卒諡元獻，有《珠玉詞》1 卷。晁無咎言：「元獻不蹈襲人語，而風調閒雅。」劉貢父謂殊尤喜馮延巳歌詞，其所自作亦不減延巳。大抵此最初的宋代大詞人，自不免多少受有些前代的影響，也許如劉貢父所說，他所受影響以馮延巳為最深。然他的詞與馮延巳的，其色彩及情調卻俱不相同。如他的《清平樂》，馮延巳詞絕無此閒易：

> 紅箋小字，說盡平生意。鴻雁在雲魚在水，惆悵此情難寄。
> 斜陽獨倚西樓，遙山恰對簾鈎。人面不知何處，綠波依舊東流。

與晏殊略同時的詞家，重要的有范仲淹及宋祁二人。

范仲淹，字希文，吳縣人，生於公元 989 年，官至樞密副使參知政事，公元 1052 年卒。他的詞不多，然如《御街行》等，深情婉曲，可謂為不朽的名作：

> 紛紛墜葉飄香砌，夜寂靜，寒聲碎。真珠簾捲玉樓空，天淡銀河垂地。年年今夜，月華如練，長是人千里。　愁腸已斷無由醉，酒未到，先成淚。殘燈明滅枕頭欹，諳盡孤眠滋味。都來此事，眉間心上，無計相迴避。

宋祁，字子京，安州安陸人，生於公元 998 年，卒於公元 1062 年，官翰林學士承旨。他的《玉樓春》盛傳當時，他因此被大詞人張先稱為「紅杏枝頭春意鬧尚書」：

> 東城漸覺風光好，縠（hú）皺波紋迎客棹。綠楊煙外曉寒輕，紅杏枝頭春意鬧。　浮生長恨歡娛少，肯愛千金輕一笑。為君持酒勸斜陽，且向花間留晚照。

　　略後於晏殊，有大作家歐
陽修、柳永、張先相繼而出。

　　歐陽修，字永叔，廬陵
人，生於公元 1007 年，卒於公
元 1072 年。官樞密副使，參政
知事，後以太子少師致仕，有
《六一詞》。他在當時，以提倡
古文得大名。然他雖在古文裏所
現出嚴肅的孔教徒的護道的臉
孔，而在他的詞中，卻完全把他
的潛在的、熱烈的詩人真面目現出了。

歐陽修像

　　有的人常把他的許多極好的作品，雜入《花間集》或馮延巳的
《陽春集》中，以為非他所作，使他完成他的嚴肅、冷酷的護道者
的面目，然此種手段殊無謂。在許多公認為他的作品的《六一詞》
中，他的天真的詩人的一副面目仍是完全地顯現出。如《採桑子》：

　　　　輕舟短棹西湖好，綠水逶迤。芳草長堤，隱隱笙歌處處隨。
　　　　無風水面琉璃滑，不覺船移。微動漣漪，驚起沙禽掠岸飛。

如《踏莎行》：

　　　　候館梅殘，溪橋柳細，草薰風暖搖征轡。離愁漸遠漸無
　　窮，迢迢不斷如春水。　寸寸柔腸，盈盈粉淚，樓高莫近危欄
　　倚。平蕪盡處是春山，行人更在春山外。

如《蝶戀花》：

　　　　庭院深深深幾許？楊柳堆煙，簾幕無重數。玉勒雕鞍遊冶
　　處，樓高不見章台路。　雨橫風狂三月暮，門掩黃昏，無計留
　　春住。淚眼問花花不語，亂紅飛過鞦韆去。（此詞或入《陽春
　　集》，李清照稱是《六一詞》）

如《臨江仙》：

> 柳外輕雷池上雨，雨聲滴碎荷聲。小樓西角斷虹明，闌干
> 倚處，待得月華生。　　燕子飛來窺畫棟，玉鈎垂下簾旌。涼波
> 不動簟紋平，水精雙枕，旁有墮釵橫。

無一首不表現出一個浪漫的、善感的詩人的歐陽修來。誰還記
得他是一個以護道自命的大古文家？

張先，字子野，吳興人，生於公元 990 年，為都官郎中，有
《安陸詞》。他享壽甚長，至公元 1078 年始卒。他的詞甚有聲於當
時。宋祁嘗往見之，一將命者道：「尚書欲見『雲破月來花弄影』郎
中。」蓋因他的《天仙子》中有此數語：

> 水調數聲持酒聽，午睡醒來愁未醒，送春春去幾時回？臨
> 晚鏡，傷流景，往事後期空記省。　　沙上並禽池上暝，雲破
> 月來花弄影，重重簾幕密遮燈。風不定，人初靜，明日落紅應
> 滿徑。

柳永在當時，詞名較歐陽修及張先尤盛。時人嘗謂：「有井水
飲處無不知歌柳詞者。」其流傳之廣遠，大約可與唐之「元白」的
詩相類了。柳詞之所以能有此廣大範圍的讀者、歌者，是因為他的
詞完全脫下了「花間派」的衣衫，而自創一格，能勇於運用白話與
淺顯的文字。這一點是他的最大特色。他初名三變，字耆卿，崇安
人。以公元 1034 年（景祐元年）第進士，官至屯田員外郎，有《樂
章集》3 卷。他之又一特色，在於善作長詞，在他之前，詞家大都
善於小令（短），而不善於慢詞（長），自他起來後，慢詞才大行於
時。如他的《晝夜樂》：

> 洞房記得初相遇，便只合長相聚。何期小會幽歡，變作離
> 情別緒！況值闌珊春色暮，對滿目亂花狂絮，直恐好風光，盡

隨伊歸去。　一場寂寞憑誰訴？算前言總輕負。早知恁地難拼，悔不當初留住。其奈風流端正外，更別有繫人心處。一日不思量，也攢眉千度。

及《鶴衝天》：

> 閒窗漏永月冷，霜華墮悄悄下，簾幕殘燈火。再三追往事，離魂亂，愁腸鎖，無語沉吟坐。好天好景，未省展眉則個。
>
> 從前早是多成破，何況經歲月相拋擲。假使重相見，還得似、舊時麼？悔恨無計，那迢迢良夜，自家只恁摧挫。

俱能委婉地在長的詞句裏，細細地表達出一種深摯的情緒，且用了「恁地」「則個」「也」「麼」諸口話入詞，使它更易為時人所領悟。他的詞流行得廣遠，豈是偶然的！典雅派、正統派的批評家雖常在譏誚他，然而所謂正統派的詞人哪一個可比得上他的偉大！

與他們同時的作家有晏幾道、王安石。

晏幾道為晏殊的幼子，字叔原，曾監潁昌許田鎮，有《小山詞》，黃庭堅嘗評之道：「叔原樂府，寓以詩人句法，精壯頓挫，能動搖人心。」他的《臨江仙》可為其代表之一：

> 夢後樓台高鎖，酒醒簾幕低垂。去年春恨卻來時，落花人獨立，微雨燕雙飛。　記得小蘋初見，兩重心字羅衣，琵琶弦上說相思。當時明月在，曾照彩雲歸。

王安石字介甫，臨川人，生於公元 1021 年。神宗時，同中書門下平章事，封舒國公，加司空。以變法圖強，受守舊者最強烈的攻擊與譏誚。公元 1086 年卒，有詞 1 卷。他的詞可以《清平樂》為代表：

> 雲垂平野，掩映竹籬茅舍，闃寂幽居實瀟灑，是處綠嬌紅冶。
>
> 丈夫運用堂堂，且莫五角六張。若有一卮芳酒，逍遙自在無妨。

略後於他們的作家有大天才蘇軾。蘇軾以散文，以舊體詩著盛名於當代，而他的詞也有大影響於同時代人。蘇軾字子瞻，眉山人，生於公元 1036 年。初官翰林學士，紹聖初（1094 年），安置惠州，徙昌化，公元 1101 年卒於常州。蘇軾的詞，人謂多不諧音律；晁無咎則謂其：「橫放傑出，自是曲子內縛不住者。」陸游謂：「東坡詞歌之，曲終覺天風海雨逼人。」陳師道謂蘇軾乃「以詩為詞」，然如他的《念奴嬌‧赤壁懷古》：

> 大江東去，浪淘盡，千古風流人物。故壘西邊，人道是，三國周郎赤壁。亂石穿空，驚濤拍岸，捲起千堆雪。江山如畫，一時多少豪傑。　遙想公瑾當年，小喬初嫁了，雄姿英發。羽扇綸巾，談笑間，檣櫓灰飛煙滅。故國神遊，多情應笑我，早生華髮。人生如夢，一尊還酹（lèi）江月。

以及以下諸句，乃直似在作論文：

> 荷蕢過山前，曰：「有心也哉此賢。」（《醉翁操》）

這可算是引古文以入詞，與柳永之引口語入詞，正成一絕妙的對照。此種粗豪恣放之作，後來辛棄疾的一派受其影響至深。《吹劍續錄》曾記有一段笑話：

> 東坡在玉堂日，有幕士善歌。因問：「我詞比柳耆卿何如？」對曰：「柳郎中詞只好十七八女孩兒，按執紅牙拍，歌楊柳岸曉風殘月。學士詞須關西大漢，執鐵綽板，唱大江東去。」

此未免嘲誚過甚。實在他的詞亦不盡為「大江東去」之類，如《卜算子》之類，其描寫亦甚細膩婉曲：

> 缺月掛疏桐，漏斷人初靜。時見幽人獨往來，縹緲孤鴻影。
> 驚起卻回頭，有恨無人省。揀盡寒枝不肯栖，寂寞沙洲冷。

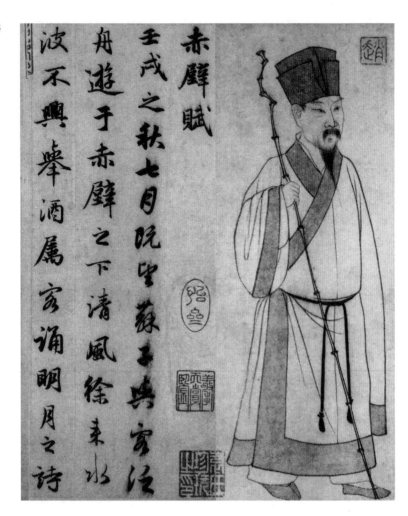

赵孟頫書蘇軾《前赤壁賦》並作蘇軾像于卷首，
台北故宫博物院藏

論者歸之於蘇軾門下的詞人，有黃庭堅、秦觀、晁補之、張耒（lěi）、陳師道及程垓等，而以秦七（觀）、黃九（庭堅）為最著。《詞苑叢話》言：

> 秦少游自會稽入京見東坡，坡云：「久別當作文甚勝。都下盛唱公山抹微雲之詞。」秦遜謝。坡遽云：「不意別後公卻學柳七作詞。」秦答曰：「某雖無識，亦不至是。先生之言，無乃過乎！」坡云：「銷魂當此際，非柳詞句法乎？」秦慚服。

實則不僅秦觀受柳永的影響，即黃庭堅亦受有他的影響；不過秦觀所受的柳永影響乃在所謂「銷魂當此際」的一方面，黃庭堅的則在於引用口語的一方面。

黃庭堅字魯直，分寧人，生於公元 1045 年，為起居舍人，公元 1105 年卒，有《山谷詞》。如他的《沁園春》直較柳永為尤近於白話而大類元人的曲子：

> 把我身心，為伊煩惱，算天便知。恨一回相見，百方做計，未能偎倚，早覓東西。鏡裏拈花，水中捉月，覷着無由得近伊。添憔悴，鎮花銷翠減玉瘦香肌。　奴兒又有行期。你去即無妨，我共誰向眼前。常見心猶未足，怎生禁得真個分離。地角天涯，我隨君去，掘井為盟無改移。君須是做些兒相度，莫待臨時。

但黃庭堅之詞，亦有甚琢飾典雅者，不盡為此種。

秦觀字少游，高游人，生於公元 1049 年。以蘇軾薦，除太學博士，遷正字，兼國史院編修，後遭黨禁被流放，以公元 1100 年卒，有《淮海詞》。他的詞在當時為最正則的，所以稱許者極多，得名過於蘇軾和黃庭堅。晁無咎言：「近來作者皆不及少游。」蔡伯世言：「子瞻辭勝乎情，耆卿情勝乎辭。辭情相稱者，惟少游而已。」試引其詞數首為證：

　　　遙夜沉沉如水，風緊驛亭深閉。夢破鼠窺燈，霜送曉寒寢
被。無寐無寐，門外馬嘶人起。（《憶仙姿》）

　　　山抹微雲，天黏衰草，畫角聲斷。譙門暫停征棹，聊共
引離尊。多少蓬萊舊事，空回首，煙靄紛紛。斜陽外，寒鴉數
點，流水繞孤村。　　銷魂當此際，香囊暗解，羅帶輕分。謾贏
得青樓薄倖名存。此去何時見也？襟袖上空染啼痕。傷情處，
高城望斷，燈火已黃昏。（《滿庭芳》）

此種秀雅之詞自較「大江東去」及「假使重相見，遠得似當初
麼」為更易得文士們的歡迎了。

晁晁補之及張耒諸人，詞名皆不及秦、黃之著。

補之字無咎，鉅野人，為著作郎，亦坐黨禁被流放。陳質齋謂
其詞「佳者」固未遜於秦七、黃九。

張耒字文潛，淮陰人，以直龍圖閣知潤州。晚年主管崇福宮。

陳師道字履常，一字無己，彭城人，為祕書省正字。

程垓字正伯，眉山人，為軾之中表兄弟，有《書舟雅詞》。垓
的詞，如《酷相思》之類，是顯然受有柳永之影響的：

　　　月掛霜林寒欲墮，正門外催人起。奈離別如今真個是！欲
住也，留無計！欲去也，來無計！　　馬上離魂衣上淚，各自
個供憔悴。問江路梅花開也未？春到也，須頻寄！人別也，須
頻寄！

大抵所謂「蘇門」的這幾個人，在詞的這一方面，實際上並沒
有受到蘇軾的什麼影響，所以歸之於「蘇門」，原是委屈了他們；
倒是柳永的影響，在他們之中頗可顯著地看出。蘇軾的影響是直到
後數十年才在辛棄疾、劉克莊諸人裏發現出來的，他們才可算是真
的「蘇派」。

略後於蘇軾的著名詞人，有毛滂、周邦彥、賀鑄。

毛滂字澤民，江山人，為杭州法曹。嘗作《惜分飛》一詞，贈妓瓊芳：

> 淚濕闌干花著露，愁到眉峰碧聚。此恨平分取，更無言語空相覷。　斷雨殘雲無意緒，寂寞朝朝暮暮。今夜山深處，斷魂分付潮回去。

蘇軾見而賞之，因此得名。後來毛滂知武康縣，又知秀州，有《東堂詞》。

賀鑄字方回，衞州人，生於公元 1063 年，卒於公元 1120 年。元祐中通判泗州，後退居吳下，自號慶湖遺老，有《東山寓聲樂府》。張耒謂：「方回樂府妙絕一世。盛麗如遊金張之堂，妖冶如攬嬙施之袂，幽潔如屈宋，悲壯如蘇李。」（《東山詞序》）當時頗傳唱他的《青玉案》：

> 凌波不過橫塘路，但目送、芳塵去。錦瑟年華誰與度？月台花謝，瑣窗朱戶，惟有春知處。　碧雲冉冉蘅皋暮，彩筆新題斷腸句。試問閒愁都幾許？一川煙草，滿城風絮，梅子黃時雨。

此詞最後一句「梅子黃時雨」，極為時人所讚賞，故或叫他為「賀梅子」。

周邦彥對於後來的影響，較賀鑄、毛滂為大。這因為他懂得音律之故。周邦彥字美成，錢塘人，歷官祕書監，進徽閣侍制，提舉大晟府，後徙處州卒，有《清真集》。他善於作慢詞，有的時候辭句很典雅，有的時候也雜入些口語。劉潛夫謂：「美成頗偷古句」；陳質齋也說：「美成詞多用唐人詩語，隱括入律。」實則此種的剽竊「成語」「舊意」，本為大多數詞人的通病，固不僅他一人如此。現舉《六醜·薔薇謝後作》一詞以見他的作風的一斑：

> 正單衣試酒，悵客裏光陰虛擲。願春暫留，春歸如過翼，

一去無跡。為問家何在？夜來風雨，葬楚宮傾國。釵鈿墮處遺香澤。亂點桃蹊，輕翻柳陌。多情更誰追惜，但蜂媒蝶使，時叩窗槅。　東園岑寂，漸蒙籠暗碧，靜繞珍叢，底成歎息。長條故惹行客，似牽衣待話別。情無極，殘英小，強簪巾幘。終不似一朵釵頭顫裊，向人欹側。漂流處莫趁潮汐，恐斷紅、尚有相思字，何由見得。

公元 1126 年，北方的金人起兵侵入宋境，攻陷汴京，擄了宋徽宗、欽宗二帝北去。此後中國內部擾亂了好幾年。宋室終於不能再在北方立足，便遷都於臨安，即所謂的「南渡」。中國又成了如公元五世紀時南北朝分立的局面，直到十三世紀的後半，才再得統一。這事影響於文學很大。一方因異族之入主中國中部，破壞舊的典雅文學，而產生了新的口語文學，造成將來戲劇、小說的創作；同時因這個大變動，文人的情緒極受刺激，引起不少作家的愛國熱情，大部分的作品，便棄去了向來靡麗婉約的作風，而向壯烈、慷慨激昂的路走去。第一個大詩人，應這個呼聲而起的，便是辛棄疾。

辛棄疾字幼安，歷城人，初在劉豫處，後南來投宋，為浙東安撫使，加龍圖閣待制，進樞密都承旨。他出入兵間，甚有才略；他的詞也慷慨豪恣，如他的為人。如《永遇樂·京口北固亭懷古》：

千古江山，英雄無覓孫仲謀處。舞榭歌台，風流總被雨打風吹去。斜陽草樹，尋常巷陌，人道寄奴曾住。想當年，金戈鐵馬，氣吞萬里如虎。元嘉草草，封狼居胥，贏得倉皇北顧。四十三年，望中猶記，烽火揚州路。可堪回首，佛狸祠下，一片神鴉社鼓。憑誰問：廉頗老矣，尚能飯否？

及《菩薩蠻·書江西造口壁》可為一例：

郁孤台下清江水，中間多少行人淚。西北望長安，可憐無數山。青山遮不住，畢竟東流去。江晚正愁餘，山深聞鷓鴣。

他的作風甚似蘇軾，大概所受於蘇軾的影響是很深的。

繼棄疾的這種作風的有陸游、劉克莊及劉過諸人。

陸游字務觀，山陰人，生於公元 1125 年。少年時具熱烈的愛國心，甚思有所作為。後至蜀為范成大參議，自號放翁，最後為寶章閣待制，公元 1210 年卒。在他的詞裏，我們也可看出他的悲壯的氣概，如《夜遊宮》：

> 雪晚清笳亂起，夢遊處，不知何地。鐵騎無聲望似水，想關河。雁門西，青海際。　睡覺寒燈裏。漏聲斷，月斜窗紙。自許封侯在萬里，有誰知！鬢雖殘，心未死。

《桃園憶故人》：

> 中原當日三川震，關輔回頭煨燼。淚盡兩河征鎮，日望中興運。　秋風霜滿青青鬢，老卻新豐英俊。雲外華山千仞，依舊無人問。

及《謝池春》可以為例：

> 壯歲從戎，曾是氣吞殘虜。陣雲高、狼煙夜舉。朱顏青鬢，擁雕戈西戍。　笑儒冠自來多誤。功名夢斷，卻泛扁舟吳楚。漫悲歌傷懷弔古，煙波無際。望秦關何處？歎流年又成虛度。

在他的五七言詩裏，我們更可常常地看出他的這種壯烈的情緒。

劉克莊字潛夫，莆田人，官龍圖閣直學士，有《後村詞》。他的作風與辛、陸甚相似，於《玉樓春·呈林節推》一詞可見之：

> 年年躍馬長安市，客裏似家家似寄。青錢喚酒日無何，紅燭呼盧宵不寐。　易挑錦婦機中字，難得玉人心下事。男兒西北有神州，莫滴水西橋畔淚。

劉過，字改之，襄陽人（一云太和人），有《龍洲詞》。他曾客於辛棄疾處，故作風也甚相似，讀他的《清平樂》可見：

> 新來塞北，傳到真消息，赤地居民無一粒，更五單于爭立。
>
> 維師尚父鷹揚熊羆，百萬堂堂；看取黃金假鉞，歸來異姓真王。

經過宋南渡的大變動的，尚有一個偉大的女作家李清照。李清照字易安，是李格非[1]之女，嫁給趙明誠，有《漱玉集》。但她雖經這個大變動，在她的詞裏卻不甚可見什麼痕跡。她的作品並不多，然幾無一首不好的。她不善作五七言詩，所專致力的乃是詞。如《壺中天慢》：

> 蕭條庭院，又斜風細雨，重門須閉。寵柳嬌花寒食近，種種惱人天氣。險韻詩成，扶頭酒醒，別是閒滋味。征鴻過盡，萬千心事難寄。　樓上幾日春寒，簾垂四面，玉闌干慵倚。被冷香消新夢覺，不許愁人不起。清露晨流，新桐初引，多少遊春意。日高煙斂，更看今日晴未？

如《醉花陰》：

> 薄霧濃雲愁永晝，瑞腦銷金獸。佳節又重陽，玉枕紗廚，半夜涼初透。　東籬把酒黃昏後，有暗香盈袖。莫道不銷魂，簾捲西風，人比黃花瘦。

又如《聲聲慢》之類，無不盛傳於人口：

> 尋尋覓覓，冷冷清清，淒悽慘慘感戚。乍暖還寒時候，最

1　字文叔，濟南（今屬山東）人。舉進士，元祐中授太學博士，以文受知于蘇軾。紹聖時通判廣信軍，召為校書郎，遷著作佐郎、禮部員外郎，出為提點京東刑獄，以元祐黨籍罷。工詞章，嘗言：「字字如肺肝出」。著有《洛陽名園記》。

難將息。三杯兩盞淡酒，怎敵他晚來風急！雁過也，正傷心，卻是舊時相識。　　滿地黃花堆積，憔悴損，如今有誰堪摘？守著窗兒，獨自怎生得黑！梧桐更兼細雨，到黃昏點點滴滴。這次第，怎一個愁字了得！

朱熹說：「本朝婦人能文者，惟魏夫人及李易安二人而已。」魏夫人為丞相曾子宣妻，亦善作詞，如《菩薩蠻》之類，意境也甚高：

> 溪山掩映斜陽裏，樓台影動鴛鴦起。隔岸兩三家，出牆紅杏花。　　綠楊堤下路，早晚溪邊去。三見柳綿飛，離人猶未歸。

但李清照不僅為婦女中之能文傑出者，即在各時代的詩人中，她所佔的地位也不能在陶潛、李、杜，及歐陽修、蘇軾之下。

自南渡之後，江南的地方又漸漸地恢復了歌舞升平的盛況。雖然有辛棄疾、陸游之流，不欲苟安於小朝廷的局面，然而大多數的詞人又都已心滿意足地曼聲唱著閒歌艷曲，向典雅婉和的大路走去了。這一派的詞家最多，朱敦儒、康與之最先出。

朱敦儒字希真（一作希直），洛陽人，為兩浙東路提點刑獄，後告歸，有《樵歌》三卷。汪叔耕言：「希真詞多塵外之想，雖雜以微塵，而其清氣自不可沒。」（《詞綜》）在《漁父》一詞裏，我們可見其作風一斑：

> 搖首出紅塵，醒醉更無時節。活計綠蓑青笠，慣披霜沖雪。　　晚來風定釣絲閒，上下是新月。千里水天一色，看孤鴻明滅。

康與之字伯可，南渡初以詞受知高宗，官郎中，有《順庵樂府》。論者以他比於柳永。沈伯時說他「未免時有俗語」。

此後詞人之最著者有范成大、姜夔、史達祖、高觀國、盧祖皋、吳文英、蔣捷、張炎、陳允平、周密、王沂孫等。又有女作家朱淑真。姜夔與吳文英對於後來詞壇尤有很大的影響。

范成大為偉大的田野詩人，他的五七言詩甚著名，我們在他的詞裏也可見他的閒適的作風之一斑。《眼兒媚》：

> 酣酣日腳紫煙浮，妍暖破輕裘。困人天色，醉人花氣，午夢扶頭。　春慵恰似春塘水，一片縠紋愁。溶溶泄泄，東風無力，欲皺還休。

范成大字致能，吳郡人，生於公元 1126 年，卒於公元 1193 年。曾出為帥，又入為資政殿學士，有《石湖集》。

姜夔，字堯章，鄱陽人，流寓吳興，不第而卒，有《白石詞》。他善吹簫，自製曲，初則率意為長短句，然後協以音律。范成大評他有「裁雲縫月之妙手，敲金戛玉之奇聲」。他的《暗香》可算為他的代表作：

> 舊時月色，算幾番照我梅邊。吹笛喚起玉人，不管清寒與攀摘。何遜而今漸老，都忘卻春風詞筆。但怪得竹外疏花，香冷入瑤席。　江國正寂寂，歎寄與路遙，夜雪初積。翠尊易泣，紅萼無言耿相憶。長記曾攜手處，千樹壓西湖寒碧。又片片吹盡也，幾時見得！

史達祖字邦卿，汴人，有《梅溪詞》，姜夔稱他的詞「奇秀清逸，融情景於一家，會句意於兩得」。（《花庵詞選》）如《萬年歌》可見一斑：

> 兩袖梅風，謝橋邊岸痕猶帶陰雪。過了匆匆燈市，草根青發，燕子春愁未醒，誤幾處芳音遼絕。煙溪上採菉人歸，定應愁沁花骨。　非干厚情易歇，奈燕台句老，難道離別。小徑吹

衣，曾記故里風物。多少驚心舊事，第一是侵階羅襪。如今但柳發晞春夜，來和露梳月。

高觀國字賓王，山陰人，有《竹屋癡語》。陳唐卿說他的詞「要是不經人道語」。如《菩薩蠻》可為一例：

> 春風吹綠湖邊草，春光依舊湖邊道。玉勒錦障泥，少年遊冶時。　　煙明花似繡，且醉旗亭酒。斜日照花西，歸鴉花外啼。

他與史達祖二人都是很受秦觀、周邦彥的影響的；他們作品的情調都近於周、秦。

盧祖皋字中之，永嘉人（一云邛州人），為軍器少監，有《蒲江詞》。他的作風也是承襲「典雅派」的，與史、高二人俱甚注意於用很鮮巧的辭句，例如《烏夜啼·離恨》：

> 柳色津頭泛綠，桃花渡口啼紅。一春又負西湖醉，離恨兩聲中。　　客袂迢迢西塞，餘寒剪剪東風。誰家拂水飛來燕，惆悵小樓空。

吳文英字君特，四明人，有《夢窗甲乙丙丁稿》。尹惟曉謂：「求詞於吾宋，前有《清真》（周邦彥），後有《夢窗》。」（《花庵詞選》）不僅當時人如此推許，即後來詞人，也多以他為「正統派」之宗匠。但有一部分人卻反對他，如張炎說：「吳夢窗如七寶樓台，眩人眼目。折碎下來，不成片段。」（《詞源》）此實對於一般所謂「典雅派」的大多數作家的最確切的評語，不僅吳文英一人是如此。他的詞，可以《唐多令》：

> 何處合成愁？離人心上秋。縱芭蕉，不雨也颼颼。都道晚涼天氣好，有明月，怕登樓。　　年事夢中休，花空煙水流。燕辭歸，客尚淹留。垂柳不縈裙帶住，漫長是，繫行舟。

及《風入松》為代表：

> 聽風聽雨過清明，愁草瘞花銘。樓前綠暗分攜路，一絲柳一寸柔情。料峭春寒中酒，交加曉夢啼鶯。　西園日日掃林亭，依舊賞新晴。黃蜂頻撲鞦韆索，有當時纖手香凝。惆悵雙鴛不到，幽階一夜苔生。

蔣捷字勝欲，吳興人，宋亡不仕，有《竹山詞》。他的作品，有一部分是纖巧的，是屬於正統派的，如：

> 紅了櫻桃，綠了芭蕉，送春歸，客尚蓬飄。昨宵谷水，今夜蘭皋，奈何雲溶溶，風淡淡，雨瀟瀟⋯⋯（《行香子》）

有一部分是粗豪的，是屬於「蘇辛」一派。所謂「別派」的，然所作不多，如：

> 甚矣君狂矣！想胸中些兒磊碗，酒澆不去。據我看來何所似：一似韓家五鬼，又一似楊家風子⋯⋯（《賀新郎》）

張炎字叔夏，為宋宗室之後。宋亡後，流落播遷，遊於四方，所交皆遺民逸士，故他在公元 1279 年宋亡以後所作的詞，辭意隱約而一往情深，亡國之痛鬱結於紙背。集名《山中自云詞》（一名《玉田詞》），鄭思肖為作序。如《玉漏遲》：

> ⋯⋯幽趣盡屬閒僧，渾未識，人間落花啼鳥。呼酒憑高，莫問四愁三笑。可惜秦山晉水甚卻向，此時登眺，清趣少，那更好遊人老。

及《春從天上來》，都可約略見到他的這種隱約而熱烈的悲痛：

> 海上回槎，認舊時鷗鷺，猶戀蒹葭。影散香消，水流雲在，疏樹十里，寒沙難問錢塘。蘇小都不見，擘竹分茶，更堪嗟。似荻花江上，誰弄琵琶。　煙霞自延晚照，盡換了西林，

窈窕紋紗。蝴蝶飛來，不知是夢，猶疑春在鄰家。一搦幽懷難寫，春何處？春已天涯減繁華，是山中杜宇，不是楊花。

陳允平也是一個宋的遺民，字君衡，號西麓，明州人，有《日湖漁唱》。他的作風可於《唐多令》見其一斑：

休去採芙蓉，秋江煙水空，帶斜陽，一片征鴻。欲頓困愁無頓處，都著在，兩眉峰。　心事寄題紅，畫橋流水束。斷腸人，無奈秋濃。回首層樓歸去懶，早新月，掛梧桐。

周密字公謹，濟南人，僑居吳興，自號弁陽嘯翁，宋亡後也不出仕，有《草窗詞》（一名《蘋州漁笛譜》）。他也屬於正統派的，與張炎同為當時最著名的詞人。他的作品可以《點絳脣》為例：

午夢初回，捲簾盡放春愁去。畫長無侶，自對黃鸝語。

絮影蘋香，春在無人處，移舟去。未成新句，一硯梨花雨。

王沂孫字聖與，號碧山，又號中仙，會稽人，有《碧山樂府》（一名《花外集》），常與張炎等相酬和。

在這時，詞已成了舊體，又有新體的詩所謂「曲」的漸行於時，且已有人以「曲」來作劇本了。所以自蔣捷以下諸人，他們的後半生，都不獨是宋代的遺老，且也成了詩國的遺老了。

朱淑真，為李清照後的一個女流大作家，她的五七言詩與詞都很好。她是錢塘人，境遇很悲慘，嫁了一個很壞的丈夫，終日鬱鬱寡歡，所以她的詩詞中多蘊含着愁苦之音。當時人集她的作品，名之為《斷腸集》，這名正可以反映出她的生平。她的詞可以《謁金門》：

春已半，觸目此情無限。十二闌干倚遍，愁來天不管。

好是風和日暖，輸與鶯鶯燕燕。滿院落花簾不捲，斷腸芳草遠。

及《生查子·元夕》為代表：

去年元夜時，花市燈如畫。月上柳梢頭，人約黃昏後。

今年元夜時，月與燈依舊。不見去年人，淚濕春衫袖。（此詞或以為非她所作）

自 1126 年南北朝對立之後，北朝的文士，有一部分遷到南方。但異族的金朝，在當時也頗知提倡文學，於是到了後來，作家也產生了不少。單說詞，可稱為作者的，前後有吳激、劉迎、王寂、李俊民、韓玉、趙秉文、党懷英、段克己、段成己及元好問等。

吳激字彥尚，建州人，為米芾之婿，使金被留；劉迎字無黨，東萊人，有《山林長語》；韓玉字溫甫，有《東浦詞》；王寂有《拙軒詞》；李俊民有《莊靖先生樂府》；趙秉文字周臣，與元好問俱以古文著名；党懷英字世傑，有《竹溪集》；段克己字復之，河東人，有《遯齋樂府》；段成己為段克己弟，字誠之，有《菊軒樂府》；元好問字裕之，秀容人，為北朝最大的作家，有《遺山樂府》。

段克己、成己及元好問俱經見過蒙古（元）滅金的悲劇的，他們入元都不出仕，在當時也是詩國的遺老，與張炎、周密一樣。此後，入元時，詞的新興作家未嘗沒有，然已無復有清新的氣韻與動人心魄的描寫了。代之而興起，為十三、十四世紀的文學中心者，乃為戲曲。一般所謂詩國的遺老及遺少，固然不屑動筆去寫那種新體裁的作品，然而新起的作家卻風起泉涌地出來，佔領了當時的新文壇。這將在以後另述。

宋之詩人

上面所敍的都是關於十世紀以來的詩之一新體所謂詞的；我們承認中世紀裏的「第二詩人時代」，其重心乃在於這種新體詩。然而

五七言的古律詩，在這個時代——十世紀至十三世紀的後半——也未嘗無重要的作家值得使我們敍述一下的。

大抵在五代及宋初之時，五七言古體詩的地位確曾被新體的詞佔奪了一時；到了梅堯臣、蘇舜卿、歐陽修、蘇軾、黃庭堅諸人出時，一方面詞固在開展它的勢力，一方面五七言詩也在澄煉它的內質，另改了一種新面目，以維持它的威權；所謂「宋詩」，即後人給它的特殊名號。曹學佺謂宋詩：「取材廣而命意新，不剽襲前人一字。」雖然所謂宋詩之全部，不能當它的這種讚美，然而大多數的作家卻可以說是如此的。

宋詩的最初期，有楊億、錢惟演、劉筠等十餘人，以晚唐的李商隱為宗向，其詩琢飾纖靡，號為「西昆體」。然不久即為石介、梅堯臣諸人所推翻。與他們同時而不受其染的有王禹偁（chēng）、徐鉉、寇準、韓琦、潘閬（làng）、林逋（bū）、石介諸人。

王禹偁字元之，濟州鉅野人，為翰林學士，出知黃州，徙蘄州而死，有《小畜集》，他的詩頗受有杜甫的影響；然知他的《畬田調》平易如口語，已開了後來宋詩的風氣之先：

> 北山種了種南山，相助力耕豈有偏。願得人間皆似我，也應四海少荒田。

徐鉉字鼎臣，會稽人。初仕南唐，後入宋為檢校工部尚書。馮延巳說：「凡人為文，皆事奇語。不爾，則不足觀，惟徐公率意而成，自造精極。」由此已可見其作風之如何。

寇準字平仲，華州下邽人，為中書侍郎同中書門下平章事，有詩集。《四庫全書總目提要》謂他的詩：「含思悽婉，綽有晚唐之致。然骨韻特高，終非凡艷所可及。」如《春雨》可為他的作品的一例：

> 散亂紫花塢，空濛暗柳堤。望迴腸已斷，何處更鶯啼！

韓琦字稚圭，相州安陽人，官至右僕射侍中，有《安陽集》。

潘閬字逍遙，大名人，為滁州參軍。

林逋字君復，錢塘人，結廬西湖孤山，不娶，以梅、鶴為伴，賜號和靖先生。其詩平淡邃美，梅堯臣謂「詠之令人忘百事」。如《湖村晚興》可為一例：

> 滄洲白鳥飛，山影落晴輝。映竹犬初吠，弄船人各歸。水波隨月動，林翠帶煙微。寺近疏鐘起，蕭然還掩扉。

他的《山園小梅》中之數語尤為時人所傳誦：

> 疏影橫斜水清淺，暗香浮動月黃昏。

石介字守道，兗州奉符人，為太子中允，人稱之為徂徠先生。他是正統的古文家，一面攻楊億等之靡麗詩及駢文，一面又攻佛、老、韓愈所提倡的古文之復興，很有功績。

梅堯臣、蘇舜卿及歐陽修繼他們而起，開創了宋詩的局面。

梅堯臣字聖俞，人稱宛陵先生，宣州宣城人，生於公元 1002 年，卒於公元 1060 年，為尚書屯田都官員外郎。他在當時詩名極大，為十一世紀前半的最大詩人，他少年時即以詩知名，此期的詩，為清麗閒肆平淡，至後半生，則其詩涵演深遠，氣力剛勁，間亦琢剝以出怪巧。龔嘯謂他：「去浮靡之習於昆體極弊之際，存古淡之道於諸大家未起之先。」（《宛陵先生集》）誠然，「西昆體」之滅絕他是有大力的。在《河南張應之東齋》：

> 昔我居此時，鑿池通竹圃。池清少游魚，林淺無栖羽。至今寒窗風，靜送枯荷雨。雨歇吏人稀，知君獨吟苦。

及《田家》可見其作風之一斑：

> 高樹蔭柴扉，青苔照落輝。荷鋤山月上，尋徑野煙微。老叟扶童望，羸牛帶犢歸。燈前飯何有？白薤露中肥。

蘇舜欽字子美，梓州桐山人，生於公元 1008 年，卒於公元
1048 年。他在當時與梅堯臣齊名，號為「蘇梅」。劉克莊謂其歌行：
「雄放於聖俞，軒昂不羈，如其為人。」大抵他與梅堯臣都是於古樸
中具瀟落淳畜之妙的，但梅則深遠閒淡，他則超邁橫絕，此為二人
不同處。他的詩有「會將趨古淡，先可去浮囂」之句，此可為宋詩
諸作家的共同宣言。他的作風可於《若神栖心堂》詩見一斑：

> 予心充塞天壤間，豈以一物相拘關？然放一物無不有，
> 遂得此身相與閒。上人構堂號栖心，不欲塵累相追攀。冷灰槁
> 木極潰敗，雖有善跡輒自刪。予嘗浩然無所撓，與予異指亦往
> 還。捲舒動靜固有道，期於達者誠非艱。

歐陽修的詩較梅、蘇為富腴，情調從容而敷愉，然不如他的詞
之蘊有深情，如《曉詠》可為一例：

> 簾外星辰逐鬥移，紫河聲轉下雲西。九雛鳥起城將曙，百
> 尺樓高月易低，露裛蘭苕惟有淚，秋荒桃李不成蹊。西堂吟思
> 無人助，草滿池塘夢自迷。

與他們同時的，還有邵雍，著有《伊川擊壤集》。他的詩平淡
閒適，大部分無深摯的情緒，且喜說道理，成所謂「理學派」的詩
的始祖。我們讀他的《擊壤集》，差不多到處都可以遇見類似格言
或教訓文的韻文，如《生男吟》：

> 我本行年四十五，生男方始為人父。鞠育教誨誠在我，壽
> 夭賢愚繫於汝。我若壽命七十歲，眼前見汝二十五。我欲願汝
> 成大賢，未知天意肯從否。

此簡直不能復稱之為詩，但也間有好詩。他的影響很大，如
理學家周敦頤、張載、程顥等都是他的嫡派，其他如司馬光、富弼
也與他同調。這一派的詩，淡易清和而毫不沾染華艷氣，是可稱許

的，然有時則太淡了，淡如白水之無味，有時則以詩為說「道理」的工具，成了有韻的格言，這都是他們的大病。

繼續梅堯臣諸人之後的有王安石，蘇軾、蘇轍兄弟，孔武仲、平仲、文仲兄弟，以及鄭俠、王令、米芾、張耒、晁補之、秦觀、沈遘、徐積等。黃庭堅也與他們同時，但他對於後來的影響卻最大，開創了所謂「江西詩派」的一個潮流；與他同時的陳師道、韓駒、晁沖之，都是受他的感化的，南渡以後的諸大詩人如陸游之流，也都甚受他的影響。

王安石少年時的詩，一往直前而無含蓄，晚來始見深婉不迫，如《金明池》可為一例：

> 宜秋西望碧參差，憶看鄉人禊（xì）飲時。斜倚水開花有思，緩隨風轉柳如癡。青天白日春常好，綠鬢朱顏老自悲。跋馬未堪塵滿眼，夕陽偷理釣魚絲。

蘇軾的詩豪邁奔放如他的詞，且氣象洪闊，鋪敘婉轉，黃庭堅、秦觀、張耒、晁補之等都曾多少地受其感化。如《雨晴後》：

> 雨過浮萍合，蛙聲滿四鄰。海棠真一夢，梅子欲嘗新。拄杖閒挑菜，鞦韆不見人。殷勤木芍藥，獨自殿餘春。

及《送晁美叔》可為一例：

> 我年二十無朋儔，當時四海一子由。君來扣門如有求，頎然病鶴清而修。醉翁遣我從子遊，翁如退之蹈軻丘。尚欲放子出一頭，酒醉夢斷四十秋。病鶴不病骨愈虯，惟有我顏老可羞。醉翁賓客散九洲，幾人白髮還相收。我如懷祖拙自謀，正作尚書已過優。君求會稽實良籌，往看萬壑爭交流。

蘇轍字子由，為軾之弟，當時也甚文名，時稱「二蘇」，然他的天才實不如兄。

孔武仲字常父，臨江新喻人，與兄文仲、弟平仲並有文名，時稱「三孔」。他們的詩都甚豪邁，今取平仲的《元豐四年十二月大雪郡侯送酒》詩為例：

　　平明大雪風怒號，屋上捲來亭下高。更深更密皆能到，所在紛紛如雨毛。堆牀壓案掃復聚，取筆欲書冰折毫。鬢眉沾白催我老，自頸以下類擁袍。此時只好閉門坐，右手把酒左持螯。奈何巀嶭據聽事，千兵蹈藉泥如糟。強登曹亭要望遠，紙傘擊手不可操。黑陰遮眼鋪水墨，寒氣刮耳投兵刀。飢腸及午尚未飯，更搜詩句無乃勞。幸有使君憐寂寞，亟使兵厨分凍醪。余雖不飲為一釂，兩頰生春紅勝桃。醉眼瞢騰視天地，螺嬴螟蛉輕二豪。勿令小暖氣便壯，自笑世間皆我曹。

鄭俠字介夫，福清人，以進《流民圖》，反對王安石的變法得大名。他的詩亦疏樸老直，今以《苞苴行》為例：

　　苞苴來，苞苴去，封書裹信不得住。君不見箕山之下有仁人，室無杯器，以手捧水，不願風瓢掛高樹。

王令字逢原，廣陵人，卒時年僅二十八，他的詩亦古拙，例如：

　　秋夕不自曉，百蟲齊一鳴。時節適使然，鼓脅亦有聲。爭喧鼠公盜，悉窘蛇陰行。獨有東家雞，苦心為昏明。（《宋詩鈔》）

米芾，字符章，太原人，徙居襄陽。善畫山水人物，自成一家，書亦勁奇；他的詩亦為時人所稱。蘇軾謂：「元章奔逸絕塵之氣，超妙入神之字，清新絕俗之文，相知二十年，恨知公不盡。」（《宋詩鈔》）他的作品，今舉一例：

　　六代蕭蕭木葉稀，樓高北固落殘輝。兩州城郭青煙起，千

里江山白鷺飛。海近雲濤驚夜夢，天低月露濕秋衣。使君肯負
時平樂，長倒金鍾盡醉歸。(《甘露寺》)

張耒的詩受白居易的影響為多，甚閒適蘊藉，例如《秋日》：

隕葉鳥不顧，枯莖蟲莫吟。野荒田已獲，江暗夕多陰。夜
語聞山雨，無眠聽楚砧。敝裘還補綻，披拂動歸心。

晁補之與秦觀的詩，俱為甚受蘇軾的感化者。晁補之文調瀟衍
而拗拙，例如：

無心看春只欲坐，偶騎馬傍春街行。可憐愁以草得暖，一
寸心從何處生。(《漫成呈文潛》)

秦觀的作風則宛麗淳泓如其詞，例如：

睡起東軒下，悠悠春緒長。爬搔失幽囀，款欠墮危芳。蛛
網留晴絮，蜂房受晚香。欲尋初斷夢，雲霧已冥茫。(《睡起》)

當時稱他二人及黃庭堅、張耒為「蘇門四詩人」。

沈遼字睿達，錢塘人，與兄遘，俱有詩名，常與王安石等相唱
和；徐積字仲車，楚州山陽人，亦以詩名，事母甚孝，卒時諡為節
孝處士；文同字與可，梓州人，與東坡為中表，善畫。其詩清肅，
無俗學補綴氣。

黃庭堅自號山谷老人，時人嘗以他與蘇軾並稱。他的詩自成一
家，雖隻字半句不輕出，同時詩人及後人都甚受其感化。凡宗向於
「江西詩派」的作家皆師承之。「江西詩派」的末流，其詩句至於拗
拙之極而不能讀，此病在黃庭堅尚不甚著，例如：

海南海北夢不到，會合乃非人力能。地褊未堪長袖舞，夜
寒空對短檠燈。相看鬢髮時窺鏡，曾共詩書更曲肱。作個生涯
終未是，故山松長到天藤。(《次韻幾復和答所寄》)

狂卒猝起金坑西，脅從數百馬百蹄。所過州縣不敢誰，肩
輿虜載三十妻。伍生有膽無智略，謂河可馮虎可搏。身膏白刃
浮屠前，此鄉父老至今憐。(《題蓮華寺》)

呂居仁作《江西詩派》，所列者自黃庭堅以下凡 26 人，然其中
除陳師道、晁沖之、韓駒外，並無甚著名之作家。

陳師道，字履常，一字無己，號後山，彭城人，為祕書省正
字。其詩為直受黃庭堅的影響的，例如《答黃充》：

我無置錐君立壁，春黍作糜甘勝蜜。綈袍不受故人意，藥
餌肯為兒輩屈。割白鷺股何足難，食鸕鷀肉未為失。暮年五斗
得千里，有愧寒檐背朝日。

晁沖之字叔用，初字用道。少年舉進士，在京師豪華自放。後
遭黨禍，栖遁於具茨之下，號具茨先生。他的詩氣勢洪闊而筆力寬
餘，論者謂陸游可以繼其後。

韓駒字子蒼，蜀仙井監人，嘗從蘇轍遊，其詩甚整煉，不吝改
竄，有寄人數年復追取更定一二字者。

宋南渡之後，詩人有沈與求、王庭珪、汪藻、孫覿、葉夢得、
張元幹、張九成、陳與義、劉子翬、程俱、吳儆等，而以葉夢得與
陳與義為最著。

沈與求字必先，湖州德清人，南渡後嘗參知政事，有《龜溪
集》；王庭珪字民瞻，安福人，有《盧溪集》；汪藻字彥章，德興人，
有《浮溪集》；孫覿字仲益，以嘗提舉鴻慶宮，故自號鴻慶居士。

葉夢得字少蘊，吳縣人，南渡後為江東安撫大使兼知建康府。
他雖經過南渡的大事變，然其詩仍蕭閒疏散，不甚受此大事變的影
響，例如：

澗下流泉澗上松，清陰盡處有層峰。應知六月冰壺外，未
許人間得暫逢。(《憶朱氏西澗》)

張元幹字仲宗，永福人，有《蘆川歸來集》；張九成字子韶，開封人，學者稱之為橫浦先生。

陳與義字去非，號簡齋，汝州葉縣人，官至參知政事。其詩甚工，當時有盛名，劉後村謂：「元祐後詩人迭起，不出蘇黃二體，及簡齋始以老杜為師。」（《後村詩話》）如《秋夜》：

中庭淡月照三更，白露洗空河漢明。莫遣西風吹葉盡，卻愁無處著秋聲。

及《中牟道中》可為他的作品的一例：

楊柳招人不待媒，蜻蜓近馬忽相猜。如何得與涼風約，不共塵沙一併來？

劉子翬字彥沖，學者稱之為屏山先生；程俱字致道，開化人，為中書舍人，其詩蕭散古淡；吳儆字益恭，為朝散郎，學者稱之為竹洲先生。

繼他們之後的有陸游、楊萬里、范成大三大家，皆受「江西詩派」之影響者，又有號為「永嘉四靈」之徐照、徐璣、翁卷、趙師秀四人，為反抗「江西派」而主張復晚唐之詩風。其他詩人更有尤袤、陳造、周必大、朱熹、陳傅良、薛季宣、葉適、樓鑰、黃公度、裴萬頃等。

陸游與范成大、尤袤、楊萬里俱為「江西派」詩人曾幾的弟子，所以多少受些黃庭堅的影響，但他能別樹一風格，表白出他自己創造的性格。他意氣豪邁，常欲有所作為，所以瀰漫熱烈的愛國之呼號，常見於他的詞與詩，而在詩中尤其顯躍，例如：

半年閉戶廢登臨，直自春殘病至今。帳外昏燈伴孤夢，檐前寒雨滴愁心。中原形勝關河在，列聖憂勤德澤深。遙想遺民垂泣處，大梁城闕又秋砧。（《秋思》）

他的詠寫「田野」的詩也甚著名，例如：

> 避雨來投白版扉，野人憐客不相違。林喧鳥雀栖初定，村近牛羊暮自歸。土釜暖湯先濯足，豆秸吹火旋烘衣。老來世路渾諳盡，露宿風餐未覺非。（《宿野人家》）

楊萬里字廷秀，吉州吉水人，為祕書監，嘗自號其室曰「誠齋」。他的詩，自言始學江西，既學後山、半山，晚學唐人，後忽有悟，遂謝去前學而後渙然自得，時目為「誠齋體」。他亦善於描寫田野景色，例如：

> 一晴一雨路乾濕，半淡半濃山疊重。遠草平中見牛背，新秧疏處有人蹤。（《過百家渡》）

其他各詩也閒淡多自得語，例如：

> 雨歇林間涼自生，風穿徑裏曉逾清。意行偶到無人處，驚起山禽我亦驚。（《檜徑曉步》）

> 百千寒雀下空庭，小集梅梢語晚晴。特地作團喧殺我，忽然驚散寂無聲。（《寒雀》）

范成大為詠寫田園的大詩人。楊萬里於詩無當意者，獨推服成大之作，如下之類，都是未經人寫過的景色：

> 已報舟浮登岸，更憐橋踏平池。養成蛙吹無謂，掃盡蚊雷卻奇。（《積雨作寒》）

> 柳花深巷午雞聲，桑葉尖新綠未成。坐睡覺來無一事，滿窗晴日看蠶生。

> 晝出耘田夜績麻，村莊兒女各當家。兒童未解供耕織，也傍桑陰學種瓜。

> 靜看簷蛛結網低，無端妨礙小蟲飛。蜻蜓倒掛蜂見窘，催

喚山童為解圍。

> 秋來只怕雨垂垂，甲子無雲萬事宜。穫稻畢工隨曬穀，直須晴到入倉時。（以上為《四時田園雜興》）

徐照字道輝，永嘉人，詩學晚唐，然頗多好的，例如：

> 初與君相知，便欲肺腸傾。只擬君肺腸，與妾相似生。徘徊幾言笑，始悟非真情。妾情不可收，悔思淚盈盈。（《妾薄命》）

徐璣字文淵，從晉江遷永嘉，為長泰令。

翁卷字靈舒，亦永嘉人。徐照等因卷字靈舒，亦各改字為靈輝（照）、靈淵（璣）、靈秀（師秀），「四靈」之號即因此而起。

趙師秀，字紫芝，嘗出仕。

他們都喜作五言律體詩。師秀嘗言：「一篇幸止有四十字，更增一字吾末如之何矣。」所以他們對於「江西派」的長詩甚致不滿。

尤袤在當時的詩名雖與陸、范、楊並盛，然其詩存於今者不多。

陳造字唐卿，高郵人，自號江湖長翁，陸游、范成大俱甚稱許他。

周必大字子充，一字洪道，廬陵人，為樞密使右丞相。

朱熹字元晦，一字仲晦，徽州婺源人，為煥章閣待制。他是南宋大理學家，雖自稱不能詩，然如下例之類，並不弱於當時諸大詩人：

> 擁衾獨宿聽寒雨，聲在荒庭竹樹間。萬里故園今夜永，遙知風雪滿前山。（《夜雨》）

陳傅良字君舉，居溫州瑞安，習經世之學，其詩蒼勁。

薛季宣字士龍，永嘉人，其詩質直暢達。

葉適字正則，也是永嘉人，其詩用工苦而造境生。

樓鑰（yuè）字大防，自號攻媿主人，鄞人，其詩雅贍。

黃公度字師憲，莆田人，洪邁謂其詩：「精深而不浮於巧，平淡而不近俗。」（《知稼翁集》）

裘萬頃字符量，豫章人，其詩也有閒適之趣。

略後於他們的大家，有劉克莊、戴復古及方岳。

劉克莊字潛夫，號後村，莆陽人，在當時為最負盛名之詩人。初為建陽令，後為福建提刑。他的詩初受「四靈」派之影響，後則自成一家，例如：

> 夜深捫絕頂，童子旋開扉。問客來何暮，雲僧去未歸。山空聞瀑瀉，林黑見螢飛。此境惟予愛，他人到想稀。（《夜過瑞香庵作》）

戴復古字式之，台天台黃巖人，負奇尚氣，慷慨不羈。嘗學詩於陸游，復漫遊於四方。以詩鳴江湖間 50 年。

方岳，字巨山，新安祁門人，為吏部侍郎。其詩主清新，工於鏤琢。

這時的女作家朱淑真，亦善為五七言詩，音甚楚苦，然如《馬塍》之類，亦具閒淡的趣味：

> 一塍芳草碧芊芊，活水穿花暗護田。蠶事正忙農事急，不知春色為誰妍？

劉克莊死後數年，蒙古由北方侵入南方，宋室便為他們所破滅。許多詩人都不忍見異族之成南方的主人，或隱遁於山林，或悲楚地漫遊於四方，或則以死來泯滅一己的悲感。這些詩人之著者，有文天祥、謝枋得、謝翱、許月卿、林景熙、鄭思肖、真山民及汪元量等。

文天祥字履善，盧陵人。南宋末年為右丞相，到蒙古軍講解，

為所留。後得脫逃歸，起兵為最後的戰鬥。兵敗，復為他們所執，居獄 4 年，終於不屈而死。

謝枋得字君直，號疊山，信州弋陽人。南宋亡後，嘗起兵圖恢復。兵敗，隱於閩。元累次徵聘，俱辭不就，後為他們所迫脅，不食死，有《疊山集》。

謝翱字皋羽，長溪人，自號晞髮子。嘗為文天祥諮議參軍。文天祥被殺後，他亡匿，漫遊於各處，所至輒感哭。此時之詩情緒絕沉痛悲憤，例如《遊釣台》：

百台臨釣情，遺像在蒼煙。有客隨槎到，無僧依樹禪。風塵侵祭器，樵獵避兵船。應有前朝跡，看碑數漢年。

許月卿字太空，婺源人，宋亡後，深居一室 10 年而卒。

林景熙字德陽，號霽山，平陽人，宋亡不仕，著《白石樵唱》詩集。

鄭思肖字憶翁，號所南，福州連江人，宋亡後，坐臥不北向，他的詩清雋絕俗，例如：

石竇雲封隱者家，一溪流水繞門斜。滿山落葉無行路，樹上寒猿剝鮮花。（《訪隱者》）

真山民不知其真名，但自號山民。其詩淡贍，張伯子謂他為「宋末一陶元亮」。

汪元量字大有，號水雲，錢塘人。宋亡後隨王室北去，後為道士南歸。其詩愴惻，如《幽州歌》：

漢兒辮髮籠氈笠，日暮黃金台上立。臂鷹解帶忽放飛，一行塞雁南征急。

在這裏所蘊蓄着的是多少亡國淚！

北朝的五七言詩作者，亦有多人。吳激，與蔡松年齊名，時稱「吳蔡」，二人詩並清麗。其後則有党懷英、李純甫、楊雲翼、趙秉文、雷淵諸人。党懷英的詩較他的詞為著名；李純甫字之純，號屏山，弘州襄陽人，縱酒自放，喜為詩；楊雲翼字子美，樂平人，官全資善大夫，與趙秉文齊名，時稱「楊趙」；趙秉文字周臣，磁州滏陽人，號閑閑老人，有《滏水集》，其詩亦甚有名；雷淵字希顏，應州渾源人，師李純甫，尚氣節。

此後則有王庭筠、王若虛、李獻能、元好問等，而以元好問為最著；王庭筠字子端，河東人，號黃華山主；王若虛字從之，藁城人，有《滹南遺老集》；李獻能字欽叔，河中人。

元好問年弱冠，即被稱為元才子，後官至翰林，金亡，不仕。著《遺山集》，編《中州集》。其詩沉鬱悲壯，筆力極雄健。為當代之盟主，且亦為元代諸作家之冠。

古文運動

在這「第二詩人時代」，散文並不見得發達，除了所謂「古文」的作家之外，其他重要的歷史家及論文家俱不多見。這時哲學的著作有很多，然比之公元前四、五世紀的周、秦諸子則遠有遜色，思想且不論，即以文章而論，周、秦諸子的乃是很優美的文學作品，這時代的諸哲學家的卻極難有什麼可以算為「文學的」著作。但在這時代的後期，卻有用口語寫的幾種小說出現，此於後來中國小說的發展甚有影響，當於下一二章內論之。

這時代的歷史家，最初有劉昫。他是後晉時的一個宰相，編了《唐書》一部，但這部書卻不能算為文學的。以後，有宋祁、歐陽

修不滿意於他的這部書，又另編著了一部同性質的書，人別名之為《新唐書》。歐陽修又自己獨著了一部《五代史》。此二書雖是他們用古文家的筆來寫的，然而在敍述裏並不見有什麼動人的地方。略後，有司馬光著了一部《通鑒》，仿《左傳》的編年體裁，敍戰國至五代的事，是一部極專心的大著作。再以後便沒有什麼值得提起的史書了。

古文運動，本起於中唐時韓愈、柳宗元諸人，他們欲撲滅自六朝至那時的駢儷的文體，而復歸於純樸古雅。在當時即成了文學上的一股海流，然並未有絕大的影響與優越的地位。宋初，楊億諸人尚從事於麗靡的文。後來石介、尹洙、柳開、穆修諸人起，才推倒了楊億等而宣傳韓、柳的古文。歐陽修繼之而鼓吹，而古文始大行於文壇。曾鞏、王安石以及蘇洵、蘇軾、蘇轍之父子三人皆為受他的影響而興起。自此以後，古文遂成了散文的正統體裁，作者不絕。在文壇上，佔據了極優越的地位。

南渡以後，古文作家之著者有王十朋、呂祖謙、陳亮、朱熹、葉適、謝枋得等。北朝亦染受此種風氣，古文作家之最著者，有趙秉文、党懷英、王若虛及元好問。

這個運動，最大的功績在於摧毀了不自然而雕琢過度的駢文的權力，而其病則在以「古」為尚，以摹學所謂太史公、揚雄的文字為高，不知向獨創的路走去；而以文學的尺來估量他們的作品，也使我們不敢恭維他們有什麼偉大的成績。所以他們雖在文學史上成了一個大潮流，但我們卻不能給他們以重要的地位。

第十章

金元文學

希臘的戲曲開始得極早：公元前五世紀時，即已有極宏大的公共劇場，即已有極偉大的悲劇作家與喜劇作家，即已有永久不朽的使今人讀之猶為之愉悅的偉大劇本。中國戲曲的開始卻較希臘的遲得多。當中國的詩歌已改變了好幾種的形式，當中國的散文已經歷了好幾次的新潮，且當中國的小說已發生了之後，她的戲曲才第一次出現於文壇；她的偉大的戲曲作家，她的不朽的劇本才有得產生出來。

這時在十二、十三世紀，即金、元等外族相繼侵入中國內部之時，離希臘戲曲的開始已有 1800 餘年了，離中國第一詩歌總集《詩經》的產生時代已有 2000 餘年了。

戲曲的發展

中國戲曲的發展為什麼如此地遲緩呢？春秋之時，即有關於優伶的記載。如楚有優孟，憐賢相孫叔敖後裔之窮困，因在楚王之前為孫叔敖衣冠，王大感動，即欲以他為相，他不欲，說了好些諷諭的話。楚王因此大悟，便給孫叔敖子以贈賜。後來類此的記載甚多。

大約所謂「優伶」，都為娛樂帝王貴族之人，以愉快的、滑稽的行動，鋒利機警的言談，引帝王們發笑（有時則使他們自省其非）為目的。雖往往裝扮成古人的形狀，但其目的似不專在於搬演故

事，而在於假此以使人發笑，乃是所謂「弄人」之流，而非所謂正式的演劇家。

北齊時，有蘭陵王高長恭，才武而面美，常著假面以對敵。嘗擊周師金墉城下，勇冠三軍。齊人壯之，為「大面」（亦稱代面）舞以效其指揮擊刺之容，謂之「蘭陵王入陣曲」（見《舊唐書‧音樂志》）。此為戴假面的歌舞劇的開始，其後類此者尚有所謂「撥頭」「踏搖娘」「參軍戲」等。

「撥頭」者，《樂府雜錄》言：「昔有人父為虎所傷，遂上山尋父尸。山有八折，故曲八疊。戲者被髮素衣，面作啼，蓋遭喪之狀也。」

「踏搖娘」的起源，據《舊唐書‧音樂志》謂：「河內有人，貌惡而嗜酒，常自號郎中。醉歸必毆其妻。其妻美色善歌，為怨苦之辭。河朔演其聲而被之弦管。因寫其夫之容。妻悲訴，每搖頓其身，故號踏搖娘。」郎中之狀，乃「著緋帶帽，面正赤，蓋狀其醉也」。（據《樂府雜錄》，其題為《蘇中郎》，蓋即《踏搖娘》。）

「參軍戲」，則似為不戴假面之戲。趙璘《因話錄》言：「（唐）肅宗宴於宮中，女優有弄假官戲，其綠衣秉簡者，謂之參軍椿。」

像這一類的零碎記載甚多，俱可為中國戲曲在十三世紀之前已發生之證。但在十三世紀之前，我們卻不能找到一本流傳於今的劇本，不能找到一個著名的戲曲作家。《宋史樂志》言：「真宗不喜鄭聲，而或為雜劇詞，未嘗宣佈於外。」蘇軾的詩有言：「搬演故人事，出入鬼門道。」則當北宋時已有劇本與具有演者出入之門 —— 鬼門 —— 的劇場了。

周密的《武林舊事》載宋官本雜劇段數，多至 280 本，陶九成的《輟耕錄》載金人所作院本 690 種，大約那時的戲曲必甚發達，劇本作者也必已很多了。但這 900 餘種的雜劇院本無一傳於今者，故不知其體裁之何若，其作者的姓名也都無可考。至今可考知的戲

曲作者，且至今尚得讀其劇本者，乃始於金末元初之時，即十三世紀的前半之時。

大約中國戲曲的發展之所以如此地遲緩，其最大的原因乃在於：一是文人以戲曲為下等的藝術，為以娛樂他人為業的「弄人」們的專業，不屑去顧問[1]它；二是詩賦策論為歷來文士得官的階梯，故他們注全力於此，自無暇注意到與科舉功名全無關係之戲曲了。到了金、元之時，科舉久停，文士無所用心，適值當時民間演戲之風甚盛，於是許多文學者便移他們的注意於科舉功名之心而注意於民眾的藝術上，而戲曲的偉大作家因此便產生了許多出來。

臧晉叔[2]謂元朝以劇本取士，所以元劇作者特盛，且俱為當時才智之士。實則他的話是沒有什麼確據的。「以雜劇取士」的話，在歷史上並無記載，在別的書上也並無記載，且大作家關漢卿、王實甫等俱為由金入元者，早已以作劇著名，更與元之「舉科」無關。臧晉叔的話想必是他對於元劇特盛之因由的「想當然」之解釋。

中國戲曲的組成，由於下面的三個部分：一為「科」，即指示演者在舞台上的動作；一為「白」，即演者的說話；一為「曲」，即演者所唱的辭句。三者之中，以曲為最重要。近來影刊的《元劇三十種》係依據於元時的坊間刊本，其中「科」「白」俱極簡略，有時僅在「曲」前註明「孤夫人上云了，打喚了，且扮引梅香上了，見孤科」，並不寫出他們的對話；有時則竟在全劇中連一點「科」「白」也不寫出，全部都是「曲」，如《關張雙赴西蜀夢》即為一例。

1　顧問：此處為顧及、關注之意。

2　臧晉叔（1550-1620），名懋（mào）循，字晉叔，號顧渚，浙江省長興縣人。明萬曆八年進士，官至南京國子監博士。他精研戲曲，兼長詩文，編集有《古詩所》《唐詩所》《元曲選》等。現存元人雜劇約一百五十種，絕大部分依靠其《元曲選》得以傳播。

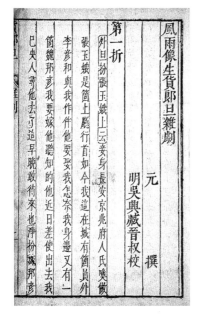

風雨像生貨郎旦雜劇

元　　明吳興臧晉叔校

撰

第一折

（外旦扮張玉娥上云）妾身長安京兆府人氏喚做張玉娥是箇上廳行首如今我造在城有箇員外李彦和與我作伴他要娶我怎奈我近日差使又有一箇魏邦彦我要嫁他聽知的他近日差使出去我巳央人寄他去引道早脫敢待來也（淨扮魏邦彦

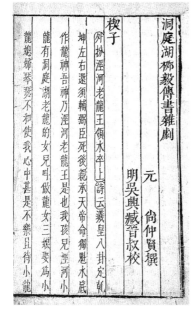

洞庭湖柳毅傳書雜劇

元　　明吳興臧晉叔校

尚仲賢撰

楔子

（外扮涇河老龍王領水卒上詩云）義皇八卦定乾坤左右還須輔弼臣死後親承天帝命獨魁水底作龍神吾乃涇河老龍是也我孩兒涇河小龍有洞庭湖老龍的女兒叫做龍女三娘要爲小龍媳婦琴瑟不和使我心中甚是不樂且待小龍

《元曲選》明万歷間刻本書影

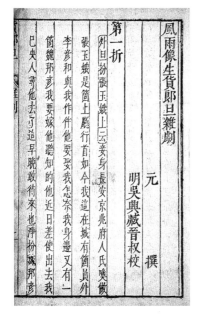

金元文學

187

這可見當時戲曲所注重的全在於唱,至於動作與對話則並不重視,可以由伶人自己去增飾表演。(《元曲選》中科、白俱全,有的人說這是明人所加的,有的人則說是作者原來所有的。以後說為較可靠。大約作者當初原都有很完全的科、白,坊間刊印劇本時,圖省事,每都將它們刪去。)但到了後來,則所刊印的劇本大概都把所有的科、白刊上了。

宋時,伶人所唱者都為當時盛行的新體的「詞」。後來金人佔據了中國北部,「舊詞之格,往往於嘈雜緩急之間,不能盡按,乃別創一調以媚之」(王世貞《藝苑巵言》)。這就是「北曲」的起源。十二、十三世紀中的劇本都是用這種新體的詩寫的。到了十四世紀的前半,即元末明初之時,「南曲」又漸漸地發達。

南曲為南方的人改變詞調所創造的,在宋時已有之。當北曲極盛時,南方也被收入了它的勢力範圍之內,寖至南方的詩人亦俱善於作北曲。在十三世紀的後半,善作北曲的詩人大都為南方的人,或北人而流寓於南方者。然北曲究竟不大諧適於南人的耳官。所以不久南曲便發達起來,漸漸有佔奪了北曲的地位之傾向。十六世紀之時,即為南曲最發達之時,當時北曲雖然未全消滅,然其勢力已甚微弱了。但這是後話,本章所述,止於中世紀,即十五世紀之末,僅能述至南曲初起之時。

最初的一個最偉大的北曲作家是董解元[1]。董解元的名字是什麼,我們已無法知道,大約因為他在金時中過解元,所以人便稱之為董解元。他的生年約在十二世紀的後半。著名的《西廂搊(chōu)彈詞》便是他的大著。論者每以此書為中國的第一部劇本。鍾嗣成[2]

1　「解元」二字,在金、元之間用得很濫,蓋為對讀書人之通稱或尊稱,並不像明代必以中舉首者為「解元」。

2　鍾嗣成(約1279—約1360),元代文學家,散曲家,字繼先,號丑齋,大梁(今河南開封)人,寓居杭州。元順帝時編著《錄鬼簿》二卷,載元代雜劇、散曲作家小傳和作品名目。

的《錄鬼簿》著錄戲曲家也以他為第一人。實則此書並非劇本，乃是一個人用琵琶撥彈的。他一面念唱曲調，一面彈奏琵琶，頗類現在流行各地的說書或夏夜在婦女叢中一面敲鼓，一面念唱的彈詞。不過，其中有「白」，有「曲」，除了為一人撥唱而非多人表演，為敍事式的一人代言的說唱之書而非直接由伶人扮演說唱的劇本之外，其他各點，對於後來劇本的結構上都很有影響，尤其在「曲」的一方面。

《西廂記》1926 年德文版木刻插圖

這部書的題材是完全根據於元稹的《會真記》的，但加了不少的人物及穿插等。王實甫之著名的《西廂記》劇本，其事實及情節即完全依照於它而寫的，它實可算是一部極偉大的史詩。像這種體裁的著作，在中國只有這一部，離開它的別種重要之點不說，即以它本身的文藝價值而論，也可以使它在文學史上佔一不朽的地位。它寫人物的個性，翩翩如活，詩句也有許多是極好的。如以下是其例子：

> 要酒後廚前自汲新泉，要樂當筵自理冰弦，要絹有壁畫兩三幅，要詩後卻奉得百來篇，只不得道着錢。（卷三，38 頁，《暖紅室本》）
>
> 莫道男兒心如鐵，君不見滿川紅葉，盡是離人眼中血。（卷四，1 頁）

雜劇的鼎盛

繼《西廂搊彈詞》之後的，便為結構很完備的劇本了。十三世紀時的劇本，都是用北曲寫的，前面已經說過，它們的結構都是很相同的；全部分成4折，所謂「折」便是現在的所謂「幕」，便是南劇裏所謂「出」的意思。有的時候，於4折之外，又加上了一個「楔子」，大約在四折不夠敷演盡某種故事時，才添加上這種楔子。這種例子在《元曲選》裏極多，如馬致遠的《漢宮秋》，無名氏的《衣錦還鄉》《合同文字》等，俱是有楔子的。

北劇（現在名它們這種劇本為北劇，或謂之雜劇）所用的角色不少，但卻只有兩個主要角色可以唱曲，即正末與正旦，其餘的角色都僅可說「白」，以幫助主角。而這兩個主角在同一劇中又不能並唱，如此戲為正末主唱的，則須由他一人從楔子或第一折直唱到第四折之最後，且角不能唱一句；如果是正旦主唱的，則須由他一人從楔子或第一折直唱到底，正末 —— 如果劇中有這個角色 —— 也不能唱一句。如《元曲選》中的《漢宮秋》等，即為正末主唱之一例 —— 此例最多 —— 而同書中的《風光好》（戴善夫作），則為正旦主唱之一例。

但在同一劇中，主角如正末等，又可以一個角色裝扮好幾種人物。如在第一折中他扮書生，在第二折中他又可以改扮神道。因此，唱的雖只有他一個人，而在劇場上，卻可以在不同折裏有不同的人物在唱着。譬如元無名氏的《硃砂擔》，在楔子裏，在第一折及第二折裏，正末俱扮王文用，後來王文用被白正所殺，正末便在第三折裏改扮東岳太尉（神）而出唱。到了第四折，正末又扮了王文用的鬼魂而出場歌唱，而東岳太尉在這一折裏則不唱，另由一人扮之。舉此一例，可以概知其他。

這種結構，那時的戲曲作家都守之極堅，無一人肯出此範圍之外者。雖然王實甫的《西廂》，嘗破全劇由末或旦一人獨唱之例，但他對每劇必以四折為限之成例仍始終不敢打破，寧可使很長的《西廂》故事分成為四個劇本，卻不願使它連為一氣而為一部具有 20 折的長劇。而除王實甫的此劇外，他人也無有破例者。

但像這種結構簡單的劇本，後來究竟漸漸地不足以使人滿意了。因為每種劇本只限四折，在劇情簡短的時候原可以適用，而一到了採取長的故事為題材時，便不夠應用；且在短的故事裏也不能將人物性格、事實背景描寫得詳盡，雖然可以加上了一個楔子，但究竟還是不夠；且全劇僅由一個角色唱，未免太單調了，聽者也覺得乏味。於是後起的南劇（或謂之傳奇）便把這些北劇的成例全推翻了。在南劇裏，無論哪一個角色，都可以唱，就是最不重要的角色也可以唱幾句。因此，在戲曲上有許多大進步：

第一，聽眾見了許多不同的人在唱，有時一人獨唱，有時數人合唱，自然較之始終僅見同一人在唱者為更覺得有興趣。

第二，當僅以正末或正旦一人主唱之時，唱者自易疲倦，萬不能繼續演唱長部的劇本，元劇之以一部四折為定例者，其原因未始不源於此。

現在，一切角色都可以唱了，正末及正旦唱的負擔便輕得多。大家輪流唱着，劇本自可拉得很長了。所以南劇的出數，大都有 30~50 之數。如《琵琶記》有 42 出，《幽閨記》有 40 出，《荊釵記》有 48 出，《白兔記》有 33 出。如此，劇情便可以描寫得盡致，不致因限於篇幅之過短而有強行截去作者之情思之患了。

南劇之與北劇不同者尚有一點，即在南劇之開始（第一出），總有一段敍述全劇大意與情節的引子，由一個「副末」在劇場上報告出來，這個引子，名稱很不相同，有時稱之為「家門始終」，有時稱之為「家門大意」，有時稱之為「家門」，有時稱之為「開宗」，

有時稱之為「副末開場」，有時稱之為「先聲」，有時則稱之為「楔子」。但這種楔子與北劇所謂楔子的內容完全不同：北劇的楔子則全劇情節的一部分，而此之所謂楔子或家門大意，則為全劇中的一個小引，為將全劇的大綱先括述出來的一種「提要」之類的東西。又南劇的楔子必須最先，北劇則或在最先，或在各「折」之中間，俱不一定。

自南劇打破了北劇的成規之後，北劇的作家，也便不復再堅守以前的死規例了。明人作雜劇者，如朱有燉，如汪道昆，如徐渭他們，都已把北劇的四折的制度推翻，而成為一種「獨幕劇」的體裁。同時，正末、正旦主唱的舊規例也完全被破壞了。這在北劇本身一方面，實是一種大進步。

但當戲曲的結構進步到很完美的時候，戲曲的文辭卻又由「本色」的、新鮮的、活潑的，而漸漸地被文人們粉裝珠飾而成了非民眾的，只供文人貴族賞玩的失真趣的文藝作品，與五七言詩、詞、古駢文同一類的陳腐東西了。這是後期的話，在第一期中，這種雕飾艷辭腐語的傾向，尚未見很顯著。

元之戲曲家

元代的戲曲作家甚多，見於鍾嗣成的《錄鬼簿》者凡 117 人。鍾嗣成是元末的人，此書初作於公元 1330 年（至順元年），（據他的自序）大約此後他尚時時加以修改，所以書中所敍的時代卻遲至公元 1345 年（至正五年，喬吉甫的死年），離開初作書時已有 15 年之久了。因此，此書所敍的作家與作品頗為完全。他在此書裏，將元曲的作家分為三個時期來說：一、前輩已死名公才人有所編傳奇

地	第一期 姓名	作曲數[1]	出生地	第二期 姓名	作曲數	出生地	第三期 姓名	作曲數	出生地
大　都	關漢卿	58		曾瑞	1				
	庾天錫	15							
	王實甫	14							
	馬致遠	12							
	王仲文	10							
	楊顯之	8							
	紀天祥	6							
	費庚臣	3							
	張國賓	3							
	梁進之	2							
	孫仲章	2							

1　此表完全依據《錄鬼簿》，故所載作曲之數與現在所知者略有不同，如關漢卿，今知他的劇本共有 63 種，但《錄鬼簿》僅載 58 種。現在仍依《錄鬼簿》所載。作者有劇本存在於今者尚有羅本和楊梓二人，為《錄鬼簿》所未載，故此表亦未列入。姓名後亦未注數字者，乃《錄鬼簿》不載他們的作曲之數者。

（續上表）

地 時	第一期			第二期			第三期		
	姓名	作曲數[1]	出生地	姓名	作曲數	出生地	姓名	作曲數	出生地
大 都	趙明道	2							
	李子中	2							
	石子章	2							
	李時中	2							
	費君祥	1							
	李寛甫	1							
	紅字李二	3	京兆						
	王伯成	2	涿州						
中書省所屬	高文秀	32	東平	鄭光祖	17	平陽			
	鄭延玉	23	彰德	喬吉甫	11	大原			
	吳昌齡	19	西京大同	宮天挺	6	大名			
	白樸	15	真定	趙良弼	1	東平			
	李文蔚	12	真定	陳無妄		東平			
	尚仲賢	10	真定	李顯卿		東平			

姓名	數	籍貫	
武漢臣	10	濟南	
李壽卿	10	太原	
石君寶	10	平陽	
于伯淵	6	平陽	
戴尚甫	5	真定	
王廷秀	4	益都	
張時起	4	東平	
李好古	3	保定	中書省所屬
趙文殷	3	彰德	
李進取	3	大名	
李直夫	3	女真	
岳伯川	2	濟南	
康進之	2	棣州	
顧仲清	2	東平	
劉唐卿	2	太原	
趙公輔	2	平陽	

（續上表）

地	第一期 姓名	作曲數[1]	出生地	第二期 姓名	作曲數	出生地	第三期 姓名	作曲數	出生地
中書省所屬	彭伯威	1	保定						
	侯正卿	1	真定						
	史九山人	1	真定						
	江澤民	1	真定						
	陳寧甫	1	大名						
	張壽卿	1	東平						
	鍬君厚	1	平陽						
	孔文卿	1？	平陽						
	李行甫	1	絳州						
行中書省所屬河南江北処	姚守中	3	洛陽	睢景臣	3	揚州			
	趙天錫	2	汴梁				張鳴善	2	揚州
行中書省所屬河南江北処	陸顯之	1	汴梁				孫子羽	1	揚州
	孟漢卿	1	亳州						

名	籍貫	雜劇數
秦簡夫	杭州	5
蕭德祥	杭州	5
趙善慶	饒州	5
王曄	杭州	3
王仲元	杭州	3
陸登善	杭州	2
徐再思	嘉興	
吳朴	平江	
黃公望	姑蘇	
錢霖	松江	
顧德潤	松江	
張可久	慶元	
汪勉之	慶元	

名	籍貫	雜劇數
鮑天佑	杭州	8
金仁杰	杭州	7
沈和	杭州	5
周文質		4
陳以仁	杭州	3
范康	杭州	2
廖毅	建康	
范居中	杭州	
施惠	杭州	
黃天澤	沅州	
沈拱	沅州	
吳本世	沅州	
胡正臣	沅州	
俞仁夫	沅州	
張以仁	湖州	
顧廷玉	松江	
李用之	松江	

行中書省所屬河南江北等处

（續上表）

時＼地	第一期			第二期			第三期		
	姓　名	作曲數[1]	出生地	姓　名	作曲數	出生地	姓　名	作曲數	出生地
未詳	趙子祥	3		屈彥英			屈子敬	5	
	李　郎	2		王思順			吳仁卿	4	
				蘇彥文			朱　凱	2	
				李齊賢			高可道		
				劉宣子			李邦杰		
							曹明善		
							高敬臣		
							高安道		
							王守中		

行於世者；二、方今已亡名公才人他所相知的，及已死才人他所不相知的；三、方今才人相知的，及方今才人聞名而不相知的。

王國維在他的《宋元戲曲史》上，以鍾氏的第一期為蒙古時代，自太宗窩闊台取中原至世祖忽必烈統一南北為止（1234—1279）；第二期為統一時代，自此後至至順及後至元間（公元 1340 年以前）為止；第三期為至正時代（1341—1367），即元末之時代。茲將鍾氏所舉作者的時代及生地列表於下：

在這個表裏，我們可以看出元曲變遷的大勢。第一期裏的作者共有 56 人，其生地大都為北方，江浙等處未有一人；僅有馬致遠、尚仲賢、張壽卿諸人作吏於南方，他們當係傳播北曲於南方的最有力量者。這時作者的中心集合地大約係大都。大都即今之北京。然在第二、三期裏，我們便可看出一個大變動的時局了；第二期的作者僅 30 人，而南方的人已佔了 17 人，尤以杭州為最多；北方的作者則僅有六七人，且尚係與南方都有若干關係的，如曾瑞則後半生居於杭州，鄭光祖及趙良弼俱為杭州的官吏，喬吉甫與李顯卿也住於杭州（只有宮天挺一人未到南方來）。到了第三期，則北方的戲曲家僅有高君瑞一人為南方所聞知，其餘的許多作者都是南方的人。由此可見，在這兩個時期，南方的杭州竟已代大都而為戲曲作家的中心集合地了。但在戲曲的本身講來，則第一期的作者最多，且其作品流傳於現在者也最多，到了第二、三期則作者似都已疲乏，無復有第一期一人而作 30 劇、50 劇的魄力了，他們的作品傳於今的也較第一期少了許多。

在這 110 余人的作家中，最有名者，為第一期的關漢卿、馬致遠、白樸、王實甫，及第二期的鄭光祖、喬吉甫，世稱之為「六大家」。現在將較重要而有劇本留傳於今的作家依次敍述一下。

關　漢　卿

　　關漢卿為最先出的一個戲曲作家，他是大都人，號已齋叟，曾做過太醫院尹。他的生年大約在公元 1234 年（金亡之年）以前。他的戲曲作品，據《錄鬼簿》所載僅有 58 種，而據今所知的則有 63 種。大多數俱已散佚，僅有《玉鏡台》《謝天香》《金線池》《竇娥冤》《魯齋郎》《救風塵》《蝴蝶夢》《望江亭》（以上俱見《元曲選》），《西蜀夢》《拜月亭》《單刀會》《調風月》（以上俱見《元刊雜劇三十種》）及《續西廂》（附於王實甫的《西廂記》後）等 13 種尚存於今，尤以《竇娥冤》及《續西廂》為最著名。

　　《竇娥冤》連楔子共五折。楔子裏敍楚州蔡婆生了一個男孩，家裏頗有些錢。有一個竇秀才名天章的，向她借銀數十兩，不能償還，便把他的女兒名端雲的給了她為媳婦，改名竇娥，這竇娥便是此劇中的女主人公。蔡婆收下了媳婦，便送了些盤纏給竇天章上京應舉去了。第一折的開端敍一件意外的遭遇。賽盧醫借了蔡婆的錢，不能還，便把她誘至郊外，欲用繩絞死她，恰值張驢兒與他的父上場救了她，賽盧醫逃去了。全劇的波瀾便由此掀起。張驢兒與他的父依仗着救死的恩惠，隨蔡婆回家，欲父娶了蔡婆，而他自己娶了竇娥（那時蔡婆的兒子已死去了）。竇娥執意不肯嫁他。第二折敍張驢兒遇見賽盧醫，強迫他給些毒藥，欲毒死蔡婆而將竇娥做妻；不料被他的父誤吃了而死。張驢兒強指係竇娥下藥毒死的，告了官，將她定了死罪。第三折敍竇娥被殺的情景，這一折是世界上最悽苦的文字之一，什麼人讀了都要戰栗起來，是全劇的最高點。竇娥臨死時說，如她是冤枉的，頸血便都將飛濺在丈二白練上，當時雖是六月，也將下雪，且那個地方也將亢旱三年。果然，一切都應了她的預言。第四折敍竇天章做了廉訪使，到了楚州，調閱案卷，竇娥的鬼魂向他訴冤。他便捉了張驢兒、賽盧醫，各給他們以

相當的罪名，報了竇娥的怨冤。

雖然如此結束，然而我們為竇娥的屈死而引起的悲憤心還不能寧謐下去；這個題材原太悲苦了，而漢卿的敍寫又緊張之極，迫切之極，自然使人讀後更難於忘記了。中國的悲劇本來極少，這一劇可算是所有悲劇中之最偉大的。

王　實　甫

《續西廂》是續王實甫的《西廂》四劇的。王氏的《西廂》止於草橋店夢鶯鶯，關氏所續則為「張君瑞慶團圓」之一幕劇情。董解元的《西廂搊彈詞》原有這一段事實，《西廂》是全依據於它而寫的，故關漢卿也要做了第五本的《西廂記》以補足王氏未完的四本。

《西廂記》與《續西廂》的作者為誰，從前曾爭論了許久，或以為關著而王續，或以為王著而關續，或以為全部是王著，或以為全部是關著，到了現在，則「王著而關續」的話，差不多成了定論了。

〔明〕陳洪綬：《西廂記·窺簡》插圖

關的續本，金喟曾極力施以攻擊，以為「狗尾續貂」，這是他未見《董西厢》，不知原本本是如此之故。且續本裏的好詞句，也未必少於前四本，如下即是一例：

> 我這裏開時和淚開，他那裏修時和淚修。多管閣着筆尖兒未寫，早淚先流。寄來的書，淚點兒兀自有。我將這新痕把舊痕湮透，正是一重愁翻做兩重愁。（《暖紅室刊西厢十則》第三冊3~4頁）

王實甫也是大都人，他的生年也與關漢卿約略相同。他的著作的開始在金朝未亡之前。《麗春堂》一劇敍的是金代的事，而最後言「萬邦齊仰賀當今皇上」，可為一證。所作劇本凡14種，存於今者僅《麗春堂》（見《元曲選》）及《西厢記》2種，而《西厢記》尤為流傳最廣之作品。如果他什麼都不作，僅作了《西厢記》一書，則此書已足使他不朽。

《西厢記》係依據董解元的《西厢搊彈詞》而改作劇本的，共分四本，凡16折；第一本為「張君瑞鬧道場」，第二本為「崔鶯鶯夜聽琴」，第三本為「張君瑞害相思」，第四本為「草橋店夢鶯鶯」。

在第一本裏敍崔家寄寓於普救寺。張珙來遊，偶然見了鶯鶯，大驚羨，便也寄寓於寺之西厢，想覓一個機會與她通殷勤。藉着做道場，又與鶯鶯相見了一回。第二本敍孫飛虎率軍圍寺，欲劫了鶯鶯去。大家驚惶無措。崔夫人說：「但有退得賊兵的，將小姐與他為妻。」於是張珙草了一書遞於鎮守蒲關的大將杜確，統軍來解了圍。不料老夫人又反悔了說：「鶯鶯幼昔許與鄭恆為婚」，只以兄妹之禮使鶯鶯與張生相見。張生大失望，鶯鶯也很凄楚。第三本則敍他們二人互相戀慕的感情，為他們傳遞消息的人為一個婢子名紅娘的，在這一本裏，這紅娘是一個最重要的角色。靠了她，鶯鶯與張生終於私自成了婚。第四本便敍他們的戀愛成功的情形。後來，這事被

老夫人發覺了。她無可奈何，只得又許了張生的婚姻，着他到京應舉。熱戀的二人的分別，是全劇故事中最凄楚的一節。他的所寫即止於此。後來的張生與鶯鶯團圓的事，在關漢卿的續本裏寫出。

在這個劇本裏，人物的個性分得十分清楚；老夫人是有老夫人的個性，張生是有張生的個性，鶯鶯是有鶯鶯的個性，紅娘是有紅娘的個性，其他幾個和尚與孫飛虎等也各活潑潑地現在紙上。在這一點上，王實甫的描寫能力似較董解元為更進步。

中國的戲曲小說，寫到兩性的戀史，往往是二人一見面便相愛，便誓訂終身，從不細寫他們戀愛的經過與他們在戀時的心理。《西廂記》的大成功便在它的全部都是婉曲地、細膩地在寫張生與鶯鶯的戀愛心境的。似這等曲折的戀愛故事，除《西廂記》外，中國無第二部。董解元的《西廂搊彈詞》也是着力從這一點上寫的，但沒有王實甫寫得膩婉。全劇中又充滿了詩意的描寫，在各支「曲子」裏，我們又可以找到不少的極好的抒情詩，如下文句便是其例子：

> 我和他乍相逢，記不真嬌模樣，我到索手抵着牙兒，慢慢地想。

> 四圍山色中，一鞭殘照裏，遍人間煩惱填胸臆，量這些大小車兒如何載得起！

> 想人生最苦離別。可憐見千里關山，獨自跋涉。似這般割肚牽腸，倒不如義斷恩絕！

王實甫的《麗春堂》一劇，其重要性便遠不如《西廂記》。《麗春堂》的題材很簡單，係敍金朝右丞相完顏樂善，在賜宴時與李圭相爭，被皇帝貶於濟南，後因盜賊蜂起，復召他回朝。百官們在他家的麗春堂設宴賀他，李圭也來謝罪。以如此簡短的故事衍為四折，卻並不見其拖率繁累，且還具有戲曲的趣味，這也可見作者的藝術的高超。

馬　致　遠

　　馬致遠，號東籬，也是大都人，曾任江浙行省務官。他的生年略後於關、王二人。《錄鬼簿》載其戲曲共 12 種，今知共有 14 種，其中的一半（7 種）尚傳於今，即《漢宮秋》《薦福碑》《岳陽樓》《黃粱夢》《青衫淚》《陳搏高臥》及《三度任風子》，俱見於《元曲選》中。他的戲曲喜敍神仙的奇跡，如《岳陽樓》《黃粱夢》《三度任風子》等俱是，這是他與關、王二人不同的一點。他的作品的風格，俱甚瀟灑自然；不像關之凝重，也不像王之婉曲。《漢宮秋》可謂他的諸劇的代表。

　　《漢宮秋》係敍漢時的美姬王昭君遠嫁的故事。這個故事曾感動了不少的詩人。然馬致遠此劇的描寫中心乃不在昭君而在漢元帝，這是它與別的以此同一故事為題材的作品大殊異的一點。

《元曲選·漢宮秋》1918 年涵芬樓影印本書影

　　故事的起點為匈奴求婚於漢室。先此，毛延壽曾為漢元帝的使者，往各處搜求美女，以實後宮，並圖其形以備臨倖。有名王嬙字昭君的一個美女，因不肯賄賂毛延壽，被他在圖上點破，因此久不得臨倖。後元帝偶然見了她，大驚其美，便十分地寵愛她，問知毛延壽的舞弊，即欲斬他，毛延壽逃到匈奴，勸說單于指名要王嬙為閼氏。漢廷官吏怕動刀兵，便極力勸元帝割捨了王

嬙，送給匈奴和親。元帝不得已而許之。昭君與元帝的相別，是全劇的極高點，寫得極淒涼。番使護着昭君漸漸地去遠了，元帝還立在那裏凝望着。這裏的一段曲，是寫他那時的心境的：

> 呀，俺向着這四野悲涼！草已添黃色，早迎霜。犬褪得毛蒼，人搦起纓槍，馬負着行裝，車運着糇糧，打獵起圍場。她，她，她，傷心辭漢主；我，我，我，攜手上河梁。她部從入窮荒，我鑾輿返咸陽。返咸陽，過宮牆；過宮牆，繞迴廊；繞迴廊，近椒房；近椒房，月昏黃；月昏黃，夜生涼；夜生涼，泣寒螿；泣寒螿，綠紗窗；綠紗窗，不思量！

後半段的音節是如何地迫切！自昭君去後，元帝抑抑無歡，一夜在夢中見了昭君，醒來時正聽見孤雁在叫。這個情境真足使任人都為之感動。後來，昭君走到了黑龍江，投水死了，匈奴便拿了毛延壽，送回漢廷治罪。全劇便如此結束了。

白　樸

白樸，字仁甫，後改字太素，真定人，生於公元 1226 年（金正大三年），號蘭谷先生，贈嘉議大夫，掌禮儀院太卿。他也是後於關、王的作劇家。所作劇本共 15 種，存於今者僅 2 種，即《梧桐雨》與《牆頭馬上》，俱見《元曲選》。《梧桐雨》是敍唐明皇與楊貴妃的戀史的，《牆頭馬上》是敍裴少俊與李千金的戀史的。

《牆頭馬上》是一篇有趣的喜劇，描寫得很大膽，裏面有許多好的抒情詩，如下文之類：

榆散青錢亂，梅攢翠豆肥。輕輕風趁蝴蝶隊，霏霏雨過蜻蜓戲，融融沙暖鴛鴦睡。落紅踐踐馬踏塵，殘花醞釀蜂見蜜。

《梧桐雨》是一篇極高超的悲劇。無數的中國悲劇，其結果總是止於團圓或報仇，即關漢卿的《竇娥冤》，馬致遠的《漢宮秋》也是大圓滿、快人意的結束；無數的敍唐明皇、楊貴妃的故事的文字，其結果也都是止於幻造的大團圓之境地，如陳鴻的《長恨歌傳》乃有葉法善的傳語，洪昇的《長生殿》乃以天上的重圓結束全劇，全失了悲劇的意境；獨王仁甫此劇，則為最完美的悲劇，其全劇乃在唐明皇於楊貴妃死後的悲歎聲中而收局。他寫唐明皇的悲懷，甚為着力，使人讀完了此劇，也為之感傷無已。試舉其一段。

（正末扮明皇，做睡科，唱）【倘秀才】「悶打頦，和衣臥倒，軟兀剌方才睡着。」

（旦上云）「妾身貴妃是也，今日殿中設宴，宮娥，請主上赴席咱。」

（正末唱）「忽見青衣走來報道，太真妃將寡人邀宴樂。」

（正末見旦科，云）「妃子你在那裏來？」

（旦云）「今日長生殿排宴，請主上赴席。」

（正末云）「吩咐梨園子弟齊備着。」

（旦下）（正末做驚醒科，云）「呀，原來是一夢。分明夢見妃子，卻又不見了。」（唱）【雙鴛鴦】「斜軃翠鸞翹，渾一似出浴的舊風標，映着雲屏一半兒嬌。好夢將成還驚覺，半襟清淚濕鮫綃。【蠻姑兒】懊惱，窨約。驚我來的，又不是樓頭過雁，砌下寒蛩，檐前玉馬，架上金雞；是兀那窗兒外梧桐上雨瀟瀟。一聲聲灑殘葉，一點點滴寒梢，曾把愁人定虐。」

這一場夢境，這一陣滴落於梧桐上的雨點，使全劇增添了不少的活氣。

元曲其他作家

高文秀，東平人，府學生。他雖然死得很早，但他的戲曲作品卻不少，據《錄鬼簿》所載有 32 種，據今所知有 34 種，存於今者僅《須賈誶范雎》《黑旋風雙獻頭》（以上 2 種見《元曲選》），及《好酒趙元遇上皇》（此 1 種見《元刊雜劇三十種》）3 種。

《誶范雎》（「雎」，《元曲選》作「叔」）係敍戰國時范雎為魏齊及須賈所辱，偽死，得脫奔秦，做了秦的丞相，因得報復他的舊怨。此劇《元曲選》作無名氏撰，茲據《錄鬼簿》，知為高文秀所作。

《黑旋風雙獻頭》（「頭」《元曲選》作「功」）係他所作的「水滸」劇本之一。他善於寫「水滸」故事，尤喜寫黑旋風李逵。此類劇本，所作不下 8 種，存於今者僅此 1 種。此劇敍宋江的舊友孫孔目欲偕妻郭念兒赴泰安神州廟燒香。他到梁山泊請一個「護臂」（即今所謂保鏢的人）。李逵自己出來要擔任這個差事。他們同到了泰安。有一個白衙內原與郭念兒相戀着，這時便乘機在飯店裏拐了郭念兒回去。孫孔目到大衙門去告他，不料這衙門的官正是白衙內，便把孫孔目下在死牢。李逵進監牢用蒙汗藥把禁子迷倒了，救了孫孔目出來，夜間又去殺了白、郭二人，把雙頭帶上山去獻功。

此劇裏的李逵，雖然形狀生得黑怪，性格生得烈憨，然尚知道用計，心思也很精細，且殺人後曾題詩在牆上，與《水滸傳》的一部小說中所描寫的完全憨直愚魯的李逵不同。

《好酒趙元遇上皇》係敍一酒徒，因飲酒常醉而為家庭所棄，卻也因飲酒而遇到了微行的上皇，認作兄弟，反得了好結果。

鄭廷玉，彰德人，所作劇本共 23 種（據《錄鬼簿》），存於今者有《楚昭公》《後庭花》《忍字記》《看錢奴買冤家債主》等，俱見

於《元曲選》，又有《崔府君斷冤家債主》1 種，《錄鬼簿》未著錄，《也是園書目》以為係鄭廷玉作，今亦見於《元曲選》。

《楚昭公》係敍戰國時，伍子胥伐楚，楚昭公戰敗，賴申包胥向秦國求得了救兵，又恢復了楚國的事。其中還雜着些神怪的故事：一、這次戰事的開始，此劇說，係因吳國的一柄寶劍名湛盧的飛到楚國去，吳向楚王索取不得之故。二、當楚昭公兵敗時，逃難過江，船小人多。艄公說須疏者下船，以救此船的傾覆，於是昭公的妻與子都跳入水中去了，但龍神把他們都救上了岸。楚國恢復時，他們又得團圓了。

《後庭花》係以「包公故事」之一為題材。

《忍字記》係敍貪狼星被貶下凡，後復回原位的故事。

《看錢奴》，《元曲選》作無名氏撰，《錄鬼簿》及《也是園書目》俱以為廷玉作，係敍周秀才因窮賣子，後復得復聚的事，其中也雜有神靈的奇跡。

《崔府君斷冤家債主》也是敍幽明果報的故事。從鄭廷玉現存的幾篇戲曲看來，差不多沒有一篇不有神道在內的，大約他很喜歡以神靈的奇跡來緣飾他的故事，也許他自己竟是一個迷信果報、相信神靈的奇跡的人。

尚仲賢，真定人，為江浙行省務官。他所作的戲曲，《錄鬼簿》載有 10 種，今知共有 11 種，存於今者有《單鞭奪槊》《柳毅傳書》及《氣英布》3 種，俱在《元曲選》中。

《單鞭奪槊》有兩種不同的本子，俱係敍尉遲敬德的事，而事實不同。在《元曲選》中的一種，係敍尉遲敬德初投唐，單鞭打了單雄信，救了李世民的事；在《雜劇三十種》中的一種，係敍唐初諸國都削平了之時，李建成及元吉，欲奪太子之位，因世民有猛將尉遲敬德不敢下手，便在高祖面前說敬德的壞話，高祖便將敬德拿下，後又得赦免的事。這兩種不同的劇本，也許是尚仲賢一人所

作，將尉遲恭的前後二事分開二本寫的，也許一種是尚仲賢作的，而其他一種是別的人作的。在這兩個假定中，似以前說為較可信。

《柳毅傳書》係敍龍女被她夫家棄在涇河岸邊牧羊，請柳毅為她傳書於母家。她叔叔錢塘君大怒，便去與她丈夫爭鬥，將他吞入腹中，而以龍女許了柳毅為妻的事。

《氣英布》，《元曲選》作無名氏撰，《錄鬼簿》所載尚仲賢所作劇目，有此 1 種，黃文暘《曲目》也以為此劇係尚仲賢所作，係敍楚漢相爭之際，隨何說降了楚將英布。漢高祖初於濯足時接見他以挫折他的銳氣，後又十分籠絡他的事。

武漢臣，濟南府人，所作戲曲共 11 種（《錄鬼簿》僅載 10 種），存於今者有《老生兒》《玉壺春》《生金閣》3 種。

《老生兒》係敍 60 歲的劉從善，家甚富有而無子，後散了家財，便得了一子的事。

《生金閣》也是以「包公故事」之一為題材的，包公在當時，已是一位中國古來最有名的審判官了，所以許多「故事」都附着於他的名下。即使在元曲中，敍述他的故事的也不在少數。

《玉壺春》係敍妓女李素蘭誓志欲嫁李玉壺，二人終於團圓了的事。

吳昌齡，西京人，所作戲曲凡 11 種，存於今者有《風花雪月》及《東坡夢》2 種，俱在《元曲選》中。

《風花雪月》係敍八月十五月明之夜，陳世英與桂花仙子相戀着，一宵過去，仙子別去了，世英戀念着她而病了的事。

《東坡夢》係敍蘇軾攜妓白牡丹去見佛印禪師，欲誘他娶了白牡丹而還俗，終於不成的事。

楊顯之，大都人，是關漢卿的一個最好的朋友，所作戲曲凡 8 種，今存 2 種，即《酷寒亭》與《瀟湘雨》，俱見於《元曲選》。

《酷寒亭》敍鄭孔目救了宋彬，二人結為兄弟。後孔目娶一妓

為妻，她又與李成相戀。孔目發覺這事後，乘夜殺了妻，李成逃去了。孔目因殺妻事被刺配於沙門島，李成恰是解差，欲害他，到了酷寒亭，被宋彬救去，並殺了李成報仇。

《瀟湘雨》敘張商英被貶到江州去，在淮河中船沉了，與他的女兒翠鸞失散。翠鸞為漁父崔老所救。後來與他的姪子崔甸士結婚了，甸士中了舉，又與考官的女兒結了婚。翠鸞去尋他，卻被他當作逃婢，押配遠地。她在臨江驛遇見了父親，這時商英已做了廉訪使，便去捉了崔甸士來欲殺他。因崔老的懇求，而赦了前罪，他與翠鸞復成了夫妻。這劇裏的甸士，直不似一個有心腸的人，事實較之高明的《琵琶記》略略有些相同，然《琵琶記》中的蔡邕較似崔甸士好得多。在描寫人物的心理與性格方面，《琵琶記》也較這部《瀟湘雨》進步了千百倍。

李壽卿，太原人，將仕郎，曾除縣丞。他的劇本共有 11 種（《錄鬼簿》僅載 10 種），存於今者有 2 種，即《伍員吹簫》與《度柳翠》，皆在《元曲選》中。

《伍員吹簫》即敘費無忌害了伍員全家，伍員逃出楚國，沿途受了許多苦，後做吳國的相國，攻楚，拿住費無忌報仇的事。鄭廷玉也有一劇敘此故事，但他係從楚昭王方面寫，此則從伍員方面寫。

《度翠柳》，《元曲選》作無名氏撰，但《也是園書目》則題李壽卿作，《錄鬼簿》載他的所著劇名，也有此劇在內。此劇係敘月明和尚因妓翠柳本是如來法身，便去引渡她成了正果的事。

石君寶，平陽人，所作戲曲凡 10 種，存於今者有《秋胡戲妻》及《曲江池》2 種，俱見《元曲選》。又有《風月紫雲亭》1 種，見於《元刊雜劇三十種》，《錄鬼簿》載君寶及戴尚甫的戲曲名目俱有此一種，不知現存的這一部究竟為何人所作。

《秋胡戲妻》敘魯大夫秋胡初時家甚窮苦，與羅梅英結婚才三日，便被迫去從軍。梅英為他守貞，不肯別嫁。十年之後，秋胡官

至中大夫，請假回家，他走到近家的地方，見一女子在採桑，便以黃金挑引她，這女子不肯。他回家了，他的妻子隨後也歸來，發現原來她就是那採桑的女子。她大罵了他一頓，欲與他離婚，結果，因秋胡母的勸慰，便復和好了。

《曲江池》敍少年鄭元和因戀着妓女李亞仙，墮落為「與人家送殯唱輓歌」的人。他父親鄭府尹知道了這事，便

《元曲選·魯大夫秋胡戲妻》書影

把他打得死去。他甦醒後又淪落為乞丐。幸得李亞仙救了他，勸他讀書，後成為知縣。

這兩個故事都是民間流傳得最廣、最久的，至今尚有無數的人在重述着，尚有無數的伶人在演唱着。大約這些故事之所以傳播的範圍如此之大者，石君寶的劇本是有很大的力量的。有許多古代的故事，為民間所盛傳者，大半都是因元、明小說、劇本取了它們為題材之故。

戴尚甫，真定人，曾為江浙行省務官，所作戲曲共 5 種，今存者，除《紫雲亭》1 種不知是否即他所著的外，尚有 1 種《風光好》，見《元曲選》。《風光好》敍宋高祖時陶谷奉使南唐，被宋齊丘等以妓秦弱蘭誘惑他，因此不能畢其使命，只得逃依故人杭州錢椒王處。不久，宋兵滅了南唐，秦弱蘭避難來杭，因與陶谷結婚了。

張國賓，一名酷貧，大都人，為喜時營教坊勾管，即當時人所稱為倡夫的。他所作的戲曲凡 4 種（《錄鬼簿》作 3 種），存於今者有 3 種，即《合汗衫》《羅李郎》及《薛仁貴》，皆見《元曲選》。

當時與他同道的人，以戲曲家著稱的，還有趙文敬、紅字李二及花李郎。他們的劇本皆不傳，國賓諸人雖為士大夫所看不起，然他們的作品在當時卻流傳得極廣、戲曲的藝術價值也不見得比所謂士大夫的壞。

以上諸人皆為第一期戲曲家中作品留傳於今稍多的，至於僅餘1種作品的戲曲家，則尚有王仲文、紀天祥、孫仲章等10餘人。

王仲文，大都人，作曲10種，僅《救孝子》一劇傳於今（見《元曲選》）。

紀天祥，大都人，與李壽卿、鄭廷玉同時，作曲6種，今傳《趙氏孤兒》1種，見《元曲選》。

孫仲章，大都人，或以為他是姓李，作曲3種（《錄鬼簿》作2種），有《勘頭巾》1種傳於今，見《元曲選》。

石子章，大都人，作曲2種，今存《竹塢聽琴》1種於《元曲選》中。

王伯成，涿州人，作曲2種，今存《李太白貶夜郎》1種，見《雜劇三十種》中。

李好古，保定人，或云西平人，作曲3種，今傳《張生煮海》1種，見《元曲選》。

李文蔚，真定人，曾為江州路瑞昌縣尹，作曲12種，今僅存《燕青博魚》1種，見《元曲選》。

岳伯川，濟南人，或云鎮江人，作曲2種，今傳《鐵拐李》1種，見《元曲選》。

康進之，棣州人，或以他為姓陳，作曲2種，皆敘黑旋風李逵事，今存其一，名《李逵負荊》，見《元曲選》。

張壽卿，東平人，浙江省掾吏，作曲1種，名《紅梨花》，今存於《元曲選》中。

狄君厚，平陽人，有《晉文公火燒介子推》一劇，見於《雜劇

《三十種》中。

孔文卿是狄君厚的同鄉，有《東窗事犯》一劇，亦見於《雜劇三十種》中。在第二期戲曲家金仁傑的戲曲目中，亦有與此劇同名的1種，不知此劇究竟是誰作的。

李行甫（一作行道），絳州人，有《灰闌記》一劇，見《元曲選》中。

李直夫，女真人，住於德興府，作曲凡12種（《錄鬼簿》作11種），存於今者僅《虎頭牌》1種，見於《元曲選》。

孟漢卿，亳州人，作曲1種，名《魔合羅》，亦見《元曲選》中。

第二期的作家，有作品之存於今者較之第一期少得許多。在30個作家中，僅有曾瑞、宮天挺、喬吉甫、鄭光祖、金仁傑及范康等6人，我們現在尚能讀到他們的劇本，至於其餘的人，則所作都已散佚無存了。

曾瑞，字瑞卿，大都人（亦作大興人），從北方遷於南方，定居在杭州，不願仕，自號褐夫。他死的時候弔者有千餘人。他所作曲僅有1種，即見於《元曲選》中的《留鞋記》。

宮天挺字大用，大名開州人，為釣台書院山長，死於常州。他所作劇凡6種，存於今者2種：《范張雞黍》見於《元曲選》，係敘范巨卿、張元伯的生死不渝的友情的；《嚴子陵垂釣七里灘》見於《雜劇三十種》，係敘嚴子陵、劉文叔（即漢光武）不以富貴易操的友情的。

喬吉甫，字夢符，太原人，號笙鶴翁，又號惺惺道人，旅居杭州，卒於至正五年二月。他所作曲有11種，今傳其3種，《金錢記》《揚州夢》及《玉簫女》，俱見於《元曲選》。喬吉甫為元六大劇作家之一，與同時的鄭光祖及第一期的關、王、馬、白齊名。

《金錢記》係敘韓翃的戀愛故事；《揚州夢》係敘杜牧的戀愛故事；《玉簫女》係敘韋皋與韓玉簫的戀愛故事。

鄭光祖，字德輝，平陽襄陵人，以儒補杭州路吏。他與喬吉甫同為第二期最負盛名的作家。鍾嗣成謂他：「名聞天下，聲振閨閣；伶倫輩稱鄭老先生，皆知其為德輝也。」所作劇本凡 19 種（《錄鬼簿》載 17 種），傳於今的凡 4 種：《王粲登樓》《倩女離魂》《搊梅香》3 種見《元曲選》；《輔成王周公攝政》1 種見《雜劇三十種》。《王粲登樓》敍王粲辭母出遊，所至不遇，後到荊州，登高樓而思鄉，最後則做了大官，與蔡邕女結婚，復與母重聚的事。《倩女離魂》敍倩女與王文舉相戀，文舉赴京應舉，倩女的魂離了軀體隨他同去的事。《搊梅香》敍白敏中幼與裴度之女小蠻訂婚，後裴夫人不提起婚事，而敏中卻與小蠻熱烈地相戀，由一個梅香樊素在中傳信。全劇的結構極似《西廂記》，紅娘便是這劇裏的樊素。《周公攝政》敍周公輔政，管、蔡流言，但後來周公與成王終於諒解的事。

金仁傑字志甫，杭州人，曾為建康崇寧務官，天曆二年卒。所作凡 7 種，今存《蕭何追韓信》1 種，見於《雜劇三十種》中。《蕭何追韓信》係敍楚漢之際的大英雄韓信，流落不遇，後終為蕭何所力舉，得成滅楚的大功業的事。尚有《東窗事犯》1 種，亦見於《雜劇三十種》中。但孔文卿亦有與此同名的一劇，不知究為何人所作。

范康，字子安，杭州人，作曲 2 種，今傳《竹葉舟》1 種。《竹葉舟》係敍呂洞賓點化陳季卿成仙的事。鍾嗣成謂他：「編《杜子美遊曲江》，一下筆即新奇。」惜此劇今不傳。

在第二期的初時，尚有楊梓及羅本。

楊梓曾作《豫讓吞炭》《霍光鬼諫》《敬德不伏老》諸劇，但《錄鬼簿》並未敍到他。他是海監人。至元三十年（1293 年）時，元師征爪哇，他以招諭爪哇等處宣慰司官，以 500 餘人，船 10 艘，先往招諭之。元兵繼進，爪哇降。後為安撫大使，官至嘉議大夫，杭州路總管。元曲作家都為末官小吏，為大官者，僅楊梓一人而已。他的劇本，存於今者有《霍光鬼諫》1 種，見於《雜劇三十種》中，

又有《豫讓吞炭》1種，見於《元明雜劇二十七種》中。

羅本，字貫中，武林人，作小說甚多。近來尚流行之《三國志演義》《隋唐志傳》《殘唐五代》，俱相傳為他所著。所作劇本，有《宋太祖龍虎風雲會》存於今，見於《元明雜劇二十七種》中。

第三期作家的作品，存於今者尤少。在 25 人中僅有秦簡夫、蕭德祥、王曄、朱凱 4 人各有作品一二種流傳下來而已。

秦簡夫作劇 5 種，存於今者有《東堂老》《趙禮讓肥》2 種，俱見於《元曲選》。

《東堂老》敘趙國器因子不肖，將死時，託孤於李實，實有君子風，人稱為東堂老，果然不負所託，使敗子終於回頭。

《趙禮讓肥》敘趙孝、趙禮兄弟孝於母，在虎頭寨被馬武所捉，欲殺之，兄弟爭死，馬武因釋放了他們。後馬武助劉秀打平了天下，又舉薦趙氏兄弟二人為官。

蕭德祥，杭州人，以醫為業，號復齋，善於作南曲。所作劇本共 5 種，今僅存《殺狗勸夫》1 種，見《元曲選》（原作為無名氏作）。此劇為後來南劇中有名的《殺狗記》所本，敘孫榮與弟孫蟲兒不和，反去親近鄉里小人。他的妻楊氏欲勸諫他，便將一狗殺了，去了頭尾，穿上人衣。孫榮見了，以為殺死了人，便大驚起來，欲請朋友幫助拿去埋了，但他們都不肯去，只有他兄弟孫蟲兒肯。後來，朋友們反到官去告孫榮殺人。開了土看，卻原來是一隻狗。孫榮無事回家，自此他便與兄弟和睦起來。

王曄，字日華，杭州人，作劇 3 種，今有《桃花女》1 種，存於《元曲選》中（原作為無名氏撰）。此劇敘洛城算卦的周公因知桃花女有妙道高法，甚嫉妒她，因此，託詞娶她為兒媳婦，欲陷害她。不料桃花女道法更高，周公只得屈伏，以兒子得到一個高明的妻自慰。

朱凱，字士凱，籍貫不詳。他作小曲極多，劇本有 2 種，今傳

《昊天塔孟良盜骨》1種，見《元曲選》中（原作為無名氏撰）。

《孟良盜骨》係敍宋初「楊家將」故事之一則。「楊家將」的故事至今尚盛傳於中國民間，楊令公、楊六郎及孟良之名差不多連婦孺都十分熟悉。

《錄鬼簿》所不載的戲曲作家，尚有李致遠、楊景賢二人，其作品俱見錄於《元曲選》中。他們的真確時代，我們不能知道，大約是第三期的人。

李致遠所作，為《還牢末》一劇，敍的是「水滸」故事之一。李逵奉令下山邀劉唐、史進入夥，因打死人入獄，賴李孔目救之，得以免死。李孔目的第二個妻與趙令史相戀，便去告他私通梁山泊，以李逵給李孔目的金環為證。他被捕下獄，幸得李逵又下山救了他，並捉了趙令史及孔目的第二個妻回山殺死。

楊景賢所作，為《劉行首》一劇，係敍仙人馬裕奉師命度脫一個女子名劉行首的故事。

在這三個時期中，還有許多無名作家的劇本流傳於今。在《雜劇三十種》裏的，有《諸葛亮博望燒屯》《張千替殺妻》及《小張屠焚兒救母》3種；在《元明雜劇二十七種》裏的，有《漢鍾離度脫藍采和》《龍濟山野猿聽經》《蘇子瞻醉寫赤壁賦》3種；在《元曲選》裏的，有《馮玉蘭》《碧桃花》《貨郎擔》《連環計》《抱妝盒》《百花亭》《盆兒鬼》《梧桐葉》《漁樵記》《馬陵道》《神奴兒》《小尉遲》《謝金吾》《凍蘇秦》《碌砂擔》《來生債》《鴛鴦被》《風魔蒯通》《陳州糶米》《合同文字》《隔江鬥智》《舉案齊眉》及《三虎下山》23種。其中有好幾篇是不下於關、馬等六大家的作品的。他們的題材，一部分是「水滸」的故事，一部分是「包公」的故事，也有取「三國」「戰國」及其他流傳的故事的；而以取「包公」故事為題材的為最多，如《合同文字》《神奴兒》《盆兒鬼》《陳州糶米》等都是。

第十一章

元明文學

當元的末季，雜劇的作者稍倦，於是「傳奇」的作者便起於南方。鍾嗣成的《錄鬼簿》雖專載雜劇 —— 北劇 —— 的作家，然於敘蕭德祥的一段文字裏，卻言他「凡古文俱檃（yǐn）括為南曲，街市盛行。又有南曲戲文等」。可見，那時南曲已甚流行。

到了公元 1369 年（明洪武二年），朱元璋的部下，征定了中原，攻陷了北京，把蒙古民族逐回北方去。久陷於異族統治之下的中原，這時始復為漢族所恢復。在這時的先後，產生了好幾部偉大的長篇劇本，即所謂的傳奇。在戲曲的技術上，傳奇較雜劇進步了許多。因此，這些傳奇甚為當時人所歡迎，幾有壓倒雜劇之勢。

傳奇盛行

這時最盛行的傳奇為《荊》《劉》《拜》《殺》及《琵琶記》5 種。《荊》即《荊釵記》，為明太祖之子朱權作；《劉》即《劉知遠》，一名《白兔記》，為無名氏作；《拜》即《拜月亭》，一名《幽閨記》，相傳為元施惠作；《殺》即《殺狗記》，為明初徐畖（zhěn）作；《琵琶記》則為明初的高明所作。

施惠，字君美，一云姓沈，杭州人。《錄鬼簿》列之於元曲的第二期作家中。《錄鬼簿》僅敘他「居吳山城隍廟前，以坐賈為業⋯⋯

每承接款，多有高論。詩酒之暇，惟以填詞和曲為事，有《古今砌話》，亦成一集，其好事也如此」，並不言及他曾作《拜月亭》一劇。也許此劇竟不是他所作的。

王國維跋此劇，謂：「此本第四折中，有『雙手劈開生死路』一句，此乃用明太祖微行時為閹豕者題春聯語。」因此斷定它為明初所作。王氏說頗可信，在元曲的第二期，似尚不能產生如此完美的南劇。此劇共 40 出。較之僅有四折的雜劇，自是一部大著作。

王實甫曾作《才子佳人拜月亭》一劇，今不傳。關漢卿也有《閨怨佳人拜月亭》一劇，至今尚傳。論者或以此劇為王實甫所作。這完全是一段很可笑的誤會的話，無論在王實甫的時候，絕不會有如「傳奇」的一種在技術有大進步的劇本產生，即想到王實甫是一位向未到過南方的北部的人的一層，也便會決定他之萬不至於作此劇了。

大約此劇乃是根據關漢卿和王實甫的那兩本同名的雜劇而寫的。傳奇的題材，常常取材於雜劇，如《殺狗記》之取材於蕭德祥的《殺狗勸夫》雜劇，便是一個最顯著的例子。

《拜月亭》

《拜月亭》的故事是如此：蔣世隆與妹瑞蓮，在家守分讀書。當時蒙古族侵略金人，金廷大臣陀滿海牙主張不遷都，且舉他的兒子興福率師禦敵，大臣聶賈則主張遷都以避元軍的銳鋒。金主聽了聶賈的讒言，把陀滿海牙殺死。陀滿興福因此避難在外，某日因逃胥隸的追捕，躍入蔣氏園中。蔣世隆知他的來歷，便與他結拜為兄弟

而別離了。興福別世隆後，經過一山，被一羣強盜戴為首領，暫在
那裏落草。同時，兵部尚書王鎮，奉命辭家往邊庭緝探軍情。他家
中有一女，名瑞蘭，即此劇中的女主人翁。不久，元軍南下，金人
遷都，各處大亂，蔣世隆與瑞蓮及王瑞蘭與她的母親俱避難而漂流
於外。在人羣中，世隆與他的妹妹失散了，瑞蘭也與她的母親失散
了。世隆匆急地把「瑞蓮！瑞蓮！」這樣地叫着，王瑞蘭聽見了，
以為是她母親叫她，便答應了，走了過去。原來二人都是誤會。他
們便假作夫妻，同路走着。同時，瑞蓮也遇到了瑞蘭的母親，也結
伴同行。世隆與瑞蘭經過一山，被強盜捉上山去，不料寨主乃是他
的兄弟興福，反贈金與他而別。二人到了旅舍，由店主人的主婚
而成了真的夫婦。世隆在此生了病，恰遇王鎮公畢歸去，經過此
處，見了瑞蘭。她告訴他們結婚的事，但王鎮大怒，不肯允認，強
迫着瑞蘭與他同歸，而把世隆單獨留下。作者把這個別離寫得很悽
慘。王鎮到了官驛，恰遇到他的妻及蔣瑞蓮，王氏一家是很歡悅地
團圓了。但悲感的還有二人，瑞蓮在想念她的哥哥，瑞蘭則在想念
她的丈夫。這時，世隆獨自臥病在旅舍，凄涼萬狀，且更悲念他
的妻子。幸遇興福上京應舉（元軍已退，金廷赦免諸罪，復舉行貢
舉），見到了他。待他病瘉，二人便同赴京城應考，各中了文、武
狀元。

王鎮奉旨，將他的兩個女兒招文、武狀元為婿。哪知只有興福
及瑞蓮二人從命，至於瑞蘭呢，她想念着世隆，世隆也戀念着她，
因此，俱不肯從命。後來，王鎮請世隆到府中宴會，認了久散的
妹妹，才說明了一切，知道他所要與為婚的原來就是那在旅舍相
依戀的妻瑞蘭。至此，一部《拜月亭》便在兩對新人的結婚禮中閉
幕了。

《拜月亭》的文章，明人何元朗、臧晉叔、沈德符等俱以為高出
《琵琶記》，但也有持反對論調的。近人王國維以為，《拜月亭》的

佳處，都出於關漢卿的《閨怨佳人拜月亭》。平心論之，《拜月亭》裏好的文句究竟不少。如第二十六出《萍跡偶合》裏的幾段：

【銷金帳】黃昏悄悄助冷風兒起。想今朝，思向日：曾對這般時節，這般天氣，羊羔美酒，銷金帳裏；兵亂人荒，遠遠離鄉裏，如今怎生，怎生街頭上睡？

【前腔】初更鼓打，哽咽寒角吹，滿懷愁分付與誰？遭逢這般磨折，這般離別，鐵心腸打開，打開鸞孤鳳隻！我這裏恓惶，他那裏難存濟。翻覆，怎生，怎生，獨自個睡？

【前腔】咚咚二鼓，敗葉敲窗紙，響撲簌聒悶耳。誰楚這般蕭索，這般岑寂，骨肉到此，伊東我西去。又無門住，又無依倚。傷心，怎生，怎生街頭上睡？

及第三十二出《幽懷密訴》裏的幾段：

【齊天樂】（旦上）懨懨捱過殘春也，猶是困人時節，景色供愁，天氣倦人，針黹（zhǐ）何曾拈刺。

（小旦上）閒庭靜悄，瑣窗瀟瀟，小池澄徹。

（合）疊青錢泛水，圓小嫩荷葉。

……

（小旦）姐姐，當此良辰媚景，正好快樂，你反眉頭不展，面帶愁容，為什麼來？

【青衲襖】（旦）我幾時得煩惱絕，幾時得離恨徹！本待散悶閒行到台榭，傷情對景腸寸結。

（小旦）姐姐，撇下些罷。

（旦）悶懷些兒，待撇下怎生撇！待割捨，難割捨！倚遍闌干，萬感情切都分付，長歎嗟。

下面描寫姐妹二人拜月訴懷也是寫得非常地動人。

《白兔記》

《白兔記》不知作者的姓名，大約也是與《拜月亭》同時的產品。全劇共 33 出，是敍劉知遠與他的妻的離合故事的。

劉知遠被繼父所逐，漂泊於外。有李文奎，生有二子洪一、洪信及一女三娘。他在廟中遇見知遠饑寒交迫，便把他帶回家。一日，他見知遠晝臥，火光透天，更有蛇穿竅出入，知道他必會大貴，便把女三娘嫁給他為妻。後文奎死了，洪一逐知遠出去，並逼他寫休書，又叫他看守瓜園，園裏有鐵面瓜精，會殺害人。知遠殺了瓜精，它化成一道火光鑽入地中，掘開一看，原來是石匣裝着頭盔衣甲及兵書寶劍。於是他別了妻，出去建立事業。這裏，三娘留在家中，兄嫂要她改嫁，她不肯，便受了他們的許多折磨，日間挑水，夜間挨磨。不久，生下一個孩子，因係自己咬斷臍帶，便名之為咬臍郎。兄嫂欲害此子，她便託竇老抱去帶給知遠。這時，知遠又娶了岳家小姐，便將孩子留在那裏養育。

後知遠討賊有功，升為九州安撫使。咬臍郎已長大，一日，出去打獵，因追趕白兔，到了沙陀村，遇見受了千萬痛苦的母親三娘。他不知道她就是他的母，回家後，訴與父親知道。知遠告訴他一切的事。他們便迎接了三娘回來同住，又提了兄嫂來，把兄赦了，把嫂殺死報仇。正與羅馬帝尼祿以基督教徒為夜燭一樣，知遠也取香油五十斤，麻布百丈，將他妻的嫂做了照天蠟燭，全劇便在此告了終止。

《白兔記》的文辭樸質明顯，連「曲」文也都是非常明白，婦孺都能懂得的，遠比不上《琵琶記》與《拜月亭》的典雅。因此，我覺得《白兔記》大約是當時民間流傳的一篇劇本，或由優伶編纂而成的，絕不像《拜月亭》《琵琶記》之出於文人的手筆。如以下數曲便是一例：

【北一枝花】昔日做朝內官，今做個山中寇。俺只為朝中奸詐多，有功的恨殺為仇，殺功的即便封侯，因此，上撤了名鎖利勾。（第二十五出）

【江兒水】那日因遊獵，見村中一婦人，滿懷心事從頭訴。裙布釵荊添淒楚，蓬頭跣足身落薄，卻原來親娘生母。爹爹，你負義辜恩，全不念糟糠之婦。（第三十一出）

所以典雅派的文人對它都不滿意，實在的它裏面所最缺乏的是富於詩趣的敍寫，然亦因此，它的流傳卻能夠廣而久。

《殺狗記》

《殺狗記》也是以文辭樸質為論者所不滿的，它的作者是徐㽘。徐㽘，字仲由，淳安人，明洪武初（1368 年）徵秀才，至潘省辭歸，有《巢松閣集》。他自己嘗說：「吾詩文未足品藻，惟傳奇詞曲，

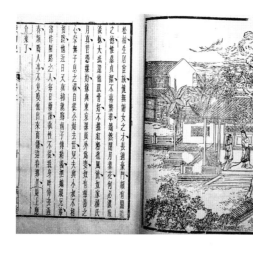

暖紅室刻本《增圖殺狗記》

不多讓故人。」

此劇係依據於蕭德祥的《殺狗勸夫》而寫的。全劇共 36 出，至少較蕭德祥的同名的一劇增大至四倍以上，因此，劇中人物增加了不少，情節也複雜得許多。他將孫蟲兒改為孫榮。《殺狗勸夫》裏未說孫華與孫榮不和的原因，此劇則言孫榮勸諫他哥哥不要與小人交往，因此二人不和。孫榮被逐，忍不住饑寒，投水自殺，被人所救，暫住於破窯的一段事，也是《殺狗勸夫》雜劇中所無的。又孫華在《雜劇》中只有一妻，這裏卻增了一妾，又增了一個僱僕吳忠。其他兩劇相異之點，不能在此一一舉出。

徐畈此劇，因欲使讀者及觀劇者更表同情於孫榮，所以對於他在外困苦的情形着力描寫着，且時時將他哥哥的豪華舉出與他的窮寒相較；又寫兩個惡友的性格與舉動也較「雜劇」所寫更為刻毒些。這使它更易感動一般讀者和觀劇者。在描寫人物的一方面，也較蕭德祥的「雜劇」為有進步。

它的文辭與《白兔記》同其樸訥，如：

【宜春令】心間事難推索，我官人作事全不知錯。存心不善，結交非義謀兇惡。更不思手足之親，把骨肉埋在溝壑。唬得人戰戰兢兢，撲簌簌淚珠偷落。（第二十五出）

自然比不得《拜月亭》《琵琶記》等作那樣地為文人所歡迎了。近人吳梅因此不相信此劇是徐畈所作的，他說：「余嘗讀其小令曲《滿庭芳》……語語俊雅，雖東籬、小山，亦未多遜。不知所作傳奇，何以醜劣乃爾。或者《殺狗》久已失傳，後人偽託仲由之作，屬入歌舞場中耳。」（《顧曲塵談》卷下，83 頁）這個意見，似不甚妥確。徐畈作此劇或係應當時劇場或伶人的需要，自然不能如其作抒情詩之可任意用淵雅的文辭，也許他自己反以此劇文辭之能為一般民眾所領悟而自喜呢！

即假定此劇非徐畈所作，也斷不是徐畈以後人所能偽作，因此種文辭樸訥明顯的劇本，在明初以後便絕不會有人去作了。那時的劇作家正是羣趨於雕飾艷詞雅語之時，僅此種「本色」的、明白的劇本，怎麼會產生出來呢？所以我們只可以說，此劇也許如《白兔記》一樣，乃元、明之間民間流傳的劇本之一。

《荊釵記》

《荊釵記》為明初寧獻王朱權所作。朱權為朱元璋的第十七子，自號曜仙、涵虛子、丹丘先生。洪武二十四年（1391年）就封大寧，永樂元年改封南昌，正統十三年（1448年）卒。他深於音律，曾著《太和正音譜》，於《荊釵記》外又作雜劇許多種。明代戲曲之發達，他的提倡是與有力量的。

《荊釵記》共 48 出，劇中的故事是如此：王十朋與錢流行的女兒玉蓮訂婚，以荊釵為聘禮。富人孫汝權見玉蓮美麗，也欲娶她。她的繼母與姑娘都欲逼她嫁了孫汝權，但她不從，於是她與王十朋很簡陋地結了婚。王十朋上京赴試，他的母親與玉蓮寄住於岳家。他中了狀元，万俟丞相欲妻以女，他堅執不從。孫汝權這時也在都，私將十朋家信改寫了，說已娶万俟丞相的女兒，欲將前妻玉蓮休了。玉蓮的繼母等因此又逼她改嫁孫汝權。玉蓮不從，投江自殺，被錢安撫所救，拜他為父，同赴福建任上。十朋知道了她自殺的消息，十分地悲痛。万俟丞相因他不肯為婚，將他改調至廣東潮陽為僉判，而將他的饒州本缺換了王士宏。後來，玉蓮要求錢安撫派人到饒州去打聽王十朋的消息，回報說，王僉判全家死亡。玉蓮也誤會了，以為十朋是真的死了。後來，十朋升任吉安，錢安撫欲

將玉蓮嫁他，他不知是玉蓮，執意不肯。又經了幾番波折，他與玉蓮才得重圓。

這個故事，並不是朱權所創造的，在很久的時候，就已流傳於民間了。《甌江佚志》謂，此故事係宋時史浩門客造作以誣王十朋及孫汝權的，因十朋為御史，首彈丞相史浩，其事實汝權慫恿之，所以他們用此故事以蔑十朋及他，但此說亦不大可信。

汝權在此故事中固被寫成一個很壞的小人，然十朋卻仍是被寫成一個很貞堅的好人。造作故事以蔑人的，似不會反把他寫得很好的。大約民間流傳的故事，都是喜以歷史上著名的人，強附着於他們的故事之上的，正如人之喜以美觀的衣服附着於自己的身上。至於這種故事之與真實的歷史相符合與否，他們是不管的。所以造作《荊釵記》的故事以誣衊王十朋、孫汝權之說，可以說是全無根據。像這類錯誤的解釋，在中國文學上是無時不遇到的。我們應該徹底地掃清了它們。

《荊釵記》的文辭，較《白兔記》《殺狗記》為文雅，然仍帶有一種「朴訥質白」之特質，所以王元美評他「近俗而時動人」。第三十五出《時祀》的一曲，我認為它是全劇中最感人的一段：

【沽美酒】紙錢飄，蝴蝶飛，紙錢飄，蝴蝶飛，血淚染，杜鵑啼，睹物傷情越慘淒。靈魂恁自知，靈魂恁自知。俺不是負心的，負心的，隨着燈滅。花謝有芳菲時節，月缺有團圓之夜；我呵，徒然閑早起晚寐，想伊念伊。妻，要相逢，除非是夢兒裏，再成姻契！

【尾聲】昏昏默默歸何處？哽哽咽咽思念你，直上姮娥宮殿裏。

《琵琶記》

《琵琶記》，明高明作，敍漢蔡邕事。其題材非高明所創造，也是依據於一個以古代的大人物強附着於其上的民間故事。

這個故事，在宋時已流傳於民間，南宋人詩云：「斜陽古道柳家莊，負鼓盲翁正作場。死後是非誰管得，滿村聽說蔡中郎。」（陸游詩）或以為高明作此記，係諷王四的。王四與他為友，登第後，棄其妻而贅於太師不花家，故他藉此記以諷。名《琵琶》者，取其四王字為王四，元人呼牛為不花，故謂之牛太師。實則這些話都是穿鑿附會的，絕不足信。高明此劇原是依據於自宋時即流傳於民間的蔡中郎故事的，與什麼王四及不花太師，都是毫無關係的。

高明字則誠，永嘉人，至正五年（1345年）中進士，授處州錄事，辟丞相掾。方谷真起事，他避地於鄞之櫟社。他的文名盛稱於世，《琵琶記》尤為當時人所讚許。朱元璋也甚喜此劇，即位時，便欲召他到金陵，他以老病辭。不久，病卒。著有《柔克齋集》。

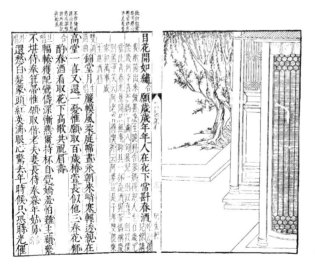

《琵琶記》書影

《琵琶記》共 42 出，它的內容是如此：蔡邕與趙五娘結婚才兩個月，他父親便要他到京應舉。他不得已只好辭了高年的父母與熱戀的妻而上道。到京後，以高才碩學，得中狀元。牛太師欲以女嫁他，他再三不肯，又上表求歸。牛太師請天子主婚，又不准他回去。他只好勉強地留在京中與牛小姐結婚。這時，他家中因他出去，顯得窮困萬狀，只有趙五娘一人侍奉老人，營求衣食。後來老人只有幾口淡飯吃，五娘自己則什麼也沒得吃，只好強咽糠秕充飢。婆婆死了，公公又死了。她將頭髮剪下，想去賣了辦理喪事。又用麻裙包土來築墳。然後揹着公婆的真容，拿着一把琵琶，到京去尋她丈夫蔡邕。她至牛府，與牛小姐相見，被留居府中，說明了一切，乃知她丈夫並非貪名逐利不肯回家，卻是被人逼留在此。蔡邕回府時，牛小姐與他說知，他才知父母俱已亡故，便大哭着與五娘相見。他們同回祭墓。後來他與五娘及牛小姐同過着很安樂的生活。全劇便於此告終。

高明此劇的文章很典雅，與《拜月亭》是同類，而與《白兔記》《殺狗記》則雅俗殊異，所以許多人都極頂地稱許他。第二十一出敍趙五娘強咽糠秕事尤為評者所稱：

> 糠和米本是相依倚，被簸揚作兩處飛。一賤與一貴，好似奴家與夫婿，終無相見期。丈夫，你便是米呵，米在他方沒尋處。奴家恰便似糠呵，怎的把糠來救得人飢餒；好似兒夫出去，怎的教奴供膳得公婆甘旨！

這一曲實為全戲的最警策處。相傳則誠居櫟社沈氏樓，夜案燒雙燭，填至吃糠一出，句云「糠和米本一處飛」，雙燭光交為一，因名其樓曰瑞光。這雖是一段神話，然這一個好曲原足以當此種神話的誇飾而無愧。

明初雜劇作家

在傳奇盛行之時，雜劇作者仍有不少。作《荊釵記》的朱權也作有雜劇 12 種。與他約同時的，有王子敬、劉東山、穀子敬、湯式、楊景言、賈仲名、楊文奎及朱有燉，俱為明初有名的雜劇作家。

王子敬作劇 4 種，今存《誤入台天台》1 種，見《元曲選》。

劉東山作《嬌紅記》等 2 種，俱無傳本。

穀子敬作劇 3 種，有《城南柳》1 種，亦存於《元曲選》中。

湯式字舜氏，號菊莊，寧波人，作劇 2 種，俱無傳本。

楊景言作劇 2 種，也俱無傳本。

賈仲名（一作仲明）作劇 4 種，今存《蕭淑蘭》《對玉梳》《金安壽》3 種於《元曲選》中。

楊文奎作劇 4 種，今存《兒女團圓》1 種，也在《元曲選》中。

朱有燉（周憲王）在他們當中是最偉大的。他為朱元璋子周定王的長子，甚負文名，作雜劇凡 27 種，散曲尤多。李夢陽《汴中元宵》絕句云：

> 中山孺子倚新妝，趙女燕姬總擅場。齊唱憲王新樂府，金梁橋外月如霜。

可見他的歌曲流傳之盛，他死於正統四年（1439 年）。自他死後，雜劇的作者直至十五世紀之末葉才再有出來。他的雜劇存於今的有《洛陽風月牡丹仙》及《劉盼春守志香囊怨》2 種，見於《盛明雜劇》；《清河縣繼母大賢》《趙貞姬身後團圓夢》等 8 種，見於《雜劇十段錦》，近又見十餘種，由商務印書館印行。

傳奇作家

繼《琵琶》及《荊》《劉》《拜》《殺》之後至十五世紀之末的傳奇作者，有沈受先、姚茂良、蘇復之、王雨舟、丘浚、沈采、邵深數人。除丘浚之外，他們的確切時代，我們都不能知，都是十五世紀後半的前後的人罷。

沈受先字壽卿，里居未詳，作傳奇《三元》《銀瓶》《龍泉》《嬌紅》凡4種，《三元記》今見《六十種曲》中，係敍馮商好行善，生子，連掇三元事。

姚茂良字靜山，武康人，作《精忠記》《金丸記》《雙忠記》三傳奇。《精忠記》見《六十種曲》，敍宋名將岳飛被秦檜所誣殺事。《曲品》謂：「詞簡淨，演此令人眦裂。」然作者在最後因欲慰悅悲憤的觀眾，竟以秦檜諸人受地獄的裁判結果，大失偉大悲劇的性質。《雙忠記》係敍張巡、許遠事。

蘇復之的里居未詳，嘗作《金丘記》1劇，敍蘇秦事，《曲品》謂其「近俚處具見古態」。

王雨舟的里居也不詳，所作有《連環記》1種，係敍三國時呂布、貂蟬的事。

丘浚字仲滌，瓊州人，為當時的一個大儒，生於公元1418年，卒於1495年。所作有《五倫》《投筆》《舉鼎》《羅囊》4記。《五倫記》在戲曲中傳達道德的訓條，論者多目之為腐。

沈采字練川，吳縣人，所作有《千金記》《還帶記》《四節記》等3種。《千金記》今傳於《六十種曲》中，係敍漢名將韓信事，因他於成功時曾以千金贈給漂母，故名「千金記」。

邵深字勵安，常州人，官給諫，作《香囊記》，敍張九成事，今存於《六十種曲》中。《曲品》謂他此記「詞工白整」。

自此以後，劇作家都益趨於典雅淵深的路上走去，詞益斫飾，白益工整，一般民眾漸漸地不易領悟他們了。

宋之舊作家

這個時代的詩與散文都沒有什麼很偉大的作家。元人侵入中國後，宋之舊作家仍在這時黑暗時代維持他的勢力者，有趙孟頫（fǔ）諸人。

孟頫（1254—1322），字子昂，為宋之宗室，以善書名。其後則有虞集、許衡、劉因、吳澄、金履祥、戴表元、袁桷、姚燧、馬祖常、元明善、歐陽玄、吳萊、柳貫、黃溍、蘇天爵、揭奚斯、鮮于樞諸人，皆為古文家，重揚韓、柳古文運動之餘波。重要的詩人則有虞集、楊載、范梈、揭奚斯，並稱為四大家，稍後則有薩天錫、倪瓚、顧瑛、張雨、楊維楨。

虞集（1272—1348），字伯生，嘗從吳澄遊，仕至翰林直學士，兼國子祭酒，自號邵庵。有《道園學古錄》50卷。相傳集初不能詩，及在京師，遇楊載，授以詩法，遂超悟其理，成了一個名家。

楊載（1271—1323），字仲弘，浦城人，其詩在當時很有影響；范梈（1272—1330），字亨夫，清江人；揭奚斯（1274—1344），字曼碩，富州人。虞集嘗評他們的詩，以為：「楊載如百戰健兒，范梈如唐人臨晉帖，揭奚斯如美女簪花。」並自稱「如漢廷老吏」。

許衡（1209—1281），字仲平，河內人；吳澄（1249—1333），字幼清，撫州崇仁人，二人同為元代古文的雙柱。

姚燧出衡之門下，虞集則受澄之影響。其流風至於明初未絕。

薩都剌（約 1272—1355，剌音 là），字天錫，號雁門，虞集稱其最長於情，流麗清婉。

張雨（1283—1350），字伯雨，錢塘人，為道士，早年與虞集諸人唱和，晚年則與楊維楨、倪瓚諸人為友，有《句曲外史詩集》；倪瓚（1301—1374），字元鎮，號雲林，無錫人，工畫，詩亦清俊；顧瑛（1310—1369），一名阿瑛，崑山人，與瓚齊名。

楊維楨（1296—1370）是元代後半最負盛名之作家，字鐵崖，號鐵笛道人，山陰人，詩文古拙而雄於才氣，從橫排奡，自辟町畦，然譽之者固多，毀之者亦不少。明初有王彝者，至作《文妖》一篇以詆諆之。

吳萊（1297—1340），字立夫，與黃溍、柳貫並稱為「古文三家」，其詩則與楊維楨齊名，有《淵穎集》，王士禎《論詩絕句》道：「鐵崖樂府氣淋漓，淵穎歌行格盡奇。」而他後來，乃尤重萊，所選七言古詩，唯錄萊而不及維楨焉。

明初古文家

入明，傳古文之諸派者，有宋濂、劉基、王禕。

宋濂（1310—1381），字景濂，金華潛溪人，從朱元璋於軍中。元璋即皇帝位後，以濂為翰林學士知制誥並修《元史》。後因孫獲罪，元璋欲殺之。倖免死，貶茂州，中途而卒。有《潛溪集》。濂初從吳萊學，後又學於柳貫與黃溍，故其文力崇所謂「古文派」之正宗，清順而乏氣骨。

劉基（1311—1375），字伯溫，青田人，參朱元璋軍事，多出奇計。洪武初，為御史中丞，封誠意伯。其為文亦清瑩，而較濂為有才氣。其詩尤有名，素樸真摯，氣韻高雅。有《覆瓿集》等。

王禕（1321—1372），字子充，義烏人，與宋濂曾同學於黃溍，又曾同修《元史》。所作有《華川集》。朱元璋嘗謂：才思之雄，禕不如濂，學問之博，濂不如禕。

明初詩人，以高啟、楊基、張羽、徐賁為四傑，而袁凱亦有盛名。

高啟（1336—1374），字季迪，長洲人，自號青丘子。洪武初，預修《元史》，授翰林院國史編修，後為朱元璋所腰斬，年僅三十九。王禕評其詩：「雋而清麗，如秋空飛隼，盤旋百折，召之不肯下，又如碧水芙渠，不假雕飾，翛（xiāo）然塵外。」楊基、張羽、徐賁三人之詩，俱不及啟之高。

楊基（132—？），字孟載，號眉庵，官山西按察使；徐賁，字幼文，官河南布政使。二人俱以曾為張士誠客，下獄死。張羽（1333—1385），字來儀，又字附鳳，官太常司丞，後獲罪投龍江死。文字之獄，大約沒有一個時代比明初更殘酷的了！

袁凱，字景文，自號深叟，華亭人，官監察御史，有《在野集》。嘗在楊維楨座，客出所作《白燕詩》，袁凱微笑，別作一篇以獻。楊維楨大驚賞。人遂呼之為「袁白燕」。

這時代最後的古文家為方孝孺。方孝孺（1357—1402），字希直，一字希古，寧海候城人，從宋濂學，亦為正統派之作家，有《遜志齋集》。明成祖起兵入京，方孝孺以不屈被殺。相傳成祖並滅其十族，為歷史上最殘酷的文字獄之一。論者以為「天下讀書種子絕矣」。

傳奇作家

中國戲曲的第二期，包括傳奇的最盛時代。通常所稱為「唐詩」「宋詞」「元曲」「明傳奇」的定評，即可表示這個時代的傳奇的盛況。

自《荊》《劉》《拜》《殺》四大傳奇產生之後，大作家陸續地出現。在技巧方面是益有進步，在文辭方面也益見其優雅。以前的傳奇，是為民間一般人的娛樂而作的，所以辭句務求淺顯明白，不唯賓白是真實的人民的對話，即曲文也多用平常的口語，所以無論什麼人都可以懂得。如《殺狗記》，如《劉知遠》（即《白兔記》），便因此大為文人們所不滿。

到了這一時期，作家的趨向卻向「優雅」的方面走去，把文辭修硏得異常地整齊、美麗，不但曲文是「擇句務求其雅」「選字務求其麗」，即賓白也駢四儷六，語語工整，其甚者如《浣紗記》，如《祝髮記》，乃至於通劇無一散語。當時大多數的作家俱跟隨了這個新的傾向，雖然有一部分的作家未必是如此，卻也多少總不免受有些影響。這個傾向，當然不是怎麼樣地好，然其娟秀的風格、麗雅的辭句，卻能使之在文壇上佔了很久、很穩固的地位。

這時期的傳奇作家，以湯顯祖為最偉大，而鄭若庸、屠隆、梁辰魚、張鳳翼、王世貞、沈璟、陸采、徐復祚、梅鼎祚、汪廷訥等，也俱有盛名，最後則有阮大鋮（chéng）、尤侗、李玉、李漁等作家出來。無名氏之傳奇，傳於今者亦多。大約當時作家，不出南中，以江南、浙江為最多，江西諸地次之，其他山東、河南、直隸諸地，前為雜劇最盛之區者，傳奇作者卻俱不過一二人而已。今將這時期傳奇作家，有籍貫可考者，列一表於後，並於每個作家之下同時註明他的作曲之數目。這可以使讀者更明白當時傳奇作者之地理上的分配。其作家籍貫無可考者，則不列入此表。

南直隸（江南）			浙江			其他[1]		
姓名	劇數	籍貫	姓名	劇數	籍貫	姓名	劇數	籍貫
邵　深	①	常州	王　濟	①	烏鎮	湯顯祖	⑤五	臨川
沈　采	③一[2]	吳縣	姚茂良	③一	武康	鄭之文	③	南城
王世貞	①一	太倉	陳與郊	①	海寧	馮之可	①	彭澤
梁辰魚	①一	崑山	李日華	①一	嘉興	以上江西		
鄭若庸	③一	崑山	卜世臣	②	秀水	盧　柟	①	大名浚縣
沈　璟	㉑一	吳江	單　本	②	會稽	張四維	②	元城
陸　采	⑤二	長洲	屠　隆	③二	鄞縣	以上直隸		
張鳳翼	⑥二	長洲	龍　膺	①	武陵	許　潮	①	靖州
顧大典	④一	吳江	葉憲祖	⑤一	餘姚	謝廷諒	①	湖廣
陸　弼	①	江都	戴子晉	②	永嘉	以上湖廣		
馮夢龍	④	吳縣	陳汝元	②	會稽	邱　溶	④	瓊州
黃伯羽	①	上海	車任遠	②	上虞	以上廣東		
陸濟之	①	無錫	沈　鯨	④一	平湖	李玉田	①	汀州
顧希雍	①	崑山	秦雷鳴	①	天台	以上福建		
顧仲雍	①	崑山	謝　讜	①一	上虞	王　異	③	邠陽
徐復祚	④二	常熟	張太和	①	錢塘	以上陝西		
朱從龍	①	句容	錢直之	①	錢塘	李開先	②	章邱
楊柔勝	①	武進	章大倫	①	錢塘	以上山東		
盧鶴江	①	無錫	金無垢	①	鄞縣	李雨商	①	河南
朱　鼎	①一	崑山	高　濂	②一	錢塘	以上河南		
吳　鵬	①	宜興	程文修	②	仁和			

1　本表依據于《曲錄》卷四。

2　每個作家後面所注之阿拉伯數字，係表示其作劇之數目；旁有漢字數字者，係注其劇本被收入《六十種曲》中之數目。

（續上表）

南直隸（江南）			浙江			其他[1]		
姓名	劇數	籍貫	姓名	劇數	籍貫	姓名	劇數	籍貫
王玉峰	①一	松江	吳世美	①	烏程			
張景嚴	①	溧陽	史槃	②	會稽			
沈祚	①	溧陽	祝長生	①	海鹽			
黃廷俸	①	常熟	汪錂	①一	錢塘			
李素甫	⑤	吳江	胡文煥	③	錢塘			
吳千頃	①	長洲	呂文	①	金華			
蔣麟徵	①	長洲[1]	陸江樓	①	杭州			
朱寄林	③	蘇州	王恆	①	杭州			
鄒玉卿	②	長洲	張從懷	①	海寧			
王鳴九	①	吳縣	楊斑	②	錢塘			
陸世廉	①	長洲	黃維楫	①	天台			
王翔千	①	太倉	朱期	①	上虞			
程子偉	①	江都	顧瑾	①	杭州[2]			
許自昌	④一	吳縣	楊之炯	①	餘姚			
周公魯	①	崑山	趙於禮	②	上虞			
顧采屏	①	崑山	鄒逢時	①	餘姚			
馬守真	①	金陵	謝天祐	②	杭州			
以上今江蘇			吾邱瑞	①	杭州			
梅鼎祚	①一	宣城	金懷玉	⑨	會稽			
汪廷訥	⑩二	休寧	王翊	④	嘉興			
余聿雲	②	池州	沈崶	③	錢塘			

1　或言其為烏程人。

2　或言其為華亭人。

（續上表）

南直隸（江南）			浙江			其他[1]		
姓名	劇數	籍貫	姓名	劇數	籍貫	姓名	劇數	籍貫
吳大震	②	休寧	姚子翼	④	秀水			
程麗先	②	新安	許炎南	②	海鹽			
龍渠翁	①	安慶	李九標	①	武陵			
阮大鋮	⑤	懷寧	庚　庚	①	杭州			
汪宗姬	①	徽州	周朝俊	①	鄞縣			
以上今安徽								

湯　顯　祖

　　湯顯祖為傳奇作家中最偉大的一個，所作上抗《琵琶》《拜月》，下啟阮大鋮諸人，這個時代的諸作家中，直無一足以與他相比肩者。所著《牡丹亭》（《還魂記》）至今還為文士佳人所喜愛，且為劇場所常常扮演（上演），其盛況與王實甫之《西廂記》正復相同。傳奇作品，受同樣的榮譽者絕少，有的是案頭之書，讀者雖多，而少見扮演，有的扮演雖盛，而讀者卻未見感甚高的興趣，獨《牡丹亭》則無往而不受盛大的歡迎。相傳《牡丹亭》初出，婁江女子俞二娘酷嗜其詞，至斷腸而死，又傳馮小青讀之，嘗題一詩於書端：「冷雨幽窗不可聽，挑燈閒讀《牡丹亭》。人間亦有癡於我，豈獨傷心是小青。」此外尚有種種傳說。大約傳奇之動人，恐無過於此者。

　　湯顯祖（1550—1616），字義仍，號若士，江西臨川人，萬曆十一年癸未進士，官禮部主事，以上疏劾首輔申時行，謫廣州徐聞典史，後遷遂昌縣知縣。投劾歸。《列朝詩集》謂：「義仍窮老蹭蹬，

所居玉茗堂，文史狼藉，賓朋雜坐，雞塒豕圈，接跡庭戶，蕭閒詠歌，俯仰自得。」所作凡5種，於《牡丹亭》外，有《南柯記》《邯鄲記》《紫釵記》及《紫簫記》。《牡丹亭》與《南柯》《邯鄲》《紫釵》合稱為「四夢」，最流行，《紫簫》則知者較少。

《牡丹亭》凡55出，敍寫杜麗娘與柳夢梅的生死戀愛事。南安太守杜寶為杜甫之後，生有一女，名麗娘，未議婚配。某一日春畫，到花園中遊覽了一回，歸來忽覺懷春，便入睡夢。夢中見書生柳夢梅（柳宗元之後），互相愛戀，即成婚好。不料夢回睡醒，一切俱幻。自此，漸入沉思，日見消瘦，自畫容像，以寄所懷。不久，遂得了一病而亡。柳夢梅卻是實有其人。某日，無意中拾到麗娘的自畫像，驚為絕色，便供了起來，早晚玩拜。後來，麗娘的鬼魂尋到他的住處，與他相聚，誓為夫妻。夢梅偷開了麗娘的棺，她便復活了，偕到他處同住。後來，夢梅赴考，恰遇寇亂。待寇平後，夢梅卻中了狀元。他帶了麗娘與她父母相見。在這個出於意料外的相遇裏，全劇便結束了。

事跡是很可詫怪的，湯顯祖寫來卻至為流動，至為自然。其描狀女子懷春之心境，生死不變之戀感，實為空前的名著。文辭之飄逸秀美，真摯動人，亦為自《西廂記》後少見之作。他

《牡丹亭》明刻本插圖

對於人物的描寫，也各具個性。《驚夢》一出，尤為人所傳誦，如：

> 夢回鶯囀，亂煞年光遍。人立小庭深院。炷盡沉煙，拋殘繡線，恁今春，關情似去年。……遍青山啼紅了杜鵑，荼蘼（mí）外煙絲醉軟，牡丹雖好，他春歸怎佔的先？閒凝眄（miǎn），生生燕語明如剪，嚦嚦鶯歌溜的圓。……沒亂裏春情難遣，驀地裏懷人幽怨，則為俺生小嬋娟。揀名門一例，一例裏神仙眷。甚良緣，把青春拋得遠！俺的睡情誰見？則索因循覷睃，想幽夢誰邊？和春光暗流轉遷延。這衷懷那處言？淹煎，潑殘生，除問天！

這自然是不朽的名句，在別處卻也頗不少可比於這些的佳曲好語。或以為《牡丹亭》有所指，有所諷刺，甚且說湯顯祖以此劇寫某家閨門之事，以報其私怨，這些都不足以置信。湯顯祖此劇或係受「華山畿」故事之影響，顛倒其結局而為之，或係依據於《剪燈新話》中之《金鳳釵記》一則，而略有變異。然其旨則不在敍此「荒唐」之故事，而實欲抒寫那堅貞純一生死不變之戀情。故於女主人翁之描寫，最為着力；情之所至，夢而可遇，死而可生。如《驚夢》《寫真》《魂遊》《幽媾》《冥誓》《回生》諸出，實全劇之精華。所以，事跡雖荒唐，而論者不以為怪。數千年來，中國少女之情感，總是鬱祕而不宣，湯顯祖卻大膽地把她們的情意抒寫出來了，這大約是《牡丹亭》特別為少女所喜愛之一端吧。

《南柯記》凡44出，依據於唐李公佐的名作《南柯太守傳》，寫淳于棼夢入蟻國，為駙馬，任南柯太守，榮貴之極。後公主病死，與敵戰又敗，遂失國王意，回歸故鄉。原來卻是一夢。公佐的傳文至此而止，湯顯祖的戲曲卻又於此後添上了二出，敍淳于棼請僧迫薦蟻國眾生，使他們都得升天，復見其父及國王、公主。公主約在忉利天等他，可以再為夫妻，只要他加意修行。他便大徹大悟。

《邯鄲記》凡 30 出，乃依據於唐沈既濟的名作《枕中記》而寫的。山東盧生不得志，於旅邸遇呂洞賓而歎息，洞賓便借他一枕。盧生倚枕而睡，夢中進士，為高官，富貴榮華，謫遷憂苦，無所不歷。壽至八十，一病而死。遂從夢中醒來，主人炊黃粱飯尚未熟。盧生遂大悟，從洞賓入山中，遇見羣仙，為一個掃蟠桃落花的仙童。

《紫釵記》凡 53 出，乃依據於唐蔣防的名作《霍小玉傳》而寫的。詩人李益與霍小玉誓為夫妻，後復分別，小玉鬱鬱成病，將死。有俠士黃衫客強要益重至小玉家，二人復得相見。蔣防原傳，敍至此，本言小玉訴益負心，遂暈厥而死。湯顯祖此劇，則改為小玉暈去未死，為益所喚醒，乃復為夫妻如初。蔣傳中的李益是一個負心的男子，《紫釵記》中則把二人的分離，歸罪於奸人。

《紫簫記》凡 34 出，所敍亦李、霍事，乃《紫釵記》之初稿，結局亦為團圓。敍小玉嫁了李益，益到朔方參軍去了。小玉每日相思，年年七月七日，為他曝衣曬書。某一個七夕，益卻由朔方回來；恰與是日天上的二星一般，欣喜地話着情語而團圓了。

湯顯祖之傳奇，論者每謂其曲文不合韻律，故歌者常常改易原文以合伶人之口。湯顯祖常對那些改本深致不滿。他曾說道：「予意所至，不妨拗折天下人嗓。」他的曲文之能瀟灑絕俗，抒寫自如，大約即由於此。現在之傳奇差不多已成為書架上的讀物，實演的機會已絕少，故對於他的合律不合律的辯論，已可不必注意。

其他作家

王世貞（1526—1590），字元美，號鳳洲，又稱弇州山人，太倉人，官至刑部尚書，所作有《鳴鳳記》。嘗與李攀龍、謝榛、宗

臣、梁有譽同結詩社，世稱「五子」，而王、李之名尤著。

《鳴鳳記》凡 41 出，所敘為當代之事。夏言、曾銑遭讒被殺，嚴嵩父子專政誤國，楊繼盛上疏諍諫，被陷獄中，終死東市，其妻也同殉。後來鄒應龍又上疏劾嵩，終得達到目的，芟夷奸黨。楊繼盛的死，是明代最動人、最感人的一件大事。那樣的壯烈激昂，那樣的從容就義，到如今還足以令人零涕憤慨。所以無論劇本、小說，寫來俱足以動人。相傳王世貞於嵩敗後寫成此劇，曾由前事東樓（嚴嵩之子嚴世蕃）之優童金鳳登台扮演他，以其熟習，舉動酷肖，名噪一時。

梁辰魚與鄭若庸、張鳳翼、屠隆諸人齊名。同以「駢綺」之曲文見稱於時。梁辰魚，字伯龍，崑山人，以清詞艷曲名盛當代，所撰《江東白苧》，包括他的小令散套，流行極盛。時同邑魏良輔能喉囀音聲，變戈陽、海鹽、胡調為崑腔。伯龍填《浣紗記》付之。此劇至傳海外，吳中演奏之盛，更不待言。王世貞曾有詩云：「吳閶白面冶遊兒，爭唱梁郎雪艷詞。」蓋即指此。

《浣紗記》凡 45 出，主人翁為范蠡與西施，而以吳、越之和戰為線索。范蠡載西施泛湖而去越，本為傳疑之故事，《浣紗記》則以此為根據，而演衍出范蠡本與西施有婚姻之約，因國家之故，不得不割斷愛戀，將她獻於吳王夫差。後來越王勾踐起兵報仇，滅吳而歸，范蠡始復得與西施相見，同辭勾踐而泛湖隱去。

鄭若庸字中伯，號虛舟，崑山人，早歲以詩名天下。趙康王聞其名，走幣聘入鄴，客王父子間。王父子親迎接席，與交賓主之禮。康王卒，乃去趙，居清源，年八十餘始卒。詩名《蛣蜣集》。又善於作曲，所作有《玉玦記》《大節記》《五福記》3 種，以《玉玦記》為最著，其他 2 種皆失傳。

《玉玦記》凡 36 出，敘王商與其妻秦氏慶娘離合事。商上京求

名，下第羞歸，被人導為狹邪[1]遊，貂敝金盡，幸遇呂公收留，奮志讀書。會胡騎南侵，秦氏被擄不屈。後來商一舉成狀元，與秦氏重會癸靈廟。《曲品》謂：「《玉玦記》典雅工麗，可詠可歌，開後人駢綺之派。」同時有薛近袞者，作《繡襦記》，敘鄭元和、李亞仙事。相傳若庸作《玉玦記》，以其敘妓女之薄情，舊院人惡之，乃共饋金求近袞作此，以雪其事。《玉玦記》出而曲中無宿客，及《繡襦記》出而客復來。

張鳳翼字伯起，長洲人，與二弟並有才名，吳人謂之「三張」。他所作傳奇凡7種，傳於今者有《紅拂記》《灌園記》《祝髮記》等數種。

《紅拂記》敘李靖與紅拂妓的戀愛故事，乃依據於唐杜光庭的《虬髯客傳》而寫者，凡34出，以虬髯客即位扶余國王，幫助李靖擒了高麗國王，唐帝封他為海道大總管為結束，遠不如《虬髯客傳》結局之氣度高遠。《灌園記》凡30出，敘齊太子田法章復國事。以田單、樂毅之戰爭，與田法章之戀愛，錯綜敘寫，頗不落於單調。當齊亡時，法章逃於太史家避禍，改名王立，為灌園人，故謂之《灌園記》。此二劇為張鳳翼早年所作，還看不出受多少「駢綺派」的影響，說白也很自然，並沒有對仗工整的談吐。

《祝髮記》為張鳳翼晚年所作，為其母上壽而著者，風格已較前大變，至於通本皆作儷語。

屠隆字長卿，又字偉真，號赤水，鄞縣人，官至禮部主事，為人所訐，罷歸。縱情詩酒，好賓客，賣文為活。所作有《曇花記》《修文記》《彩豪記》3種。

《彩豪記》敘李白事，凡42出，中並插敘天寶之亂及明皇、楊妃事，以郭子儀報恩救白為結束。

1　指小街曲巷，娼妓居住的地方。

《修文記》敍李賀事。賀每從小奚奴，騎距驢，背一古破錦囊，遇有所得，即書投囊中。後病卒，其母哀不自解。一夕，夢賀來道：今在天上甚樂，為上帝作新宮記，纂樂章。隆此記即寫此事。

《曇花記》為隆廢後所作，凡55出，敍唐時木清泰與郭子儀同扶唐室，富貴無匹，後忽感悟，棄家訪道，家中一妻二妾也焚香靜修。二子繼父之勛業，復扶王定亂，後來一家同證正果，並列仙班。屠隆嘗「命其家僮衍此曲，指揮四顧，如辛幼安之歌千古江山，自鳴得意」。

沈璟與湯顯祖齊名於世，璟之循規踐矩，嚴守曲律，正與顯祖之不守繩墨成一對照。沈璟，字伯瑛，號寧庵，世稱詞隱先生，吳江人。萬曆間進士，官先祿寺某官。著《南九宮譜》23卷，作劇21種，為這個時期作家中之最多產者及最懂得音律者。其所著劇中以《義俠記》《桃符記》《紅渠記》等為最有名。

《義俠記》刊本最多，故最流行。《義俠》所敍，乃最流行之英雄傳奇《水滸》的故事之一。

《水滸》故事，除小說外，元人雜劇中已多敍寫之，明人傳奇中亦多有之，如《靈寶刀》及此劇都是。此劇凡36出，所敍為武松的始末，事實大都依據《水滸傳》，唯加入了一個武松的妻賈氏。武松父母在日，曾為聘下賈氏，因他四處漂泊，久未成親。後武松刺配在外，賈氏亦逃避於尼姑庵。結局是宋江等受了招安，武松與賈氏成親（友人某君常憾武松以蓋世英雄乃不得其儷配，而以行者終老，得此劇讀之，可以釋其不平之念矣）。沈璟未染當世駢綺之風尚，曲文賓白多本色語，明白而真切，自較《浣紗記》《祝髮記》之有意做作者為勝。

《靈寶刀》為任誕先作，亦一敍水滸故事之劇本。誕先（一作誕軒），浙氾人，生平未詳。作劇2種。此劇凡35出，寫林沖的始末，事跡亦依據於《水滸傳》而略有變異。沖妻為高明所逼，虧得

《明珠記》明刻朱墨
套印本插圖

錦兒替嫁。她和王媽媽連夜脫逃，到了四花庵為庵主。後來沖報了
大仇，到庵中謝神，恰與她重復相見。

陸采，以作《南西廂》及《明珠記》得名。字子元，號天池，
長洲人，為粲之弟。粲為諫臣，甚有聲，嘗草《明珠記》，由采踵成
之。《明珠》敘王仙客與無雙事，依據唐薛調之《無雙傳》而寫，凡
43 出。無雙與仙客有婚約，遇亂，無雙被沒入宮掖。有俠士古押衙
設計使無雙暴卒，領尸出，復得生，乃得與仙客終老。《南西廂》乃
改王實甫之《西廂記》為傳奇者。自敘云：「李日華取實甫之語，翻
為南曲，而措詞命意之妙，幾失之矣。」他的此作，乃懲日華之失者。

陸采所作，於以上二劇外，尚有 3 種，即《懷香記》《椒觴記》
及《分鞋記》。《懷香記》以有《六十種曲》本，故得與《明珠》及
《南西廂》並傳於今，《椒觴記》與《分鞋記》，則恐已不傳了。《懷
香記》敘韓壽事。壽被賈充辟為司空掾。充有幼女午姐，待字閨
中，見壽愛之，遂相戀。後因為充所知而離散。經了許多苦難，二
人終得為夫婦。

李日華字君實，嘉興人，萬曆壬辰進士，官至太僕寺少卿。所
作《南西廂》，凡 20 出，頗為時人指摘，日華自己也聲明非他所
作，乃他人所託名。

梅鼎祚字禹金，宣城人，棄舉子業，肆力詩文，撰述甚富，所作傳奇，有《玉合記》一種，亦為步駢綺派作家之後塵者。此劇凡40出，乃衍敍唐許堯佐的《柳氏傳》者（《本事詩》亦載之）。詩人韓翃（一作翊）有姬人柳氏，為番將沙叱利所奪，許俊以任俠自許，聞其事，騎馬直入沙叱利之宅，載柳氏而歸之翃。

汪廷訥字昌朝（一作昌期），一字無如，休寧人，官鹽運使，作傳奇凡10種，盛傳於世者有《獅吼記》及《種玉記》。

《獅吼記》凡30出，寫陳季常懼內事。季常為蘇軾之友，妻柳氏，美而妒，季常懼之。軾乃設計，私贈以家姬。後以佛印之力，降伏了號為河東獅子之柳氏。這劇是有名的喜劇，充滿了詼諧的敍寫，其描述美妻之積威，懼內者之懦怯，極為逼真而有趣。此種情境，中國戲曲描敍之者殊鮮。

《種玉記》凡30出，敍霍休文為平陽小吏，偶遇侯門侍女，相戀不久，乃為其兄衛青拆散。後休文生二子，皆得大名，去病為將，光為首輔，父子完聚，夫妻團圓。

與他們約同時的作家，有作品傳於今者，茲亦略述於下。

顧大典字道行，吳江人，官至福建提學副使，以善作劇名。所作凡4種，以《青衫記》為最著。白居易作《琵琶行》，本抒寫情懷，毫無故事可述，而有元以來之戲劇作家乃往往附會其事，強以彈琵琶之商人婦，為白居易之情人。此劇也是如此，以商人婦為裴興奴，當白居易郊遊時曾遇之，不料因事離別，直至潯陽江上聽琵琶，二人方克偕老。

葉憲祖（一作祖憲）字美度，一字相攸，號桐柏，亦號檞園居士，餘姚人，官至工部郎中。所作傳奇凡5種，其中《鸞鎞（bī）記》1種，有《六十種曲》刊本。《鸞鎞記》凡21出，敍唐時杜羔曾以碧玉鸞鎞，聘趙氏為妻。後為奸人所怒，經歷失意之苦。終得佳人之激勉、良友之相助，得中高第。中間插入溫飛卿與魚玄機之

姻緣遇合，牽攏得很可笑。

沈鯨號涅川，平湖人，著傳奇 4 種，以《雙珠記》為最著。《雙珠記》凡 46 出，敘王楫與妻郭氏同到鄖陽軍中，為奸人所陷，釀成冤獄。幸得減刑調戍邊土。郭氏鬻子全貞，後來其子棄官訪求父母，終得合家團圓。沈鯨的作風也是受了駢綺派的影響。

徐復祚，字陽初，常熟人，著《紅梨記》《宵光劍》《梧桐雨》等傳奇 4 種，以《紅梨記》為最著。《紅梨記》凡 30 出，敘趙汝州與謝素秋的姻緣離合事。汝州與歌妓謝素秋相戀，為王黼所逼而分離。正遇金人圍汴，征歌妓送入北邦。素秋亦預其列。賴有花婆設計保護，素秋潛避至他地。後汝州成名，終得娶素秋。

此外尚有《東郭記》一種，亦傳為復祚所作。《東郭記》凡 44 出，敘《孟子》中的「齊人有一妻一妾者」的一段故事。出目皆取《孟子》之文句以為之，很具別致。中插攫雞者、於陵仲子及王鑗事。紙背後隱透着玩世嘲諷之意。

周朝俊字夷玉，鄞縣人（《曲錄》作吳縣人，誤），著《紅梅記》，袁宏道曾為之刪定。《紅梅記》凡 34 出，敘裴禹與盧昭容事，而以賈似道事串插其中。

單本字槎仙，會稽人，著《露綏記》及《蕉帕記》2 種。《蕉帕記》最流行，凡 36 出，敘龍驤與胡小姐之遇合，中插入妖女之變形與仙真之顯法。因妖女將蕉葉變為羅帕贈給龍驤，故謂之《蕉帕記》。

許自昌字符祐，吳縣人，作劇 4 種，以《水滸記》為最著。《水滸記》凡 32 出，亦為依據於《水滸傳》而寫的劇本。劇中人物，以宋江為中心，敘他娶妻孟氏，家無別人（這與《水滸傳》大異）。後遇閻婆惜，引起了許多風波。虧得梁山泊諸英雄救他入山聚義，同時且把孟氏也接了來，與他相聚。

陳汝元字太乙，會稽人，著傳奇 2 種，以《金蓮記》為最著。《金蓮記》凡 36 出，敘蘇軾以奇才邀帝寵，特賜金蓮歸第。章惇設

計使軾外調。於時得遇朝雲，偕合鸞儔。復為奸人所陷，幾成詩獄，幸其弟轍疏救，得謫守黃州。後來二子成名，合家證果修真。

王玉峰，松江人，佚其名，著《焚香記》，凡 40 出，敍王魁、桂英事。「王魁負桂英」的故事為向來作劇家所常敍寫的悲劇，宋、金院本中已有此名。此故事原見張邦幾《侍兒小名錄拾遺》，敍王魁下第，與桂英誓為夫妻。後魁唱第為天下第一，乃負桂英之約。桂英持刀自刎，其鬼魂竟報仇迫魁入冥。此劇則力翻原案，以為王魁並不負桂英，其中構陷桂英者乃為奸人金壘。後冥司對案，桂英還陽，復得與魁偕老。此種翻案的作品，頗減少了悲劇的崇高趣味。然玉峰對於人物的描寫能力頗高，故稱許此劇者甚多。

謝讜（dǎng），號海門，上虞人，著《四喜記》。《四喜記》凡 42 出，敍宋杞因編竹橋渡蟻，獲享厚報，二子宋郊、宋祁皆中狀元，富貴顯達。

《玉茗堂批評焚香記》明刻本，上海圖書館藏

元明文學

高濂，字深甫，號瑞南，錢塘人，著《玉簪記》及《節孝記》，今傳《玉簪記》一種。

《玉簪記》凡33出，敘陳妙常與潘必正事，此故事為民間盛傳的「情史」之一。妙常與必正本已指腹為婚，後因兵亂，妙常託身尼庵，恰遇必正，重締姻緣。中經阻難、別離，終得團圓偕老。

汪錂（líng），字劍池，錢塘人，著《春蕪記》，凡29出，敘宋玉事，依據《登徒子好色賦》而加以憑空造作的女主人公。玉與季清吳締結良緣，不料為奸徒設計阻隔。後荷君王賜姻，克諧夙願。

朱鼎，字永懷，崑山人，著《玉鏡台記》，凡40出，敘晉代溫嶠事。此故事關漢卿亦曾寫為雜劇，此劇則放大至10倍。

楊珽（tǐng），字夷白，錢塘人，著《龍膏記》及《錦帶記》。今僅傳《龍膏記》，凡30出，敘張無頗與元載之女湘英締姻事，亦不脫才子佳人離合悲歡之陳套。

史槃，字叔考，會稽人，著《夢磊記》及《合紗記》。《夢磊記》曾被馮夢龍改定，刊入《墨憨齋傳奇定本》中。

沈嵊，字孚中，錢塘人，作《綰春園》（《曲錄》作《幻春園》，似誤）、《息宰河》等3種，亦甚為時人所稱。《綰春園》有譚友夏、鍾惺評刻本。

周螺冠、張午山、徐叔回，名里生平俱未詳，各著有傳奇一種。螺冠著《錦箋記》，凡40出，敘梅玉與柳淑娘之離合事；張午山著《雙烈記》，凡44出，敘梁紅玉與韓世忠之事；徐叔回著《八義記》，凡41出，敘程嬰存趙孤事。

明之末年，有馮夢龍與阮大鋮兩大家殿於後。

馮夢龍為當時文壇的中心，嘗增補《平妖傳》，編著《警世通言》《喻世明言》《醒世恆言》3種（皆短篇小說集），尤注意於戲曲，刻《墨憨齋傳奇定本》10種，多改削他作家之劇本，如改湯顯祖之《牡丹亭》為《風流夢》，改陸無從、欽虹江敘李燮（xiè）事之二劇本

為《酒家傭》，又改余聿雲之《暈江記》，改李玉之《永團圓》。其自作者，有《雙雄記》《萬事足》《新灌園》3種。

阮大鋮，字集之，號圓海，又號百子山樵，懷寧人，官至兵部尚書。大鋮初附魏忠賢，忠賢死，坐廢。後復起用，為諸名士所嘲罵，於是捕逐諸公子，大為奸惡，論者多不齒之。然其所著《燕子箋》《春燈謎》《雙金榜》《牟尼合》《忠孝環》5種傳奇，則即與之為敵者，也莫不推許之。他所取的題材，不能逃出陳腐的圈套，然描寫殊細膩有情致。

《燕子箋》凡42出，為阮大鋮5種曲中最有名者。《桃花扇》中曾敘及侯方域、陳慧生諸人觀演《燕子箋》，殊為感動。劇中故事是如此：霍都梁至京師會試，與妓華行雲相戀，執筆為她畫像，把自己也畫入，畫好後，送到裝裱店裏去。同時，禮部尚書酈安道有女名飛雲，貌肖華行雲，亦將吳道子畫之觀音像一幅送到同一裝裱店裏去。不料，二畫裱好後，店中人卻互送錯了，把華行雲與霍都梁的畫像送給飛雲，卻把觀音像送給都梁了。飛雲見畫上題「茂陵霍都梁寫贈雲娘妝次」，又見畫中二人，一個面貌與她酷肖，一人卻是風度翩翩的少年，不禁驚駭不已，便祕密地藏了起來。某一春日，作詞一首，詠此事，為燕子銜去恰落於都梁之前。

後來都梁為其友鮮于佶（jì）所陷，逃於他方。那時安祿山反，天下大亂。飛雲與母在逃難途中相失。行雲亦逃難在外，與飛雲母相遇。母見其酷肖己女，便認她為義女，一路同行，恰逢安道。飛雲則為其父執賈南仲之軍所收容，亦認為義女。這時，霍都梁改名為卞無忌，入賈南仲幕中，獻奇策，滅了祿山。南仲以飛雲妻之。二人相見驚異，細訴衷情。不久，行雲亦歸於都梁。

《春燈謎》亦名《十認錯》，凡40出，亦得盛名。中敘宇文學博有二子義、彥，彥隨母赴父任，泊舟黃河驛。適韋節度之舟亦泊於此。時為元宵，彥上岸觀燈，韋女改裝為男，亦去觀燈。二人同

猜燈謎，賦詩唱和，各執一詩箋而別。會風起，二船各泊他所。女誤入宇文舟，彥誤入韋舟，旋各揚帆行。彥母認韋女為己女，彥則被韋節度投於水，又被誤為賊，捕入獄中。會兄義大魁天下，被唱名者改為李文義，授巡方御史。同時，彥亦更姓名，為盧更生。義不知更生即為弟，釋之出獄，彥亦不知御史即為其兄。後彥登第，韋節度為執柯，與李氏女結婚，乃不知李氏即己父之家。到了結婚時相認，方才明白種種的錯誤。因共有十錯，故謂之《十認錯》。

這時期無名氏之作品，傳於今者頗多，其著者有《玉環記》，敍韋皋與張瓊英事；《尋親記》敍周羽被奸人所陷，其妻守節，遣子尋父事；《金雀記》敍潘岳與井文鸞事；《霞箋記》敍李彥直與張麗容事；《投梭記》敍謝鯤與文縹風事；《琴心記》敍司馬相如與卓文君事；《飛丸記》敍易弘器與嚴玉英事；《贈書記》敍談塵與魏輕煙事；《運甓記》敍陶侃運甓（pì）事；《節俠記》敍裴他先與盧郁金事；《四賢記》敍孫澤娶妾生子事。此外尚有不少，未能一一在此列舉。

當明末天下大亂，流寇殺人如麻，清人又繼之而入關，兵馬倥傯，不遑文事，劇壇遂如垂萎之花，憔悴可憐，如經霜之草，枯黃無生氣。然當清人戡定中國時，傳奇作者卻又聯臂而出，其盛況不亞於正德、萬曆之時，為這個時期戲曲史的光榮的殿軍。大抵這些清初的作家，俱為經閱滄桑之變者。其中如袁於令、吳炳、李玉諸人，在前朝且都為已享盛名之作家。

袁於令原名韞玉，字令昭，號籜（tuò）庵，吳縣人，官荊州府知府。作劇凡 5 種，即《金鎖記》《玉符記》《珍珠衫》《肅霜裘》及《西樓記》，而以《西樓記》為最著。相傳於令一日出飲歸，月下肩輿過一大姓門，其家方宴賓，演霸王夜宴。輿人曰：「如此良夜，何不唱繡戶傳嬌語[1]？乃演千金記？」袁於令狂喜，幾墮輿。

---

1 「繡戶傳嬌語，兒郎枉嘆嗟」是袁於令《西樓記》中的唱詞。

《西樓記》凡 36 出，敘于鵑與穆素徽事。于生與素徽在西樓相戀，不幸為人所拆散。後于生聞素徽別嫁他人，一病幾死。素徽誤聞于生死耗，亦自縊以殉。但二人實俱未死，賴俠士玉成其事，將素徽奪來送給于生，完此一段癡情。

吳炳字石渠，宜興人，少年登第，有才名，作劇凡五種，即《畫中人》《療妒羹》《綠牡丹》《西園記》及《情郵記》。《新傳奇品》謂：「吳石渠之詞，如道子寫生，鬚眉畢現。」五劇皆寫佳人才子事，而《西園記》名最著。《西園》撰於萬曆末年，敘張繼華與王玉真事。中間並不穿插苦難逃避奸人播弄，僅以空想的戀愛、誤會的癡情，反覆細寫，很足動人。

范文若字香令，號荀鴨，又自稱吳依，松江人，作劇凡 9 種，以《鴛鴦棒》《花筵賺》《倩花姻》及《夢花酣》為最著。

薛旦字既揚，號沂然子，無錫人，作劇凡 10 種。以《書生願》《醉月緣》《戰荊軻》《蘆中人》《昭君夢》等為著。

馬佶人字更生，吳縣人，作《梅花樓》《荷花蕩》《十錦塘》3 種，以《荷花蕩》為最著。

劉晉充字方所，蘇州人，著《羅衫合》《天馬媒》《小桃源》3 種。

葉稚裴字美章，吳縣人，作《琥珀匙》《女開科》《開口笑》《鐵冠圖》（一名《遜國疑》）等八種。

朱佐朝字良卿，吳縣人，作《漁家樂》《萬花樓》《太極奏》《乾坤嘯》《艷雲亭》《清風寨》等 30 種。

丘園字嶼雪，常熟人，著《虎囊彈》《黨人碑》《百福帶》《蜀鵑啼》等九種。

李玉字玄玉，吳縣人，作劇凡 33 種，在當時作家中，他為最受人讚許者。《新傳奇品》謂：「李玄玉之詞，如康衢走馬，操縱自如。」馮夢龍亦為之刪定《人獸關》及《永團圓》二劇。論者謂他的「一」「人」「永」「佔」四劇可以追步湯顯祖。所謂「一」「人」「永」「佔」，

即李玉之《一捧雪》《人獸關》《永團圓》《佔花魁》四劇。

《一捧雪》凡 30 折，敍莫懷古以一玉杯名「一捧雪」者招禍，幾被嚴世蕃所殺，賴義僕代死，良友救援，方得脫。後其子莫昊，改姓名，為大吏，復得「一捧雪」，且與父母完聚。

《人獸關》凡 33 折，敍施濟好賙濟窮苦，嘗遇桂薪欠官債，欲鬻妻女以償，施乃代為之付款。薪感激知遇，將女獻他為妾。不料後來薪獲金暴富，便失約。一夕，薪夢入冥中，歷經因果報應，乃大悟悔。

《永團圓》凡 32 折，敍蔡文英與江蘭芳幼年訂婚，因江翁悔婚，起了許多波折。但後來二人終得團圓。

《佔花魁》凡 28 出，敍賣油郎秦鍾與花魁（莘瑤琴）事。花魁與秦鍾的遇合故事，曾見於《今古奇觀》，已成了盛傳於民間的一個傳說。此劇言金人侵宋，各處大亂。秦鍾為一個統制官之子，因亂逃避異鄉。莘瑤琴亦宦家女，因亂為奸人掠賣，入勾欄。後來二人相遇，情好至篤。秦鍾父升了樞密副使，二人也各得封贈。相傳當弘光即位南京時，嘗觀演此劇，見劇中「泥馬渡康王」一折，因恰合於時事，對此劇極加欣讚。

朱素臣以字行，吳縣人，作劇凡 18 種，其中以《振三綱》《未央天》《聚寶盆》《十五貫》《瑤池宴》等為最著。《新傳奇品》謂：「朱素臣之詞，如少女簪花，修容自愛。」

《十五貫》一種，至今還盛演於劇場。此劇係依據於南宋人小說《錯斬崔寧》而略有變異。《錯斬崔寧》言崔寧賣絲得錢十五貫，偶與二娘子同行，乃蒙被不白之冤，竟被屈斬。此劇則換了人名，言兄弟二人各被冤獄，後得賢官昭雪，得以釋出。

周坦綸號果庵，里居未詳，作劇 14 種，以《火牛陣》《綈袍贈》2 種，為他最得意之作。

張大復字星期，一字心其，號寒山子，蘇州人，作劇凡 23 種，

以《如是觀》《醉菩提》《海潮音》《釣魚船》《天有眼》等為最著。

高奕字晉音，一字太初，會稽人，著《新傳奇品》，作劇凡 14 種，以《風雪緣》《千金笑》《貂裘賺》為最著。

盛際時字昌期，吳縣人，作劇 4 種，以《飛龍蓋》及《雙虬判》為最著。

史集之字友益，溧陽人（一作吳縣人），作《清風寨》及《五羊皮》2 種。

朱雲從字際飛，吳縣人，作劇凡 12 種，以《石點頭》《別有天》《赤須龍》《兒孫福》為最著。

陳二白字於令，長洲人，作劇 3 種，以《雙官誥》為最著。

陳子玉字希甫，吳縣人，作《三合笑》《玉殿元》《歡喜緣》3 種。

王香裔名里未詳，作《非非想》《黃金台》2 種。

丁耀亢字野鶴，曾作《續金瓶梅》，見上章，所作劇凡 4 種，即《蚺蛇膽》《仙人遊》《赤松遊》及《西湖扇》，曾於順治時進呈。

吳偉業，字駿公，太倉人，官祭酒，有《秣陵春》傳奇 1 種。《秣陵春》凡 41 出，敍徐適與黃展娘事。事跡殊離奇，不亞於《牡丹亭還魂記》，卻隱寓着深意。吳偉業自序道：「是編也，果有託而然耶？果無託而然耶？余亦不得而知也。」

尤侗，字同人，一字展成，號西堂，長洲人，官翰林院檢討。作《鈞天樂》1 種，凡 32 出，敍科場之黑暗，為一班文士抒寫失意悲鬱的情懷，較那些寫佳人才子的無生氣、無情感的戲曲，自然勝過無數倍。尤侗自序謂：「逆旅無聊，追尋往事，忽忽不樂，漫填詞為傳奇。率日一出，出成則以酒澆之，歌呼自若，閱月而竣。」後幾因之而獲罪。獄雖得解，而每「登場一唱，座上貴人未有不色變者」。可見其動人之深切，諷罵之尖刻。

李漁，字笠翁，蘭溪人。作《十二樓》小說，已見上章。他為當時極負盛名之戲曲作家。《新傳奇品》謂他的詞「如桃源笑傲，別

有天地」。作劇凡 16 種。其中《奈何天》《比目魚》《蜃中樓》《美人香》《風箏誤》《慎鸞交》《鳳求凰》《巧團圓》《玉搔頭》及《意中緣》10 種，最為流行；其他 6 種，《萬年歡》《偷甲記》《四元記》《雙錘記》《魚籃記》及《萬全記》，則知者較少。

笠翁的劇本，以綿密快利著，文辭極通俗明顯，結構極精密適當。然一般正統派的文人對於笠翁卻有微詞，蓋以其太「俗」。演奏者卻多喜歡他的作品。他對於戲曲的見解，也很高明，他的《閒情偶寄》中，有詞曲部，論結構、詞采、音律、賓白、科諢、格局等，都有獨到之語修。如謂不應以劇本為泄怨報仇之具，曲文宜顯淺平易，賓白務須各肖其人，科諢須戒淫褻及惡俗之言語舉動，等等，俱為切中時弊者。

雜劇盛況

這個時期的雜劇，其盛況自比不上傳奇，然作者卻未嘗衰落。康海、楊慎、徐渭、汪道昆、王衡、許潮、沈自徵、來集之諸人，且專以雜劇著；傳奇作家，如梁辰魚、梅鼎祚、徐復祚、汪廷訥、尤侗、吳偉業諸人也都嘗作雜劇。雜劇之高潮，在元代極汹涌澎湃之致者，至此第二時期實未嘗退去。

當這個時期之後半，即當明清之交，沈泰編刊《盛明雜劇》二集，凡載雜劇 60 種（內有周憲王 2 種為第一期作品），鄒式金又編刊《雜劇新編》（一名《雜劇三編》），繼於《盛明雜劇》之後，凡載雜劇 34 種。在這 3 部書中，本時期雜劇的重要作品差不多已完全被收入了。茲將這 3 部書所載的雜劇的作家及其作品列一表於後。

姓名	作家簡介	作品[1]
康海	字德涵，號對山，武功人。弘治十五年狀元，授翰林院修撰	東郭先生誤救中山狼①
徐渭	字文清，一字文長，山陰人	漁陽弄①翠鄉夢①雌木蘭①女狀元①（此四劇總名《四聲猿》）
梁辰魚	見前	紅綫女①
汪道昆	字伯玉，號南溟，歙縣人，官至兵部左侍郎	高唐夢①五湖游①遠山戲①洛水悲①
馮惟敏	字汝行，號海浮，臨朐人，官保定府通判	梁狀元不伏老②
陳與郊	字廣野，海寧人，官太常寺少卿	昭君出塞①文姬入塞①義狗記①
梅鼎祚	見前	崑崙奴①
王衡	字辰玉，太倉人，官翰林院編修	鬱輪袍①真傀儡①
許潮	字時泉，靖州人	武陵春②蘭亭會②寫風情②午日吟②南樓月②赤壁游②龍山宴②同甲會②

1 凡劇名後注①者，指係《盛明雜劇》一集所載；注②者指係二集所載；注「新」者，指係《雜劇新編》所載。書名號省略。

元明文學

（續上表）

姓　名	作家簡介		作　品
	姓　名	簡　介	
葉憲祖	見前		北邙說法①團花鳳①易水寒②天紈扇②碧蓮繡符②丹桂鈿盒②素梅玉蟾②
沈自徵	字君庸，吳江人		鞭歌妓①簪花髻①霸亭秋①
凌初成	岢中人		虬髯翁②
徐元輝	里居生平未詳		有情癡②脫囊穎②
汪廷訥	見前		廣陵月①
王應遴	字雲來，里居不詳		逍遙遊②
孟稱舜	字子若（又作子適），會稽人		人面桃花①死裏逃生①英雄成敗②眼兒媚（新）
卓人月	字珂月，仁和人		花肪緣①
陳汝元	字太乙，會稽人		紅蓮債②
祁元儒	里居生平未詳		錯轉輪②
車任遠	字蛇齋，上虞人		蕉鹿夢②
徐復祚	見前		一文錢①
除士俊	原名翱，字三有，號野君，仁和人		春波影①絡冰絲②

作者	生平	作品
王濬翁	端居生平未詳	櫻桃園②
僧湛然	一號禹山居士	曲江春②魚兒佛②（或以《曲江春》為王九思作）
秦樓外史	名里未詳	男王后①
衡蕪室	名里未詳	再生緣①
竹癡居士	名里未詳	齊東絕倒①
吳中情奴	名里未詳	相思譜②（一云王百穀撰）
袁於令	見前	雙鸞傳②
孫源文	字南公，無錫人	餓方朔（新）
陸世廉	字超頔，又號晚庵，長洲人，宏光時，官光祿卿，入清，隱居不出	西台記（新）
茅　維	字孝若，號僧曇，歸安人	蘇園翁（新）秦廷築（新）金門戟（新）雙合歡（新）鬧門神（新）
吳偉業	見前	通天台（新）臨春閣（新）
薛　旦	見前	昭君夢（新）
鄭　瑜	字無瑜，西神人	鸚鵡洲（新）汨羅江（新）黃鶴樓（新）滕王閣（新）
周如璧	號芥庵，里居未詳	孤鴻影（新）夢幻緣（新）
查繼佐	字伊璜，號東山，海寧人	續西廂（新）

（續上表）

姓　名	作　家　簡　介	作　品
堵庭棻	字伊令，無錫人	衛花符（新）
尤　侗	見前	讀離騷（新）弔琵琶（新）
黃家舒	字漢臣，無錫人	城南寺（新）
張來宗	里居，生平未詳	櫻桃宴（新）
張龍文	字掌霖，武進人	旗亭宴（新）
南山逸史	名里未詳	半臂寒（新）長公妹（新）中郎女（新）翠鈿緣（新）京兆眉（新）
士室道人	名里未詳	鯁詩讖（新）
碧蕉軒主人	名里未詳	不了緣（新）
鄒式金	字仲惜，號木石，明進士，入清，官泉州府知府	醉新豐（新）風流塚（新）
鄒兌金	字叔介，武式金弟	空堂話（新）

在上表裏有幾個作家，應該特別提出一說的。

康海的《東郭先生誤救中山狼》，與馬中錫的《中山狼傳》，當是同時之作，所以事實都極相同，無甚出入。這是一篇很有趣的「寓言劇」，敍中山狼被趙宣子所獵，東郭先生救之出險。及獵者去遠，狼卻想吃先生以充飢。先生大恐，要他先問三老，批評是非，然後再吃他。狼許之。先問老杏樹及老牛，俱言可吃。先生益恐。最後遇杖藜老人，乃設計把狼騙入囊中，用刃刺死。

在高麗及南斯拉夫的民間，也都有與此相類的民間故事。康海所敍或也為當時的一個民間故事的重述。但相傳他之所以作此劇，乃因劉瑾當權時，他曾救李夢陽，而夢陽得勢後，卻不肯對他施一援手，故比之為「中山狼」，以示深惡痛絕之意。這種傳說，現在已不能知道其真確與否，我們可以不必研究。然本劇把狼、牛、杏都人格化了，寫其性格、談吐俱極活潑有趣，在中國的劇壇上，實為很難得的好劇本之一。

徐渭為中國文學史裏最奇怪的人物之一。他的生平的言動，曾流傳於民間，成了許多很有趣的智慧故事。他嘗為胡宗憲之幕友。胡被殺後，他鬱鬱不得志，流落於各地，以狂名。曾以殺妻下獄，得免死放出。又嘗以巨錐自刺兩耳，深入寸許，乃亦不死。其詩與文俱很詭奇而飄逸。總名《四聲猿》之四個雜劇，乃他生平最著之作品。《四聲猿》雖亦用題目正名，似為一劇，然實乃不相連貫之四劇。

《漁陽弄》敍禰衡在冥中，復演擊鼓罵曹之故事，曹操這時已為不赦之囚，乃暫得高坐以重現其生前的威嚴，領受禰衡的謾罵。

《翠鄉夢》敍玉通禪師因妓女紅蓮而破戒體，念偈坐化。其靈魂投入柳宣教家為女。後來做了妓女，喚名柳翠。他的師兄月明和尚前去度她。柳翠乃大悟，復去修真。

《雌木蘭》敍花木蘭替父從軍事。事跡都依據於著名的《木蘭辭》，僅末後添出一個王郎，為木蘭之夫。

《女狀元》敍黃崇嘏改換男裝,考中狀元。周丞相欲將女兒嫁他,崇嘏作詩辭謝,自明為女。後周丞相子鳳羽又中了狀元,乃娶崇嘏為妻。

吳偉業為明末遺臣,雖仕於清,而心中不免鬱鬱。在他的詩文中,常可看出他的悲憤無告的隱衷來。他的《通天台》,敍梁元帝時左丞沈炯,身經家國覆亡之痛,一日,登漢武帝通天台遺址,醉而歌哭無端,痛訴情懷。第一出之末有一段:

> 你看雲山萬叠,我的台城宮闕不知在那裏,只得望南一拜。(生拜介)【賺煞尾】則想那山繞故宮寒,潮向空城打,杜鵑血揀南枝直下。偏是俺立盡西風搔白髮,只落得哭向天涯,傷心地付與啼鴉,誰向江頭問荻花!難道我的眼呵,盼不到石頭車駕,我的淚呵,灑不上修陵松檟,只是年年秋月聽悲笳!

這不是沈炯,乃是吳偉業他自己在哀訴,在悲悼,在憤懣地高歌!第二出敍炯醉睡台上,漢武帝指示他一番,他因悟得興亡榮衰:

> 到頭來總是一場扯淡,何分得失,有甚爭差?到為他擾亂心腸,捶胸跌腳,豈不可笑!

他雖是如此的強自寬慰,然無聲之泣,強解之愁,較之痛哭絕叫尤為可悲!

他的《臨春閣》,凡4出,敍女節度使冼夫人及陳後主妃張麗華事。冼夫人以女子典軍,聲威遠震。張妃為后,主掌文詔,瘁心國事。某日,賜宴臨春閣,極一時之盛。後隋兵滅陳,麗華死之。冼夫人聞之,悲憤異常,遂解甲散軍,入山修道去了。此劇文情至佳,與《通天台》同為這時期罕見之作。第四出,冼夫人夢見張妃一段尤好。

尤侗作雜劇凡5種,《雜劇新編》錄其《讀離騷》《吊琵琶》2種。其他3種為《桃花源》《黑白衛》及《清平調》。

《讀離騷》敍屈原事，第一折寫原呵壁問天，及問卜於鄭詹尹，第二折寫原作九歌以祭神，第三折寫原見漁父，投江自殺，第四折寫宋玉賦《高唐》及《招魂》。隱括《楚辭》諸篇，寫成一劇，很見作者的技巧。

《弔琵琶》敍王昭君出塞事。第一折寫昭君遠嫁，第二折寫她投江自殺，第三折寫她魂回宮闕，第四折寫蔡琰入塞，過青塚弔昭君。

《桃花源》本於陶淵明有名的《桃花源記》而作，而以淵明為主人翁，言他尸解後，真個入桃花源，與羣仙為侶。

《黑白衞》本於唐裴鉶《傳奇》裏的《聶隱娘》一則而作，在當時極得盛名，實則沒有什麼深摯的情趣，遠不如《讀離騷》及《桃花源》。

《清平調》亦名《李白登科記》，中敍唐明皇叫楊貴妃為主考，定天下舉人試卷的等第，她以李白為第一，賜狀元及第，杜甫為第二，孟浩然為第三。白所作乃《清平調》三章，這不合於史實，且很可笑，但也與尤侗的傳奇《鈞天樂》一樣，背後隱藏着的乃是當時黑暗的科場所釀出的悲哀心境。《鈞天樂》從正面寫，此劇則從反面寫李白之登科，正是故作快意之語。

這時期裏的重要雜劇作家，其作品未見錄於《盛明雜劇》諸書中者，尚有數人。

楊慎（1488—1559），字用修，號升庵，新都人，以第一人及第，官翰林院修撰，後謫戍雲南。慎才華蓋世，著作之方面極廣，作劇凡3種，即《宴清都洞天元記》《蘭亭會》及《太和記》。《太和記》凡6本，每本4折。

黃方儒號醒狂，金陵人，作《倚門》《再醮》《淫僧》《偷期》《戀童》《懼內》6種，總名《陌花軒雜劇》。

王九思字敬夫，作《杜甫遊春》《中山狼》2種。《中山狼》似為康海同名之作的改本。

來集之號元成子，蕭山人，作雜劇 6 種：《藍采和》《阮步兵》《鐵氏女》3 種，總名《秋風三疊》。其他 3 種為《挑燈劇》《碧紗籠》《女紅紗》，都傳於世。

葉小紈字蕙綢，吳江人，適同縣沈永禎，著《鴛鴦夢》一本，見《午夢堂十集》中。

王夫之（1619—1692），字而農，號船山，衡陽人，為明遺民中生活最艱苦者之一，有全集，作雜劇一本，名《龍舟會》。

詩人與散文作家

在本章的最後，須略述本時代的詩人與散文作家。本時代的重要作品為小說與戲曲，詩與散文則殊呈寥落不振之狀。明人以模擬古人為務，以互相標榜詆諆為習，或流於淺率，或故為僻澀幽詭，可傳之作殊少。到了末葉，有錢謙益、吳偉業出，風氣才為之一變，而詩與文亦入於精瑩渾厚之境，開始了以下兩個世紀的波濤洶涌、氣象萬千的文壇。

永樂之際的作家，有楊士奇、解縉、楊溥諸人，他們是政治家，而非文人。及李東陽起，倡宗杜之說，乃開了擬古之端。

李東陽，字賓之，號西涯，茶陵人，生於公元 1447 年，死於公元 1516 年，著有《懷麓堂集》。

繼李東陽之後者為李夢陽、何景明、徐禎卿、邊貢、康海、王九思及王廷相，當時號為「七子」，以復秦漢文、盛唐詩相號召，其影響波及於天下，成了後來文壇爭執的中心。

李夢陽（1472—1529），字獻吉，號空同子，慶陽人，著有《空同集》；何景明（1483—1521），字仲默，號大復山人，信陽人，著

有《大復集》；徐禎卿字昌谷，吳縣人；邊貢字廷實，歷城人；王九思字敬夫，鄠縣人；王廷相字子衡，儀封人。「七子」以李、何為領袖，然李夢陽之作品，擬古之作而已，何景明則能自抒性靈。

當時，未受七子影響，而以清快諧奇，所謂「才子之文」著稱者，有唐寅、祝允明、文徵明三人。唐寅（1470—1524），字伯虎，一字子畏，號六如，吳縣人；祝允明字希哲，號枝山，長洲人；文徵明號衡山，長洲人。他們三人的行為，正與他們的詩文一般，以放盪驚俗，為世所訾。然其所作亦間有清逸可喜之作。

繼李、何七子之後者，又有「後七子」，為李攀龍、王世貞、謝榛、宗臣、梁有譽、徐中行及吳國倫，皆揚復古之波者。李攀龍（1514—1570），字於鱗，號滄溟，歷城人；王世貞號弇州山人，有《弇州四部稿》；謝榛（1495—1575），字茂秦，號四溟山人，臨清人；宗臣字子相，揚州人；梁有譽字公實，順德人；徐中行字子與，長興人；吳國倫字明卿，興國人。

後李攀龍死，謝榛又被擯於他們，於是改稱為「五子」，以王世貞為首領。繼之者有「後五子」「廣五子」「續五子」之稱，俱為無甚可注意的作家；最後有「末五子」者，為李維楨、屠隆、魏允中、胡應麟及趙用賢，較之前人，殊為傑出。

李維楨（1547—1626），京山人，以詩著；屠隆，則以作劇名；胡應麟字符瑞，蘭溪人，亦以切實之學問著；未被列於「七子」「五子」者，有王守仁、王慎中、唐順之、楊慎、徐渭諸人。

王守仁（1472—1528），字伯安，餘姚人，世稱陽明先生，倡「良知」之說，影響極大，在當時諸文人中，功業最盛，詩文不依傍古人，而格律整嚴。

王慎中（1509—1559），字思道，晉江人，號遵巖居士，以淡永條達之古文著。

唐順之（1507—1560），字應德，號荊川，武進人，與慎中齊

名，亦善擬作唐、宋人之「古文」。

楊慎，以詩著名，所作極多，於詩文集及劇本之外，又著詩話，編《詞林萬選》。

徐渭（1521—1593），以作劇著，詩文亦奇僻有逸氣。

在「五子」「七子」極盛之時，明顯的與他們對抗的有歸有光、茅坤諸人。

歸有光（1506—1571），字熙甫，崑山人，世稱震川先生，提倡唐、宋之古文，以清順有情致，為文章之極軌，不尚詭怪，亦不尚絢麗。所極力摹擬者為司馬遷、韓愈、柳宗元、歐陽修、蘇軾諸人之文，影響於後兩個世紀甚大。

茅坤（1512—1601），字順甫，別號鹿門，歸安人，刊唐、宋八家古文，後來所謂古文宗匠之「唐宋八家」，其名即始於坤，然坤之文殊疏淺，不能自立為一家。

明之末葉，有袁氏兄弟及鍾、譚、張、陳、錢、吳諸人，各趨一途，各有一部分的勢力。

袁宏道字無學，公安人，與兄宗道、弟中道，並著稱於世，被稱為「三袁」，其文殊詭怪，號為「公安體」。

鍾惺（1574—1624），字伯敬，竟陵人，與同裏譚元春（字友夏），並馳聲於世，其詩文被號為「竟陵體」。元春之詩，較為深摯。

張溥（1602—1641），字天如，太倉人，復社首領，所編有《漢魏百三名家集》。

陳子龍（1608—1647），字人中，又字臥子，華亭人，幾社首領，善為駢文及詞。此二人皆欲復振李、王之緒餘者。

以上諸人，主張雖各不同，然其傷於擬古與空疏，無獨特的濃摯的風格則一。

錢謙益與吳偉業為明代文人之魯靈光殿，為清代文人之開山祖，其詩文獨高出於上述諸人，如泰山之峙於土阜之中，如白鶴之

立於雞羣。

錢謙益，字受之，號牧齋，常熟人，在明末為文章宗匠。清兵入關，謙益迎降，以是頗為世人所譏彈。乾隆間曾下詔焚棄其詩文集。

吳偉業之詩悲悷淒麗如其曲，故國之思，時時流露。又常作詠歌時事之長詩，時稱之為「詩史」。

顧炎武、王夫之、黃宗羲三人為明之遺老，入清，不仕，夫之且遁入深山。

黃宗羲（1610—1695），少以義俠著，及明亡後，著《明夷待訪錄》，獨到之見極多。

顧炎武（1613—1682），著《日知錄》，為最負盛名的筆記之一，在那裏，我們可以看出他的真懇的為學態度。

侯方域、魏禧、汪琬，亦為明之文人而入清者，齊名於當時，衍「古文家」之緒。

侯方域（1618—1654），字朝宗，河南商丘人，有《壯悔堂集》。

魏禧（1624—1680），字冰叔，寧都人，與兄際瑞、弟禮，並名為「寧都三魏」。

汪琬（1624—1690），字苕文，號鈍庵，長洲人，為宗歸有光之古文作者，著《鈍翁類稿》。

清之詩人，以施閏章、宋琬為宗，時稱「南施北宋」。

施閏章（1619—1683），字尚白，號愚山，江南宣城人，著《學餘堂集》。

宋琬，字玉叔，號荔裳，山東萊陽人，著《安雅堂集》。

略後於施、宋而較他們為偉大者為王士禎、朱彝尊，他們的詩在當時影響極大，卓然足以自立。

王士禎（1634—1711），字貽上，號阮亭，又號漁洋山人，山東新城人，力倡神韻之說，為後來諸詩人開闢了一條大路，論者稱之為「清代第一詩人」。著有《帶經堂集》。

朱彝尊（1629—1708），字錫鬯（chàng），號竹垞（chá），秀水人，著作的方面極多，於詩詞外，古文亦自成一家，編《詞綜》及《明詩綜》，又著《經義考》，俱為當時很重要的著作。他的詞尤為後人所宗式。

納蘭性德與泰清君為清初兩個重要的「詞人」，而皆滿洲人。納蘭性德（1655—1685），字容若，為明珠子，以清才著，其詞纏綿清惋，為當代冠，著《飲水詩詞集》；泰清君為清代女詩人之最著者，作《東海漁歌》。時人謂性德、泰清君之詞，為「男中後主，女中清照」。

納蘭性德之摯友顧貞觀，亦以詞名，著《彈指詞》。

同時有徐釚（1636—1708），字電發，亦以詞名，著《詞苑叢談》，為最重要的「詞話」。

查慎行、陳維崧亦為當時著名詩人。查慎行字悔余，號初白，海寧人，著有《敬業堂集》；陳維崧（1625—1682），字其年，號迦陵，宜興人，其詞與駢文，殊有名於世，駢文氣度豪放，開後來諸作家之先路，著有《湖海樓集》。

金聖歎以文藝批評家著稱。在這個時代，沒有一個著名的批評家，所可稱者，僅聖歎一人而已。

金聖歎，本名張采，長洲人，有奇才，與徐渭同為中國文學史上最奇特的人物。以科場失意，乃絕意進取，更名金喟（又名人瑞），字聖歎，擬着手取天下才子文遍評之，所評者有《水滸》《唐詩》《西廂》等，在當時影響極大，言論亦極大膽，言人所不敢言、不能言，頗有許多可以永傳者。文字亦犀利而能深入，紆曲而能盡情，如水雲之波盪。但他中了當時評選時文之習氣過深，每把原文句評字讀，遷就己意，有如肢解鱗割，反使讀者不能見原作之真意。這是他的大病。後來評家中此病者最多，皆為衍他的餘緒者。入清，因事被官吏所殺。

第十二章

小 說

中國的小說，其開始較戲曲早得多，但其完成之時卻較戲曲為後；如在《莊子》《列子》一類的書中，已有好些很有趣的小說似的敍寫了，而其偉大的小說，如《三國演義》《水滸傳》《西遊記》之類，卻在元代雜劇已發達至頂點，長劇的「傳奇」也已出現了之後，才出現於世。在《三國》《水滸》《西遊》之前，中國也未嘗無小說的一種東西，不過它們的重大與成功，卻絕不能與《三國》《水滸》等幾部偉大作品相比匹。

《漢書·藝文志》的《諸子略》裏，載有小說一家，所錄自《伊尹說》以下至《虞初周說》凡 15 家，1380 篇。現在這些東西已片言隻字無存，所以我們不知道它們的內容究竟如何。尚存於今的小說，最古的是《燕丹子》，係敍燕太子丹欲報秦仇，遣荊軻入秦刺始皇的事。略後則有託名於東方朔所作的《神異經》與《海內十洲記》，託名於班固著的《漢武故事》與《漢武內傳》，又有題為郭憲撰的《別國洞冥記》，題為伶玄撰的《飛燕外傳》，無名氏撰的《雜事祕辛》，及趙曄的《吳越春秋》，袁康的《越絕書》等，以上俱傳為漢時的人所作。其中，除《雜事祕辛》為明楊慎所偽撰外，以《吳越春秋》及《越絕書》為最可信，是後漢人所作，其他《神異經》《漢武故事》《飛燕外傳》及《別國洞冥記》等，其作者俱未必為漢時人，大約都是晉以後的人所依託的。

小說的起源

六朝之時，這一類的著作，異常地發達；在他們明標出為六朝人所著的這些作品中，可大別之為二類：一類是敍述超自然的神怪故事的，如《搜神記》《續齊諧記》等；一類是敍述人間的名雋可傳的言行及一切瑣雜之事的，如《西京雜記》《世說新語》等。

第一類的著作極多，影響於後來的作者也極大，直到十七、十八世紀以及今時，還有他們的嫡派的模仿者，如《閱微草堂筆記》之類。最初出現的這一類作品為《列仙傳》《隋書》題為曹丕撰，《新舊唐書》則以為張華作，今此書已佚，尚有遺文為他書所錄。又有《博物志》也相傳以為張華作，雜記各地奇物異聞。干寶的《搜神記》，凡 20 卷，為此類書中的最著者。

干寶，字令升，為東晉初期人（公元四世紀中），初為著作郎領國史，後為始安太守，遷散騎常侍。

續他此書的有《搜神後記》10 卷，題為陶潛撰，實則為依託者。此後此類的著作極多，如《靈鬼志》（荀氏作），《甄異傳》（戴祚作），《述異記》（祖沖之作，今有《述異記》二卷，題（梁）任昉撰，實為唐、宋間人依託），《拾遺記》（王嘉作），《異苑》（劉敬叔作），《續齊諧記》（梁吳均作）等。

當此時，佛教在中國已甚流行，於是此種志怪之書又印上了無數的釋家因果報應及經像救人之事；如宋劉義慶《宣驗記》，齊王琰《冥祥記》，隋顏之推《集靈記》《冤魂志》，侯白《旌異記》，俱是專敍經像顯效、因果報應的。今唯《冤魂記》流傳於世，其他各種遺文也有存於《法苑珠林》《太平廣記》諸書內。

今錄《搜神記》《冥祥記》各一則，以見此一類書的一斑：

> 阮瞻字千里，素執無鬼論，物莫能難。每自謂此理足以辨

正幽明。忽有客通名詣瞻。寒溫畢，聊談名理。客甚有才辯，瞻與之言良久，及鬼神之事，反覆甚苦。客遂屈，乃作色曰：「鬼神古今聖賢所共傳，君何得獨言無！即僕便是鬼！」於是變為異形，須臾消滅。瞻默然，意色大惡，歲餘而卒。（《搜神記》）

宋王淮之字元曾，琅瑯人也。世尚儒業，不信佛法。常謂：身神俱滅，寧有三世耶？元嘉中，為丹陽令。十年，得病絕氣，少時還復暫蘇。時建康令賀道力省疾，適會下牀。淮之語道力曰：「始知釋教不虛，人死神存，信有徵矣。」道力曰：「明府生平置論不爾，今何見而乃異之耶？」淮之斂眉答云：「神實不盡，佛教不得不信。」語訖而終。（《冥祥記》）

第二類記述人間瑣事隽言的書，實始於魏晉之時。那時清談之風甚盛：士大夫每以一二名隽之言相誇讚。晉隆和中（362 年），處士河東裴啟，便撰錄漢、魏以來至當時的言語應對之可稱者，謂之《語林》，盛行於世。今此書已佚，遺文尚有存者。宋臨川王劉義慶的《世說新語》則為繼《語林》的後塵的，凡分 36 篇，每篇各以《德行》《言語》《政事》《文學》以及《雅量》《簡傲》《仇隙》等標名，梁劉孝標為之作注。這一類的書的後繼者亦甚盛；梁沈約作《俗說》，殷芸撰《小說》，其後唐、宋以至近時，亦時時有人躡其遺規而作書。現在舉《世說新語》一二則以為例：

庾公造周伯仁。伯仁曰：「君何所欣說而忽肥？」庾曰：「君復何所憂慘而忽瘦？」伯仁曰：「吾無所憂，直是清虛日來，滓穢日去耳。」（《言語篇》）

世目李元禮謖謖如松下勁風。（《賞譽篇》）

像以上所舉的小說，都是瑣雜的記載，不是整段的敍寫，也絕少有文學的趣味，所以不足躋列於真正的小說之域。到了唐時，才

有組織完美的短篇小說，即所謂「傳奇」者出現。

這些「傳奇」所敍事實的瑰奇，為前代所未見，所用的濃摯有趣的敍寫法，也為前代所未見，於是便盛行於當時，且為後人所極端讚頌。後來的詩人、戲曲家也都取他們所寫的事實為其作品的題材。所以唐人傳奇在中國文學上便成了文壇的最初資料之一種，便有了與《荷馬史詩》《亞述王故事》以及《尼伯龍根之歌》在歐洲文學上的同樣位置。在這些傳奇中，最可使讀者感動的，有《霍小玉傳》《李娃傳》《南柯記》《會真記》《離魂記》《枕中記》《柳毅傳》《長恨歌傳》《虬髯客傳》《劉無雙傳》等。大約可分之為三類。一類為戀愛故事，一類為豪俠故事，又一類則為神怪故事。

戀愛故事

第一類敍戀愛的故事，以《霍小玉傳》《會真記》等為代表。

《霍小玉傳》為蔣防作，是一篇慘惻動人的戀史。名妓霍小玉與進士李益相愛，約為婚姻。兩年後，益因授鄭縣主簿，別去。他到了家，知他母親已為他訂婚於盧氏。他不敢拒，遂與小玉絕音問。這裏小玉卻因思念益而病了，家產也少了，連最心愛的紫玉釵都賣去了。李益卻還避她不見。一天，他在崇敬寺看牡丹，忽被一黃衫豪士強邀到霍氏家。小玉力疾見之，舉杯酒酹地道：「我為女子，薄命如斯；君是丈夫，負心若此！韶顏稚齒，飲恨而終，慈母在堂，不能供養，綺羅弦管，從此永休！徵痛黃泉，皆君所致。李君！李君！今當永訣！我死之後，必為厲鬼，使君妻妾，終日不安！」於是引左手握他的臂，擲杯於地，長慟號哭數聲而死。在這文裏，使我們也與當時的人一樣，無不怨益的薄行與反覆的！後面以益與他

的妻妾果然終日不安作結，卻使這故事的感人力減削不少。

《會真記》為元稹撰。元稹，字微之，為公元八世紀至九世紀中的大詩人之一，與白居易齊名，時號「元白」。此記亦名《鶯鶯傳》，係敍崔鶯鶯與張君瑞相戀的故事，這故事即為後來諸戲曲家所作的各種《西廂記》所取材的本源，所以最為人所熟知。這故事的結果是以悲劇終，但後來的戲曲家卻都使崔、張二人終於團圓了。

此外，如《李娃傳》《章台柳傳》《長恨歌傳》《非煙傳》《離魂記》等，也都是屬於此類的。

《李娃傳》係白行簡作。白行簡，字知退，係大詩人白居易的季弟。李娃為長安名妓，常州刺史滎陽公之子因溺戀她而致墮落。後李娃終於救了他，使他勉力求上進。至今尚盛傳的鄭元和、李亞仙的故事即本於此。白行簡又作《三夢記》一篇，見《說郛》。

《章台柳傳》係許堯佐作，敍韓翃的戀人柳氏為蕃將沙叱利所取，他無計把她取回。俠士許虞侯聞之，便自告奮勇，把柳氏劫了來還翃。此為實事，孟棨《本事詩》亦敍及之。「章台柳，章台柳，昔日青青今在否？」的相酬答的詩，至今尚流誦於讀者之口，可見此故事的盛傳。

《長恨歌傳》為陳鴻作。陳鴻，為白居易的友人，白居易作《長恨歌》，鴻因為之記其本事，以作此傳。明皇與太真的故事本是很感人的題材，所以他的文字甚纏綿凄楚。他又作《東城老父傳》，也是記開元天寶的盛衰之情況的。

《非煙傳》為皇甫枚作，敍步非煙與少年趙象相戀，被其丈夫所知而笞死的事。

《離魂記》為陳元祐作，敍張倩娘與王宙相愛甚深，其父欲將倩娘嫁別人，她不欲。宙亦悲且恨，訣別上船。夜半他忽見倩娘追蹤而至。相處五年，生兩子，然後二人同到倩娘父家。父大驚奇，因倩娘原臥病在家，並未出去。病的倩娘聞歸來的倩娘至，便起牀相

迎，二女合而為一身。乃知隨宙去的是倩娘的魂。此事後來戲曲家也把它取為題材。

此外，人與鬼神的戀愛，也為這些傳奇作家的好題材，如《柳毅傳》《湘中怨》及《秦夢記》等。

《柳毅傳》為李朝威作，敍柳毅與龍女的戀愛。《湘中怨》與《秦夢記》俱為沈亞之作。沈亞之，字下賢，為南康尉，有「吳興才人」之號。《湘中怨》敍鄭生遇孤女，相處數年，女乃言她是「蛟宮之娣」，今謫限滿，當別去；《秦夢記》則亞之自敍經長安，夢為秦官，與秦穆公女弄玉結婚事。

豪俠故事

第二類是敍豪俠的故事的。這些故事顯然是受司馬遷的《刺客列傳》與《遊俠列傳》的影響。而所以會發生這些故事的直接原因，則為天下的擾亂，藩鎮的專橫，人人心理上都希望着有這樣的一種劍俠出來，以懲罰那些兇惡的軍閥。這二派的後繼者也極多，他的嫡系子孫至今尚未絕跡。《紅線傳》《劉無雙傳》及《虬髯客傳》是他們的代表作。又有《劍俠傳》，託名為段成式作，實則明人所偽託，乃雜採成式的《酉陽雜俎》中之文數篇及其他作者之文而成者。

《紅線傳》為楊巨源作的，實乃託名。此文原出於《甘澤謠》中，《太平廣記》曾錄之（《太平廣記》卷一百九十五）。紅線是潞州節度使薛嵩的青衣。魏博節度使田承嗣想吞併潞州。嵩憂懼，紅線乃請為探其虛實。一更去，隔了不久，嵩忽聞「曉角吟風，一葉墮露」，驚而起問，即紅線回，取牀頭金合為信。嵩乃遣使者還金合於承嗣。承嗣驚懼，遂修好於嵩。此事後，紅線請別。嵩乃夜張

宴,大集賓客為紅線餞別。客有作歌者,曰:「還似洛妃乘霧去,碧天無際水空流。」歌畢,嵩不勝其悲。紅線拜且泣,因偽醉離席,遂亡所在。

《無雙傳》為薛調作,敍劉無雙許配於王仙客。後兵亂相失。仙客問舊僕塞鴻,始知無雙已召入後宮,悲痛欲絕。因訪俠士古押衙訴說其事。古生別去,半年無消息。一日,喧傳守園陵的一宮女死,仙客赴視之,乃無雙,於是號哭不已。夜半,古生忽抱無雙的尸身至,灌以藥,得復生。於是二人逃去。古生殺塞鴻,並自殺以滅口。

《虬髯客傳》為杜光庭作。杜光庭為唐末的蜀道士,事王衍,所著甚多,以此作為最盛傳;係敍李靖謁楊素,素身旁一執紅拂妓,夜亡奔靖,二人途中逢虬髯客,意氣相得。虬髯客見李世民,謂中原有主,便推資產與靖,自到海外去。後至扶余國,殺其主,自立為王。

在偽託的《劍俠傳》中,除《酉陽雜俎》之文數篇,如《京西店老人》《蘭陵老人》《盧生》等外,其最著的數篇乃為從裴鉶的《傳

馮超然:紅拂小像(1917 年作)

奇》裏抄下的《崑崙奴》與《聶隱娘》。

《崑崙奴》敍崔生奉父命往視蓋天之勳臣一品[1]病，一品乃命一妓（穿紅綃的），以一甌緋桃沃甘酪以進。生臉紅不吃。一品命妓以匙進之。及生辭去，紅綃妓送出院，臨別出三指，反掌三度，然後指胸前一鏡為記。生歸，苦念妓，又不解其意。家中有崑崙奴名磨勒的，見他憂苦狀，問其故，生告之。磨勒道：「立三指是示她住於第三院，三度反掌是示十五之數，胸前鏡子是指明月，即要你十五夜月明前來之意。」於是磨勒負生入一品家，逾十重垣與紅綃妓相見，又負他們二人同出。後來一品知其事，命捕磨勒，他從重圍中飛出，不復見。隔十餘年，崔氏家人卻在洛陽見磨勒在市賣藥，容貌如舊。

《聶隱娘》敍魏博大將聶鋒有女隱娘，十歲時為尼誘入山中受劍術，術成，送她回家。後她嫁了一個磨鏡的少年。魏帥田氏與陳許節度使劉昌裔不和。魏帥使隱娘去取劉的頭。隱娘與少年共騎黑白衞（驢）到許。劉有神算，豫知其來，於中途厚禮迎之，隱娘遂留許為昌裔用。後月餘，魏帥又使精精兒去殺隱娘及劉昌裔，卻反被隱娘所殺。接着，又使妙手空空兒來，又被隱娘設計，使他一擊不中，翻然遠去。劉昌裔死，隱娘便隱去。

神怪故事

第三類敍神怪故事的作品，以瑣雜的短篇集為最多。如當時著名的大人物牛僧孺曾作《玄怪錄》，李復言繼之而作《續玄怪錄》；

1　歷來認為是指平定「安史之亂」、再造唐朝社稷的功臣郭子儀。

又有薛漁思作《河東記》，張讀作《宣室志》，皆為此一類的作品，然都無甚佳雋永的意味，僅有沈既濟的《枕中記》及李公佐的《南柯太守傳》是極有美趣的著作。沈既濟，為蘇州吳人，生於大曆中。以楊炎薦召拜左拾遺史館修撰，後為禮部員外郎。

《枕中記》敍道士呂翁行邯鄲道中，在逆旅遇盧生，見他窮困歎息，便給他一枕道：「子枕此，當榮適如意。」盧生枕之，便夢娶美妻，登顯宦，不數年便為宰相，後壽至八十，子孫滿前而死。至此，盧生欠伸而醒，身仍在旅舍，主人蒸黃粱尚未熟。呂翁顧他笑道：「人世之事，也不過如此而已。」生憮然，良久，拜謝而去。

《南柯太守傳》的結構與意境，較《枕中記》為尤雋妙。作者李公佐，字顓蒙，隴西人，舉進士，元和中為江淮從事。所作於《南柯太守傳》外尚有《謝小娥傳》《廬江馮媼》及《李湯》三篇，俱見於《太平廣記》中，然俱無《南柯太守傳》之動人。此傳敍淳于棼所居宅南，有大槐樹一株，清蔭數畝。某日，他醉寢，夢見到槐安國去，做了國王的女婿，統治南柯郡。守郡 30 年。後將兵與檀蘿國戰，敗績，公主又死，因此罷郡，後遂被國王送之離國而回故鄉。至此他便醒了。「見家之僮僕擁篲於庭，二客濯足於榻，斜日未隱於西垣，余樽尚湛於東牖。夢中倏忽，若度一世矣。」他感念嗟歎，呼二客而語之，驚駭，因同出外，尋槐下穴。他指道：「此即夢中所經入處！」遂命僕發窟。「有大穴洞然明朗，可容一榻。根上有積土壤，以為城郭台殿之狀。有蟻數斛，隱聚其中。中有小台，其色若丹。二大蟻處之，素翼朱首，長可三寸，左右大蟻數十輔之，諸蟻不敢近，此其王矣。即槐安國都也。又窮一穴，直上南枝，可四丈，宛轉方平，亦有土郭小樓，羣蟻亦處其中，即生所領南柯郡也。……又窮一穴，東去丈余，古根盤屈，若龍虺（huī）狀，中有小土壤高尺餘，即生所葬妻龍岡之墓也。追想前事，感歎於懷，披穴窮跡，皆符所夢。不欲二客壞之，遂令掩塞如舊。是夕風雨暴

發，視其蟻遂不見，莫知所去。故先言因有大恐，都邑遷徙，此其驗矣。」

此外，可屬這三類中的作品尚有不少，不能一一在此舉出。不能屬於某一類的雜瑣的筆記集，尚有蘇鶚的《杜陽雜編》，參寥子、高彥休的《唐闕史》，康駢的《劇談錄》，段成式的《酉陽雜俎》，范攄的《雲溪友議》等。

小說的發展

到了宋初，傳奇及志怪的書、筆記的書的作者尚有不少。

李昉所監修的《太平廣記》，凡 500 卷，又目錄 10 卷，自漢晉至宋初的小說、筆記，大概都被揀選蒐集進去，可算是一部巨大的書。宋人所自著者，有徐鉉的《稽神錄》，張君房的《乘異記》，張師正的《括異志》，聶田的《祖異志》等，俱為祖述前代神怪故事的筆記集的體裁的。吳淑作《江淮異人錄》，則多敍民間豪俠奇能之士。樂史所作之《綠珠傳》《楊太真外傳》，無名氏所作之《大業拾遺記》《開河記》《迷樓記》《海山記》及《梅妃傳》等，亦皆為此時的出品，而後人多誤以為唐人所作。又有秦醇作《趙飛燕別傳》《驪山記》《溫泉記》《譚意歌傳》等 4 篇，見於劉斧所編的《青瑣高議前集》及《別集》中。至北宋之末，又有郭彖作《睽車志》5 卷，洪邁作《夷堅志》420 卷。但這些宋人所作的，意境既不高雋，題材也不動人，而敍寫又無唐人的深刻，所以我們不必去注意他們。

宋人的小說成績，足以使我們注意的，乃是他們偶然遺留下的幾部「話本」。

中國文藝作品大都為古奧淵雅的，專供所謂「士」的一階級
所閱讀的。如唐人傳奇的一類小說，其高深的文辭，也非一般民眾
所能享受。然民間也並非沒有什麼文藝作品，他們也自有他們的小
說，也自有他們的相傳的故事。這些文字幾乎全部泯滅，為我們所
不能見到。直至於最近的數十年來，才陸續地發現了好些用白話寫
的流傳於民間的小說。最古的是清光緒中，敦煌石室裏發現的唐五
代人的抄本小說數種。其中如《目連入地獄故事》等現藏於京師圖
書館，如《唐太宗入冥記》《秋胡小說》等現藏於倫敦博物館。其後
有《梁公九諫》，敍狄仁傑諫武后事，為宋人所作，見於《士禮居
叢書》中，又有《大宋宣和遺事》亦在於同書中。近來又有《京本
通俗小說》《新編五代史平話》《大唐三藏法師取經詩話》等 3 種陸
續刊出。最古的白話小說，現在所能得到的已盡於此了。

《夢粱錄》書影

宋代盛時，民間遊樂之事甚多，其中有「說話」，業此的人名之為「說話人」，大約如今之說書。南渡以後，「說話」之業仍不衰。吳自牧在《夢粱錄》中（卷二十）說：

> 說話者，謂之舌辯，雖有四家數，各有門庭。
>
> 且「小說」者，名「銀字兒」，如煙粉、靈怪、傳奇、公案、撲刀、起棒、發跡、變態之事……談論古今，如水之流。
>
> 「談經」者，謂演說佛書。
>
> 「說參請」者，謂賓主參禪悟道等事。
>
> ……
>
> 又有「說渾經」者……
>
> 「講史書」者，謂講說《通鑒》漢唐歷代書史文傳，興廢戰爭之事。
>
> 「合生」，與起令隨令相似，各占一事也。

此種說話，也有底本，謂之「話本」。今所傳的《五代史平話》即「講史書」的話本，《京本通俗小說》即「小說」的話本。此二類對於後來的影響都極大，如《三國演義》《隋唐演義》等，都是繼《五代史平話》之後的。如今所知的明人的《醒世恆言》《醉醒石》《今古奇觀》等，都是繼《京本通俗小說》之後的。

《五代史平話》

《五代史平話》凡《梁史》2卷，《唐史》2卷，《晉史》2卷，《漢史》2卷，《周史》2卷，共10卷。今所傳者已有殘缺。《梁史》僅餘上卷。《晉史》上卷缺首頁。《漢史》亦缺下卷。其體裁，每卷各

以一詩起，後入正文，再以一詩結。《梁史》之首，先敍荒古以來興亡之事，然後才入正文。後來的「講史」（「演義」）也都是模仿這種體裁的：

詩曰：龍爭虎戰幾春秋，五代梁唐晉漢周。興廢風燈明滅裏，易君變國若傳郵。

粵自鴻荒既判，風氣始開，伏羲畫八卦而文籍生，黃帝垂衣裳而天下治，作十三卦以前民用，便有個弦木為弧，剡木為矢，做着那弓箭，威服乖爭。那時諸侯皆已順從，獨蚩尤共着炎帝，侵暴諸侯，不服王化。黃帝乃帥諸侯，興兵動眾，驅着那貙貅貔貅熊熊虎猛獸做先鋒，與炎帝戰於阪泉之野，與蚩尤戰於涿鹿之地。鬥經三合，不見輸贏。有那老的名做風后，乃握機制勝，做着陣圖來獻黃帝。黃帝乃依陣佈軍，遂殺死炎帝，活捉蚩尤，萬國平定。這黃帝做着個厮殺的頭腦，教天下後世習用干戈。此後虞舜征伐三苗，在兩階田地裏舞着干羽。過了七十個日頭，有苗歸服。如湯伐桀，武王伐紂，皆是以臣弑君，篡奪了夏殷的天下。湯武不合做了這個樣子……

下面歷敍自周至唐的興亡，然後才敍到唐末大亂，黃巢、朱溫的歷史而入了正文。這部《五代史平話》的敍述，於歷史上大事，固然都有敍及，而於個人的生平以及逸聞傳說敍得尤為詳盡，且對於瑣事多着力渲染，這是它遠於正式的史書而成了「歷史小說」的大原因。且舉其中敍劉知遠微時事一則為例：

一日是二月八日慶佛生辰時分，劉知遠出去將錢僱倩針筆匠文身：左手刺個仙女，右手刺一條搶寶青龍，背脊上刺一個笑天夜叉，歸家去激惱義父慕容三郎，將劉知遠趕出門去。在後阿蘇思憶孩兒，終日淒惶，淚不曾乾，真是：玉容寂寞淚闌干，梨花一枝春帶雨。慕容三郎見他渾家終日價淒惶無奈，未免使

人去尋得知遠回歸。那時知遠年登十五了。義父一日將錢三十貫令知遠將去汾州城裏納糧……擔取這錢奔前去。才經半日，又撞見有六個秀才在那灌口二郎廟下賭博。劉知遠又挨身去廝共博錢。不多時間被那六個秀才一齊贏了。劉知遠輸了三十貫錢，身畔赤條條地正似烏鴉中彈，游魚失波，思量納稅無錢，歸家不得，無計奈何。

以後便敍他被李長者所收留，妻以其女三娘。後來李長者死，知遠為兩舅所不容，出去投軍。三娘生一子，哥哥又想害他，她便將孩子送於知遠。這孩子長大，聞知母親在孟石村河頭擔水辛苦，便請知遠去救她。上一章所敍的《劉知遠》（《白兔記》）一劇的內容，大約即是依據於此的，只是添了一隻白兔出來。

《京本通俗小說》

《京本通俗小說》不知原有多少卷。今本也是殘缺的，只存卷十至卷十六的七卷；每卷各有小說一篇，其名為《碾玉觀音》《菩薩蠻》《西山一窟鬼》《志誠張主管》《拗相公》《錯斬崔寧》及《馮玉梅團圓》。它們的體裁與《今古奇觀》大概相同，每篇之首，往往先說些閒話，或敍一二段可與正文相映照的故事（或相類的，或相反的），然後才入正文。

《碾玉觀音》一篇欲敍秀秀養娘入咸安郡王府，便先敍咸安郡王的遊春，欲敍成安郡王的遊春，便先舉春詞至十餘首之多，這是後來的模擬作品所不常有的。現在舉《馮玉梅團圓》的前數段，以為這種作品的一個例子。

簾捲水西樓，一曲新腔唱打油。宿雨眠雲年少夢，休謳，

且盡生前酒一甌。明日又登舟，卻指今宵是舊遊。同是他鄉淪落客，休愁，月子彎彎照幾州。

這首詞末句，乃是借用吳歌成語。吳歌云：「月子彎彎照幾州，幾家歡樂幾家愁。幾家夫婦同羅帳，幾家飄散在他州。」

此歌出自我宋建炎年間，述民間離亂之苦。只為宣和失政，奸佞專權；延至靖康，金虜凌城，擄了徽欽二帝北去；康王泥馬渡江，棄了汴京，偏安一隅，改元建炎。其時東京一路百姓，懼怕韃虜，都跟隨車駕南渡，又被虜騎追趕，兵火之際，東逃西躲，不知拆散了幾多骨肉！往往父子夫妻，終身不復相見。其中又有幾個散而復合的，民間把作新聞傳說。正是：劍氣分還合，荷珠碎復圓。萬般皆是命，半點盡由天。

話說陳州有一人姓徐名信，自小學得一身好武藝。娶妻崔氏，頗有容色，家道豐裕，夫妻二人正好過活。卻被金兵入寇，二帝北遷，徐信共崔氏商議，此地安身不牢，收拾細軟家財，打做兩個包裹，夫妻各背了一個，隨着眾百姓曉夜奔走。行至虞城，只聽得背後喊聲震天，只道韃虜追來，卻原來是南朝殺敗的潰兵。只因武備久弛，軍無紀律，教他殺賊，一個個膽寒心駭，不戰自走；及至遇着平民，搶虜財帛子女，一般會耀武揚威。徐信雖然有三分本事，那潰兵如山而至，寡不敵眾，捨命奔走，但聞四野號哭之聲，回頭不見了崔氏。亂軍中無處尋覓，只得前行。行了數日，歎了口氣，沒奈何只索罷了。……誰知今日一雙兩對，恰恰相逢，真個天緣湊巧！彼此各認舊日夫妻，相抱而哭。當下徐信遂與劉俊卿八拜為交，置酒相待。至晚將妻子兌轉，各還其舊。從此通家往來不絕。有詩為證：夫換妻來妻換夫，這場交易好糊塗。相逢總是天公巧，一笑燈前認故我。此段話題做「交互姻緣」，乃建炎三年建康城中故事。……

《大唐三藏取經詩話》

　　《大唐三藏取經詩話》及《大宋宣和遺事》二書，其體裁與「講史」「小說」的話本又不同，「近講史而非□談，似小說而無捏合」，且《取經詩話》全書分17章，更與「小說」之體例不合。魯迅君作《中國小說史略》，因別名之為「擬話本」，以它們為受話本的影響的作品。

　　《三藏取經詩話》亦名《大唐三藏法師取經記》，舊本在日本，後為羅振玉君借來影印。其所以稱為「詩話」者，以其每章必有「詩」。原本缺第一章，自第二章遇「猴行者」以後俱全。後來的「西遊」故事，大約是本於此而加以許多增飾改造的。現在舉此書中最可注意的數章如下，我們取來與吳承恩的《西遊記》對讀一過，便可覺得「西遊」故事蛻化的痕跡，且可使我們生出許多的趣味來：

行程遇猴行者處第二

　　僧行六人，當日起行，法師語曰：「今往西天，程途百萬，各人謹慎。」小師應諾。行經一國以來，偶於一日午時，見一白衣秀才從正東而來，便揖和尚：「萬福！萬福！和尚今往何處？莫不是再往西天取經否？」法師合掌曰：「貧僧奉敕，為東土眾生未有佛教，是取經也。」秀才曰：「和尚生前兩回去取經，中路遭難；此回若去，千死萬死。」法師云：「你如何得知？」秀才曰：「我不是別人，我是花果山紫雲洞八萬四千銅頭鐵額獼猴王，我今來助和尚取經。此去百萬程途，經過三十六國，多有禍難之處。」法師應曰：「果得如此，三世有緣。東土眾生，獲大利益。」當便改呼為猴行者。僧行七人，次日同行，左右伏事。猴行者乃留詩曰：

小說。

283

百萬程途向那邊，今來佐助大師前。一心祝願逢真教，同
往西天雞足山。

三藏法師答詩曰：

此日前生有宿緣，今朝果遇大明賢。前途若到妖魔處，望
顯神通鎮佛前。

入大梵天王宮第三

法師行程湯水之次，問猴行者曰：「汝年幾歲？」行者答曰：
「九度見黃河清。」法師不覺失笑，大生怪疑。遂曰：「汝年尚
少，何得妄語？」行者曰：「我年紀小，歷過世代萬千，知得法
師前生兩回去西天取經，途中遇害。法師曾知兩回死處無？」師
曰：「不知。」行者曰：「和尚蓋緣當日佛法未全，道緣未滿，
致見如此。」法師曰：「汝若是九度見黃河清，曾知天上地府事
否？」行者答曰：「有何不知？」法師問曰：「天上今日有甚事？」
行者曰：「今日北方毗沙門大梵天王水晶宮設齋。」法師曰：「借
汝威光，同往赴齋否？」行者教令僧行閉目，行者作法。良久之
間，才始開眼，僧行七人，都在北方大梵天王宮了。且見香花
千座，齋果萬種，鼓樂嘹亮，木魚高掛；五百羅漢，眉垂口伴，
都會宮中，諸佛演法。偶然一陣凡人氣，大梵天王問曰：「今日
因何有凡人俗氣？」尊者答曰：「今日下界大唐國內有僧玄奘僧
行七人赴水晶齋，是故有俗人氣。」當時天王與羅漢曰：「此人
三生出世，佛教俱全。」便請下界法師玄奘升座講經。請上水
晶座，法師上之不得。羅漢曰：「凡俗肉身，上之不得。請上沉
香座。」一上便得。羅漢問曰：「今日謝師入宮。師善講經否？」
玄奘曰：「是經講得，無經不講。」羅漢曰：「會講《法華經》？」
玄奘：「此是小事。」當時五百尊者、大梵王，一千餘人，咸集
聽經。玄奘一氣講說，如瓶注水，大開玄妙。眾皆稱讚不可思

議。齋罷辭行，羅漢曰：「師曾兩回往西天取經，為佛法未全，常被深沙神作孽，損害性命。今日幸赴此宮，可近前告知天王，乞示佛法前去。免得多難。」法師與猴行者，近前諮告請法。天王賜得「隱形帽」一事，「金環錫杖」一條，「鉢盂」一隻，三件齊全。領訖，法師告謝已了。回頭問猴行者曰：「如何下得人間？」行者曰：「未言下地，法師且更諮問天王，前程有魔難處，如何救用？」法師再近前告問。天王曰：「有難之處，遙指天宮大叫一聲，當有救用。」法師領旨，遂乃拜辭。猴行者與師同辭五百羅漢，合會真人。是時尊者一時送出，咸願法師取經早回。尊者合掌頌曰：水晶齋罷早回還，展臂從風去不難。要識弟兄生五百，昔曾行腳到人間。法師詩曰：東土眾生少佛因，一心迎請不逡巡。天宮授賜三般法，前路摧魔作善珍。

過長坑大蛇嶺處第六

　　行次至火類坳白虎精。前去遇一大坑，四門陡黑，雷聲喊喊，進步不得。法師當把「金環杖」遙指天宮，大叫：「天王救難！」忽然杖上起五里毫光，射破長坑，須臾便過。次入大蛇嶺，目見大蛇如龍，亦無傷人之性。又過火類坳，坳下下望，見坳上有一具枯骨，長四十餘里。法師問猴行者曰：「山頭白色枯骨一具如雪？」猴行者曰：「此是明皇太子換骨之處。」法師聞語，合掌頂禮而行。又忽遇一道野火達天，大生煙焰，行去不得。遂將「鉢盂」一照，叫天王一聲，當下火滅，七人便過此坳。欲經一半，猴行者曰：「我師曾知此嶺有白虎精否？常作妖魅妖怪，以至吃人。」師曰：「不知。」良久只見嶺後愁雲慘霧，細雨交霏；雲霧之中，有一白衣婦人，身掛白羅衣，腰繫白裙，手把白牡丹一朵，面似白蓮，十指如玉。睹此妖姿，遂生

疑悟。猴行者曰:「我師不用前去,定是妖精。待我向前問她姓字。」猴行者一見,高聲便喝:「汝是何方妖怪,甚相精靈?久為妖魅,何不速歸洞府?若是妖精,急便隱藏形跡;若是人間閨閣,立便通信道名。更若躊躇不言,杵滅微塵粉碎!」白衣婦人見行者語言正惡,徐步向前,微微含笑,問師僧一行,往之何處。猴行者曰:「不要問我行途,只為東土眾生。想汝是火類坳頭白虎精,必定是也!」婦人聞言,張口大叫一聲,忽然面皮裂皺,露爪張牙,擺尾搖頭,身長丈五。定省之中,滿山都是白虎……猴行者將「金環杖」變作一個夜叉,頭點天,腳踏地,手把降魔杵,身如藍靛青,髮似硃砂,口吐百丈火光。當時白虎精吼哮近前相敵,被猴行者戰退。半時,遂問虎精甘伏未伏。虎精曰:「未伏!」猴行者曰:「汝若未伏,看你肚中有一個老獼猴!」虎精聞說,當下未伏。一叫獼猴,獼猴在白虎精肚內應。遂教虎開口,吐出一個獼猴,頓在面前,身長丈二,兩眼火光。白虎精又云:「我未伏!」猴行者曰:「汝肚內更有一個!」再行開口,又吐出一個,頓在面前。白虎精又曰:「未伏!」猴行者曰:「你肚中無千無萬個老獼猴,今日吐至來日,今月吐至來月,今年吐至來年,今生吐至來生,也不盡。」白虎精聞語,心生忿怒。被猴行者化一團大石,在肚內漸漸會大。教虎精吐出,開口吐之不得;只見肚皮裂破,七孔流血。喝起夜叉,渾鬥大殺,虎精大小,粉骨塵碎,絕滅除蹤。行者收法,歇息一時,欲進前程,乃留詩曰:

火類坳頭白虎精,渾羣除滅永安寧。此時行者神通顯,保全僧行過大坑。

《大宋宣和遺事》

　　《大宋宣和遺事》分 4 集，敍宋徽宗、欽宗及高宗三代，即宋南渡前後的事。全書有的是文言，有的是白話，有時又發議論，顯係雜合好幾部書而成此一書的。卷首以詩起，接着敍歷代的興亡，然後才入正文，與「講史」的體裁正同。

　　「水滸」故事也最初見於此書的元集及亨集。先敍朱勔運花石綱時，分差楊志、李進義、林冲、王雄、花榮、柴進、張青、徐寧、李應、穆橫、關勝、孫立 12 人為指使，前往太湖等處押人伕搬運花石。那 12 人結義為兄弟，誓有災厄，各相救援。後來 10 人俱回，獨有楊志在潁州等候孫立不來，因值雪天，旅途貧困，將一口寶刀出市貨賣，遇惡少後生相爭，被楊志手起刀落殺死了，因此押配衛州軍城。孫立在中途遇見了，便連夜進京報於李進義等知道。兄弟 11 人因殺了防守軍人，救得楊志，同去落草為寇。接着便敍晁蓋、吳加亮、劉唐、秦明、阮進、阮通、阮小七、燕青等 8 人劫梁師寶送蔡京的禮物，因宋江私通消息，得不被捕而逃去，便邀約了楊志等 12 人，共 20 人結為兄弟，前往太行山梁山泊去為寇。一日，他們思念宋江相救恩義，差劉唐將帶金釵一對去酬謝宋江。宋江將這金釵把與娼妓閻婆惜收了，不幸被她知得來歷。一日，宋江回家省父病，途中遇着杜千、張岑、索超、董平 4 人要去落草，他便寫信送這 4 人到梁山泊去投奔晁蓋。當宋江的父親病好，他便回縣城，閻婆惜卻已與吳偉打暖，更不睬理宋江。他大怒，便殺了閻婆惜、吳偉二人，然壁上寫了四句詩而逃去。縣官得知此事，率兵追趕，宋江走到九天玄女廟裏躲藏。等到官兵已退，他出來拜謝玄女娘娘，卻見香案上一聲響亮。打一看時，有一卷文書在上。宋江才展開看了，認得是個天書，又寫着 36 個姓名，末後一行字寫道：「天

書付天罡院三十六員猛將，使呼保義宋江為帥，廣行忠義，殄滅奸邪。」他因此又率了朱同、雷橫，並李逵、戴宗、李海等 9 人直奔梁山泊。當時晁蓋已死，大家便推宋江為首領（連晁蓋共 33 人）。各人統率強人，略州劫縣，放火殺人，攻奪淮陽、京西、河北三路 24 州 80 餘縣。政府遣呼延綽及已降海賊李橫出師收捕宋江，屢戰屢敗，二人反投入宋江夥內了。那時又有僧人魯智深來投，36 人恰好數足。後來張叔夜出來招降宋江等 36 人，各受武功大夫告敕，分注諸路巡檢使去了。後遣宋江收方臘有功，封節度使。

一部偉大的《水滸傳》的骨幹，便樹立於此。我們拿它與《水滸傳》來細細比較，見出一般事實的蛻化與增大的痕跡，覺得很有趣味。在這本書裏敍徽宗、欽宗二帝被金人所擄後，在北方所過的困厄的生活，也寫得異常動人。

《水滸傳》

自宋亡之後，「講史」一類的著述仍未衰滅。雖然我們不知道那時「說話」的遊藝還有存在否，然此類著作，卻自元至明，作者繼出。最著名而約在十五世紀之前出現的，有《水滸傳》《三國志》《隋唐志傳》及《三遂平妖傳》等。

《水滸傳》即敍宋江等人的故事。《宣和遺事》只敍 36 人，這書則增多至 108 人，36 人的姓名也與《遺事》有異同，如《遺事》中的李進義、吳加亮即此書的盧俊義與吳亮。在小說的描寫技術上看來，此書較之「唐人傳奇」「宋人話本」都有極大的進步。108 人中，寫得個個人都有個性，個個人都如活的，會從紙上跳出來一樣；且將每個人的環境，每個人的出身都細細地寫，而一無重複的地方。

《水滸全圖》清代刊本人物圖

性格同樣剛強的人如林沖，如武松，如魯智深，如李逵，卻被寫得各個人的神采行動絕不相同。這真是非有絕大的藝術手腕者不辦！中國的小說，自此書出現，才到達了成功的地域。但此書傳於今的有許多不同的本子，且經過好些人的刪改，原本絕不可見。

明崇禎末與《三國志》合刻為《英雄譜》的一本，文辭最簡拙，可信為最近於原本的一種。此本共 150 回，自洪太尉誤走妖魔敍起，直至破遼，平田虎、王慶、方臘之後，宋江服毒自殺，兄弟們次第死亡，諸人的神靈復聚於梁山泊為止。今所盛行之本，為金人瑞所批改的 70 回本，其書止於盧俊義夢 108 人被張叔夜所擒殺，以敍招安以後的事為續本，且痛斥其非。

　　此書的作者，傳說不一，有的說是元錢塘人施耐庵作的。胡應麟的《莊岳委談》說：「元人施某所編《水滸傳》特為盛行。世率以其鑿空無據，要不盡然也。余偶閱一小說序，稱：『施某嘗入市肆，細閱故書於敝楮中，得宋張叔夜擒賊招語一通，備悉其一百八人所由起，因潤飾成此編。』」有的說是錢塘人羅貫中作的。郎瑛的《七修類稿》及王圻的《續文獻通考》俱如此說。羅貫中，名本（王圻說他名貫，字本中），大約是元明之間的人，是當時的一個大小說家，今所傳的《三國志演義》《隋唐志傳》等都相傳是他作的。又中有《龍虎風雲會》雜劇一種，見於《元人雜劇選》及《元明雜劇二十七種》中。有的說是施耐庵集纂、羅貫中編修的，有幾個《水滸傳》的傳本便如此地題着。因此，有人便以羅貫中為施耐庵的門人。胡應麟說：「其門人羅某亦效之為《三國志》，絕淺鄙可嗤也。」他便以《水滸傳》為絕對非羅貫中作的。但無論說是施耐庵作的，或說是羅貫中作的，或說是二人合作的，俱無確切的證據可見。我們或可以說，這書在元時原有一種草創的本子，或為施耐庵作，或為其他人作，其後曾經羅貫中或其他人的潤飾。至於現在流傳的通行本，則又曾經明人的大大潤飾了。若金人瑞以 70 回為施耐庵作，而其後為羅貫中所續之一說，原是他自己編造出來的謊話，絕不足信。

　　《水滸傳》敍寫婦人處卻是大失敗，他寫閻婆惜，寫潘金蓮，寫楊雄妻，恰都似一個模子裏鑄出的人，毫無顯著的個性。也許作者對於婦人性格是完全不曾留心觀察的。

　　羅貫中也許是一個「箭垛式」的人物，也許是一個極偉大、著作極多的大小說家。明代所傳羅貫中作的小說不下數十種，傳於今而有名者，除上面《水滸傳》的 1 種，有施耐庵與之爭名外，尚有《三國志演義》《隋唐志傳》《三遂平妖傳》3 種，皆相傳為他所著，以《三國志演義》為最著名。

《三國志演義》

「三國」的故事本為宋「說話人」所專講的故事之一。《東京夢華錄》敍「說話」之事，以「說三分」與「講五代史」並列為「說話」的一個專科。蘇軾《志林》說：

> 塗巷中小兒薄劣，其家所厭苦，輒與錢，令聚坐聽說古話。至說三國事，聞劉玄德敗，頻蹙眉，有出涕者。聞曹操敗，即喜唱快。

金、元雜劇中也常有以三國故事為題材的。可見三國故事之盛流傳於民間。羅貫中作此書，或者便是依據於傳下的話本的也說不定。此書文辭，文言白話雜用，與《水滸傳》大不相同，故或以為此二書絕非羅貫中一人所作。但如果羅貫中只是一個編纂者、潤飾者，則因二書之原本不同，而潤飾或兩種不同的定本，原是在情理中之事。《三國志演義》所依據的，多半是陳壽的《三國志》及裴松之注，故明嘉靖時本題作：「晉平陽侯陳壽史傳，明羅貫中編次。」但其中也有一部分是採用民間的傳說。此書因須處處顧及歷史上的史實，所以對於各個人物都不敢放膽寫，所以其結果遠不及《水滸傳》之偉大。

此書原本，今也不可得見。現在所流傳的乃是清康熙時毛宗崗的刪改評定本。他的見解與改定的方法，全是師金人瑞之對於《水滸傳》的方法的。今舉一例於下，以見此傳文辭的一斑：

> 玄德同關、張並從人等來隆中，遙望山畔數人，荷鋤耕於田間而歌曰：「蒼天如圓蓋，陸地如棋局。世人黑白分，往來爭榮辱。榮者自安安，辱者定碌碌。南陽有隱居，高眠臥不足。」
>
> 玄德聞歌，勒馬喚農夫，問曰：「此歌何人所作？」答曰：

「乃臥龍先生所作也。」玄德曰:「臥龍先生住何處?」農夫曰:「自此山之南,一帶高岡,乃臥龍岡也。岡前疏林內草廬中,即諸葛先生高臥之地。」玄德謝之,策馬前行。不數里,遙望臥龍岡,果然清景異常。後人有古風一篇,單道臥龍居處,詩曰:「襄陽城西二十里,一帶高岡枕流水。高岡屈曲壓雲根,流水潺潺飛石髓。勢若困龍石上蟠,形如單鳳松陰裏。柴門半掩閉茅廬,中有高人臥不起。修竹交加列翠屏,四時籬落野花馨。牀頭堆積皆黃卷,座上往來無白丁。叩戶蒼猿時獻菓,守門老鶴夜聽經。囊裏名琴藏石錦,壁間寶劍印松文。廬中先生獨幽雅,閒來親自勤耕稼。專待春雷驚夢回,一聲長嘯安天下。」

　　玄德來到莊前,下馬親叩柴門,一童出問,玄德曰:「漢左將軍宜城亭侯領豫州牧皇叔劉備特來拜見先生。」童子曰:「我記不得許多名字。」玄德曰:「你只說劉備來訪。」童子曰:「先生今早少出。」玄德曰:「何處去了?」童子曰:「蹤跡不定,不知何處去了。」玄德曰:「幾時歸?」童子曰:「歸期亦不定。或三五日,或十數日。」玄德惆悵不已。張飛曰:「既不見,自歸去罷了。」玄德曰:「且待片時。」雲長曰:「不如且歸,再使人來探聽。」玄德從其言,囑付童子,如先生回,可言劉備拜訪,遂上馬。行數里,勒馬回觀隆中景物,果然山不高而秀雅,水不深而澄清,地不廣而平坦,林不大而茂盛。猿鶴相親,松篁交翠,觀之不已。忽見一人,容貌軒昂,豐姿俊爽,頭戴逍遙巾,身穿皂布袍,杖藜從山僻小路而來。玄德曰:「此必臥龍先生也。」急下馬向前施禮,問曰:「先生非臥龍否?」其人曰:「將軍是誰?」玄德曰:「劉備也。」其人曰:「吾非孔明,乃孔明之友,博陵崔州平也。」玄德曰:「久聞大名,幸得相遇。乞即席地權坐,請教一言。」二人對坐於林間石上。關、張侍立於側。州平曰:「將軍何故欲見孔明?」玄德曰:「方今天下大亂,

四方雲擾，欲見孔明，求安邦定國之策耳。」州平笑曰：「公以定亂為主，雖是仁心，但自古以來，治亂無常。自高祖斬蛇起義，誅無道秦，是由亂而入治也。至哀平之世，二百年太平日久，王莽篡逆，又由治而入亂。光武中興，重整基業，復由亂而入治。至今二百年，民安已久，故干戈又復四起，此正由治而亂之時，未可猝定也。將軍欲使孔明斡旋天地，補綴乾坤，恐不易為，徒費心力耳。豈不聞順天者逸，逆天者勞，數之所在，理不得而奪之，命之所定，人不得而強之乎？」玄德曰：「先生所言，實為高見，但備身為漢胄，合當匡扶漢室。何敢委之數與命。」州平曰：「山野之夫，不足與論天下事。適承明問，故妄言之。」玄德曰：「蒙先生見教，但不知孔明往何處去了？」州平曰：「我亦欲訪之，正不知其何往。」玄德曰：「請先生同至敝縣若何？」州平曰：「愚性頗樂閑散，無意功名久矣。容他日再見。」言訖長揖而去。玄德與關、張上馬而行。

〔明〕戴進繪：《三顧茅廬圖》軸（局部）

小
説
。

《隋唐志傳》等

　　《隋唐志傳》的原本現在也不得見，流傳於民間的僅有清康熙間褚人獲的改訂本。他將原名改為《隋唐演義》，其刪改的程度，似較《水滸》《三國》二書為尤甚。他的序說：「《隋唐志傳》，創自羅氏，纂輯於林氏，可謂善矣。然始於隋宮剪綵，則前多闕略，厥後補綴唐李一二事，又零星不聯屬，觀者猶有議焉。」可見其增潤之多。此書的敍寫也與《三國演義》有同病，即人物太多，未能個個都寫得很活躍，又為「歷史」的事實所牽束，不得盡情抒寫。但它在民間所得到的權威與影響，卻與《三國》《水滸》差不多。

　　《三遂平妖傳》原本 20 回，今所傳本有 40 回。據張無咎的序，說是猶子龍所補。此書係敍貝州王則以妖術變亂事。《宋史》卷二百九十二《明鎬傳》言，王則為涿州人，因歲饑，流至恩州（即唐的貝州）。慶曆七年，僭號東平郡王，改元得聖，六十六日而平。大約他的故事在民間傳說甚盛。所以羅貫中據之而作此傳。原本開首即敍汴州胡浩得仙畫，其妻焚之，灰繞於身，因有孕，生一女，名永兒，有妖狐聖姑姑授以道法，遂能為紙人豆馬。後永兒嫁給貝州軍排王則，術人彈子和尚、張鸞、卜吉、左黜，皆以則當王，先後來相聚會。值知州貪酷，他們遂以術運庫中錢米，買軍倡亂。文彥博率官軍討伐他們，不能勝。彈子和尚、張鸞、卜吉因則無道，卻又先後引去。彈子和尚更化身為諸葛遂智，助官軍鎮伏邪法。馬遂詐降，擊則，裂其脣，使他不能念咒。李遂又率掘子軍作地道入城。因此終於擒了王則及胡永兒二人。出力滅則的三人皆名為遂，故號《三遂平妖傳》。猶子龍的補本，在原本之首，加了 15 回，敍彈子和尚及妖狐聖姑姑受得道術的由來，又有 5 回，則補述諸妖民瑣事，散入原本各回中。

講史的繼作者，在羅貫中之後出現了不少，自天地開闢至兩宋都有成書。但其確實的年代雖不可知，而大概卻都可算是十五世紀以後的出品，故留在以後敍述。又模擬「小說」的作品，在十五世紀以後，也出現了不少。

這一期是中國小說史中最光耀的時期。有無數的至今尚傳誦於民間的通俗小說是產生於這個時期的，有許多重要的不朽的名著是產生於這個時期的；前期所敍的《水滸傳》也是在這個時期才完成而為一部不朽的書。齊天大聖、岳飛、楊六郎、薛剛、狄青、秦瓊諸人的姓名，都在這個時期輸到了民間，成了他們最崇拜的英雄。短篇的評話，如《今古奇觀》一類的東西，在這時期內也放射出莫為之前、莫為之後的光彩來。這個時期約包括了三個世紀，即自十五世紀起（明建文帝時），至十七世紀（清康熙後半）止。

像《五代史平話》一類的「講史」，是這個時期內最流行的小說體裁。差不多自開闢至兩宋的史跡，都有講述。《開闢演義》為周游作，敍盤古開天闢地，至周初的事為止。《東周列國志》則敍周室東遷至秦滅六國的事。又有《前漢演義》《後漢演義》以置於《三國演義》之前，《西晉演義》（亦名《後三國演義》）、《東晉演義》以繼於《三國演義》之後。與《隋唐志傳》並行於世者，亦有《說唐前傳》《說唐後傳》。繼之者，又有《五代殘唐》及《飛龍傳》等。《五代殘唐》中之英雄為李克用及其嗣子李存孝。《飛龍傳》有2種，一種較近於史實，一種則敍趙匡胤三打韓通諸事。大約這些演義都是民間所認為最流行的歷史教科書的。所有民間的歷史常識差不多都是由這種書中得到的。但這種小說的作者，文筆都極鈍笨而乾枯，又無精切的描寫能力，敍事又都依附於史跡（有的則逞空想以創造種種的英雄），異常地草率，比之《三國志》尚遠為不及，所以沒有什麼可詳敍的價值。

歷史英雄小說

　　還有一類，可算得是上面敍的歷史小說的旁支，就是以一個英雄為敍述中心的講史：如《精忠全傳》（吉水鄒元標編次），敍宋南渡時岳飛的始末；《英烈傳》（一名《雲合奇縱》），敍明開國時諸功臣事，特別表揚郭英之戰功；《征東征西全傳》，敍薛仁貴、薛丁山、薛剛諸人的功績；《楊家將》，敍楊業、楊延昭（六郎）、楊宗保諸人的事跡；《五虎平西南傳》，敍狄青盪平諸國事，在民間都有極大的勢力與影響，至今還有無數的人執着這些書讀，為這些英雄憂喜，舞台上也極常地表演他們的故事。

　　這些小說，大半的敍述都是虛幻的，不根據於歷史的。但前後的事實，以一人為中心，較之《東周列國》諸講史之人物過多，敍述散漫者，實更足動人。可惜他們的敍寫太幼稚了，不能成為第一流的歷史小說。

　　《隋煬艷史》約產生於十六世紀，敍隋煬帝的始末。採用《大業拾遺記》《開河記》《迷樓記》《海山記》以及諸史書，幾乎無一句無來歷。褚人獲在 1675 年增訂《隋唐志傳》，前 10 餘回即完全採用《艷史》之文。全書共 40 回，結構殊為完密，在許多講史中，這可算是較好的一部。

　　又有《檮杌閒評》，不知作者姓名，敍魏忠賢及客氏之罪惡，而緯以因果報應之說。

　　《女仙外史》，呂熊作，敍青州唐賽兒之亂，亦雜以怪誕妖異之言。他們的敍寫雖較一般講史進步，然實無什麼可觀的，在民間也沒有什麼影響與勢力。

《西遊記》

歷史小說是不容易作得好的。太服從於歷史的敍述，則必會如《東周列國》《兩晉演義》之無甚活潑的小說的趣味；離開史實太遠了，則必會如《楊家將》《薛家將》之以荒誕無依據見譏，兼之，又無偉大的作家去運用這些材料，所以在這一個時期，講史雖最發達，卻沒有什麼很好的作品。它在文學上有不朽的價值者，乃為《西遊記》與《金瓶梅》。

《西遊記》流行於今者，為吳承恩著之 100 回本。相傳此書為元長春真人丘處機作，實則《長春真人西遊記》，乃李志常所記，敍處機西行的經歷，完全與現在之《西遊記》小說無關。在吳本《西遊記》之前，《三藏取經詩話》之後，尚有一種 41 回本之《西遊記傳》，為齊雲、楊致和編。我們在《三藏取經詩話》裏，知道他所敍的與吳本的《西遊記》相差得如何地遠。在楊致和的《西遊記傳》中，我們卻看出他所敍的與吳本已差不多完全相同了。不過楊致和的故事只有兩薄本，吳承恩卻把它放大成了十倍以上。我們拿這兩本《西遊記》來對讀了一下，立刻可以看出吳本敍寫的技術是如何地進步。在楊致和的《西遊記傳》第 6 回《真君收捉猴王》裏，有一段敍二郎神與孫悟空決鬥，各相變化的事：

> 二人各變身長萬丈，戰入雲端，離卻洞口。康、張、姚、李等，傳令草頭軍縱放鷹犬，搭弩張弓，殺入洞去，眾猴趕得逃竄無路。大聖正在鬥戰，忽見本山眾猴驚散，抽身走轉。真君大步趕上，急走急趕。大聖慌了，搖身一變，鑽入水中。真君道：「這猴入水，必變魚蝦，待我變作水獺逐他。」大聖見真君趕來，又變一鶬鳥，飛在樹上。真君拽起弓，一彈打落草坡，遍尋不見。回轉天王營中，云及猴王敗陣等事，今趕不見蹤跡。李天王把照妖鏡一照，急云：「那妖猴在你灌江口去了。」

《李卓吾先生批評西游記》明萬曆金陵大業堂刻本插圖

下面是吳承恩敍寫的同上的一段故事（《西遊記》第六回）：

他兩個鬥經三百餘合，不分勝負。那真君抖擻神威，搖身
一變，變得身高萬丈，兩隻手舉着三尖利刃神鋒，好便似華山
頂上之峰，青臉獠牙，朱紅頭髮，惡狠狠望着大聖頭就砍。這
大聖也使神通，變得與二郎身軀一樣，嘴臉一般，舉一條如意
金箍棒，卻就似崑崙頂上擎天之柱，抵住二郎神。唬得那馬流
元帥，戰兢兢搖不得旌旗，崩、芭二將，虛怯怯使不得刀劍。
這陣上康、張、姚、李、郭申、直健，傳號令，撒放草頭神，
向他那水簾洞外縱着鷹犬，踏弩張弓，一齊掩殺。可憐那些猴
拋戈棄甲，撇劍丟槍，跑的跑，喊的喊，上山的上山，歸洞的
歸洞。大聖忽見本營中羣猴驚散，自覺心慌。收了法象，掣棒
抽身就走。真君趕上，道：「那裏走！趁早歸降，饒你性命！」
大聖不戀戰，只得跑起，將近洞口，正撞着康、張、姚、李四
太尉，郭申、直健二將軍，一齊擋住道：「潑猴那裏走！」大

聖慌了手腳，就把金箍棒捏做繡花針，藏在耳內，搖身一變，變作個麻雀兒，飛在樹梢頭釘住。那六兄弟慌慌張張，前後尋覓不見，一齊吆喝道：「走了這猴精也！走了這猴精也！」正嚷處，真君到了，問兄弟們趕到那裏不見的。眾神道：「才在這裏圍住，就不見了。」二郎圓睜鳳目觀看，見大聖變了麻雀兒釘在樹上，就收了法象，撇了神鋒，卸下彈弓，搖身一變，變作個餓鷹兒，抖開翅，飛將去撲打。大聖見了，颼的一翅，飛起去，變作一隻大鶿老，衝天而去。二郎見了，急抖翎毛，搖身一變，變作一隻大海鶴，鑽上雲霄來嗛。大聖又將身按下入澗中，變作一個魚兒，淬入水內。二郎趕至澗邊，不見蹤跡，心中暗想道：「這猴猻必然下水去也。定變作魚蝦之類，等我再變來拿他。」果一變，變作個魚鷹兒，飄蕩在下溜頭波面上，等待片時。那大聖變魚兒，順水正游，忽見一隻飛禽，似青莊毛片不清，似鷺鷥頂上無纓，似老鸛腿又不紅，「想是二郎變化等我哩。」急轉頭打個花就走。二郎看見道：「打花的魚兒，似鯉魚尾巴不紅，似鱖魚花鱗不見，似黑魚頭上無星，似魴魚頭上無針。他怎麼見了我就回去了，必然是那猴變的！」趕上來刷的啄一嘴，那大聖就躥出水中，一變變作一條水蛇，游近岸，鑽入草中。二郎因嗛他不着，忽聽水響，見一條水蛇躥出去，認得是大聖，急轉身又變做一隻朱繡頂的灰鶴，伸着一個長嘴與一把尖頭鐵鉗子相似，徑來吃這水蛇。水蛇跳一跳，又變做一隻花鴇，木木樗樗的立在蓼汀之上。二郎見他變得低，那花鴇乃鳥中至賤至淫之物，不拘鸞鳳鷹鴉，都與交羣，故此不去攏傍。即現原身，走將去，取過彈弓，拽滿一彈子，把他打個躘踵。那大聖趁着機會，滾下山崖，伏在那裏，又變，變做一座土地廟兒，大張着口，似個廟門，牙齒變做門扇，舌頭變做菩薩，眼睛變做窗櫺，只有尾巴不好收拾，豎在後面，變做一根

旗杆。真君趕到崖下，不見打倒的鴇鳥，只有一間小廟。急睜眼細看，見旗杆立在後面，笑道：「是這猴猻了，那今又在那裏哄我。我也曾見廟宇，更不曾見一個旗杆豎在後面的，斷定這畜生弄鬼。他若哄我進去，他便一口咬住，我怎肯進去。等我掣拳先搗窗櫺，後踢門扇。」大聖聽得心驚道：「好狠，好狠！門扇是我牙齒，窗櫺是我眼睛。若打了牙，搗了眼，卻怎麼是好！」撲的一個虎跳，又冒在空中不見。真君前前後後亂趕，只見四太尉、二將軍一齊擁至道：「兄長拿住大聖了麼？」真君笑道：「那猴兒才自變做廟宇哄我。我正要搗他窗櫺，踢他門扇，他就縱一縱又渺無蹤跡。可怪可怪！」眾皆愕然四望，更無形影。真君道：「兄弟們在此看守巡邏，等我上去尋他。」急縱身起在半空，見那李天王高擎照妖鏡，與哪吒住立雲端。真君道：「天王曾見那猴王麼？」天王道：「不曾上來。我這裏照着他哩。」真君把那賭變化、弄神通、拿羣猴一事說畢，卻道：「他變廟宇，正打時就走了。」李天王聞言，又把照妖鏡四方一照，呵呵的笑道：「真君快去快去！那猴使了個隱身法，走出營圍，往你那灌江口去也！」

在這兩段裏，我們可以不加思索地知道吳承恩所寫的較楊致和所寫的，無論在質上、在量上，都進步了不少。量是多了十倍，質的進步也不下於此。楊致和寫這一段最熱鬧的事本不怎麼動人，給吳承恩一寫，卻頓變為有聲有色，最有趣的一段了。在別的地方也無不可看出這種顯然的進步的痕跡來，這不過舉其一例而已。

與楊致和的《西遊記傳》同時出現，而被人合稱為《四遊記》的，尚有《東遊記》《南遊記》及《北遊記》。

《東遊記》一名《上洞八仙傳》，共 2 卷，56 回，為蘭江吳元泰著，敍李玄、鍾離權、呂洞賓、張果老、藍采和等八仙得道之由，

又敍到呂洞賓幫助遼蕭後以與宋楊家將相抵抗，及八仙與四海龍王及天兵交戰，因觀音講和而和好如初諸事。

《南遊記》亦名《五顯靈光大帝華光天王傳》，共 4 卷，18 回，余象斗編，敍華光之始末，事跡至為變幻，自始至終，都在反抗的鬥爭中，有些似《西遊記》的開始數回。最後，華光到地獄去尋母親，因偷桃醫母之食人癖，致與齊天大聖相鬥，被大聖女月孛（bèi）所擊，將死。火炎王光佛出而講和，華光始得逃死，終歸依於佛道。

《北遊記》一名《北方真武玄天上帝出身志傳》，凡 4 卷，24 回，亦余象斗編，敍玉王大帝忽因貪念而以其三魂之一，下凡為劉氏子。後歷數劫，掃盪諸魔，復歸天為真武大帝。

這四部書的故事都極變幻可愛，但文筆卻都笨拙無活趣。《西遊記》之名所以獨最著者，乃完全因吳承恩之有力的潤飾。

吳承恩（約 1500—1582），字汝忠，號射陽山人，嘉靖中歲貢生，官長興縣丞。著有《射陽存稿》及《西遊記》。他善諧劇，以著作雜記（《西遊記》即其一）名震一時。他的集子今不得見，《明詩綜》中有他的詩數首。他的《西遊記》，前後的次第，大體與楊致和的相同，然敍寫卻大改觀。楊本只是一個故事的骨架，吳承恩卻給它以豐美的肌膚與活潑的靈魂了。《南遊記》及《北遊記》中的故事，也被採入數段。《西遊記》中的鐵扇公主，即曾見於《南遊記》中者。全書共 100 回，前 7 回為孫悟空鬧天宮的始末，自第 8 回以後為唐三藏的出現，為唐太宗魂游地府；後請三藏去求經。他於途中收了悟空、悟能（八戒）、悟淨，經歷了八十一難而卒得取了經回來，成了正果。作者的滑稽的口吻，時時可以在書中各處發現。他的想像力也異常地豐富；八十一難是很容易寫得重複的，他卻寫得一難有一難的不同經歷，絕不使讀者有重複之感。所寫的人物也極活潑真切，三藏、悟空、八戒、沙僧都各有各的性格、口吻、舉動。甚至連每個怪、每個魔，也各有各的性格，各包含着極真摯的

人性。無論取了其中的哪一段來，都可成為一篇很好的童話。自此書出，曾有不少人為之作解釋，如悟一子、悟元真人、張書紳諸人之《真詮》《原旨》《正旨》等，或以為這書是講道的，或以為他是談禪的，或以為他是勸學的，一句句地加解釋，一節節地加剖白，使完整的文藝作品成為肢解的佛經、道書，或《大學》《中庸》，使如無瑕的瑩玉似的巨著，竟蒙上了三寸厚的塵土，不能見其真的文藝價值。我們要見《西遊記》的真面目，便非對於這一切的謬解都掃除了、廓清了不可。

吳本《西遊記》在當時大為流行，於是續作紛起。

有《後西遊記》，凡 40 卷，未知作者，署天花才子評點。中敍花果山於產生孫悟空後，又於某年產生一石猴，稱為小聖。當唐憲宗時護了唐半偈到西天去求真解，中途又收了豬八戒之子一戒及沙僧之徒沙彌。一路上經了不少的困難，終於到了西天，得到真解而回。作者設想擬仿前《西遊》，連主要人物亦相似，自然不容易寫得好。所以處處都有做作生強的樣子，沒有前《西遊》之流利活潑。

又有《西遊補》，凡 16 回，為董說作。董說，字若雨，烏程人，生於萬曆庚申（1620 年）。明亡後，削髮為僧，號南潛。《西遊補》即接原書「三調芭蕉扇」之後，寫孫悟空化齋，為鯖魚精所迷，入了夢境，欲尋秦始皇，借驅山驛驅前途各山，經歷了許多過去未來之事，得虛空主人一呼，始離夢境。說的文字極為詭幻，驅使許多歷史上的名人，放入書中，詼諧戲弄，信筆所之，較之一般被拘束於原書之擬作者，自然高出萬倍。但因為書氣太重，非儒者不能覺得有趣，所以難得流行於民間。

出現於《西遊記》之後，而亦以寫奇幻之神仙異跡見稱者，有《封神傳》及《三寶太監西洋記演義》。

《封神傳》凡 100 回，未知作者。本為敍武王克殷的一段史實，卻雜入了無數的神魔仙佛，已不能算是歷史小說了。中敍商紂暴

虐，狐狸化身妲己以迷惑他，用了種種酷刑以殺忠良。於是姜子牙奉師命下山輔助周武王滅殷，卻有許多截教魔怪出來幫助殷紂。於是闡教諸仙助子牙以敵截教諸魔，終於截教大敗。紂王自焚，武王入殷都，大封功臣。子牙亦設壇大封應劫而死的諸仙諸魔，故謂之《封神傳》。作者的敍寫手腕，較遜於《西遊記》的作者，故沒有什麼活潑有趣的描寫。其足以使讀者移情者，僅其事實之變幻無窮而已。其中也有好些大膽的故事，如楊任反殷，哪咤敵父，在視「忠」「孝」為天經地義的中國，卻是不易見到的。

《三寶太監西洋記演義》亦有 100 回，分 20 卷，是二南里人即羅懋登於萬曆丁酉年（1597 年）編成的。中敍明永樂時，太監鄭和等造大舶、服外夷 39 國、咸使朝貢事。鄭和，雲南人，即世所稱三寶太監。前後凡七奉使，世俗盛稱其功。故作者因而緣飾，雜以無數的荒誕怪異之言，成了這部《西洋記》。那裏面差不多每頁都有鬼怪出現，也不能算是歷史的小說了。作者又喜調弄筆墨，殊着意於文章上的整煉，如：

> 卻說王神姑帶了這一掛數珠兒，那珠兒即時間就長得有鬥來大，把個王神姑壓到在地上，七孔流血，滿口叫道：「天師，你來救我也！」天師起頭看來，那裏有個深澗，那裏有個淤泥，明明白白在草坡之中。原來先前的高山大海，兩次深澗，樵夫，藤葛，龍蛇蜂鼠，俱是王神姑撮弄來的。今番卻被佛爺爺的寶貝拿住了。天師的心裏才明白，懊恨一個不了。怎麼一個懊恨不了？「早知道這個寶貝有這等的妙用，不枉受了他一日的悶氣。」王神姑又叫道：「天師，你來救我也！」天師道：「我救你？我還不得工夫哩。我欲待殺了你，可惜死無對證；我欲待捆起你，怎奈手無繩索；我欲待先報中軍，又怕你掙挫去了。」

（四十回）

即是一例，卻還有比這個更厲害的弄筆舞文的地方。因此，頗失了些自然的情趣。

《金瓶梅》

《金瓶梅》，與《水滸傳》及《西遊記》並被當時稱為「三大奇書」。袁宏道見數卷，即大讚許。萬曆庚戌（1610 年）始有刻本，計 100 回。其中 53 回至 57 回原闕，刻時所補。此書未知作者，沈德符說是嘉靖間大名士所作，世因擬為王世貞作。相傳，王世貞作此書以獻於其仇人嚴世蕃，漬毒液於書頁。嚴世蕃以口涎潤手翻頁，於是毒液入口而死；又傳，世貞所毒者非世蕃，乃陷其父之唐順之。所以清初張竹坡評刻此書，乃有《苦孝說》列於卷首。實則此種傳說，皆為無稽的讕言。

此書敍寫家庭瑣事、婦人性格以及人情世態，莫不刻畫至肖。其成功尤在婦人的描寫。中國小說如《水滸傳》諸作，描寫婦女俱不着意，此書則與《水滸傳》截然不同。如潘金蓮，在《水滸傳》為一個不重要的角色，為一個草率地寫着、與楊雄妻無大異的婦人，在此書則成為一個女主人翁，一舉一動，一言一語，無不曲曲地傳出她的個性。如月娘，如李瓶兒，如孟玉樓，如春梅、秋菊，等等，也都各有其極鮮明的個性，活潑潑地現在紙上。

此書在世為禁書，以其處處可遇見淫穢的描寫。這也許是明人一時的風氣。如刪去了這些違禁的地方，卻仍不失為一部好書。它的敍寫橫恣深刻，《西遊記》恐怕還比不上，不要說別的了。因違禁而被埋封在屋角，殊為可惜！

書名《金瓶梅》，蓋以潘金蓮、李瓶兒及龐春梅三個主要的女主人翁的名字拼合起來而成。《水滸傳》中曾敘及武松嫂潘金蓮與西門慶奸，鴆殺了武大郎。後來武松為兄報仇，殺了西門慶及金蓮。在本書裏，則以此為線索，敘西門慶在清河縣與幫閒游惰之人應伯爵、謝希大、花子虛等結為兄弟。一天，偶見武大妻潘金蓮，即設計與之通好，又鴆殺武大，娶了金蓮為妾。後武松來報仇，誤殺了他人，刺配孟州。於是西門慶益發放恣。家有數妾，尚到處引誘婦人。又納了李瓶兒為妾，通婢女春梅，得了兩三場橫財，家道榮盛。不久，李瓶兒生子，他又因賂蔡京得了金吾衛副千戶，於是氣象益與前不同。後來瓶兒所生的兒子驚風死了，瓶兒不久也死。西門慶自己又於某夜以淫慾過度暴卒。於是他的家漸漸衰落。金蓮出居王婆家中。武松遇赦歸，竟殺了她。春梅被賣為周守備妾。後來金兵南下，各處大亂。慶妻吳月娘帶了遺腹子孝哥，出奔濟南。至永福寺，夢見西門慶一生因果，知孝哥即西門慶託生，因使孝哥出家為和尚，以修後緣。《水滸傳》裏一兩回的文字，在本書卻放大到如此的百回，然並不覺得其有什麼拖杳拉長的痕跡。現在舉二例如下，可以見出作者的描寫能力：

敬濟喝畢，金蓮才待叫春梅斟酒與他，忽有吳月娘從後邊來，見奶子如意兒抱着官哥兒，在房門首石台基上坐。便說道：「孩子才好些。你這狗肉，又抱他在風裏。還不抱進去！」金蓮問：「是誰說話？」繡春回道：「大娘來了。」敬濟慌的拿鑰匙往外走不迭。眾人都下來迎接月娘。月娘便問：「陳姐夫在這裏做什麼來？」金蓮道：「李大姐整治些菜，請俺娘坐坐。陳姐夫尋衣服，叫他進來吃一杯。姐姐，你請坐。好甜酒兒你吃一杯。」月娘道：「我不吃。後邊他大妗子和楊姑娘要家去，我又記掛着你孩子，逕來看看。李大姐，你也不管，又教奶子抱他在風裏

坐的。前日劉婆子說他是驚寒，你還不好生看他！」李瓶兒道：
「俺陪着姥姥吃酒，誰知賊臭肉三不知，抱他出去了。」月娘坐
了半歇，回後邊去了。一回，使小玉來請姥姥和五娘、六娘後
邊坐。那潘金蓮和李瓶兒勻了臉，同潘姥姥往後來，陪大妗子
和楊姑娘吃酒。（三十三回）

　　西門慶剛繞壇拈香下來，被左右就請到松鶴軒閣兒裏，地
鋪錦毯，爐焚獸炭，那裏坐去了。不一時，應伯爵、謝希大來
到。唱畢喏，每人封了一星折茶銀子，說道：「實告要送些茶兒
來，路遠，這些微意，權為一茶之需。」西門慶也不接，說道：
「奈煩，自恁請你來陪我坐坐，又幹這營生做什麼！吳親家這裏
點茶，我一總都有了。」應伯爵連忙又唱喏，說：「哥真個！俺
每還收了罷。」因望着謝希大說道：「都是你，幹這營生！我說
哥不受，拿出來倒惹他訕兩句好的。」良久，吳大舅、花子虛都
到了，每人兩盒細茶食，來點茶。西門慶都令吳道官收了。吃
畢茶，一同擺齋。成食齋饌，點心湯飯，甚是豐潔。西門慶同
吃了早齋。原來吳道官叫了個說書的，說西漢評話《鴻門會》。
（三十九回）

　　論者謂《金瓶梅》中人物亦有所指，如沈德符所謂：「蔡京父子
則指分宜（嚴嵩），林靈素則指陶仲文，朱動（miǎn）則指陸炳，
其他亦各有所屬。」（《萬曆野獲編·詞曲》）但我們對於這種捕風
捉影的索隱，盡可以完全打翻，不必去注意它們。相傳作者又曾作
了《金瓶梅》的續編，名《玉嬌李》，但今已不傳。今所傳之《續
金瓶梅》為丁耀亢所作。

　　丁耀亢，字西生，號野鶴，山東諸城人，為明諸生。清初入
京，充鑲白旗教習。後為容城教諭。年七十卒（約 1599—1669）。
所著有詩集 10 餘卷、傳奇 4 種及《續金瓶梅》。

《續金瓶梅》凡64回，本題紫陽道人編，但書中屢引丁野鶴詩文，卷首有《太上感應篇陰陽無字解》，署「魯諸邑丁耀亢參解」，本書第62回，又言丁野鶴自稱紫陽道人，可知此書實為他所作。中敍《金瓶梅》裏諸人各復投身人世。西門慶出世為沈金哥，李瓶兒為銀瓶，潘金蓮為黎金桂，春梅為孔梅玉，各了前世之因果報應。全書以《感應篇》為說，每回都有引子，敍勸善戒淫惡之說，卻又如《金瓶梅》一般，也雜之以淫穢之描寫，故後來亦為禁書。文筆較《金瓶梅》為瑣屑，卻亦頗放恣，較高於他種「續書」之懨懨無生氣者。其中敍金人南下的行動，與漢人受苦之狀，頗似作者正在描寫他自己親身的經歷，卻甚足以動人。今摘錄其一段於下：

卻說那吳月娘和小玉緊緊攙扶，玳安揹着孝哥，一路往人叢裏亂走。忽然金兵到來，把拐子馬放開一沖。那些逃難百姓，如山崩海涌相似，那裏顧的誰。玳安回頭，不知月娘和小玉擠到那裏去了，叫又叫不應，只得揹着孝哥往空地裏飛跑。且喜金兵搶進城去，不來追趕。這些人拖男領女，直跑到十里以外，各自尋處藏躲。這些土賊們也有奪人包袱的，也有報仇相殺的，生死在眼前，還不改了貪心狠毒，如何不殺！可憐這玳安，又乏又怕，忽望見應伯爵臉上着了一刀，帶着血往西正跑。他家小黑女，挾着個包袱，跟着應二老婆一路走。玳安也是急了，叫聲：「應二叔，等等咱一路走！你沒見俺大娘？」應伯爵回回頭，那裏肯應。玳安趕上道：「咱且慢走。金兵進了城，放搶去了。咱商議着那裏去？」伯爵騙的人家銀錢，做了生意，都撇了。腰裏帶了些行李，都被人要去了。還指望玳安替月娘有帶的金珠首飾，就立住了腳和玳安一路商議往那裏去躲。伯爵道：「西南上黃家村，是黃四家，緊靠着河崖，都是蘆

葦。那裏還認的人，且躲一宿。」依着玳安，還要找月娘，又不
知往那裏去好。沒奈何跟着走罷。把孝哥放下，拖着慢走。這
孩子又不見了娘，又是飢餓，一路啼哭。應二老婆看不上，有
帶的乾餅和炒麵，給了孝哥吃些。這孩子到了極處，也就不哭
了，一口一口且吃餅。走到了黃昏時候，那黃四家走的什麼是
個人影，牀帳桌椅，還是一樣，鍋裏剩了半鍋飯，也沒吃了，
不知躲的那裏去了。這些人餓了一日，現成傢伙，取過碗來，
不論冷熱，飽餐一頓。前後院子淨淨的，連狗也沒個。原來黃
四做小鹽商，和張監生合夥，先知道亂信，和老婆躲在河下小
船上，那裏去找。這些土賊要來打劫人家，逢人就殺。年小力
壯的，就擄着做賊。那夜裏商議要來黃家村掃巢子。虧了應伯
爵有些見識，道：「黃四躲了，這屋裏還有東西。咱多少拿着
幾件，休在他家裏宿，恐有兵來沒處去躲。」且到河下看看，
見這婦女們都藏在蘆柴裏，沒奈何也就打了個窩鋪。到了二更
天，聽見村裏吶喊，發起火來，把屋燒的通紅。這些人們誰敢
去救。待不多時，這些男女們亂跑。原來賊發火燒這蘆葦，一
邊擄人，又搶這人家的包裹。月黑裏亂走，誰顧的誰，到了天
明，把玳安不知那裏去了，只落得個孝哥亂哭，撇在路旁。
（十五回）

又有《隔簾花影》48 回，乃改易《續金瓶梅》中人名（如以西
門慶為南宮吉，吳月娘為楚雲娘）及回目，並刪去絮說因果之語而
成，書尚未完，《續金瓶梅》中的淫穢之語卻仍舊被保存着，所以亦
為禁書。

佳人才子小說

　　佳人才子的小說，在這一時期也出現了好幾種，以《玉嬌梨》《平山冷燕》及《好逑傳》等為最著。此種小說的故事，不外才子戀慕佳人，中經小人之播弄，各歷苦難，終於才子得中高第，與佳人榮諧花燭，白首團圓。情節既復相同，結構也陳陳相因，敘寫更不足動人，所以這一類東西，幾使人讀之即生厭。然《玉嬌梨》《平山冷燕》《好逑傳》都有法譯本，《好逑傳》且更有德譯本，這些書在國外，其得名乃遠過於《水滸》《西遊》。

　　《玉嬌梨》（一名《雙美奇緣》，非為《金瓶梅》續編之《玉嬌李》），不知作者，凡 20 回，敘才子蘇友白與才女白紅玉及盧夢梨的遇合故事，中經好幾次之誤會，友白終於並得白紅玉及盧夢梨為妻。

　　《平山冷燕》也有 20 回，題荻岸山人編，相傳為清初張劭十四五歲時所作，其父執某續成。所謂《平山冷燕》，蓋合書中主人翁平如衡、山黛、冷絳雪、燕白頷四人之姓為之，山黛與侍女冷絳雪俱為才女，以詩受知於天子，嘗變裝與才子平如衡、燕白頷相唱和，為奸人所評陷。適平、燕二人中了會元、會魁。於是天子乃作主張，以山黛嫁燕白頷，冷絳雪嫁平如衡。佳人才人，天子賜婚，極一時之盛。

　　《好逑傳》一名《俠義風月傳》，凡 18 回。題名教中人編，敘鐵中玉與水冰心遇合事，二人不唯有才，且還有智有勇，能以計自脫於奸人。此為它與前二書不同之處。

　　又有《鐵花仙史》，題雲封山人編，凡 26 回，於才子佳人之故事中，又插入仙妖怪異之爭鬥，也未見得能超越過《平山冷燕》諸小說。

《後水滸傳》《野叟曝言》

在這個時期的最後，有兩部小說很可以注意，一部是《後水滸傳》，一部是《野叟曝言》。這兩部小說，都不僅為寫故事的態度而去寫小說，卻各有一種抒寫自己心意與見解的特點。

《後水滸傳》凡40回，題「古宋遺民著，雁宕山樵評」。實則為陳忱所作。陳忱，浙江烏程人，為明末遺民，痛心於異族之宰製中華，所以著《後水滸傳》以寄其意。後傳接續於百回本《水滸傳》之後，敘宋江、吳用、李逵諸人死後，金人南侵，梁山泊殘餘之英雄，竭力為中國禦外敵，奉李俊為首領。後俊見中原事不可為，乃率眾浮海，至暹羅國為王，終不忘故國之思念。

《野叟曝言》凡154回，分20卷，以「奮武揆文，天下無雙正士，熔經鑄史，人間第一奇書」20字編卷。作者為清康熙時江陰夏敬渠。夏敬渠，字懋修，諸生。英敏積學，通經史，旁及諸子百家、禮、樂、兵、刑、天文、算數之學，無不淹貫。生平足跡，幾遍天下，於《野叟曝言》外，著有《綱目舉正》《全史約編》及詩文集等。相傳《野叟曝言》成時，適值清聖祖南巡，欲裝潢進呈。諸親友以書多穢語，恐召禍，設計阻之，卒不得獻呈。敬渠終於諸生，生平經濟學問，鬱鬱不得一試，乃盡出所蓄，著為這一部小說，凡「敘事、說理、談經、論史、教孝、勸忠、運籌、決策，藝之兵詩醫算，情之喜怒哀懼，講道學，辟邪說」，無所不包。凡古今來之忠孝才學、富貴榮華，率萃於書中英雄文白（字素臣）之一身。一切小說中紀武力，述神怪，描春態，一切文籍中談道學，論醫理，講歷數，無不包羅於此書。作者之意，乃欲以文素臣為儒教中最完備之代表。凡他所認為好的與善的才學與行為，完全都見之於文素臣之生平。有的人說，文白就是作者自己（析「夏」字為「文」

「白」二字）。他把自己生平所學的、所欲做的、欲夢想的，完全寫在《野叟曝言》中了。所以這部小說，乃成了抒寫作者才情、寄託作者夢想的工具。

但從文藝上看來，這部小說卻不是一部很好的小說，它的主人翁處處都是空想的行動，都是不自然的做作，都是強把他的學問庋（guǐ）載於小說中的。像這樣的小說，自然是不會得好的。

短篇小說集

短篇小說集，繼於宋人平話之後者，在這個時期內也出現了不少。最流行於今者為《今古奇觀》。但《今古奇觀》是一個選本。在《今古奇觀》之前，或其同時，或略後，平話集之出現者，有《喻世明言》《警世通言》《醒世恆言》《醉醒石》《石點頭》《拍案驚奇初二刻》《西湖二集》《十二樓》等等。

《喻世明言》《警世通言》及《醒世恆言》三書，俱為馮夢龍所編。

馮夢龍，字猶龍，長洲人（一作吳縣人，或常熟人），崇禎中，由貢生選授壽寧知縣。曾著《七樂齋稿》《智囊補》，增補《平妖傳》，刻《墨憨齋傳奇定本十種》，在當時文壇上很有一部分影響。

《通言》今已不傳，《明言》《恆言》二書亦不多見。然於《今古奇觀》中，卻保存「三言」之文不少。松禪老人序《今古奇觀》，謂合選「三言」及《拍案驚奇》之文而成此本。今知《今古奇觀》44 回中，選《拍案驚奇》者凡 10 篇（第 9、10、18、29、34、36、37、38、39、40 回），其餘 32 篇俱為「三言」之文（第 30 回一篇，

未詳所本）。《醒世恆言》凡 40 回，被選於《今古奇觀》者凡 11 篇，其餘之 21 篇，乃為《通言》及《明言》之文。在「三言」中，所敍之故事，其來源極為複雜，有重述晉唐小說者（如《恆言》中之《李汧（qiān）公窮途遇俠客》），有選錄宋人詞話者（如《恆言》中《十五貫戲言成大禍》，即宋人詞話中之《錯斬崔寧》），亦有敍寫當時之見聞者。大抵重述之文，必不能宛曲動人，敍寫近事之作，則都活潑有生氣，甚工於描狀世態人情。

自「三言」之刻，同時代之作者受其影響極深，相類之作，一時紛起。

《拍案驚奇》凡 75 卷，載故事 75 篇，亦多重述前代奇聞軼事之作。作者為即空觀主人。以其多穢語，後來被列為禁書。書首亦題墨憨齋鑒定。

《石點頭》凡 14 卷，載故事 14 篇，為天然癡叟作，馮夢龍曾為之作序、作評，文字亦頗生動有情致。

《醉醒石》凡 15 卷，載故事 15 篇，題東魯、古狂生編，所敍皆明代近事，僅第 6 回《高才生傲世失原形》一篇，為重述唐人小說中李微變虎之事者。

《西湖二集》凡 34 卷，載故事 34 篇，題「武林、濟川子、清原甫纂」，皆敍寫與西湖有關之古今事跡。但稱為「二集」，似當有初集，然今不可見。

《十二樓》凡 12 卷，載故事 12 篇，皆與「樓」名有關者，每篇各有一題，即以樓名為題名，如《合影樓》《奪錦樓》《三與樓》《夏宜樓》《歸正樓》《萃雅樓》《拂雲樓》《十巹（jǐn）樓》《鶴歸樓》《奉先樓》《生我樓》及《聞過樓》是。事跡多奇詭可喜者，敍寫亦甚橫恣活潑。題「覺世稗官編次」，實則李漁所作。

李漁，字笠翁，清初人，曾作戲曲 17 種，其中以《十種曲》為最著名，其詩文雜著，名為《笠翁全集》者，也很流行。

自「三言」及《拍案驚奇》出現後，合之有 200 事，觀覽難周，於是抱甕老人選出其中 40 篇，編為《今古奇觀》一書。今《醒世恆言》諸書，俱不甚流行，獨《今古奇觀》一書猶最為世人所喜。如《醉醒石》諸書，乃反被書賈標為幾續《今古奇觀》之名。今所見者，《今古奇觀》已有五續，皆無識之書賈，擅改他書之名以為之者，甚至有收什麼筆記而亦改名幾續《今古奇觀》者，其誕妄可知！

所傳《續今古奇觀》，凡 30 卷，載故事 30 篇，即取《今古奇觀》選餘之《拍案驚奇初刻》29 篇為之，再加以《今古奇聞》1 篇（《康友仁輕財重義得科名》），以足 30 之數。

《今古奇聞》凡 22 卷，亦每卷載一故事，內容也很複雜，其中有《醒世恆言》之文 4 篇，《西湖佳話》之文 1 篇（《梅嶼恨跡》），其餘未知所本。最後乃載太平天國時故事一則，全為文言之筆記，並非「詞話」體裁，顯為後人所竄入。

筆記小說

所謂筆記小說，承唐人小說及宋人《江淮異人傳》之餘緒者，在這個時期內並不發達，僅於最後之時，有蒲松齡之《聊齋志異》出現，為較著名之作。

蒲松齡，字留仙，號柳泉，山東淄川人，老而不達，以諸生授徒於家，至康熙辛卯始成歲貢生，越四年卒，年七十六（1640—1715）。所作於《聊齋志異》外，又有詩文集等。

《聊齋志異》凡 431 篇：一部分是空想的創作，一部分是傳聞的記錄，一部分則為重述唐、宋人舊文而加以變異者。所敍不外狐仙

拈花嫩樹欲攀援

城情到此時

不情一味大真

何嫺漫只宜

呼作太慈生

甯

《聊齋志異·嬰寧》
繡像本插圖

物怪、社會奇聞,亦有寓作者之憤鬱及見解於故事中者。大抵無意
義之作為多,然如《嬰寧》《林四娘》《香玉》《黃英》《馬介甫》《粉
蝶》諸作,卻很宛曲有情致。翟理斯[1]曾譯《聊齋志異》為英文,故
在國外殊為著名,或且以此書為中國之民間傳說集,實則大半皆作
者與其友朋空想之敍錄而已。

1　翟理斯(Herbert Allen Giles,1845-1935),出生於英國牛津文學世家,1867
年來到中國,在天津、寧波、漢口、廣州、汕頭等地任英國領事館翻譯、領事
等職達 25 年。他畢生致力於介紹中華文明,曾編纂中英辭典,選譯了《紅樓
夢》《莊子》《聊齋志異》等大量中國文學作品。

第十三章

清代文學

十八世紀的中國，是近代中國的全盛時代。這時代包含康熙的後半，至嘉慶的前半。外則平西藏，平準噶爾，平金川，內則開博學鴻詞科，開四庫全書館；聖祖（玄燁）與高宗（弘曆）又數次南巡。百數十年來，宇內未經喪亂，民間富力有餘。在這個全盛時代，天然的，文藝界的情況是十分地燦爛。雖然在這時代曾發生過好幾次極殘酷的文字獄，但對於重要的文人，還沒有什麼大打擊。

有人說，清代的文化，是以前中國舊文化的總結束，以前所有的種種的東西，在那時無不一一地重現。這句話用來形容十八世紀的中國，卻是再恰當也沒有的了。這裏不必提起別的，即以文學而論。所謂「漢賦」「六朝駢文」「唐宋古文」「唐詩」「五代宋詞」「元曲」「明傳奇小說」，在這個時代，莫不一一地重現於文壇。且不僅僅模擬而已，作者的個性與時代的精神且深深地印在那些作品裏。這實與明人之模擬的作品，有明顯的差異。

戲曲作家在這個時代站的地位很高。無論雜劇，無論傳奇，都有很好的、不朽的成績。而孔尚任、洪昇、舒位、楊潮觀、萬樹、蔣士銓、桂馥諸人之作品，特別地表現出一種新鮮的趣味，以整煉秀麗的曲白、濃摯真切的敍述，及婉曲特創的風格動人，如孔尚任的淒麗激昂的悲劇《桃花扇》，與楊潮觀、蔣士銓之或以鋒利的譏刺，或以沉痛的訴告，或以雋永的情趣著的短劇，皆為元、明人所未嘗有的名作。

孔　尚　任

　　孔尚任字季重，號東塘，又號雲亭山人，曲阜人，孔子之後，官戶部郎中，作《小忽雷》及《桃花扇》二劇，《桃花扇》使他得了不朽的榮名。他與洪昇齊名於康熙的末葉，有「南洪北孔」之稱。

　　《桃花扇》的主角為侯方域與李香君，所述諸事皆有確據。他雖自云：「獨香姬面血濺扇，楊龍友以畫筆點之，此則龍友小史，言於方訓公者，雖不見諸別籍，其事則新奇可傳，《桃花扇》一劇，感此而作也。」（《桃花扇本末》）然實則劇中隨處沁染着亡國的餘痛。讀至諸鎮之爭、權奸之誤國、史可法之死，都要使讀者悲而涕零，怒而奮拳擊案，到了《餘韻》一出，則無不廢書而歎，而深長思者。

　　它雖然以侯、李為貫珠的串繩，然全劇直是一部明亡之痛史，與以前及以後諸傳奇之以生、旦的離合悲歡為主眼者截然不同。《守樓》《寄扇》《題畫》諸出，雖足以動人，而遠不如《移防》《誓師》《沉江》《餘韻》諸出之慷慨激昂，蘊含着一腔悲憤之氣，足以使人低回憂歎，不能自已。我少時嘗讀之，一再讀之，至鄙夷《西廂》《拜月》，不欲再看，至於《燕子箋》，則直拋擲之庭下而已。這些書的

《桃花扇》暖紅室
精刻本書影

氣氛與《桃花扇》完全不同，任怎樣好，所引起的讀者的情緒，總遠不如《桃花扇》之崇高，之偉大，之能博得熱情少年的狂愛！

《桃花扇》凡 40 出，又加之以「閏二十出」及「續四十出」，共 42 出。開場即介紹侯方域、吳應箕及陳貞慧諸公子於聽眾。以阮大鋮之欲結交諸公子，致方域得與名妓李香君相見。美人才士，一見傾心。然諸公子鄙薄大鋮，兩方之仇恨愈釀愈深。那時左良玉欲移兵就食，賴方域遣柳敬亭修書止之。恰好北京陷落，崇禎帝死之，於是南都迎立福王為主，阮大鋮乘機握了權，逮捕貞慧、應箕入獄，方域幸得脫。同時撫臣田仰欲以 300 金買李香君為妾，香君不屈，倒地撞頭，血濺一把扇上。楊龍友取了此扇，就血漬綴點起來，畫成一枝桃花於扇上，寄給方域。這是全劇的頂點。

這時，明之國事益不堪問。清兵將次南下，而諸鎮還常以小故相爭殺。即使有一個忠心耿耿的史閣部（可法）也挽回不了這崩頹的大勢。終於史閣部沉江自殺，清兵統一了江南，方域、香君俱避難於山，做了修道的僧尼。柳敬亭諸人也都以隱遁終。這與一般傳奇之以生、旦團圓為結束者完全不同。

《桃花扇》在作者的時代即奏演極盛。作者在附於《桃花扇》卷首的《本末》上已詳記之。某一次，有故臣遺老見演此劇，掩袂獨坐，「燈炧（xiè）酒闌，唏噓而散」。

《桃花扇》之描寫人物，個個都有他或她的個性，乃至柳敬亭、蔡益所、阮大鋮、馬士英、蘇崑山等等，都真切地活潑地在紙上現出。而寫阮大鋮之老羞成怒、甘於下流的心境的變換，尤為曲肖。但作者並不酷責阮大鋮。他對於自己的一切人物，只有照實地描寫，毫不加以批評或以愛憎的色彩烘染上去。他的文字，自始至終毫沒有草率之處。「其艷處似臨風桃蕊，其哀處似著雨梨花。」（梁廷枏《藤花亭曲話》）其激昂悲壯處，如燕士之歌「風蕭蕭兮易水寒」。他的《餘韻》中的《哀江南》一曲，尤為數百年來無比的美文：

（淨）那時疾忙回首，一路傷心，編成一套北曲，名為《哀江南》。待我唱來：

（敲板，唱弋陽腔介）俺樵夫呵，【哀江南】【北新水令】山松野草帶花挑，猛抬頭秣陵重到。殘軍留廢壘，瘦馬臥空壕。村郭蕭條，城對著夕陽道。

【駐馬聽】野火頻燒，護墓長楸多半焦。山羊羣跑，守陵阿監幾時逃？鴿翎蝠糞滿堂拋，枯枝敗葉當階罩。誰祭掃，牧兒打碎龍碑帽。

【沉醉東風】橫白玉八根柱倒，墮紅泥半堵牆高。碎琉璃瓦片多，爛翡翠窗櫺少。舞丹墀燕雀常朝，直入宮門一路蒿，住幾個乞兒餓殍。

【折桂令】問秦淮舊日窗寮？破紙迎風，壞檻當潮，目斷魂消！當年粉黛，何處笙簫？罷燈船，端陽不鬧，收酒旗，重九無聊。白鳥飄飄，綠水滔滔。嫩黃花有些蝶飛，新紅葉無個人瞧。

【沽美酒】你記得跨青溪，半里橋，舊紅板，沒一條，秋水長天人過少。冷清清的落照，剩一樹柳彎腰。

【太平令】行到那舊院門，何用輕敲，也不怕小犬哮哮（láo）。無非是枯井頹巢，不過些磚苔砌草。手種的花條柳梢，盡意兒採樵。這黑灰是誰家廚灶？

【離亭宴帶歇拍煞】俺曾見金陵玉殿鶯啼曉，秦淮水榭花開早，誰知道容易冰消！眼看他起朱樓，眼看他宴賓客，眼看他樓塌了。這青苔碧瓦堆，俺曾睡風流覺。將五十年興亡看飽；那烏衣巷不姓王，莫愁湖鬼夜哭，鳳凰台棲梟鳥。殘山夢最真，舊境丟難掉，不信這輿圖換稿！謅一套《哀江南》，放悲聲，唱到老！

同時有顧彩者，字天石，無錫人，為孔尚任之友，曾將《桃花扇》改作為《南桃花扇》，使生、旦當場團圓。這把全劇的新雋可愛的風度，一變而為陳腐，真可謂點金成鐵。但《南桃花扇》今未見，似已佚。即在當時，亦未能與雲亭之偉作爭席。真的，讀者之好惡，有時未始不足為定評。

孔尚任尚有《小忽雷》一劇，凡 40 出，敍一件以名琴「小忽雷」為線串的生、旦的悲歡離合的故事，遠不如《桃花扇》之著名。

洪　昇

洪昇字昉思，號稗畦，錢塘人。著雜劇《四嬋娟》，又作《回文錦》《回龍院》《錦繡圖》《鬧高唐》《節孝坊》《舞霓裳》《沉香亭》及《長生殿》傳奇 8 種。

《四嬋娟》凡 4 折，每折敍一事，效《四聲猿》體。第一折《詠雪》，敍謝道韞詠雪詩事；第二折《簪花》，敍王右軍學書於衛夫人事；第三折《鬥茗》，敍李清照與趙明誠烹茶檢書事；第四折《畫竹》，敍趙子昂與管夫人泛舟同遊，見溪上修竹萬個，便於舟中作畫事。

《回文錦》敍蘇若蘭織《璇璣圖》，凡題詩 200 余首，計 800 餘言，縱橫反覆，皆成章句，寄以感動其夫竇滔事；《回龍院》敍山陽韓原容及其妻以智勇避難平賊事；《鬧高唐》則敍「水滸」故事之一則。在這些作品中，以《長生殿》為最著名。

《長生殿》凡 50 折，係依據於唐白居易的名作《長恨歌》及陳鴻的名作《長恨歌傳》而寫的唐明皇與楊貴妃的故事。凡後來《太真外傳》諸書之過於寫太真之穢事者，皆不錄。在這裏，絕代的美人太真妃被寫成只是一個癡情的、可憐的少婦，並不是什麼可怕的

亡國敗家的妖孽，這是作者的大成功處。如果有什麼人為妲己、妹喜諸名婦人作劇者，恐怕也只能寫成如太真似的、嬌妒的、可憐可愛的絕世美女子而已。如此的，一雪數千年被壓抑於冷酷的歷史家以亡國歸罪於她們的不平的論調，倒是一件快事。（吳偉業的《秣陵春》裏所寫的張麗華，也可使她由史家的酷論底下釋出。）

自元以來，寫明皇太真故事的戲劇作家殊不少，白樸有《梧桐雨》，明人有《驚鴻記》；屠隆的《綵毫記》裏也有附帶的敍及，然俱不如《長生殿》之感人。作者在這部劇裏，寫二人之綢繆倦戀，以及遭變後，生者之睹物傷懷，死者之魂靈依戀，無不運以深刻的、真摯的筆調。全劇的頂點則為《密誓》一出，即所謂：「七月七夕長生殿，夜半無人私語時：在天願為比翼鳥，在地願為連理枝。」（白居易《長恨歌》）劇名即取於此。有了此出，後半的生死不解的悲情，乃能湊接得上。

全劇中最感人的文字的例子，可舉《聞鈴》裏的一段：

（生）呀，這鈴聲好不做美也！

【武陵花】淅淅零零，一片凄然心暗驚。遙聽隔山隔樹戰，合風雨，高響低鳴，一點一滴又一聲，一點一滴又一聲，和愁人，血淚交相迸。對這傷情處，轉自憶荒塋。白楊蕭瑟雨縱橫，此際孤魂凄冷，鬼火光寒，草間濕亂螢。只悔倉皇，負了卿，負了卿！我獨在人間，委實的不願生！語娉婷，相將早晚伴幽冥。一慟空山寂，鈴聲相應，閣道峻增，似我回腸恨怎平！

【尾聲】迢迢前路愁難罄，招魂去國兩關情。望不盡，雨後尖山萬點青。（第二十九出《聞鈴》）

當然，《絮閣》《窺浴》《密誓》諸折，是多麼膩麗，然而講到真摯的、深切的情感，卻要以後半部的《聞鈴》《見月》諸折為較勝。

可惜作者為了求結構的完整與抱有大團圓的結束的信念，遂生生地把隆基、玉環二人在天上扭合作一處，被上帝「命居忉利天宮，永為夫妻」，致後半所努力佈造的悲劇的空氣完全地重復消失了。

《長生殿》在當時演奏之盛，不下於《桃花扇》。某一次，諸伶人演此劇為作者壽，都下名士畢集。適有嫉者告發，謂那一天是國忌，設宴張樂，乃大不敬。於是作者被編管山西，詩人趙執信、查嗣璉被削職。時人有詩道：「可憐一曲《長生殿》，斷送功名到白頭」，便是詠此事。但這個文字獄，雖然斷送了他們的功名，卻使《長生殿》流傳得更廣遠些。

萬樹字花農，一字紅友，宜興人。吳興祚總督兩廣時，嘗延其入幕。樹每脫稿傳奇一種，興祚即令家伶捧笙璈按拍高歌以侑觴。前後所作有雜劇《珊瑚珠》《舞霓裳》《藐姑仙》《青錢賺》《焚書鬧》《罵東風》《三茅宴》《玉山宴》之 8 種，傳奇《風流棒》《空青石》《念八翻》《錦塵帆》《十串珠》《萬金甕》《金神鳳》《資齊鑒》之 8 種，以《風流棒》《空青石》《念八翻》3 種為最著。又編《詞律》20 卷，亦有名於時。他是吳炳的外甥，於韻律殊有精密的研求。

傳奇作家

在他們的同時，有周稚廉與盧見曾亦以作傳奇甚有聲於世。周稚廉字冰持，華亭人，別號可笑人。（《曲錄》著錄既有可笑人又有周稚廉，誤。）所作傳奇數十種，今多不傳，最著者為《珊瑚玦》及《雙忠廟》。

《珊瑚玦》凡 28 出，敘卜青與妻祁氏，遭遇兵亂，碎珊瑚玦為兩半，各懷半枚而分離。後祁氏生子成名，二人復得相見。

《雙忠廟》亦為 28 出，敍舒真與廉國寶以忤劉瑾被殺，賴義僕撫孤，使忠臣有後。當義僕王保救孤時，在祀公孫杵臼與程嬰的雙忠廟中拜禱，忽然生乳，乃變裝為女子，以逃搜者之眼目。太監駱善亦生了長須。後來劉瑾處死，舒真之子與國寶之女成為婚姻，王保復改為男裝。

盧見曾字抱孫，號雅雨山人，德州人，官兩淮鹽運使，著《旗亭記》及《玉尺樓》兩種。

《旗亭記》所敍為王之渙與王昌齡、高適集飲於旗亭。諸伶遞唱昌齡、適之詩。之渙指諸伎中最佳者道：「此子所唱必為吾詩。」果然那個雙鬟發聲唱道：「黃河遠上白雲間，一片孤城萬仞山。羌笛何須怨楊柳，春風不度玉門關。」（《涼州詞》）恰是之渙的詩，因大諧笑。此事見《集異記》，見曾演之為傳奇，凡 37 出，以之渙所遇之伎為謝雙鬟。自旗亭相遇後，遂訂盟為夫婦。經安祿山之亂失散。後雙鬟殺了安慶緒，之渙成了狀元，二人終復合。以天子賜宴於旗亭為結束。這件故事本是富有詩趣的，但硬把雙鬟與之渙團圓在一處，未免減殺原來故事的趣味不少。

劇　作　家

楊潮觀是當時最好的短劇作家，字宏度，號笠湖，無錫人，乾隆元年舉人，曾為四川邛州的知州，與袁枚為友，著《吟風閣》，凡 4 卷，包含短劇 32 種。卷首附小序，自敍作劇的意旨。焦循《劇說》謂：「《吟風閣雜劇》中，有《寇萊公罷宴》一折，淋漓慷慨，音能感人。阮大中丞巡撫浙江，偶演此劇。中丞痛哭，時亦為之罷宴。」實則《吟風閣》中感人的作品不止這一折。《快活山樵歌九轉》

《窮阮籍醉罵財神》《魯仲連單鞭蹈海》《偷桃捉住東方朔》諸劇亦極可注意。

《偷桃》一劇尤滿含着極冷雋的諷刺。當王母訊問被捉的偷桃的東方朔時那一段對話，是全劇最漂亮的，是我們在許多的傳奇雜劇中所很難遇得到的：

（旦）你怎敢到我仙園偷果？

（丑）從來說，偷花不為賊。花果事同一例。

（旦）這厮是個慣賊，快拿下去鞭殺了罷！

（丑）原來王母娘娘這般小器，倒像個富家婆。人家吃你個果兒也捨不得，直甚生氣！且問這桃兒有甚好處？

（旦）我這蟠桃非同小可，吃了是髮白還黑，返老還童，長生不死。

（丑）果然如此，我已吃了二次，我就盡着你打，也打我不死。若打得死時，這桃又要吃他做甚！不知打我為甚來？

（旦）打你偷盜！

（丑）若講偷盜，就是你做神仙的，慣會偷。世界上人那一個沒有職事，偏你神仙避世偷閒，避事偷懶，圖快活偷安，要性命偷生。不好說得，還有仙女們在人間偷情養漢。就是得道的，也是盜日月之精華，竊乾坤之祕奧。你神仙那一樣不是偷來的，還嘴巴巴說打我的偷盜！我倒勸娘娘不要小器。你們神仙吃了蟠桃也長生，不吃蟠桃也長生，只管吃他做甚！不如將這一園的桃兒，盡行施捨凡間，教大千世界的人都得長生不老，豈不是個大慈悲、大方便哩！

【鎖南枝】笑仙真太無厭，果然餐來便永年，何得伊家獨享？不如謝卻羣仙，罷了蟠桃宴，暫時破慳結世緣，與我廣開園，做個大方便！

（旦）你倒說得大方。

（丑）只是我還不信哩。你說吃了髮白變黑，返老還童。只看八洞神仙，在瑤池會上，不知吃了幾遍，為何李岳仍然拐腿，壽星依舊白頭？可不是搗鬼哩，哄人哩！

（旦）既如此，你為何又要來偷它？

（丑）我是口渴得很，隨手摘兩個來解解渴，說什麼偷不偷！

桂馥也是一個很好的短劇作家。桂馥（1736—1805），字未穀，曲阜人，官永平知縣。楊潮觀所作，半是以嬉笑怒罵的態度，來抒寫自己的鬱憤，桂馥所作則多為纏綿悱惻之戀情，輕唱着無可奈何。他所作《後四聲猿》，凡包含短劇 4 種。

《放楊枝》敍白香山年老病風，乃欲遣去素所愛馬及 10 年相隨之名妓樊素。那樣的別離、那樣的暮年衰頹之感，在此劇裏寫得很動人。後來，舊情難捨，新愁滿懷，駱馬賣不成，楊枝放不去，這位樂天的詩人遂又叫馬伕牽馬還槽，又只好與素娘共醉低歌了。《謁府帥》敍蘇東坡為鳳翔判官時，屈沉下僚，上謁府帥不見事。《題園壁》敍陸放翁娶妻唐氏，伉儷甚篤，因唐與母不相得，遂出之。唐改適趙士程。某一日，相遇於沈氏園，唐以語趙，遣致酒肴於陸。陸悵然久之，為賦《釵頭鳳》調，題園壁。唐見而和之，未幾怏怏而卒。這件故事殊是一幕悲劇的好題材，此劇也把它寫得很悲楚。《投溷（hùn）中》敍有名的錦囊詩人李長吉死時，遺稿俱在他的中表黃生處，不料他卻因宿恨把這些詩稿都投在溷[1]中了。

夏綸為諸劇作家中最晚年才開始作劇者，當他做第一劇時年已六十餘。到了 73 歲時，戲劇全集才出版。夏綸字惺齋，號瞿（qú）

1　溷，廁所。

叟，錢塘人，作曲凡 6 種，都是有目的之教訓主義的作品:《無瑕璧》題「褒忠傳奇」，敍明成祖殺鐵鉉事;《杏花村》題「闡孝傳奇」，敍王孝子捨身殺父仇於杏花村事;《瑞筠圖》題「表節傳奇」，敍章貞母未婚守節，教子成名事;《廣寒梯》題「勸義傳奇」，敍王生傾囊助人，終獲高第事;《花萼吟》題「式好傳奇」，敍姚居仁與弟利仁同居友愛，利仁被陷獄，賴居仁力救出之，二人俱得顯名事;《南陽樂》則題「補恨傳奇」，敍諸葛亮與司馬懿戰，並未死於五丈原，以其努力，終得滅了魏、吳，使蜀漢統一了天下。

這些有目的之教訓傳奇，不容易做得好是當然的。《南陽樂》強使死者復生，違背了最顯明的史實且不說，而這種強盜式的大團圓結局，即使表演得好也是很無深味的。

在這時左右者有蔣士銓（1725—1784），字清容，一字心餘，號苕生，又號藏園，鉛山人，乾隆二十三年進士，官編修。詩文在當時並享盛名，有《忠雅堂集》。與袁枚、趙翼並稱為「乾隆三大詩人」。卒時年 61 歲。他的戲劇較詩文尤為著名，其《紅雪樓九種曲》之流行於民間，與《笠翁十種曲》之流行的盛況正相同，不過笠翁的曲近於粗率，有時且鄰於卑鄙，藏園的曲則細膩而秀雅，雍容而慷慨，高出於笠翁不止數倍。《九種曲》中，《香祖樓》《空谷香》《冬青樹》《臨川夢》《桂林霜》《雪中人》6 種為長劇，《四弦秋》《一片石》《第二碑》3 種為短劇。尚有《忉利天》1 種，亦為短劇，今傳本少見。

《香祖樓》凡 32 出，敍仲約禮與他的妾李若蘭離合事;《空谷香》凡 30 出，敍顧瓚園之妾事。這二劇都是寫真摯的戀情的，以綺膩悲惋之筆出之，殊為動人。他自己說，曾在舟中，擊唾壺而歌他所譜之《空谷香》，回視同舟之客，皆唏噓，泣數行下。又說，他在劇中之刻畫小人，摹寫世態，乃二十載飄零閱歷所助。所以一切都寫得很自然、很深刻。

《冬青樹》凡 38 出，據宋末之史實，寫文天祥、謝枋得、趙子昂、汪水雲諸人事。在諸傳奇中，這一劇是他的最後作，於落葉打窗，風雨蕭寂中，以三日之力而寫成。題材是遺民的悲痛，孤臣的失意，以及帝陵植樹，西台慟哭，文辭是凄麗而怒，悲憤而浩莽，所以激動了不少人的眼淚與壯氣。

　　《雪中人》凡 16 出，敍吳六奇對查繼佐之報恩事。

　　《臨川夢》凡 20 出，敍《四夢》的作者湯顯祖事，他追慕玉茗的名作，因作此以寫這個大戲劇家的生平，把《四夢》中的人物，一一都搬出來與那位大作家相見。

　　《桂林霜》凡 24 出，敍清初馬文毅闔家死廣西之難事；這是在瘧中以二十日之力成之的。他自己曾言，有人對他說：「讀君《空谷香》，如飲吾越醯，雖極清冽，猶醇醴也，此文則北地燒春，其辣逾甚。」

　　《一片石》凡 4 出，《第二碑》，一名《後一片石》，凡 6 出，皆敍明寧王朱宸濠妃婁氏事；婁妃以諫王謀叛，投水死。當時墓地荒廢，作者與諸人乃為修塋立碑。

　　《四弦秋》，凡 4 出，演白居易之名作《琵琶行》。元之馬致遠與明之顧大典嘗前後譜此故事為《青衫淚》（馬作）及《青衫記》（顧作），俱以彈琵琶之商人婦為居易舊識，因事離散，至此不意相遇，後乃終得團圓。這樣的說法，真是「畫蛇添足」之類，直把樂天的原文完全污損了。士銓之《四弦秋》則完全洗滌這種生旦團圓的惡習，以樂天聽商婦彈琵琶，致引起自己之傷心為全劇的骨架，很可使不滿於《青衫淚》諸作的讀者高興。

　　舒位也是本期後半葉的作家，與蔣士銓同以詩人著稱於時。舒位，字立人，號鐵雲，大興人。他的詩集名《瓶水齋集》，很流行於當時。他的劇本凡 5 種：《卓女當壚》《樊姬擁髻》《酉陽修月》及《博望訪星》4 種，總名《瓶笙齋修簫譜》，尚有《人面桃花》1 種，

我未見。舒位能吹笛、鼓琴、度曲，不失分刌，所作曲脫稿，老伶皆可按簡而歌，不煩點竄。

《卓女當壚》敍卓文君奔司馬相如，開張酒店，男親滌器，女自當壚。賴縣令王吉令文君父分家財之半給他們，二人始閉了酒肆，向成都去。

《樊姬擁髻》敍伶元與樊姬同話漢宮故事，因寫《飛燕外傳》。

《酉陽修月》敍吳剛聘請諸仙修月事。

《博望訪星》敍張騫探河源，逆流而上，乃至天河，見牛、女二星事。

唐英字雋公，號蝸寄居士，官九江關監督，作劇 14 種：《雙釘案》《梅龍鎮》《女彈詞》《麵缸笑》《英雄報》等 12 種，總名為《古柏堂傳奇》。而上舉數種尤為舞台上所極歡迎的劇本，也有改為皮黃劇本的。

《雙釘案》，又名《釣金龜》，敍張仁別母仕於他鄉。母念之，命第二子義去看望他。義釣到了一個寶物 —— 金龜。仁妻見而欲奪之，乘義睡時，以釘貫入其頂而死之。母久候義不歸，欲自到仁衙去。一夜夢義歸來訴告。這個夢境寫得極陰慘。母至衙知義冤死，赴上級官府控告，卒以仁妻抵命。問官初檢驗不出義致死之傷痕，迫仵作說出。仵作憂悶地回家，其妻告以恐怕係釘貫頂。因此，問官又連帶地訊明了仵作妻殺死前夫之罪。故謂之《雙釘案》。

《梅龍鎮》係敍明武宗微行遇李鳳姐，納之為妃事。此劇寫市井的瑣事與酒女的情態很有趣，且充滿了詼諧的氣氛，是一出很好的喜劇。

《女彈詞》寫天寶宮人以彈琵琶賣唱糊口，某一日，便把太真故事彈唱出來。聽客中恰有前在御橋上偷聞《霓裳譜》的李暮，便把老宮人收留了，要她傳授《霓裳》全譜。在這劇裏，作者使在那衰

年的老宮人的琵琶裏，彈唱出最動聽的開天遺事，頗有以少許勝人多許的效力。

《英雄報》敍韓信興劉滅楚後，以千金報漂母一飯之恩，又授在淮陰市上辱他的少年以官職。項王烏江自刎的悲壯的故事，作者又把它放在信的口裏唱出。

《麵缸笑》也是一篇很通俗、很可發笑的喜劇。兩個客人在閿（wén）鄉縣[1] 妓女周蠟梅處吵鬧，為巡夜者捉去。蠟梅不堪其擾，她的義母勸她從良。第二天，她便到縣衙要求從良。縣官把她嫁給差役張才。當夜，張才即被差出縣勾當。於是幾個差役及王書辦、典史、縣官等俱到張才處，求蠟梅續舊好，但卻互相躲避，書辦躲於灶中，典史躲於麵缸中，到了張才忽然而回，縣官卻又躲到牀下去。曲白都極通俗，一般人都可懂得。英之劇本，半是自己的創作，半是改作舊本，這一本便是把梆子腔改為昆調的。

張堅字漱石，江寧人，老於秀才，嘗入唐英之幕，相得甚歡。作劇4種，名《玉燕堂四種曲》。

《夢中緣》敍鍾心與文媚蘭、陰麗娟的遇合事。

《梅花簪》敍徐苞幼與杜女以梅花簪訂婚。後苞遊學於外，杜氏受了無數的苦，終得團圓，御命成婚。

《懷沙記》敍屈原沉江事。

《玉獅墜》敍黃損與裴玉娥之遇合事。或把這4種曲合稱為《夢梅懷玉》。

1　閿鄉縣，北周明帝二年（558）置，治今河南靈寶市西北閿鄉縣西南。幾經興廢，1954年並入靈寶縣。

小　說

　　在這一世紀裏，著名的小說出現了不少，最著者如《紅樓夢》，如《儒林外史》，如《綠野仙蹤》，皆為前無古人之作。所謂短篇的筆記小說，也有袁枚與紀昀之名盛一時的兩部作品 ——《子不語》與《閱微草堂筆記》。

《紅樓夢》

　　《紅樓夢》凡 120 回，與《水滸傳》《西遊記》《金瓶梅》並稱為「中國小說中的四大傑作」；《西遊記》寫仙佛鬼怪，寫英雄歷險，事跡煩多，易於寫得長，《水滸傳》寫 108 個好漢陸續地聚於梁山，每個人都有一段故事可寫，故也易於寫得長，唯《金瓶梅》與《紅樓夢》則寫一家一門之事，既無足驚聽聞之奇跡與歷險，又無戰爭與艱苦之遭遇，乃能細細地寫到了那麼長，那麼動人，真是不容易。而《紅樓夢》只寫十幾個世事不知的富於情感的女郎，環境又復多相同，較之《金瓶梅》之寫市井無賴，與十餘處境各各不同、閱歷各各不同之下中級婦人，其難易又不可同日而言。《紅樓夢》描寫之細膩，如以最小之畫筆，寫數十百美人於一紙，毛髮衣襞，纖毫畢現，而姿態風韻一無雷同，實為諸作中之最有描寫力者。

　　《紅樓夢》之作者為曹霑，字雪芹，一字芹圃，鑲黃旗漢軍。祖寅、父俯俱為江寧織造。寅曾作《棟亭詩鈔》，著傳奇 2 種，並刻書 10 餘種。清聖祖（康熙）5 次南巡，曾有 4 次以寅之織造署為行宮。故霑幼年乃生長於豪華之環境中。後俯卸任，霑隨父歸北京，

〔清〕改琦繪:《紅樓夢圖詠》中的寶釵、可卿和黛玉

時約 10 歲。後曹氏忽衰落,中年時之霑乃至貧居西郊,啜饘粥。作《紅樓夢》大約即在此時。乾隆二十九年卒,年四十餘(1719?—1764)。

《紅樓夢》之別名至多,或名《石頭記》,或名《情僧錄》,或名《風月寶鑒》,或名《金陵十二釵》。初為 80 回,當乾隆中出現於北京,立即風行一時,博得了極盛的讚聲。然 80 回之《紅樓夢》本為未完之書,於是續之者紛起,唯高鶚所補 120 回本最流行。高本出現於乾隆五十七年(1792 年),用木版排印。其他續書多泯滅。其後又有續高鶚增補之 120 回本的《紅樓夢》者,如《後紅樓夢》《紅樓夢補》《續紅樓夢》《紅樓圓夢》《紅樓再夢》《綺樓重夢》等凡十餘種,大都皆欲將《紅樓夢》的結束改造為大團圓的局面者,故都不足注意。

今就 120 回本的《紅樓夢》,述其故事之大略如下。

在石頭城，有一座貴族的大宅第，是為賈府，乃功臣寧國、榮國二公後人所居。襲寧公爵者為其孫敬；敬棄家學道，其子珍襲爵，殊縱慾恣橫。又有一女，名惜春。珍生一子，名蓉，娶秦可卿。榮公有二孫、一孫女，長孫名赦，次名政，女名敏。赦生一子一女，子名璉，娶王熙鳳，家政都由熙鳳主持。女名迎春。政妻王夫人，即熙鳳之姑，生二子一女，長子珠早卒，曾娶妻李紈，次子寶玉，即本書之主人翁，長女元春，選入王宮為妃，次女名探春。敏嫁給林海，中年卒，遺一女，黛玉，即本書中最重要的女主人翁。賈府中之最尊者為史太君（賈母）即赦、政之母。本書開場，即敍林黛玉到了賈府寄住，與她的表兄弟寶玉相見。又有王夫人之戚薛母及其女寶釵亦來寄住。遠親史湘雲亦時來。尼妙玉，則住於後園中。

寶玉生時有奇跡，口銜玉，玉上有字。賈母極鍾愛之。他殊聰慧，性格亦纏綿而多情，喜在女郎的叢伴中生活。當黛玉來賈府時，她與寶玉俱為 11 歲，寶釵則較長一年。寶釵性格渾厚而深沉，黛玉則為肺病患者，性殊偏急而多愁。寶玉依昵於二人之間，而視黛玉為尤厚。當元妃回家省親，賈府特闢大觀園以款宴之。大觀園結構之曲折弘幽是後人所希慕不已的。寶玉及諸姊妹後俱遷入園中居住。他日與黛玉、寶釵、李紈、王熙鳳、史湘雲、探春、惜春乃至妙玉，賦詩宴樂，生活於輕紗紅帳之中，極富榮豪華之概。許多侍兒如襲人、晴雯、紫鵑等，亦為他所昵愛。這樣一個多情的美少年，這樣的消耗青春於美景與女郎、舒逸與情戀之中，使他益益地增長了溫潤纏綿的柔情。而因此，亦時時為那柔情而生了苦悶。

但繼着這樣的煊赫的、美滿的場面之後的，便是日趨頹敗的景象。賈府之排場仍然不小，而內囊卻已漸漸地感着空虛了。先之以秦可卿的自殺，隨之以金釧之投井，尤二姐之吞金，寶玉所愛之侍兒晴雯，又因犯「女兒癆」而被遣出，不久即死。於是悲涼的輕霧，

漸漸地籠罩於煊麗無比的大觀園，漸漸地幕上了多情的寶玉的心頭。80回的《紅樓夢》在這樣的灰色霧中閉幕。

高鶚的續本，便繼續上去寫着這一家貴族的頹運。寶玉失了他的通靈玉，大病了一次，黛玉的肺病也一天天地加深。元妃在宮中也染了病，不久即死。賈政欲為寶玉結婚，以黛玉羸弱，乃與寶釵訂婚。這樣的婚事計劃，密不使寶玉知之。寶玉還以為與他對親的一定是黛玉，不料成婚之夕，乃知新婦卻是寶釵，便又病了。同時，黛玉聽了寶玉結婚的消息，病益甚，日咯血。到了賈府喜氣瀰漫、賓客喧賀着寶玉時，居於瀟湘館裏的黛玉卻凄涼不堪地死去了。後來賈赦犯了「交通外官，倚勢凌弱」之罪名，奉旨查抄賈府。雖結果沒有得到什麼大罪，卻使這個大府邸中益現出落日窮途的景象來。不久，史太君又一病而亡，妙玉則遭盜劫，不知所終。王熙鳳也憂憤地死去。但寶玉的病，卻為一僧所治癒。愈後，他便奮志讀書，次年應鄉試，以第七名中試。寶釵也有了孕。於是寶玉便亡去，不知所往。賈政葬母后回京，雪夜泊舟毗陵驛，見一人光頭赤足，披大紅猩猩氈斗篷，向他下拜。審視知為寶玉。方要說話，忽來一僧一道，引他而去。120回的《紅樓夢》便在此告了結束。

曹霑的描寫力、想像力俱極豐富，高鶚的續筆也不弱。所描寫的人物，凡男子235人，女子213人，個個都有極濃摯的個性，寫賈母便活畫出一個偏愛的蔫豐履厚的老婦人來，寫黛玉便活畫出一個性情狹小、時時無端愁悶的肺病患者的少女來，寫王熙鳳也便活畫出一個具深沉的心計的能幹少婦來，甚至於不重要的焦大、薛蟠、劉姥姥、板兒以及幾個僕人的「家的」，也都寫得很活潑，如我們所常遇到的真實人物。在全書的結構方面也完全擺脫了向來小說的窠臼，與那些「開口文君，滿篇子建，千部一腔，千人一面」的才子佳人書截然地換了一個世界。我們看厭了那些才子佳人書，只要一翻開了《紅樓夢》，便如從灰色壁牆、粗白木椅桌、可厭的

下等廣告畫的小室裏逃出，逃到了綠的水、青的天、遠望無邊際的開着金花的田野，天上迅飛着可愛的黑衣燕子，水邊低拂着嫩綠的柳絲的美景中似的。一般小說，所用的文字，書中人物所說的話，往往「之乎者也，非理即文，大不近情，自相矛盾」，而我們在《紅樓夢》中見的卻是最自然的敍述，最漂亮的對話。

喜讀《紅樓夢》者既多，便有一般文人來用種種的眼光去看它，去探討它，以為它裏面必蘊藏着許多歷史上的珠寶。所謂「紅學」之興，便是由此。這是《紅樓夢》的大不幸，也就是讀者的大不幸。我們只要一染上了這種研究的色彩，一戴上了那些索引式的眼鏡，對於《紅樓夢》便要索然地感到無味了。正如一位無端自擾的偵探一般，苦悶地摸索着，而得到的卻是「空虛」！大抵諸說中有力者凡三：一、謂《紅樓夢》係敍康熙朝之宰相明珠家事，賈寶玉即明珠子納蘭性德（俞樾諸人主張）。二、謂寶玉係指清世祖，黛玉即指董鄂妃（王夢阮、沈瓶庵主張）。三、謂係敍康熙時代之政治史，十二釵即指姜宸英、朱彝尊諸人（蔡元培主張）。這三說之外，尚有以為係演明亡痛史者，以為係演和珅家事，或以為係演清開國時六王、七王家姬事者，俱極無稽。自胡適作《紅樓夢考證》，以《紅樓夢》裏所敍的事跡，與作者曹霑的家世及生平相對照，乃掃除以上諸說，決定此書乃為作者的自傳。

作者在本書的開始，即自言：「今風塵碌碌，一事無成，忽念及當日所有之女子，一一細考校去，覺其行止見識皆出於我之上……當此日欲將已往所賴天恩祖德，錦衣紈綺之時，飫（yù）甘饜（yàn）肥之日，背父兄教育之恩，負師友規訓之德，以致今日一技無成，半生潦倒之罪，編述一集，以告天下，知我之負罪固多，然閨閣中歷歷有人，萬不可因我之不肖，自護己短，一併使其泯滅也。」又有一詩：「滿紙荒唐言，一把辛酸淚。都云作者癡，誰解其中味！」作者固已明白地告訴大家以此書為他的自傳了！

《儒林外史》

　　《儒林外史》沒有《紅樓夢》那麼婉柔的情調，沒有《紅樓夢》那麼細膩周密的風格，然它卻是一部尖利的諷刺小說，一部發揮作者的理想的小說。

　　作者吳敬梓（1701—1754），字敏軒，安徽全椒人。幼穎異，精於《文選》。然性豪邁，又不善治生產，不數年資財俱盡，時或至於絕糧。雍正間，曾一度被舉應博學宏詞科，不赴。移居金陵，為文壇之中心。晚客揚州，自號文木老人，乾隆十九年卒，年五十四。所著於本書外有《文木山房集》及《詩說》。

　　本書凡 54 回，為吳敬梓在南京時所作，後發刊於揚州。他一面指擊當時頹敗的士風，一面發揮他自己的理想社會與理想生活。書中人物大抵為實在的，如杜少卿即為他自己，杜慎卿為其兄青然，莊尚志為程綿莊，虞育德為吳蒙泉，餘皆可指證。

　　吳敬梓的文筆很鋒利，描寫力很富裕，唯見解帶太多的酸氣，處處維持他正統的儒家思想，頗使讀者有迂闊之感。又結構也很散漫。論者謂：「其書處處可住，亦處處不可住。……此其弊在有枝而

《儒林外史》清嘉慶八年臥閒草堂刻本書影

無干。……無惑每篇自為篇，段自為段矣。」這是極確切的批評。本書刻本頗多，有排列全書人物為「幽榜」，作為一回，加入篇末，統為 56 回，又有補作 4 回，合為 60 回者。

《綠野仙蹤》

《紅樓夢》與《儒林外史》俱為寫現實社會的小說，人物也多是實在的，《綠野仙蹤》則一反之，專寫怪幻的神仙異跡，然其筆墨之橫恣可愛，使人絕不至以其荒唐無稽而棄之。

《綠野仙蹤》凡 80 回，作者僅知為百川，而不知其真姓名，成書之時，則在乾隆二十九年（1764 年）。書中之主人翁為冷於冰，敘他修道降怪諸奇跡，並敘其弟子溫如玉、連城璧、金不換、猿不邪諸人事，也都極神奇變幻之致。全書最可愛的地方，乃在：

一、首數回敘冷於冰為嚴嵩客，見不慣那勢利的官場，又看着忠臣楊繼盛的被殺，覺着富貴功名都為飄風疾雨，因決心去修道。

《綠野仙蹤》書影

作者寫齷齪之官場，雖不過寥寥的二回，卻已可抵得南亭亭長之《官場現形記》一部。第四回敘楊繼盛之死，極為動人，遠勝於《鳴鳳記》及《表忠記》諸劇本。

二、全書中敘溫如玉嫖妓受欺。作者在那裏把妓院的情景寫得極真切，一切假情的妓女、愛錢的鴇兒、幫閒的食客，個個都寫得生動異常。《花月痕》中把妓女寫得太高尚了，未必是真實的人物，這書裏的金鐘兒、玉磬兒卻是真實的人，我們隨時可以遇到的。較之一般所謂「青樓小說」之《九尾龜》之流，作者所寫，只有更真實。

三、最後數回，敘諸弟子各入幻境，歷受誇惑，作者確是用着大力量，寫得異常地緊張，能使讀者迷惑而隨了他們入那幻境，直至最後才突然地明白。

此書因有幾處猥穢的描寫，曾被禁止發售，近來新印本，都已將那些地方刪去，然卻連帶地把好些描寫得細膩而並不淫穢的地方也刪去了，真是本書的厄運！

其他小說

在以上三大作之外，屠紳的《蟫（yín）史》也應一敘。屠紳（1744—1801），字賢書，號笏巖，江陰人。年二十即成進士，後為廣州同知。年五十八，卒於北京。

《蟫史》凡 20 卷，主人翁為桑蠋生，即作者之自況。中敘桑蠋生佐甘鼎築城，於地穴得異書三篋，因此，鼎乃得平定酈天龍之亂，並滅交趾。功成，二人俱身退。此書喜寫幻奇之神跡，而又雜以謏語，頗平凡，沒有什麼可觀，然好用硬語，摹古書，「成結屈之文，遂得掩凡近之意」，而實遠不如前面三部小說之偉大。

　　袁枚（1716—1797），字子才，號簡齋，又號隨園老人，為乾隆三大詩人之一。他的《子不語》（又名《新齊諧》）凡 24 卷，又續 10 卷，包含怪異之故事 672 篇，又續 278 篇，俱用潔明的文體以寫之，但卻大抵為片段之作，可成為短篇的有雋永的情味的小說者至少。

　　可與《聊齋志異》相拮抗者為紀昀之《閱微草堂筆記》。

　　紀昀（1724—1805），字曉嵐，直隸獻縣人，官至侍讀學士，因事被謫戍烏魯木齊。後召還，為四庫全書館之總纂官，他的畢生精力都用在《四庫提要》上。嘉慶十年，拜協辦大學士，加太子少保，管國子監事。同年卒，年八十二，謚「文達」。

　　《閱微草堂筆記》凡 5 種，即《灤陽消夏錄》《如是我聞》《槐西雜誌》《姑妄聽之》及《灤陽續錄》。風格質峭簡淡，與《聊齋志異》之豐腴的風格恰相反。他喜於記事之間雜以議論，又多述因果之論，更時時託鬼狐之言譚，以致其尖利的譏刺。

　　同時之筆記作者至多，最有名者為吳門沈起鳳之《諧鐸》，凡 10 卷；滿洲和邦額之《夜譚隨錄》，凡 12 卷；長白浩歌子之《螢窗異草》，凡 12 卷；臨川樂鈞之《耳食錄》，凡 20 卷。

著名詩人

　　這時期的詩人至多，各有所樹立，袁枚、蔣士銓、趙翼並稱為「三大家」，而厲鶚、沈德潛、趙執信、翁方綱、黃景仁、舒位、郭麟、鄭燮（xiè）亦博得同時的盛譽。

　　袁枚為人通脫佚盪，頗為當世所謂學者所苛責。然在當時影響極大，儼為當時東南文壇的大領袖。他的古文與駢文俱暢達而有才

氣。詩主性靈之說，以為：「詩者人之性情也，性情之外無詩。」故任情而言，以輕潔明白動人。因此頗被譏為淺露。所作有《隨園三十六種》，今猶盛行於世。

蔣士銓之《忠雅堂詩集》，以敘事諸作見稱。他能用秀麗淒鬱之筆，寫驚人激楚之故事，故殊動人。論者謂他的「古詩勝近體，七古尤勝。蒼蒼莽莽，不主故常。正如昆陽夜戰，雷雨交作，又如洞庭君吹笛，海立雲垂」（王昶《蔣君墓志》）。今舉一例：

> 仙官來往天台裏，父老趨迎男婦喜。居民捧輿度岝崿[1]，絳節桃花相迤邐。老藤蟠屈寒蛟僵，萬古甲子不可量。始為繞指柔，漸成百煉剛。脫身未肯附松柏，定性久已忘冰霜。斂肉入皮筋入骨，混沌花葉皆收藏。山鬼驚看避神物，飛仙偶踏行石梁。不知歲月冉冉過，但覺年命迢迢長。仙官遊金庭，碧林瑤草香，不覓胡麻飯，不攜採藥筐，長揖天姥云：「吾友有母壽且康，願乞此藤作鳩杖，庶幾筋力如藤強。」天姥願之笑，美哉公意厚。益遣神人斤斧乃，一舉截藤九尺直以方。仙官拜賜去，洞天闃寂山蒼茫。攜藤歸遺小人母，堂北老親開笑口。仙人之貽我則有，敢不拜嘉同稽首。童孫代杖可釋肩，看雲數雁藤周旋。擲空真化老龍去，倚壁不擾慈烏眠。老安少懷見公志，忠信作杖扶危顛。公身健勁比藤健，野狐敢近天龍禪。此藤托根本福地，由公歸我數則然。摩挲後世見手澤，母壽願與藤齊年。（《天台萬年藤杖歌謝陳象臣夢說觀察》）

趙翼（1726—1813），字雲崧，號甌北，陽湖人，著《甌北集》。其詩橫恣倜儻，以議論、以機警的諷刺勝。或謂他「雖不能

為杜子美，於楊誠齋則有過之無不及」。他傲然地答道：「吾詩自為趙詩，何知唐、宋！」中國本少像他那樣的詩，正自可獨稱為「趙詩」。他亦善為考證之學，著《廿二史札記》及《陔（gāi）余叢考》。今舉其詩一首：

> 紙窗涼逼露華清，顧影蕭然感易生。漸老鬢毛攪黑白，就衰筋骨驗陰晴。將車送鬼窮難去，食字求仙候未成。手剔寒燈清不寐，階前落葉報秋聲。（《漫興》）

厲鶚（1692—1753），字大鴻，號樊榭，錢塘人，著《樊榭山房集》。詩品殊清高，如絕壁孤松，自甘清泊。亦善詞，清俊雅秀，為當時一大家。

沈德潛（1673—1769），字確士，號歸愚，長洲人，為江南老名士，年六十六始舉於鄉。後為編修。相傳他曾代高宗為詩，《御製集》中半是他的代作。死年九十七。他的詩講究格律，而傷於模擬，規行矩步，無豪邁之氣。著《矢音集》及《竹嘯軒詩鈔》，又編《古詩源》及《五朝詩別裁集》，在當時影響極大。

趙執信（1666—1744），字伸符，號秋谷，晚號飴山老人。山東益都人，為王士禎之甥婿，而頗不喜士禎的神韻說，著《談龍錄》力攻之，又著《聲調譜》以發詩祕。他的詩，紀昀稱為「以思路鐫刻為主……才力銳於王，而末流病纖小」。他的詩集，名《飴山堂集》。他最服膺常熟馮班。馮班，字定遠，號鈍吟，也是反對士禎之詩論的。

翁方綱，字正三，號覃溪，大興人，少年登第，功名顯達，常數典鄉試。他精於金石書畫之學，詩宗江西派，出入山谷、誠齋間。他的論詩，謂：「漁洋拈『神韻』二字，固為超妙，但其弊恐流為空調，故特拈『肌理』二字，蓋欲以實救虛。」著《復初齋集》。今舉一例：

步出長松門，猶聽松濤響。路滑不容去，俯側潭深廣。奇
哉玉淵字，其氣雄千丈。建瓴東北來，直瀉勢莽莽。到此一洄
漩，小作圓折養。然後萬珠璣，滾滾橫摩盪。劃翻水晶宮，神
龍擊蛟蟒。精靈來會合，虛無出惝怳。誰識中粹溫，玉煙浮盎
盎。拈破鯢（ní）桓機，何如求象罔？（《玉淵潭》）

　　黃景仁（1749—1783），字漢鏞，一字仲則，武進人。生平殊
清苦，年三十五，卒於遠鄉之客舍。詩亦如其人之清苦，洪亮吉評
之為「秋蟲咽露，病鶴舞風」。著《兩當軒集》。又工駢文，與洪亮
吉齊名，時稱「洪黃」。今舉其詩一首：

　　五劇車聲隱若雷，北邙[1] 惟見塚千堆。夕陽勸客登樓去，山
色將秋繞郭來。寒甚更無修竹倚，愁多思買白楊栽。全家都在
風聲裏，九月衣裳未剪裁。（《都門秋思》）

　　舒位著的《瓶水齋集》，與黃仲則之《兩當軒集》俱曾為讀者
所熱烈地讚頌過。但黃詩清峭，他的詩則婉妙而含蓄。他與秀水王
曇、昭文孫源湘有「三君」之稱。

　　郭麐（lín，1767—1831），字祥伯，號頻伽，吳江人，著《靈
芬館集》。他的詩清幽秀峭，情趣雋永，詞尤纏綿悱惻，與厲鶚同
為大家。

　　鄭燮，字板橋，福建莆田人，乾隆元年進士。有《板橋集》。
他在中國詩壇上的地位很奇異。他是一個通俗的詩人，說起鄭板橋
來，幾乎人人都知道，但正統派的文人卻很看不起他，正如他們之
看不起張采、李漁一樣。如今我們卻不能不給他一個地位。他的
詩，當然不是金鑲玉砌，反之，卻是明白如話，清澄如水的。在這

1　山名。即邙山，因在洛陽之北，故名。東漢、魏、晋的王侯公卿多葬于此。

些最淺易的詩中，他沒有的是繽紛的辭華，有的卻是向來詩人不常有的博大的人道精神。他為農夫呼籲，為童養媳呼籲，他反對胥吏的私刑，反對人間的一切暴政。

> 豈無父母來，洗淚飾歡娛。豈無兄弟問，忍痛稱姑劬。
> 疤痕掩破襟，禿髮云病疏。一言及姑惡，生命無須臾。（《姑
> 惡》）

這寫得受苦無告的童養媳是如何地動人。這是中國詩人向來不曾踏到的地域！

張惠言（1761─1802），字皋文，武進人，亦以「詞」名於時，有《茗柯詞》。曾編《詞選》，擇取極精，其自作亦卓立足以自然，「常州詞派」遂由他而造成。此派源深流遠，至下一世紀還流風未泯。

同時，黃景仁有《竹眠詞》；左壽輔字仲甫，陽湖人，有《念宛齋詞》；惲敬有《蒹塘詞》；錢季重，陽湖人，有《黃山詞》；張琦字翰風，陽湖人，有《立山詞》；李兆洛有《蜩翼詞》；丁履恆字若士，有《宛芳樓詞》；陸繼輅字祁士，有《清鄰詞》；金應珹字子彥，歙人，有《蘭簃詞》；金式玉字朗甫，歙人，有《竹鄰詞》；鄭善長名掄元，歙人，有《字橋詞》。此皆列於常州詞派之內者。這一派的作風，可以張惠言的《玉樓春》一首為例：

> 一春長放鞦韆靜，風雨和愁都未醒。裙邊餘翠掩重簾，釵
> 上落紅傷晚鏡。朝雲捲盡雕闌暝，明月還未照孤憑。東風飛過
> 悄無蹤，卻被楊花微送影。

綺膩哀艷，宛曲柔和，是他們的特色，而其失，則個性不大鮮明，少豪邁磊落之聲容，無浩莽偉壯之氣魄。

張惠言有甥董士錫，亦善於為詞。董士錫字晉卿，有《齊物論

齋詞》。

又有長洲宋翔鳳著《香草詞》《洞簫詞》,祥符周之琦著《金梁夢月詞》,皆可屬於這一派。

於上述諸詩人外,張問陶、王文治、王鳴盛、王昶、錢大昕、吳錫麒、金農、杭世駿諸人也很有詩名。

張問陶(1764—1814),字仲冶,號船山,四川遂寧人,著《船山詩集》;王文治字禹卿,號夢樓,丹徒人,著《夢樓詩集》;王鳴盛亦工於考證,著《廿一史考異》;王昶嘗增補朱彝尊之《詞綜》,又編《清詞綜》;錢大昕亦長於考證,他的《十駕齋養新錄》為後來學者所珍;吳錫麒以駢文著。

杭世駿(1696—1773),字大宗,號堇甫,仁和人,為當時甚得稱譽之大作家,其散文也很有名,著《道古堂全集》。

駢文的中興

駢文在這個時期是經了久疲之後的中興。自宋以後,作駢文而工、而有才氣魄力者,幾於絕無僅有。至此時期,則作者蜂起,而各有所長,工夫深厚而才藻繽紛,為唐以後所未有之盛況。在前世紀,已有吳兆騫、陳其年、吳綺開創風氣於前。這時期則胡天游、邵齊燾、劉星煒、吳錫麒、曾燠、洪亮吉、孫星衍、孔廣森、汪中、吳鼒諸人。各各虎據着駢文高壇的一角,氣壯而文達,辭麗而理明。

胡天游(1695—1757),字稚威,號雲持,山陰人,著《石笥山房集》,其文奧博而奇肆,氣象很廣大。

邵齊燾(1718—1769),字荀慈,號叔寧,昭文人,著《玉芝

堂集》，能於綺藻豐縟之中，存簡質清剛之制。

劉星煒字映榆，武進人，著《思補堂集》；吳錫麒字聖徵，號榖人，錢塘人，著《有正味齋集》；曾燠字庶蕃，號賓穀，著《賞雨茅屋集》。

此三人皆與邵齊燾同時，星煒之文光潔而明顯，錫麒之文深厚而委婉，賓谷之文則清瑩而華妙。

邵齊燾之門下者則有洪亮吉。亮吉為文，氣勢甚闊大，內容亦殊充實。著《卷施閣集》。他長於經學、史學，為當時有名之學者。

孫星衍與亮吉齊名，亦以經學著，時稱「孫洪」。孫星衍（1753—1818），字淵如，陽湖人，其為文風骨遒勁。著《問字堂集》及《岱南閣集》。孔廣森（1752—1786），字㧑約，號㢲軒，曲阜人，亦以經學著，有《儀鄭棠集》，為文亦宛曲達意。吳鼐嘗選以上八人之文，為駢文八大家。

汪中不預於八家之列，而其文卻高出於他們遠甚。汪中（1744—1794），字容甫，江都人，有《汪容甫集》。他的駢文為工至深，而才氣縱橫，指揮藻典，無不如意，使我們讀之，如讀清澈明朗之文章，而深為之感動，毫不覺得其為艱深之駢文。這真可謂之特創的「汪體」了！

吳鼐，字山尊，號抑庵，全椒人，著《夕葵書屋集》，為文沉博綺麗。亦可自成為一家。

桐城派、陽湖派

衍前期歸有光之餘緒的桐城派的古文，在這時期也顯着異常的光芒，給後一世紀以很大的影響。桐城派古文家之中心為姚鼐，在

鼐之前者，有方苞、劉大櫆。這三人皆為安徽桐城人，故世號之為「桐城派」。

方苞（1668—1749），字靈皋，號望溪，著《望溪文集》。他的古文穩重而淡遠，所缺的卻是才氣。

劉大櫆（kuí），字耕南，號海峰，其文較方苞為尤下，無足稱。

姚鼐（1731—1815），字姬傳，一字夢谷，曾受業於劉大櫆。自他出來，所謂桐城派之古文始光大而有影響於世。他著《惜抱軒集》，又編《古文辭類纂》，以示所謂古文之准的。姚鼐的古文也未有多大的才氣，而醇厚清遠是其特色。當時漢學之威風披靡一世，學者競事考證，詆斥宋儒，鼐則頗與這個潮流相抗，以為義理、考證、辭章三者不可缺一。義理為幹，然後文有所附，考據有所歸。後來桐城派諸作家皆守此訓言而無違。

當時即受桐城派之影響而別成一支流者有陽湖派。這一派的中心為惲敬及張惠言。

惲敬（1757—1817），字子居，陽湖人，他著《大雲山房集》，文亦清遠有情致。故謂之「陽湖派」。

張惠言是多方面的作家，才氣殊橫逸，於經學則有特長的研究，於駢文則成一大家，於詞則亦成為一派而有很大的影響，於古文，亦雄偉有氣魄，高出於當時古文諸子。

不以古文家著稱，而善於條暢明達之風格敍寫事理者，有藍鼎元、全祖望、戴震、崔述、章學誠、焦循諸人。

藍鼎元（1680—1733），字鹿洲，漳浦人，為官有能名，世俗所傳《藍公案》（小說）即為敍述他的政績者。著《鹿洲集》。

全祖望（1705—1755），字謝山，鄞縣人，著《鮚埼亭集》，其中史料極多。

戴震字慎修，一字東原，休寧人，為當時的經學大師，影響極大，著《戴氏遺書》。

崔述（1740—1816），字東壁，大名人，著《崔東壁遺書》，以謹慎的不苟信的態度，去研究古書古史，發現了不少前人所未見到的疑點，改正了不少前人所疏忽的錯誤。當時未有什麼影響，近來始為時人所推許甚至。

章學誠字實齋，會稽人，以《文史通義》一書博得了不朽的榮名。嘗以儒者的眼光，痛詆袁枚。

焦循（1763—1820），字理堂，甘泉人，為當時經學專家之一，著《雕菰樓集》。他的《劇說》，在戲劇研究上是一部很有用的書。

戲曲作家

十九世紀的中國文學，頗呈衰落之象，已不復有前一個世紀文壇之如火如荼、浩浩莽莽的氣勢。戲曲作者尤少，佳作更不多見，如《桃花扇》，如《紅雪樓九種曲》，如《長生殿》等之名著，俱不可再睹。

戲曲作家以黃憲清、周文泉、陳烺、余治為最著，實則亦僅此數人而已。黃憲清，字韻珊，海鹽人，著《倚晴樓七種曲》。七種者，即：《茂陵弦》，敍司馬相如、卓文君事；《帝女花》，敍明莊烈帝女長公主與周駙馬事；《脊令原》敍曾友於事，此故事原見於《聊齋志異》；《鴛鴦鏡》敍謝玉清與李閒事，此故事亦見於《池北偶談》；《凌波影》敍曹子建遇洛神事；《桃溪雪》敍烈婦吳絳雪事；《居官鑒》敍王文錫居官清正，且善綏亂事。

在這七種曲中，以《茂陵弦》及《帝女花》為最動人。相如、文君事，古來戲曲家取之為題材的不知凡幾，而韻珊此作，在那些

淩波微步，羅生塵，誰見當時
窈窕身，能賦已輸曹子建，
善畫惟數衛山人。雲萩子
題衛明鉉洛神圖戲贈

〔宋〕佚名：《洛神圖》
（局部）

作品中卻可算是上乘的。汪仲洋說：「嘗讀《琴心記》，恨其曲詞白口，不與題稱，而又抹卻諫獵一節，添出唐蒙設陷，文君信詿，相如受緤諸事，可謂癡人說夢，了無理緒。讀韻珊此本，不覺夙心為之一快。」此劇或名《當壚艷》，乃坊賈擅改者。

《帝女花》寫明末喪亂，頗盡纏綿悱惻之致。若終於《殯玉》一出，卻不失為一部很好的悲劇。試讀下面一曲：

> 【攤破金字令】（換頭）只見那東風擺柳，春寒逼綺羅，只見花啼臉粉，山蹙眉蛾，看將來無一可，料荒土壘中，也應念我。使今夜夢魂相過，還怕他更漏無多。黃昏近也人奈何！唉，燈影溶銀荷，夜香散錦窩，獨自個被角寒拖，枕角虛摩，回頭細看，那曾見他。

那是很不壞的。不料他卻再加上了一出《散花》，以最通俗的佛教觀念為結束，未免枉用了好題材。他的劇本，大抵雄偉之氣概不足，而綺膩清俊之風韻有餘，在十九世紀中國戲壇，他實是無比的一個作家。

周文泉，號練情子，嘉慶末，為邵陽縣知縣。曾於因公務上京之途間車中，著《補天石傳奇》8種。這8種是：《宴金台》（《太子丹恥雪西秦》），敘燕丹興兵滅秦之事；《定中原》（《丞相亮祚綿東漢》），敘諸葛亮滅了吳、魏二國，而統一天下；《河梁歸》（《明月胡笳歸漢將》），敘漢將李陵得機會，復歸漢而滅了匈奴；《琵琶語》（《春風圖畫返明妃》），敘出塞之王昭君復歸於漢宮；《紉蘭佩》（《屈大夫魂返汨羅江》），敘屈原復甦生而用事於楚廷；《碎金牌》（《岳元戎凱宴黃龍府》），敘秦檜被誅死，岳飛終成滅金之大功；《紞如鼓》（《賢使君重還如意子》），敘鄧伯道終於復得有子，並不絕嗣；《波弋香》（《真情種遠覓返魂香》），敘荀奉倩夫婦終得偕老。

這些戲曲都與夏綸之《南陽樂》一樣，欲竭力以文字之權威，來彌補歷史上、人心上許多最足遺恨的缺憾。這種努力，當然是不足道，而且近於兒戲，而其風格與文辭自亦不會很崇高的了。

陳烺（lǎng），字叔明，號潛翁，陽湖人，以鹽官需次於浙江，浮沉下僚，甚不得志。所作劇本，有《玉獅堂十種曲》。這 10 種分為前、後二集，前 5 種為：《仙緣記》《海虬記》《蜀錦袍》《燕子樓》《梅喜緣》；後 5 種為《同亭宴》《回流記》《海雪吟》《負薪記》《錯姻緣》（後 5 種多以《聊齋志異》中之故事為題材）。其中以《燕子樓》為最有名。《燕子樓》敍的是唐時張建封與其愛妓關盼盼之事。此故事亦為向來劇作家所喜寫者，元曲中曾有《關盼盼春風燕子樓》一種，今已不傳。

黃憲清、周文泉、陳烺三人皆為傳統的劇作家，以明人所用之戲曲式樣與曲文來寫他們的著作的，余治則是一個不同樣的作者，他並不用傳統的「崑曲」來組成他的劇本。他的劇本的唱白，乃採用的是當時流行的「皮簧調」的式樣。這使他足以自立於中國戲劇史上的一端。自他以前，所謂「今樂」的劇本，一無所有（《綴白裘》裏錄亂彈調劇本僅三出），自他之後，所謂「今樂」的劇本，亦無一佳者。他這部《庶幾堂今樂》雖不是什麼偉大著作，在皮簧戲的歷史上，其重要卻是空前的，在中國戲劇發展史上，其地位亦甚重要。向來皮簧戲的劇本，不是把崑曲的流行戲改頭換面，就是將梆子腔的劇本全盤抄襲。

他自己創作的劇本，除了這部《庶幾堂今樂》，是絕無僅有的了。此書原有 40 種，今傳於世者凡 28 種。如《硃砂痣》等，在今日劇場上還時時演唱着。唯作者下筆時，教訓的意味太重，戲劇的興趣未免為之減削不少耳。

《鏡花緣》

這一時期的小說作家，傑出者殊不少，其作品在近日社會上都有很大的勢力。他們各自有其獨創之描寫地域，這些地域乃是前人所未曾踏到的。如李汝珍的《鏡花緣》，如陳森之《品花寶鑒》，如文康之《兒女英雄傳》，如韓子雲之《海上花列傳》，都是不襲取前人一絲一線之所遺的。

《鏡花緣》所寫的人物，以女子為中心。中國小說，很少以女子為主人翁的，雖說有一生一旦，然生的重要性較旦不啻倍之，只有彈詞中的《天雨花》之類，女子乃為作者所注重，其原因則以作者亦為女子。《鏡花緣》作者卻非女子，而處處乃為女子張目，這實是值得使我們看重的。

《鏡花緣》之作者為李汝珍，字松石，直隸大興人，曾師事凌廷堪。於音韻及雜藝，如土遁星卜象緯，以至書法弈道，都很有研究。但不甚得志，以諸生老。晚年努力作小說以自遣，歷十餘年才成功。道光八年有刻本出來。這部小說就是《鏡花緣》。不數年，他就死了，年六十餘。在《鏡花緣》中，也與在《野叟曝言》中一樣，作者幾乎把他一生的時間都庋放在其中了。那裏有一大段論音韻的文字，那是他最擅長的學問；那裏有許多論學、論藝的文字，那裏還有許多詩文及酒令之類，那也是他所喜的或所欲談的東西。

他把這部小說的歷史背景，放在初唐武則天時代。徐敬業討武氏失敗，忠臣子弟四散，避難於他方。有唐敖者，與敬業等有舊，亦附其婦弟林之洋商舶至海外遨遊。途中經歷了、遇見了無數奇象異人。作者在這裏幾乎把全部《山海經》《神異經》都搬上書了。後敖至一山，食仙草而仙去。敖女閨臣又去尋父，不遇而返。值武后

開科試才女，諸才女乃會聚京都，大事宴遊。不久，勤王兵起，諸女伴又從戎於兵間，致力於討武氏之事業。其結果，則各才女各有不同，大抵其命運都已前定。

但這部小說，並不是很純美的晶瑩的水晶球。其中有的地方很不壞：有很深刻的譏刺，很滑稽的諷笑，甚至有很大膽的創見，如林之洋在女人國歷受種種女子所受之苦楚，為尤可注意者；而有的地方則極疏忽，講學問處也太冗長寡味。最壞的是後半部與前半部完全不調和。我們始讀此書時，完全不會想到諸才女乃能拈刀執槍，呼風喚雨以從事於破陣殺敵的工作的。不過像這樣的一部書，近代的中國卻已很少見了，求全的責備也可以不必！

《兒女英雄傳》

《兒女英雄傳》與《鏡花緣》一樣，也是以女子為女主人翁的。但二書的情調卻完全不同。《鏡花緣》以人物的繁雜、景物的詭怪著，《兒女英雄傳》則人物不多，僅疏朗朗的三五個人，背景也是一個平平常常的社會。在結構上看來，《兒女英雄傳》較之《鏡花緣》卻縝密得多。《兒女英雄傳》的作者為道光中的文康。

文康為滿洲鑲紅旗人，費莫氏，字鐵仙，大學士勒保之次孫。曾為郡守，為觀察。後丁憂旋里，又特起為駐藏大臣。以疾不果行，卒於家。

此作凡 53 回，後散佚，僅存 40 回。今流行本亦有 53 回者，皆後人所補綴者。內容的大略是如此：俠女何玉鳳，假名十三妹，欲對大官紀獻唐報仇，因他曾殺其父。她武技至高，在各處行俠。某日，遇安驥受厄，救之出險。後紀獻唐為朝廷所誅，玉鳳遂歸驥為

妻。同時，她又媒介了張金鳳為他的妻；她乃曾與他同遇難，而又同為玉鳳所救者。驥後為學政。二妻各生一子。

這完全是一部傳奇，雖以當時社會為背景，人物卻都是理想的、傳奇的，如十三妹、安驥那樣的人，現實的世界上是不會有的，恐僅有存於作者想像中而已。全書處處都顧及傳統的道德，時時以傳道者的面目與讀者相見，頗使人不快。所以這部書實不是一部怎麼偉大的書。或以為書中之紀獻唐乃清初之怪傑年羹堯，而安驥之父乃作者之自況。人物並不虛假。然而十三妹卻無論如何不會是一個真的人。但此書之特點卻未嘗沒有，那就是：全書都以純粹的北京話寫成，在方言文學上是一部很重要的著作，那樣流利的京語，只有《紅樓夢》裏的文學可以相比。《兒女英雄傳》亦有續書，那也與一般續書同樣，自然較原本更劣，更不足以使我們注意。

續書而自有其獨立的價值與地位者，在這時期內，卻有俞萬春的《蕩寇志》。說來可怪，這部書卻也是以一個女子陳麗卿為主人翁的。

萬春字仲華，號忽來道人，山陰人。續 70 回本《水滸傳》而作《結水滸傳》71 回，亦名《蕩寇志》。萬春卒於公元 1849 年（道光己酉），但此書則至公元 1851 年（咸豐元年）始由其子龍光刻出。此書本懲盜之意，由作者想像中創造了許多人物，專為擒殺蕩滅梁山泊諸英雄而來。《水滸傳》裏的虎跳龍嘯的一百單八人遂在此非死即誅，情景至為悽怖。我每讀此書，總有些不愉快之感。但萬春筆力頗雄健深刻，全書結構亦殊嚴密而浩壯，如沒有那麼偉大、那麼活氣騰騰的《水滸傳》在前，這書卻也可算是一部不可及的著作。

兒女小說

《鏡花緣》《兒女英雄傳》，都是敍「兒女」而兼敍「英雄」的，《結水滸傳》則本為敍「英雄」之書，而亦間及「兒女」。《燕山外史》《品花寶鑑》《海上花列傳》《青樓夢》則為專敍兒女者。

《燕山外史》為陳球作，共 8 卷。陳球字蘊齋，秀水人，諸生。家貧，以賣畫自給。工駢儷，喜傳奇。

《燕山外史》即他以駢四儷六之文寫之者。小說中，除唐張鷟之《遊仙窟》及此書外，恐更無以駢文為之者。此書成於嘉慶中，以明馮夢楨所作之《竇生傳》為題材。永樂時，有竇繩祖與貧女李愛姑戀愛同居。後其父迫令就婚宦族。二人遂相絕。愛姑墜落妓家，因一俠士之玉成，遂復歸繩祖。繩祖妻待之甚暴虐。二人乃相偕遁。值唐賽兒亂，又中途相失，生復歸家，家已貧苦，妻亦求去。這時，愛姑忽復歸，乃為其妻。是年繩祖中第，官至山東巡撫。其前求去之妻卻反墮落為乳媼。最後，繩祖與愛姑皆仙去，書亦遂止。光緒初，永嘉人傅聲谷曾為之作註釋。此書不過如《平山冷燕》一流之佳人才子的小說而已，而又出之以駢儷，其敍寫更覺處處板澀。

《品花寶鑑》為陳森作。陳森字少逸，常州人，道光中居北京，嘗出入於伶人之中，因掇拾所見所聞，作為此書，刻於咸豐二年（1852 年）。當時，京中士大夫，每以狎伶為務；使之侑酒，歌舞，一如妓女。此風至清末始熄。在此書中，描寫此種變態的性愛，極為詳盡。本為男子之伶人，如杜琴言輩，乃溫柔多情如好女子，而所謂士大夫之狎伶者，則亦對他們致纏綿之情意，一如對待絕代佳人。《儒林外史》中亦有敍及伶人，取以較之此書所寫者，真可見是兩個截然不同的時代。在小說中保留這個變態心理的時代者，當以此書為最重要的一部，也許便是唯一的一部。不過事實是不近人情

的事實，人物是非平常的人物，雖作者盡力地去摹寫，讀者卻難得有如對《紅樓夢》諸正則的書同樣的那麼感興趣。

《青樓夢》題慕真山人著，其真姓名乃俞達。俞達字吟香，江蘇長洲人，生平頗作冶遊。光緒十年（1884 年）以風疾卒。

《青樓夢》成於光緒四年，書中人物多為妓女，實為後來諸青樓小說之祖。其故事略如下：金挹香，工文辭，頗致纏綿於諸妓女。後掇巍科[1]，納五妓，一妻四妾。為餘杭知府。不久，父母皆在府衙中跨鶴仙去。挹香亦入山修真。又回家度其妻妾，盡皆成仙。曩所識之 36 妓，原皆為「散花苑主坐下司花的仙女」，今亦一一塵緣已滿，重入仙班。故事實太偏於傳奇，沒有什麼真實的趣味。《海上花列傳》亦敘寫青樓事，較之此書卻高明得多了。一如木雕的佛像，板澀而無生氣，一則是活潑潑的現實社會的寫真，個個都是活的人；一是天上無根之浮雲，一則為地上著實有據的人間寫照。中國近代小說，到了像《海上花列傳》之類，乃始脫盡傳奇的虛妄無根的摹寫，其發達實太緩慢。本來，在有了《金瓶梅》《紅樓夢》之後，傳奇之風便不易重熾，而不料中間乃復有許多年，許多年的傳奇時代之存在！

《海上花列傳》凡 64 回，題「雲間花也憐儂著」，其真姓名為韓子雲，松江人。善弈棋，嗜鴉片，旅居上海甚久。為報館編輯，沉酣於花叢中。閱歷既深，遂著此書。書中故事，大都為實有的，不復如傳奇作家之向壁虛造，且人物也都是實有的，至今尚可指出其為某人某人。此書初出現於公元 1892 年（光緒十八年），與他書二種合印為《海上奇書三種》，每七日出一冊，每冊中，有此書二回，甚風行，為上海一切小說雜誌之先鋒。此書全用上海方言寫

1　巍科：猶高第，古代稱科舉考試名次在前者。《醒世恒言・蘇小妹三難新郎》：「取巍科則有餘，享大年則不足。」

成，大約是用上海話著書的第一部，在方言文學上佔的地位極重要。此書結構極散漫，全局佈置，似無預定，故事若斷若續，每隨社會上新發生之事故而增長其題材。此絕無結構之書，又無一定之主人翁之書，所以能吸引住讀者，不使其興趣低落者，完全由於其敍寫手段之逼真，說的話，是在上海的人常聽見的，說話的人也是我們所常看見的。此書在近 20 餘年的影響極大。至今，此種結構散漫而隨時掇拾社會新事以入書之小說尚時時有得出現。

英雄小說

《三俠五義》《施公案》《彭公案》諸書，則為專敍「英雄」者。

《三俠五義》，原名《忠烈俠義傳》，出現於光緒五年（1879年），凡 120 回，為石玉昆作。此書在社會上影響甚大，《彭公案》諸書皆繼其軌而作者。書中之主要人物為宋包拯，即所謂包龍圖者。有三俠，展昭、歐陽春、丁兆蕙，及五鼠，盧方、韓彰、徐慶、蔣平、白玉堂左右之，到處破大案，平惡盜，並定襄陽王之亂。

全書結構甚完密，而事跡復詭異而多變化，文辭亦極流利而明白，因此，人物雖非真實的，事實雖為傳奇的，卻甚足引動讀者。俞樾見此書，以為：「事跡新奇，筆意酣恣，描寫既細入毫芒，點染又曲中筋節，正如柳麻子說『武松打店』，初到店內無人，驀地一吼，店中空缸、空甕，皆甕甕有聲：閒中着色，精神百倍。」乃略為改訂，易名為《七俠五義》而重刊之。後又有《小五義》《續小五義》，相繼出現於京師，皆 124 回，亦皆稱石玉昆原稿。

《施公案》，一名《百斷奇觀》，凡 8 卷 97 回，未知作者姓名，敍康熙時施世綸事；其出在《三俠五義》之先（道光十八年），而

《施公案》民國石印本書影

文辭殊拙直。然在一般社會上，勢力亦甚大。今人無不知有黃天霸者，即無不知有《施公案》也。

《彭公案》為貪夢道人作，敘康熙時彭鵬事，凡 24 卷，100 回，光緒十七年（1891 年）出版，至今尚有人在續寫，已至 30 續，其文辭亦甚枯拙，遠不及《三俠五義》。

此外，同類的書，在這時期的末年，也出版了很不少，如《萬年青》《永慶升平》《七劍十三俠》《七劍十八俠》《劉公案》（劉墉事）、《李公案》（李秉衡事）都是這一類的名臣斷案、俠客鋤奸的小說。這種傳奇的盛行，在社會上的影響是很不好的，往往使愚民欽仰空想的英雄，而忘了實際社會的情況。

《花月痕》與《鏡花緣》是同類，亦為兼及「男女」「英雄」之小說。其寫纏綿悱惻之戀情，則有類於《品花寶鑑》，其寫多情之妓女，則有類於《青樓夢》。《花月痕》凡 16 卷 52 回，題「眠鶴主人編次」，實乃魏子安所作。

魏子安為福建閩縣人，少負文名，尤工駢儷。中年以後，乃折節治程、朱之學，鄉里稱長者。

此書出現於咸豐戊午（1858 年），或謂其人物皆有所指，或謂其中主人翁乃作者自己之寫照。上半部敘韋癡珠、韓荷生遊慕并州，各有所戀，亦皆為妓女。韋戀秋痕，韓戀采秋，後韋夭死，秋

痕殉之。後半部則敘荷生與采秋結為夫妻，富貴顯達，冠於當世，正與癡珠、秋痕之薄命成一對照。作者於前半部，寫情寫事，殊為着力，時時有悲涼哀怨之筆，「哀感頑艷」之評，足以當之。後半部則敘寫荷生、采秋之戰功，殊失之誇張，且更雜以妖異，益與前半不稱。正與《鏡花緣》一樣，後半乃足為前半之累，使瑩潔的美玉，無辜地染上了許多瑕點。

落寞詩人

　　詩人在這時期殊為落寞，雖有梅曾亮、張維屏、龔自珍、何紹基、鄭珍、莫友芝、曾國藩、金和、黃遵憲、王闓（kǎi）運、李慈銘諸人相繼而出，而其活動的範圍與氣魄，影響之切深與浩大，皆不及前一時期。

　　梅曾亮（1786—1856），字伯言，江蘇上元人，道光壬午進士，官戶部郎中，有《柏梘山房集》，善古駢文，「詩則簡練明白如其古文」。如：

> 滿意家書至，開緘又短章。……尚疑書紙背，反覆再端詳。（《得家書口號》）

這是很摯情的文字、很逼真的情境。

　　張維屏（1780—1859），字子樹，一字南山，番禺人，道光中進士，曾官黃梅、廣濟知縣，權南康知府，有政聲。著《聽松廬詩鈔》及《國朝詩人徵略》。

　　嶺南頗多詩人。有馮敏昌、胡亦常、張錦芳，號為「三子」，後錦芳又與黃丹書、黎簡、呂堅並稱為「嶺南四家」。而維屏則這時

名尤著,與林伯桐、黃喬松等七人,築館吟詩,號曰「七子詩壇」。

龔自珍(1792—1841),號定庵,仁和人,有《破戒草》,亦以散文有名於時。才氣殊縱橫,意氣飛揚而聲色磊落不羣,其詩亦如其為人,非規繩所能范則,少年喜之者極多。下舉二例:

劉三今義士,愧煞讀書人。風雪銜杯罷,關山拭劍行。英年須閱歷,俠骨豈沉淪。亦有恩仇託,期君共一身。(《送劉三》)

黃金華髮兩飄蕭,六九童心尚未消。叱起海紅簾底月,四厢花影怒於潮。(《夢中作》四首之一)

何紹基(1799—1873),字子貞,號東洲,道光中進士,官編修。精於小學,詩則頗崇拜東坡、山谷,為後來宗宋諸詩人之先聲。有《東洲草堂詩鈔》。

鄭珍(1806—1864),字子尹,遵義人,晚號柴翁,道光中舉人。其詩沉鬱整嚴,為當時一大家,《巢經巢詩鈔》乃是這時最重要的詩集之一。論者稱其「歷前人所未歷之境,狀人所難狀之狀」(陳衍《近代詩鈔》)。今舉一例:

前灘風雨來,後灘風雨過。灘灘若長舌,我舟為之唾。岸竹密走陣,沙洲圓轉磨。指梅呼速看,著橘怪相左。半語落上巖,已向灘腳坐。榜師打懶槳,篙律遵定課。卻見上水路,去速勝於我。入舟將及旬,歷此不計個。費日捉急流,險快膽欲懦。灘頭心夜歸,寫覓強伴和。(《下灘》)

貴州僻在西方,向少文人,在這時,乃有鄭珍,復有莫友芝,二人齊名,而友芝之詩實不如珍。友芝(1811—1871),字子偲,號邵亭,貴州獨山人,道光辛卯舉人。有《邵亭遺詩》。

曾國藩以起鄉兵平洪秀全得大名,而於詩、於文,亦有相當之努力。在這時期的後半,他乃成了一個重要的文人保護者與文學提

倡者。

曾國藩（1811—1872），字伯涵，號滌生，湖南湘鄉人。道光戊戌進士。官至兩江總督，武英殿大學士。有《曾文正公詩集》，又編纂《十八家詩鈔》，以示其對於古代詩人之宗向與意見。

金和（1818—1885），字弓叔，號亞匏（páo），江蘇上元人，邑增生，有《秋蟪吟館詩鈔》。論者謂可與鄭珍並稱為「二大家」。「其一種沉痛慘淡，陰黑氣象，又過乎少陵。」此乃評其長歌，即經洪氏亂後之作品，其在亂前之作卻甚嫵媚可愛，如下面《雨後泛青溪》一首，即可為後者之一例：

> 青溪雨過濕濛濛，畫舫輕移似碧空。芳草生時江水綠，春山明處夕陽紅。榜邊簾影低迎月，樓上簫聲暗墮風。最是亂鶯啼歇後，捲簾入在柳花中。

黃遵憲為金和、鄭珍後之一大家。欲在古舊的詩體中而灌注以新鮮的生命者，在當時頗不乏人，而唯黃遵憲為一個成功的作者。

黃遵憲（1848—1905），字公度，廣東嘉應人，同治癸酉舉人，官湖南按察使，有《人境廬詩集》。他的《雜感》道：

> 大塊鑿混沌，渾渾旋大圜。隸首不能算，知有幾萬年。義軒造書契，今始歲五千。以我視後人，若居三代先。俗儒好尊古，日日故紙研。六經字所無，不敢入詩篇。古人棄糟粕，見之口流涎。沿慣甘剽盜，妄造叢罪愆。黃土同摶人，今古何愚賢？即今忽已古，斷自何代前。明窗敞琉璃，高爐蒸（ruò）香煙。左陳端溪硯，右列薛濤箋。我手寫我口，古豈能拘牽。即今流俗語，我若登簡編，五千年後人，驚為古斑斕。

這是他的宣言，這是他的精神！在他之前，敢說這種話有幾個人！再舉一例：

……緬昔百年役，裂地爭霸王。驅民入鋒鏑，傾國竭府帑。其後拿破崙，蓋世氣無兩。勝尊天單于，敗作降王長。歐洲好戰場，好勝不相讓……（《登巴黎鐵塔》）

這裏面有許多詞句，都是崇古的詩人們所不敢用的。

王闓運、李慈銘同為駢文的大作家，亦同為有名的詩人。

王闓運（1832—1916），字壬秋，湖南湘潭人，咸豐乙卯舉人。入民國，為國史館館長，有《湘綺樓詩》。李慈銘（1829—1894），字炁伯，號蓴客，浙江會稽人。光緒庚辰進士，官至監察御史，有《越縵堂集》《白華絳跗閣詩》。此二人皆專意擬古者，闓運尤力追漢魏六朝之作風，較之遵憲之有高視古人、獨闢門戶的氣概者，自當為之低頭。但慈銘之作，卻頗雍雅有情致，如：

茗芋情懷黯淡中，薰衣生怕熟梅風。分明襟上離人淚，並向今朝發酒紅。（《梅雨中至申江》）

此外，小詩人至多，如一一列舉，絕非本書之所能。

詩之別派號為「詞」者，專門的作者在這時也頗有幾個，大都是繼於張惠言他們之後的。龔自珍之詞，亦甚有名，其作風豪邁而失之粗率。項鴻祚、戈載、周濟、譚獻、許宗衡、蔣春霖、蔣敦復、姚燮、王錫振諸人，則或綺膩，或哀艷，或婉媚，皆未必有偉大的氣魄如定庵。

項鴻祚（1798—1835），字蓮生，錢塘人，著《憶雲詞》；周濟字保緒，號止菴，荊溪人，官淮安府教授，有《味雋齋詞》；戈載字順卿，吳縣人，著《翠微雅詞》；譚獻（1832—1901），號復堂，仁和人；許宗衡字海秋，著《玉井山館詩餘》；蔣春霖號鹿潭，著《水雲樓詞》；蔣敦復字劍人，著《芬陀利室詞》；姚燮字梅伯，著《大梅山館集》；王錫振字小鶴，著《茂陵秋雨詞》。

今舉項鴻祚一詞為例：

西風已是難聽，如何又著芭蕉雨。泠泠暗起，漸漸漸緊，蕭蕭忽住。候館疏砧，高城斷鼓，和成淒楚，想亭皋木落，洞庭波遠，渾不見愁來處。此際頻驚倦旅，夜初長，歸程夢阻。砌蛩自歎，邊鴻自唳，剪燈誰語。莫便傷心，可憐秋到，無聲更苦。滿寒江剩有，黃蘆萬頃，捲離魂去。（《水龍吟》）

散文作家

　　散文作家，在這時也與前代一樣，仍可分為古、駢二派。古文派則衍桐城派之緒余，雖曾國藩的氣魄較大，眼光較高，而亦不能自外。駢文作家，亦皆承繼前代之作家而無大變動。

　　姚鼐（nài）為桐城派古文家之中心，其弟子有陳用光、梅曾亮、管同、劉開、方東樹、吳德旋、姚椿、毛岳生、姚瑩，其再傳弟子則有鄧顯鶴、邵懿辰、魯一同、吳嘉賓、朱琦、龍啟瑞等。

　　陳用光（1768—1835），字碩士，江西新城人，著《太乙舟文集》；管同字異之，與曾亮同邑，著《因寄軒文集》；劉開字方來，號孟塗，著《劉孟塗集》；方東樹字植之，桐城人，著《儀衛軒集》；吳德旋字仲倫，宜興人，著《初月樓詩文鈔》；姚椿字春木，婁縣人，著《通藝閣集》；毛岳生字生甫，寶山人，著《休復居文集》；姚瑩字碩甫，桐城人，著《中復堂文集》。

　　鄧顯鶴字子立，湖南新化人，著《南村草堂文鈔》；邵懿辰字位西，浙江仁和人，有《半巖廬遺集》；魯一同字通甫，江蘇山陽人，著《通甫類稿》；吳嘉賓字子序，江西南豐人，著《求自得之室文鈔》；朱琦字廉甫，號伯韓，廣西桂林人，著《怡志堂文集》；龍啟瑞字翰臣，廣西臨桂人，著《經德堂文集》。

曾國藩、吳敏樹，亦當附於桐城派，而頗自立異。曾國藩曾選《經史百家雜鈔》，以矯正姚鼐《古文辭類纂》之淺狹。吳敏樹字南屏，湖南巴陵人，才力較國藩為弱。

繼曾國藩之後者，有張裕釗、黎庶昌及吳汝綸。張裕釗字廉卿，湖北武昌人；黎庶昌，貴州遵義人，編《續古文辭類纂》，即全依曾氏之論以續姚氏者；吳汝綸字摯甫，桐城人。

在這時，中國局勢已大變，新的潮流已如山崩海倒般擠進來，然而受其影響以自新其生命者則無一人。

古文家劉開與梅曾亮，亦善為駢文，且卓然成大家。前時，古駢文字為敵視之二體；這時則二派已不復互相攻訐，而各自認定自己的路走去，且更有駢古兼長如梅、劉者。後來之作家，如王闓運、李慈銘、王先謙亦並皆如此。其專以駢文著稱者，有董基誠、祐誠、方履籛、傅桐、周壽昌、趙銘等。

董基誠字子詵，有《子詵駢體文》；祐誠字方立，有《董方立遺書》，二人並陽湖人；方履籛字彥聞，大興人，有《萬善花室文集》；傅桐字味琴，泗州人，有《梧生駢文》；周壽昌字荇（xíng）農，長沙人，有《思益堂集》；趙銘字桐孫，秀水人。

此外，不自附於某派之作家，尚有李兆洛、包世臣、俞正燮（xiè）、魏源、龔自珍、俞樾、譚嗣同諸人。

李兆洛字申耆，有《養一齋文集》；包世臣（1775—1855）字慎伯，著《安吳四種》。二人並名於時。李兆洛撰《駢體文鈔》，為提倡駢文甚力之一人。俞正燮字理初，著《癸巳類稿》；龔自珍之散文亦甚有名，浩莽不羈如其詩；魏源字默深，與龔自珍齊名當時，著《古微堂內外集》和《海國圖志》等；俞樾（1821—1906），字蔭甫，號曲園，德清人，有《春在堂全集》。

譚嗣同字復生，湖南人，為戊戌政變時被害六君子之一。著《仁學》等，頗有新穎之意、大膽之言。

第十四章

晚清文學

中國的文學，在新世紀處於一個大變動的時代。一方面是舊式的作家在並不衰頹地寫作着；一方面，新的作家努力於西洋文藝的介紹，努力於新的作品的創造，這些嶄新的著作與介紹引起了古舊文壇的全盤混亂。

小　說　家

新世紀之小說家，承襲了傳統的文格者，有李寶嘉、吳沃堯諸人。

李寶嘉（1867 — 1906），字伯元，號南亭亭長，江蘇上元人。曾在上海辦《指南報》《遊戲報》及《海上繁華報》。所作小說有《文明小史》及《官場現形記》，而《官場現形記》尤為有名。

《官場現形記》第三編刊行於 1903 年，體裁似《海上花列傳》，結構極鬆散，然其敘寫卻皆為日常的生活，其人物卻皆為我們日常遇見的人物，故特能逼真動人。清末為吏治最昏暗之時代，平民正苦於官，此書儘量揭發官之罪惡與私行，極諷罵之能事，故一出版即轟動一時。

吳沃堯（1867 — 1910），字趼（jiǎn）人，號我佛山人，廣東南海人。1903 年時始為小說，成《九命奇冤》《二十年目睹之怪現狀》等，刊於《新小說》中。後又作《恨海》《近十年之怪現狀》等。這兩部「怪現狀」，亦為《官場現形記》同類，乃揭發現社會之種種黑暗者，而所寫範圍較廣，不僅限於官場。

這一類結構鬆散、以諷罵世人、揭發黑暗為能事的小說，在這時候發現了不少，大都皆模擬《海上花列傳》《官場現形記》與《二十年目睹之怪現狀》者，無特敍的必要。

其超出於這時的諷罵小說範圍之外者，有《老殘遊記》及《孽海花》。

《老殘遊記》題洪都百煉生著，實為劉鶚的作品，出版於 1906年。劉鶚（1857—1909），字鐵雲，江蘇丹徒人。《老殘遊記》敍鐵英號老殘者之經歷，並述其言論與所遇見的人物，時有很好的描寫，時亦落於空想的敍述。

《孽海花》稱東亞病夫編述，實乃曾樸所作。曾樸字孟樸，江蘇常熟人。《孽海花》以洪鈞（改名金汋）與傅彩雲為主人翁，多敍當時文士逸事，敍事嚴整，描寫也很真切，有異於當時單以諷罵為能事之小說。惜僅成 20 回（一本有 24 回，至洪鈞死時為止）。後有續作者，然不及原書遠甚，作者曾聲明過反對這些續作。

舊的戲曲在這時作者絕少，但戲曲的研究在這時卻極發達。不易見的古劇本在翻刊着，戲曲研究的資料在傳播着，如王國維之《曲錄》、吳梅之《顧曲麈談》《詞餘講義》等，皆為很好的參考資料。

王國維，字靜安，浙江海寧人，是新世紀中很重要的一個文藝批評家，其所作《人間詞話》，很有特見。

吳梅，亦善於作劇，乃是這時代裏作古劇的文士的中堅。

詩　　人

詩人在這時代卻不少，其造就也很有可述者。如鄭孝胥、陳三立、陳衍、沈曾植諸人是一派，都是宗向宋詩的。此外，易順鼎、樊增祥，卻是另一派的詩人。

鄭孝胥字蘇盦（ān），號太夷，福建閩侯人，有《海藏樓詩》，思精筆健，與陳三立同為舊詩人中之雙璧；陳三立字伯嚴，號散原，江西義寧人，有《散原精舍詩》；陳衍字石遺，福建閩侯人，有《近代詩鈔》及《石遺室詩話》；沈曾植字子培，號乙盦，浙江嘉興人，為近代有名的學者。

易顧鼎字實甫，號哭庵，湖南龍陽人，與樊增祥齊名；樊增祥字嘉父，號樊山，湖北恩施人。此二人之詩，皆以清麗婉秀著，無宋詩派之沉着深刻，而時有佳句。

詞　人

「詞」的作家，在這時亦不少，而朱祖謀、況周頤、馮煦、曹元忠、王國維等為最著。朱祖謀字古微，編《彊邨叢書》；周頤字夔笙，廣西臨桂人；馮煦字夢華，江蘇金壇人；王國維之詞，作品不多，而皆為珠玉；曹元忠字君直，江蘇吳縣人。

古　文　家

在散文作家中，桐城派作家已成強弩之末，無甚可稱之作家。

林紓頗欲重振古文之頹波，然其功績乃在翻譯，卻不在他的古文。林紓的譯文凡 150 餘種，以小說為最多，史格得、狄更斯、大仲馬諸人，皆由他的介紹而始為中國讀者所知，可惜他不懂外國語，他的譯文皆由另一人口譯後由他筆述的，所以有時不大與原文吻合。

繆荃孫字筱珊，號藝（zí）風，江陰人，有《藝風堂文》。經他編輯的書亦不少，在當時很有影響。嚴復字又陵，號幾道，侯官人，以譯《原富》《天演論》諸書著，在中國思想界的改造上是很有功的，他的文字亦謹嚴不苟，暢順秀美。康有為字長素，號更生，廣東南海人，以提倡新學著名，在新世紀頭幾年的思想界很有勢力。章炳麟字太炎，浙江餘杭人，著《章氏叢書》，在文壇上亦為有力的人物之一。劉師培字申叔，江蘇儀徵人，善作古拙之文，其古學亦甚為人所稱。

　　梁啟超字卓如，號任公，廣東新會人，有《飲冰室文集》。梁啟超為有為之弟子，其文字流利暢達，聲氣灝大，勇於採用新語，頓使拘謹的古文界，為之放一線新的光明。其論列時事之文尤為明白易曉，可為中國新聞文學之祖。

文學改革

　　自 1917 年胡適在《新青年》月刊上發表他的《文學改革論》後，中國的文壇起了一個大變動。文字從拘謹的古文、對偶的駢文，一變而為活潑潑的運用現代人的言語的語體文。文體從固定的小說、戲曲、詩、詞的舊格律下解放了，而為自由的儘量發揮作者個性、儘量採納外來影響的新的文體。

　　這是一個極大的改革，中國文學史上的一件大事。現在這個新運動正在進行。新的詩人、小說家、戲曲家，都在努力於寫作他們的著作。雖然沒有什麼大傑作可見，然這條新路，卻無疑是引他們進了成功之宮的一條大路。新世紀的中國文學必將為一個空前燦爛的新時代。本書即終止於這個希望、這個預言中。

中國文學常識（典藏本）

鄭振鐸　著

責任編輯　王春永
裝幀設計　鄭喆儀
排　　版　賴艷萍
印　　務　劉漢舉

出版　　開明書店
　　　　香港北角英皇道 499 號北角工業大廈一樓 B
　　　　電話：（852）2137 2338　傳真：（852）2713 8202
　　　　電子郵件：info@chunghwabook.com.hk
　　　　網址：http://www.chunghwabook.com.hk

發行　　香港聯合書刊物流有限公司
　　　　香港新界荃灣德士古道 220-248 號
　　　　荃灣工業中心 16 樓
　　　　電話：（852）2150 2100　傳真：（852）2407 3062
　　　　電子郵件：info@suplogistics.com.hk

印刷　　美雅印刷製本有限公司
　　　　香港觀塘榮業街 6 號 海濱工業大廈 4 樓 A 室

版次　　2022 年 5 月初版
　　　　© 2022 開明書店

規格　　32 開（220mm×143mm）

ISBN　　978-962-459-256-6